COLLECTION « BEST-SELLERS »

JUDITH MICHAEL

LES AMANTS DE XI'AN

roman

traduit de l'américain par Marie-Hélène Sabard

ROBERT LAFFONT

Titre original : A CERTAIN SMILE
© JM Production, Ltd, 1999
Traduction française : Éditions Robert Laffont, S.A., Paris, 2001

ISBN 2-221-09117-5
(édition originale : ISBN 0-517-70325-4 Crown Publishers, Inc., New York)

À la mémoire de David N. Schramm

Voyant que j'étais empêchée
MORT est passée me prendre ;
Rien que nous deux dans la voiture –
Et l'Immortalité[1].

Emily Dickinson
Time and Eternity

---

1. Traduit par Guy Jean Forgue, Aubier, 1970.

Remerciements

Notre reconnaissance va à Xiangdong Shi, Liang Feng, Xiao-chun Luo et Yaping Chen pour l'aide généreuse qu'ils nous ont apportée dans nos recherches sur la Chine contemporaine. Nous remercions tout particulièrement Diane Perushek, savante amie qui n'a pas ménagé sa peine pour nous fournir les renseignements nécessaires sur le ministère de la Sécurité publique, comme sur les maisons à courettes et les jurons mandarins. Ce livre leur doit l'exactitude des détails ; s'il subsiste des erreurs, elles sont de notre fait.

Pour finir, nous tenons à exprimer toute notre gratitude à Janet McDonald pour son magnifique travail de relecture.

1.

Miranda Graham et Yuan Li se rencontrèrent à l'aéroport de Pékin. Miranda s'était placée dans la file des taxis mais elle avait perdu tout espoir d'atteindre les voitures. Noyée dans le torrent humain qui se déversait sur elle, elle ne pouvait ni avancer ni reculer. Elle était pressée par la foule, bousculée, meurtrie. Des milliers de visages tournaient autour d'elle sans la voir ; des milliers de pieds accrochaient ses bagages. Les voix criaient, aiguës comme des plaintes, couvrant le bruit des annonces. Miranda commençait à avoir peur.

Mais non, je suis dans l'un des plus grands aéroports du monde. Il n'y a rien à craindre. Personne ne va me faire de mal.

Ils n'aiment pas les Américains, je le sais. Pas un sourire, pas un regard ; ils ne me laissent pas la place de respirer... Ils avancent sur moi, comme pour me renverser...

Elle avait beau juger son affolement ridicule, elle se sentait menacée. Depuis dix minutes, elle n'avait pas bougé d'un pouce. Je vais passer la nuit ici, se dit-elle. Jamais je n'arriverai à mon hôtel. Il faut agir. Mon Dieu, mais comment les gens vont-ils d'un point à un autre, dans ce pays ?

Ce fut alors qu'une main se posa sur son épaule. Elle sursauta ; l'homme qui se tenait devant elle était plus grand que les autres Chinois. Effrayée, elle tenta d'échapper à son contact, mais elle n'avait pas la place de reculer. Alors elle se tassa sur elle-même et détourna la tête.

– Je vous en prie, laissez-moi vous aider, dit-il.

Sa surprise fut telle de l'entendre s'exprimer dans un anglais irréprochable, qu'elle leva les yeux. Il souriait.

– Autrement, vous n'arriverez jamais à votre hôtel.

Elle fixa sur lui un regard stupéfait qu'il ne remarqua pas : il avait déjà glissé sa housse de voyage sur son bras et attrapé sa valise. Puis, lui saisissant le coude d'une main ferme, il l'entraîna dans la marée humaine qu'il pénétra comme un coin s'enfonce dans le bois, la faisant lentement s'ouvrir devant lui ; il souriait à Miranda avec la mine radieuse d'un petit garçon triomphant des obstacles dressés par des adultes sur son chemin.

– Il suffit de faire comme si tous ces gens n'existaient pas. C'est le seul moyen de survivre en Chine. Et maintenant, ajouta-t-il comme ils atteignaient un taxi en tête de station, je vais vous accompagner en ville et m'assurer que vous arrivez à bon port.

– Oh, non. Non ! s'exclama Miranda, presque malgré elle.

L'idée de monter dans une voiture avec un inconnu était presque aussi terrifiante que la foule de l'aéroport.

– Je vous remercie de votre aide, poursuivit-elle, radoucie, je vais me débrouiller toute seule maintenant. J'ai le nom de mon hôtel écrit en chinois... Le chauffeur pourra le lire... Tout ira bien.

Yuan Li hocha la tête.

– Je ne voudrais pas vous imposer ma présence, mais je sais d'expérience qu'il vaut mieux se laisser aider quand on débarque dans un endroit totalement étranger.

Le chauffeur du taxi avait déjà rangé dans son coffre la valise et la housse ; il promenait un regard indifférent sur les clients qui trépignaient d'impatience dans la file d'attente.

– Je vais à Pékin, conclut Li. Vous accompagner ne me contourne pas de mon chemin.

– Détourne, rectifia machinalement Miranda. Ne me *détourne* pas de mon chemin.

Ce fut peut-être cette petite erreur de vocabulaire qui la rassura, ou alors la fatigue des vingt-deux heures de voyage qui la dissuada d'insister, toujours est-il qu'il lui parut plus simple de le laisser monter avec elle dans le taxi.

À peine eut-il pris place à l'arrière avec elle, qu'il sortit de sa poche un minuscule téléphone portable dans lequel il prononça précipitamment quelques mots en chinois. Puis il le referma avec un petit claquement sec, le glissa dans sa poche et s'adossa près de Miranda sur la banquette.

À nouveau, la peur s'était emparée d'elle : plaquée contre le dossier de cuir craquelé, elle se tassait contre la portière. Décidément, elle était idiote : elle ne savait rien de cet homme, pas même son nom. Et s'il était de mèche avec le taxi ? Leur numéro était peut-être parfaitement au point : ils cueillaient leurs victimes à l'aéroport, des femmes voyageant seules, les enlevaient, demandaient une rançon et, si celle-ci n'était pas versée ou leur parvenait trop tard, ils les tuaient. Il venait sans doute de renseigner ses complices au téléphone. Comment n'y avait-elle pas pensé plus tôt ?

– Je m'appelle Yuan Li, dit l'homme avec un large sourire, un sourire chaleureux dont Miranda eût pourtant juré qu'il ne masquait aucune malveillance.

Il lui tendit la main en ajoutant :

– Enchanté de faire votre connaissance.

– Miranda Graham, répondit-elle en lui jetant un bref regard, du coin de l'œil, au moment où leurs mains se touchèrent.

Il avait un beau visage et une poignée de main ferme, rapide.

– Je vous remercie de m'avoir sauvée de cette foule.

– Heureux d'avoir pu vous être utile.

Irrépressiblement, les yeux de Miranda se fixèrent sur la poche dans laquelle il avait glissé le téléphone.

– J'ai appelé mon chauffeur, enchaîna immédiatement Yuan Li, comme s'il avait deviné ses pensées. Pour lui dire de ramener la voiture à la maison.

Elle eut un hochement de tête embarrassé, confuse qu'on pût lire en elle comme dans un livre ouvert, gênée aussi d'éprouver un tel soulagement, de manquer à ce point d'expérience des voyages, des rencontres...

Jusqu'alors, hormis pour de brefs déplacements professionnels, ni la curiosité ni le goût de l'aventure ne l'avaient poussée loin de son univers : la ville universitaire de Boulder, nichée dans un îlot de verdure au pied des Rocheuses, dans le Colorado. Là, tout lui était familier, depuis toujours. Et voilà qu'elle se trouvait à l'autre bout du monde, seule, dans une métropole immense où elle ne connaissait personne, où elle ne comprenait pas un mot.

– Impossible, murmura-t-elle en voyant défiler sur l'autoroute d'énigmatiques panneaux indicateurs. Je ne vais pouvoir lire ni les affiches, ni les noms de rues, ni les enseignes des magasins, ni même une carte au restaurant...

— Si, vous verrez, répondit Yuan Li. Les restaurants des hôtels proposent des cartes en anglais. Quant aux noms des rues, ils sont transcrits en *pinyin*, dans votre alphabet : vous arriverez à vous orienter avec un plan. Et, dans les quartiers touristiques, les employés et serveurs parlent souvent très bien l'anglais.

Le visage de Miranda s'empourpra. Elle était une citoyenne américaine en voyage d'affaires : elle ne devait pas laisser percer son désarroi.

— Oui, j'arriverai à me débrouiller, répliqua-t-elle d'un ton calme.

— Je n'en doute pas.

Le sourire était plein d'indulgence. Aussitôt Miranda jugea l'homme antipathique. Tout le monde l'avait mise en garde avant son départ : les Asiatiques sont dissimulateurs. Je n'ai pas besoin de lui, ni de personne en Chine, songea-t-elle. De toute façon, en huit jours je n'aurai guère le temps de lier connaissance avec qui que ce soit, chaque minute de mon séjour sera occupée.

Soudain, le taxi s'engagea dans une étroite ruelle, noire de monde, et stoppa devant le *Palace Hotel*.

Seul le nom évoquait un palais de conte de fées. Pour le reste, l'endroit était lisse, brillant, anonyme : un immense hall moderne où le *Wall Street Journal* et l'*International Herald Tribune* traînaient sur les tables, un personnel en habit parlant un anglais impeccable, une piscine, un centre de remise en forme, deux night-clubs et un restaurant. On se croirait presque aux États-Unis, pensa Miranda, soulagée.

Li prit congé devant l'hôtel avec tant de désinvolture qu'elle en fut presque dépitée, avant de se rappeler qu'elle avait rêvé d'être débarrassée de lui.

L'instant d'après, elle se dirigeait vers la réception et faisait monter ses bagages : elle avait déjà oublié son guide.

Dans la suite au décor outrageusement oriental, Miranda se coucha vite.

Il était onze heures, un soir de la fin septembre à Pékin, en Chine... Cinq minutes plus tard, elle dormait.

Le lendemain matin, à huit heures, Yuan Li téléphona.

– Je pensais que je pourrais vous être utile pour votre premier jour à Pékin, dit-il.

Le ton était cordial, détendu, et Miranda oublia instantanément toutes ses appréhensions de la veille. Elle était étonnée qu'il lui témoignât un quelconque intérêt, à elle qui en suscitait si peu d'ordinaire chez les hommes. Mais, depuis quelques heures, tout était si nouveau pour elle...

– J'allais partir en quête d'un petit déjeuner, répondit-elle.

– Dans ce cas, je vous retrouve en bas.

Dès que s'ouvrirent les portes de l'ascenseur, elle vit Yuan Li qui faisait les cent pas dans le hall. Elle attendit quelques instants, hors de sa vue, pour mieux l'observer : grand, svelte, des traits fins, un nez étroit, une peau sombre, des pommettes saillantes, des sourcils fournis et des yeux en amande dont les paupières supérieures étaient quasiment invisibles. Il portait un pantalon de velours noir et une veste en cuir brun sur une chemise blanche à col ouvert. Ses cheveux châtain clair semblaient drus et indociles. *Il n'a pas des cheveux de Chinois*, songea Miranda en examinant les autres hommes qui circulaient dans le hall : *ils avaient tous des cheveux noirs et raides, des sourcils fins et des nez plats et retroussés. Et puis il est plus grand qu'eux. Plus beau aussi.*

Il se retourna à l'instant même où elle venait de se faire cette réflexion – l'aperçut, lui sourit.

– Vous avez l'air reposée, dit-il en s'approchant pour lui serrer la main. Moins anxieuse aussi.

– J'ai nagé ce matin. Ça me réussit toujours. Il n'y avait personne à la piscine de l'hôtel. J'aime avoir le bassin pour moi toute seule.

Ils se dirigeaient vers le restaurant attenant au hall de l'hôtel.

– Vous nagez tous les matins ? demanda-t-il.

– Aussi souvent que possible.

– En quoi est-ce que ça vous réussit ?

– Eh bien, si quelque chose m'attriste ou me contrarie, je... Elle se mordit la lèvre : *C'est un inconnu, qu'est-ce qui me prend ?* et elle reprit, en fixant la double porte du restaurant : Cuisine américaine ?

– Vaguement. Vaguement européenne aussi.

Une fois à l'intérieur, Miranda resta saisie devant le buffet qui s'étirait d'un bout à l'autre de la salle. Elle ne put réprimer une exclamation de surprise :

– Tout ça !

– Oui, nous autres Chinois commençons tout juste à apprendre comment nourrir les Occidentaux. Et quand on n'est pas sûr de bien faire, en général on en fait beaucoup. Voici notre serveuse. Désirez-vous du café ou du thé ?

– Du café, s'il vous plaît. Noir.

Longeant le buffet, elle délaissa les mets chinois, prit un fruit et un muffin à la myrtille. Les hautes fenêtres donnaient sur l'agitation de la rue. La salle était remplie d'hommes d'affaires occidentaux et chinois qui parlaient presque tous anglais. Personne ne lui prêta la moindre attention, ni ne manifesta le plus petit étonnement de la voir prendre son petit déjeuner en compagnie d'un Chinois. La gêne de Miranda disparut progressivement, et, avec elle, un peu de sa raideur.

– Au succès de votre voyage, fit Li en levant sa tasse de thé comme pour porter un toast. J'espère que vous apprécierez Pékin et y nouerez de nombreuses amitiés.

Comme il était cérémonieux ! D'un instant à l'autre, il passait de la plus parfaite décontraction à des formules dignes d'un guide touristique ou d'un homme politique. Miranda le dévisagea avec attention.

– Vos cheveux ne sont pas chinois, lâcha-t-elle soudain, et sa main s'envola vers sa bouche comme pour retenir les mots, mais il était trop tard. Pardonnez-moi.

– Vous êtes toute pardonnée. J'ai l'habitude. Vous pouvez appeler ça des cheveux américains, je les tiens de mon père.

– Votre père était américain ? Vous êtes né aux États-Unis ?

– Non, en Chine, à Chengdu. Mon père était un soldat américain. Il y en avait des milliers ici, ils nous ont aidés à construire des bases militaires au moment de l'invasion japonaise. Quand il est rentré en Amérique, mon père a dit qu'il ferait venir ma mère dès qu'il aurait fini son service et trouvé un travail, mais...

La main de Yuan Li s'éleva en l'air quelques instants, puis retomba sur la nappe dans un geste d'impuissance.

– Vous voulez dire qu'il a abandonné sa femme et son fils... ?

– Je n'étais pas encore né. Ma mère a appris qu'elle était enceinte un mois seulement après son départ. Elle n'avait aucune adresse où lui écrire. C'est une vieille histoire, comme il en existe probablement beaucoup. Je suis certain que vous en avez déjà entendu de pareilles.

– Uniquement dans un opéra : *Madame Butterfly*.

Li secoua négativement la tête.

– C'est une histoire japonaise, et non chinoise. C'est aussi l'histoire d'une faible : à la fin, Mme Butterfly se tue. Ma mère, elle, était plus forte. Elle a résisté.

– Qu'a-t-elle fait ?

– Elle est partie avec ses parents vivre dans une ferme près de Wu-hsi. Elle a raconté à tout le monde que mon père était mort en combattant les Japonais. Elle a travaillé à la ferme, et j'ai grandi avec elle et mes grands-parents.

– Vous avez des frères et sœurs ? Votre mère a dû se remarier...

– Non. Elle avait déjà un mari.

– Mais il était parti.

– C'est une raison suffisante, à votre avis ?

– Je ne sais pas, répliqua froidement Miranda.

– Eh bien, pour ma mère, ça n'a pas été une raison suffisante, enchaîna très vite Li, comme pour s'excuser d'avoir pu paraître brutal. Elle ne s'est jamais remariée.

– Où est-elle maintenant ?

– Elle est morte il y a quelques années.

– Pardonnez-moi. Je suis désolée.

– Oui, c'est triste. Elle était encore jeune, elle n'avait que la soixantaine, mais tous ces bouleversements, tous ces tourments l'avaient épuisée. Rares sont les gens que j'ai admirés ou aimés autant qu'elle. Ma mère était ma meilleure amie.

– Pourtant, vous avez dû avoir des amis. À l'école, par exemple ?

– Oui, quelques-uns. Nous avions des secrets, un club avec un mot de passe, et même des codes pour nous parler ou nous écrire des petits mots en classe. Nous nous croyions plus intelligents que les autres, nous avions plus de... comment dites-vous ça ? Sang frais ?

Miranda sourit.

– Sang-froid.

– Oui, c'est ça. L'anglais est décidément une langue étrange. Bref, nous nous étions construit un pavillon pour accueillir notre club, et c'est là que je me suis découvert un don pour les travaux manuels. Je n'étais jamais plus heureux que lorsque je fabriquais ou réparais quelque chose. Je crois que j'avais envie de construire parce que j'avais vu le monde s'écrouler autour de nous : l'invasion japonaise, la disparition de mon père, la révolution...

La révolution. Miranda se souvint d'avoir lu quelques pages à ce sujet, des pages abstraites, presque irréelles. Maintenant, elle avait devant elle quelqu'un qui avait traversé ce drame qu'elle ne connaissait que par les livres. Elle se pencha vers Li, de l'autre côté de la table, le menton dans la paume de la main : il était si différent des gens qu'elle rencontrait d'ordinaire, sa vie était si différente, et... elle se sentait si loin de chez elle.

— Où étiez-vous pendant la révolution ? demanda-t-elle.

— À la ferme. J'étais enfant quand les communistes ont pris le pouvoir, et nous avons dû rester à la ferme. Ma mère savait qu'on ne nous autoriserait pas à quitter la Chine et que mon père ne pourrait pas non plus nous rejoindre. Ainsi, je ne l'ai jamais rencontré et je n'ai rien de lui... hormis ses cheveux et ses sourcils.

— Et votre taille.

— Oui, c'est vrai. Mais je ne suis pas le seul grand Chinois. Nous ne sommes pas tous minuscules, vous savez.

Elle rougit.

— Ce n'est pas ce que je voulais...

— Je sais. Excusez-moi. Comment pourriez-vous le deviner alors que c'est la première fois que vous venez en Chine ? Vous avez fini votre petit déjeuner ? Vous n'avez presque rien mangé.

— Et vous encore moins. Vous avez bu votre thé, c'est tout.

— J'ai déjà pris un petit déjeuner à la maison.

— Que mangez-vous ?

— Riz, légumes verts sautés, thé du Dragon. Plus quelques *dim sum* fourrés à la viande qui restaient du dîner.

Riz et légumes sautés au petit déjeuner, se répéta mentalement Miranda. Plus ces *dim sum* fourrés à la viande, dont elle se demandait ce qu'ils pouvaient bien être, tout comme le thé du Dragon, d'ailleurs. Elle se sentait comme Alice, dans ce pays des Merveilles où rien n'était ni totalement insolite ni tout à fait normal. Une foule de questions se pressait dans son esprit. Pourtant, étrangement, sa première remarque fut :

— Votre femme doit être bonne cuisinière.

— Ma femme est morte. C'est moi la bonne cuisinière.

– Pour vous et vos enfants ?

– Non, pour moi seul. Mon fils et ma fille sont grands maintenant, ils n'habitent plus à la maison.

– Oh ! Vous n'avez pas l'air... Quel âge avez-vous ?

– Cinquante-cinq ans. Maintenant parlez-moi un peu de vous. Qu'êtes-vous venue faire en Chine ?

– Travailler, répondit-elle en tressaillant. Elle regarda sa montre. On dirait que je l'avais oublié. Je dois partir. J'ai un rendez-vous. Elle repoussa sa chaise. J'ai peur d'être en retard.

– À quelle heure est votre rendez-vous ?

– À dix heures, dans le quartier de Haidian, et j'ignore combien de temps il faut pour y arriver.

– C'est un quartier immense, repartit Li. Quelle adresse ?

Miranda tira une lettre de son sac.

– Le nom figure en haut, dit-elle en la lui tendant.

Il lut à haute voix :

– « Grande Fabrique de Vêtements de Pékin. » Je connais cette usine. D'ici, il faut à peu près quarante minutes pour s'y rendre. La circulation est toujours difficile, surtout à cette heure de la journée. Mais ça vous laisse tout de même le temps de reprendre une tasse de café.

– Non, je voudrais y être assez tôt. J'ai horreur d'être en retard : ça met l'interlocuteur de mauvaise humeur. Vous croyez que cette adresse est suffisante ? Ou est-ce que je dois donner des précisions au taxi ?

– Elle devrait suffire, mais je vais vous écrire le nom de la rue et de la société en chinois. Que faites-vous après cette réunion ? demanda-t-il en lui rendant le papier.

– J'ai un autre rendez-vous à quinze heures, mais j'aimerais bien faire un tour dans quelques boutiques entre-temps. J'ai lu dans mon guide qu'il fallait aller sur... Wangfujing ?

– On prononce Wong-fu-jing, corrigea Li. La rue du « puits des résidences princières ». Oui, il existe beaucoup de quartiers où faire du shopping, mais vous pouvez commencer par celui-ci. Vous y êtes : le *Palace Hotel* se trouve pile au milieu. Vous devriez aussi aller faire un tour dans Xidan : les prix y sont un peu plus avantageux et les magasins plus grands. Il écrivit le mot en anglais et en chinois. Le X se prononce *che* : Chedon.

– Curieux. Pourquoi ne pas l'écrire comme ça se prononce ?

– Et vous pourquoi n'écrivez-vous pas « raison » avec un « z » ?

– Je ne sais pas. Je ne me suis jamais posé la question, répondit Miranda, un peu étonnée.

– Ce n'est pas nous qui avons inventé ce système de transcription, mais un Anglais. Quant à vous dire comment il s'y est pris et pourquoi, Dieu seul le sait... et encore ! Nous n'avons plus qu'à nous en débrouiller ; enfin... nous pas vraiment, les étrangers plutôt ! Venez, maintenant on va vous trouver un taxi.

Le portier de l'hôtel en héla un. Et lorsque Miranda eut pris place dans une minuscule voiture, derrière un chauffeur enfermé dans sa cabine de Plexiglas, Li se pencha vers elle et lui tendit la main.

– Si vous n'avez ni travail ni mondanités, ce soir, je serais ravi de vous faire découvrir mon restaurant préféré.

Elle plongea son regard dans le sien : il était franc, direct, de beaux yeux noirs... *C'est un inconnu qui m'est tombé dessus à l'aéroport. Je ne sais de lui que le peu qu'il m'a dit... en supposant qu'il m'ait raconté la vérité. Mais il n'a pas l'air dangereux, et puis c'est quelqu'un à qui parler.* Elle était sur le point d'accepter, quand, au dernier instant, elle réprima le « oui » qui allait franchir ses lèvres : *C'est de la folie. Aux États-Unis, jamais je ne sortirais avec un inconnu. Alors pourquoi le faire en Chine ?*

– Un restaurant, poursuivit posément Li. Un endroit public, où les gens peuvent discuter, dîner et éventuellement apprendre à se connaître et devenir amis.

Elle rougit. Elle était si naïve, si stupide. *Peut-être, songea-t-elle, si je prenais des renseignements sur lui...*

– Donnez-moi un numéro où vous appeler, lui dit-elle. Je vous téléphonerai plus tard, quand je connaîtrai mon programme.

– Excellente idée, fit-il en inscrivant quelques chiffres sur un bout de papier qu'il lui tendit. Vous n'aurez qu'à laisser un message à ma secrétaire si je ne suis pas à mon bureau.

Secrétaire. Bureau. Tout cela avait l'air fort convenable. À la réflexion, il n'y avait rien là de bien extraordinaire. Bien sûr qu'il avait un bureau : il lui avait dit la veille qu'il était entrepreneur. À ce moment-là, trop tendue pour y prêter attention, elle n'avait pas réfléchi à cette nouvelle différence qui les séparait : elle, elle créait des pulls en cachemire, des choses douces et délicates qu'on pouvait plier et ranger dans un placard, tandis que lui construisait des immeubles, d'immenses tours de béton qui s'élançaient vers le ciel, visibles de partout. Presque une caricature des stéréotypes masculins et féminins, songea Miranda. Non, décidément, ils n'avaient rien de commun : ni leur travail, ni leur culture, ni leur histoire, ni leur façon de voir le monde et de se voir eux-mêmes, pas même le petit déjeuner !

Néanmoins, cet homme lui plaisait. Elle aimait sa voix posée, la façon dont son visage changeait quand il souriait, l'air sérieux avec lequel il l'écoutait. Il parlait si parfaitement l'anglais qu'elle avait presque l'impression de s'entretenir avec un Américain. Et quoi de plus public et de plus sûr qu'un restaurant ?

Alors elle hocha la tête en signe d'assentiment. Je devrais sourire, se dit-elle. Avoir l'air aimable. Mais ses lèvres restaient figées, comme si cette ultime prudence pouvait la protéger d'un possible désastre. Elle se demanda si Li était blessé de l'accueil si froid qu'elle réservait à son invitation. Impossible de le savoir : il demeurait impassible.

– Je vous appelle, conclut-elle en mettant dans son regard toute la chaleur dont elle se sentait capable.

Le taxi démarra, zigzaguant dans les rues de Pékin entre des flots ininterrompus de cyclistes qui ne regardaient ni à droite ni à gauche, de bus, de camions, de voitures et de motards, qui tournaient et reculaient sans prévenir. Les piétons traversaient nonchalamment, indifférents aux conducteurs qui les évitaient par miracle. Les avertisseurs hurlaient, les pots d'échappement crachaient des nuages de fumée noire, les policiers agitaient frénétiquement leur bâton sans que personne s'en émût.

Raide sur la banquette arrière, Miranda avait la certitude d'une catastrophe imminente. Son regard affolé ne savait où se poser. Tout lui semblait terreur et chaos.

– Ne faites pas attention à la circulation, lui avait dit Li la veille au soir, tandis que le taxi de l'aéroport s'enfonçait dans le grouillement des rues de la ville. Le plus souvent, vous savez, nous arrivons à destination.

Le taxi traversa la route de Changping, qu'une lecture assidue du plan de Pékin lui avait rendue familière. Comprenant qu'ils approchaient du quartier industriel de Haidian, elle passa la main dans ses cheveux et sortit de son sac un petit miroir.

Elle aurait aimé être belle. Mais elle ne l'avait jamais été. Elle avait un visage agréable, ouvert (au fil des ans, elle avait fini par adopter ces qualificatifs, incapable de trouver rien de plus original). Elle savait que beaucoup lui trouvaient un air sympathique – mais décidément rien d'assez spectaculaire pour attirer un inconnu dans un aéroport. Les yeux sont bien, se dit-elle, critique, en les écarquillant devant son miroir de poche. Grands, bordés de longs cils, passant du brun au vert ou au gris. Mais son teint était irrémédiablement pâle et ses cheveux, s'ils étaient clairs, n'avaient pas la blondeur dorée des chevelures des princesses ou des mannequins qui faisaient la une des magazines. Clairs, ils l'étaient, trop même, presque blancs dans la lumière du soleil, coupés court et bouclés : une coiffure pratique, certes, mais sans rien de séduisant ni d'inoubliable. Tout est là, se dit-elle : rien, chez moi, n'est inoubliable. Pourtant, ma bouche non plus n'est pas si mal. En général, avec l'âge, la bouche des femmes rétrécit. Dieu merci, ce n'est pas mon cas. Il faut dire que je ne suis pas non plus si vieille. Après tout, quarante ans, ce n'est pas le troisième âge...

Ce n'est pas non plus la prime jeunesse. Voilà dix ans que Jeff est mort et, même si j'avais envie de me remarier, ce serait impossible. Les hommes veulent une fille jeune, pas une femme qui n'a pour elle que deux ados et pas d'argent pour faire oublier son âge.

Son taxi pila brutalement. D'instinct, elle tendit le bras pour éviter d'être projetée vers l'avant. Puis elle coula un regard vers le bâtiment qui se dressait devant elle, présuma que c'était le bon, et sortit quelques yuans de son porte-monnaie.

« Ne laissez pas de pourboire, lui avait conseillé Li. Ce n'est pas dans les usages ici. »

Mais elle était américaine : comment pouvait-elle ne laisser aucun pourboire, même si le chauffeur l'avait terrifiée pendant la majeure partie du trajet ? Elle ajouta une pièce à la somme due et attendit ; puis, constatant que pas un sourire ni un « merci » ne venaient, elle sortit du taxi et s'éloigna, agacée. Même si les pourboires n'étaient pas dans les usages, *surtout* si les pourboires n'étaient pas dans les usages, le chauffeur aurait pu la remercier.

Une fois dans le bâtiment, on lui indiqua une salle de conférences dont la porte s'ouvrit grand devant elle, lui révélant une quinzaine d'hommes et de femmes assis autour d'une gigantesque table. Les regards se braquèrent sur elle, tous terriblement identiques. Elle savait bien qu'ils ne l'étaient pas, et pourtant, elle ne pouvait se défendre de cette idée ; ces visages semblaient avoir été coulés dans le même moule, leurs yeux aussi : des yeux noirs, aux paupières invisibles, aux regards intenses, qui ne cillaient ni ne révélaient aucune émotion. Quant à leurs paroles, elles glissaient à ses oreilles, formant des sons qui ne ressemblaient à rien de connu, à rien qu'elle pût assimiler à des mots. Cette langue était la plus étrangère qu'elle eût jamais entendue.

Elle prit place à la table de conférence avec le sentiment d'être isolée, presque exclue. Elle avait beau savoir que cette impression provenait essentiellement de son inexpérience, tout ce qui différait des usages américains lui paraissait monstrueusement menaçant. Ça s'arrangera sans doute, se dit-elle pour se rassurer. Je n'ai pas encore travaillé avec eux. Ils vont peut-être se révéler semblables à mes collègues de Boulder.

— Mademoiselle Graham, nous vous souhaitons la bienvenue, lui dit cérémonieusement l'un des hommes dans un anglais haché. Permettez-moi de vous présenter nos cadres et nos techniciens. Je suis Wang Zedong, le directeur du groupe. Voici notre vice-président, Xie Peng, le directeur général de l'usine, Zhang Yinou...

Miranda entendait les noms défiler, lointain bourdonnement qu'elle ne parviendrait jamais à mémoriser. Wang Zedong, se répéta-t-elle, Wang Zedong, directeur du groupe, Zhang Yinou, directeur général de l'usine. Ceux-là, il faut que je m'en souvienne : c'est avec eux que je vais travailler. Li m'a dit que le premier nom qu'on prononce est le nom de famille. Encore une nouveauté à laquelle je vais devoir m'habituer.

— Merci, monsieur Wang, dit-elle lorsque l'homme eut terminé les présentations. Elle ouvrit sa mallette. J'espère que vous avez eu le temps de regarder les croquis que nous vous avons envoyés il y a quinze jours.

— Nous les avons examinés avec la plus grande attention, répondit Wang en disposant devant lui un éventail de dessins. Il reste encore quelques difficultés que nous devons aborder, mais nous avons d'autres croquis et des solutions à vous proposer, qui nous aideront à résoudre ces problèmes, si nous sommes tous d'accord.

Difficultés. Problèmes. Chez nous, on ne commencerait pas par là, songea Miranda. D'habitude, on trouve toujours quelques points positifs à faire valoir au début d'une négociation, un compliment sur la qualité du travail, un sourire, une ou deux plaisanteries, voire une question à propos des femmes et des enfants.. un mot personnel. Ici, non. Ici, rien de personnel.

Ses mains s'arrêtèrent enfin de trembler lorsqu'elle sortit de sa mallette des échantillons de tricots, tissus, galons, boutons, barrettes, bobines de cachemire. Sa mission n'avait rien de compliqué − elle ne cessait de se le répéter pour se donner du courage. Elle connaissait ce genre de présentations, elle en avait déjà effectué un nombre impressionnant chez elle, aux États-Unis. Il suffisait de rester ferme afin d'obtenir des prix et des délais de fabrication raisonnables, puis de réitérer la démarche auprès de deux ou trois autres manufactures. Après quoi elle pourrait rentrer à la maison, avec un peu de chance peut-être même avant la fin de la semaine. Encouragée par cette idée, elle reprit :

− Des difficultés ?

− Ce tailleur en tricot, répondit Wang en désignant l'un des croquis à l'aquarelle. Vous demandez un cachemire à quatre fils et un col châle, la veste va être très lourde...

− C'est ce que je veux, l'interrompit Miranda, consciente de l'anxiété qui perçait malgré elle dans sa voix. Cet ensemble est fait pour être porté avec un chemisier ou un caraco en dentelle. J'ai aussi dessiné des tailleurs deux-pièces dans des tricots plus légers.

Wang attendit patiemment qu'elle eût achevé sa démonstration, puis poursuivit, imperturbable, comme si elle n'avait rien dit :

− ... très lourde et donc plus proche du manteau que de la veste de tailleur. Ce qui implique d'autres tricoteuses et donc aussi un autre prix.

− Je ne comprends pas. Personne ne pourrait prendre cette veste pour un manteau.

− Peut-être, mais en termes de fabrication : le poids, la conception... Je vais demander à Yun Chen de vous expliquer ça.

Yun Chen avait, elle aussi, un jeu de croquis sous les yeux. Comme toutes les femmes présentes dans la salle, elle était vêtue d'un austère tailleur noir, et ne portait ni bijou ni une ombre de maquillage. Miranda se dit qu'elle devait être plus vieille que Wang, sans parvenir à lui donner un âge. Dans un anglais tout aussi saccadé, elle décrivit les machines à tricoter dévolues aux vêtements plus lourds, le travail des ouvriers spécialisés, les check-lists différentes des contrôleurs.

– Il faut beaucoup de main-d'œuvre pour réaliser ces vêtements, vous ne l'ignorez pas, mademoiselle Graham. On ne les fabrique pas comme on produit des pièces détachées dans l'industrie automobile. Nous sommes connus pour la qualité de nos produits, pour l'habileté de nos ouvriers, et nous savons combien de temps il faut consacrer à chaque vêtement pour qu'il soit parfait, et par conséquent quel en sera le prix.

– Bien, dans ce cas quel *est* le prix ? demanda Miranda.

Wang donna un chiffre qu'elle s'empressa d'inscrire sur son bloc avant de calculer le taux de change et la marge des détaillants. Puis elle leva les yeux et secoua négativement la tête.

– Ce tailleur coûterait plus de huit mille dollars en magasin. C'est impossible. Il ne doit pas dépasser les cinq mille.

– On pourrait supprimer les boutons en œil-de-tigre, suggéra Yun Chen.

Miranda dévisagea la femme avec incrédulité.

– Vous croyez vraiment qu'il suffit de changer les boutons pour diviser le prix par deux ?

– On pourrait mettre des boutons en os, proposa l'un des hommes.

– Ou en plastique, ajouta une femme aux petites lunettes cerclées de métal. Nous en avons qui ressemble beaucoup à l'os, un excellent produit.

– Ce n'est pas sérieux, fit Miranda, dépitée.

– Si le cachemire avait trois fils au lieu de quatre, reprit Wang, nous pourrions utiliser nos machines habituelles. Nous comprenons parfaitement, mademoiselle Graham, qu'un ou deux fils ne donneraient pas le rendu que vous souhaitez, mais avec trois fils on obtiendrait sûrement un résultat satisfaisant.

Il y eut une intervention en chinois, à laquelle Yun Chen répondit, elle aussi, en chinois. Wang traduisit :

– Le cachemire à trois fils est communément accepté. Beaucoup de personnes trouvent le quatre fils trop lourd, en tout cas pour un vêtement destiné à être aussi porté à l'intérieur. Le trois fils est certainement satisfaisant.

Miranda éprouva la même sensation d'agression qu'à l'aéroport. *Je ne suis pas venue ici pour faire fabriquer une collection « satisfaisante ».*

Vous avez bien parlé de « l'excellence » de vos produits tout à l'heure ? Mais elle ne pouvait dire ce qu'elle pensait à voix haute, ça semblait trop critique ; ça risquait de les irriter.

– Et si on supprimait le col châle ? suggéra une femme qui portait une longue natte dans le dos. Un col plus petit, dentelé, vous voyez, qui pourrait se tricoter avec trois fils, serait aussi très chic. Et puis on supprimerait le passepoil sur le col et les poignets : il n'a rien d'indispensable.

Miranda crayonnait les modifications en marge de ses croquis, tandis que les voix bourdonnaient, mutilant peu à peu son modèle. *Après tout, il n'était sans doute pas aussi réussi que je le croyais. Et que Talia le croyait également. Finalement, peut-être que mes modèles sont moyens : la seule chose qui importe, c'est de pouvoir les fabriquer à bas prix, qu'ils soient rentables, comme des tondeuses à gazon ou des bicyclettes.* Elle ne le pensait pas, au fond, mais sous l'avalanche de ces critiques proférées sans un sourire, sans une parole de sympathie pour dire combien ses idées étaient intéressantes, à quel point les manches, le col, les boutons même révélaient son talent... bref, quoi que ce fût qui ressemblât à un compliment, il lui devenait de plus en plus malaisé de défendre ses créations ou de croire tout bonnement en leur qualité.

– Je vais réfléchir à tout cela, conclut-elle enfin.

– Très bien, répondit Wang du ton d'un professeur s'adressant à une étudiante appliquée. Maintenant, passons à ce pull avec col en V, ajouta-t-il en produisant un nouveau croquis. Il ne présente aucune difficulté particulière. Le point de torsade aux poignets et l'ourlet vont prendre un peu plus de temps à régler sur les machines, mais nous sommes très habiles dans ce genre de choses.

Il énonça un prix, que Miranda nota à la hâte, puis ils discutèrent couleurs, délais, quantités.

L'étude de chaque croquis lui parut interminable. Yun Chen proposa de transformer les manches d'un long gilet. Et Miranda fut d'accord. Wang affirma qu'on pouvait réduire les coûts de fabrication en ramenant les torsades de l'un de ses pull-overs à deux centimètres et demi. Et Miranda fut d'accord.

– Tant que le gilet ne change pas, fit-elle, d'un ton presque implorant, comme si elle le suppliait de se montrer indulgent et d'épargner le vêtement.

Elle se mordit la lèvre : elle devait se maîtriser. Ce sont eux qui travaillent pour moi, se dit-elle, et non l'inverse ; après tout je suis leur cliente. Pourtant, lorsque Wang la gratifia d'un hochement de tête poli, elle ne put s'empêcher d'éprouver la même gratitude qu'une mendiante face à un possible bienfaiteur. *Je ne sais pas comment, mais il va falloir que j'apprenne à leur tenir tête.*

Enfin, la réunion s'acheva par une visite de l'usine. Miranda poussa un soupir de soulagement quand elle se retrouva assise à l'arrière du taxi que Wang lui avait commandé. Comme quand la cloche sonne à l'école, se dit-elle, et cette pensée lui arracha un sourire. Ils ne m'ont même pas laissée faire une pause. Quant au déjeuner, un cauchemar : servi là, à la table de conférence, et je n'ai rien pu avaler à cause des...

— Aller où ? demanda le chauffeur du taxi, épuisant manifestement avec ces deux mots tout son lexique anglais.

Elle se redressa et montra une enveloppe qu'elle avait sortie de son sac. L'homme hocha la tête. Elle n'avait aucune idée du quartier où se situait l'adresse mentionnée, ni de ce qu'elle allait y trouver, mais la veille de son départ, à Boulder, pendant qu'elle faisait ses bagages, elle avait promis de s'y rendre. Un service qu'on lui avait demandé.

S'il vous plaît, vous voudriez bien porter une lettre pour moi ? À mes parents. Ils sont sans nouvelles depuis si longtemps...

Sima Ting était une jeune fille originaire de Pékin, mince, avec des cheveux noirs dansant autour d'un visage sans histoire, et des mains qui n'arrêtaient pas de remuer quand elle parlait. Elle s'était assise, jambes repliées sous elle, sur le canapé de Miranda, pour raconter : elle avait fui la Chine après l'épisode sanglant de la place Tian'anmen, quand les chars avaient dispersé et écrasé les milliers de manifestants qui en avaient pris possession. Pendant deux semaines, ils avaient mangé, chanté, discuté, dansé sur les airs que diffusaient les radiocassettes, dormi à même le béton, dans l'attente d'une négociation, d'un débat sur la démocratie en Chine. Et puis les faisceaux impitoyables des projecteurs avaient écrasé les faibles lueurs des torches et des feux de camp. En une nuit, chars et militaires avaient balayé leur campement de fortune. Sur la place silencieuse, il n'était resté que des débris, voletant au gré du vent sur ces pavés où ruisselait le sang.

Sima Ting, dix-neuf ans, avait été arrêtée en même temps que son frère et beaucoup de ses amis. Un mois avant d'apprendre que son fiancé était mort sous les chenilles d'un char. Et, six mois avant son procès, elle fut déclarée coupable et condamnée à cinq ans de prison. Le lendemain de sa libération, elle avait rencontré un groupe clandestin, composé de six jeunes gens qui aimaient s'asseoir autour d'une table pour parler de changement. Ils envoyaient parfois des lettres aux journaux, dans lesquelles ils demandaient que la loi protège les droits civiques. Cette réunion renvoya Ting en prison, cette fois pour une peine de quinze ans.

— Et elle y serait encore si son état de santé ne s'était pas tant dégradé, avait ajouté la femme qui avait financé le billet de Ting pour les États-Unis.

Nancy Magoon, l'une des plus proches amies de Miranda, siégeait au conseil d'administration d'un groupe de soutien aux réfugiés politiques arrivés en Amérique. On avait diagnostiqué un cancer du sein à Ting ; elle avait dû choisir : la prison ou l'exil. Nancy avait alors été contactée par des gens, à Pékin, qui avaient entendu parler d'elle. Elle avait accueilli Ting à Boulder, avait fait le nécessaire pour son traitement médical, lui avait trouvé un appartement et un travail à la bibliothèque.

Un jour, au cours d'un déjeuner, Nancy avait dit à Miranda :

— Elle te plairait. Elle est très réservée, mais qui ne le serait pas après des épreuves pareilles ? Elle a besoin de se faire des amis. Puisque tu vas en Chine, j'ai pensé que tu aimerais faire sa connaissance.

— Je ne suis pas certaine d'aller en Chine. Je l'ai dit à Talia d'ailleurs.

— Bien sûr que tu vas y aller ! Tu ne peux pas laisser passer une occasion pareille. Ça n'arrive pas deux fois dans une vie.

Miranda avait dévisagé Nancy avec une petite moue. Elle lui enviait ce visage ravissant, ce sourire irrésistible, cette énergie, ce côté net, élégant, irréprochable. *Elle est tout ce que je ne suis pas.* Pourtant, elles s'aimaient, elles étaient amies.

— Comment t'y prends-tu ? lui avait-elle demandé. On a l'impression qu'il n'y a jamais aucun obstacle dans ton univers, alors que le mien en est pavé !

— C'est parce que tu penses trop à ces obstacles, tu les fais enfler comme des chattes à deux jours de mettre bas. Oublie-les, les obstacles, et tu verras comme ils s'amenuisent. Tu peux être une femme très décidée, tu sais. Avec un petit effort, il n'y a rien que tu ne puisses réussir.

– Je ne suis jamais partie si loin de chez moi.

– Eh bien, à plus forte raison : il est grand temps ! avait répondu Nancy en riant, puis elle avait ajouté, plus sérieuse : Tu vas faire un premier pas en acceptant de rencontrer Ting. Elle pourra te parler de la Chine et t'aider à te décider. Viens dîner. Tu sais, elle a vraiment besoin de voir du monde. Et toi, tu as l'art de mettre les gens à l'aise.

– C'est-à-dire ?

– C'est-à-dire que tu es calme, tu n'exiges rien, tu ne réclames pas.

– Tu veux dire que je suis passive.

– Non, je veux dire que tu es à l'écoute. Que tu as l'air d'avoir envie de connaître la suite quand on te parle. D'attendre qu'il se passe quelque chose.

Miranda avait froncé les sourcils. *Attendre qu'il se passe quelque chose.* Elle ignorait que ce fût aussi visible. Toute ma vie j'ai attendu qu'il se passe quelque chose. Toute ma vie j'ai attendu de me trouver moi-même. Pour l'instant sans succès.

Et me voilà dans un taxi en plein cœur de Pékin, en partie à cause de Sima Ting.

Ting avait parlé pendant tout le dîner de la Chine, de son exil aux États-Unis, de son espoir de retourner un jour chez elle.

– Vous ne vous plaisez pas ici ? lui avait demandé Miranda.

– Si. Je ne voudrais pas vous paraître ingrate. Je suis heureuse de vivre ici et vous vous êtes tous montrés très gentils avec moi. L'Amérique est vraiment un pays magnifique. Mais ce n'est pas le *mien*, vous comprenez ?

– Il deviendra le vôtre. Songez à ce que votre pays vous a fait, à vous et à vos amis. Il a voulu vous détruire, vous anéantir.

– Ce n'est pas mon pays qui a voulu me détruire, mais des hommes, quelques hommes, avait répliqué Ting. Vous ne pouvez pas comprendre à quel point on peut avoir la nostalgie de son pays, parce que vous, *vous vivez dans le vôtre.* Je suis chez moi en Chine, comme vous êtes chez vous ici. Ma famille est là-bas, mes amis, mon travail, et il y a quelque chose à faire... Oui, *il doit y avoir quelque chose à faire pour changer le système.* Nous avons sans doute voulu aller trop vite à Tian'anmen ; nous devons apprendre à nous montrer patients. Et réfléchir à tout ça, avait-elle ajouté avec un sourire. Vous avez une expression qui dit : « Je l'ai dans la peau. » Eh bien, moi, c'est la Chine que j'ai dans la peau. Et je souffre quand mes pieds ne portent pas sur la terre de Chine.

Elles avaient encore dîné ensemble un autre soir et Ting avait raconté à Miranda tout ce qu'elle verrait si elle acceptait ce voyage.

— Vous devez y aller, avait-elle conclu. Il faut saisir les occasions quand elles se présentent. La vie est trop courte pour les remettre à plus tard.

Nancy, qui jusque-là avait écouté en silence, avait ajouté :

— Tu vois ce que je te disais. Vas-y. Fonce ! Un monde immense t'attend là-bas. Je crois en toi : tu vas te révéler telle que tu ne te connais pas.

Miranda n'avait pas osé lui répondre qu'elle trouvait l'idée inquiétante. Mais, en même temps, étrangement excitante.

Une semaine plus tard, elle avait appelé Ting pour lui faire part de sa décision : elle irait en Chine. La jeune femme avait laissé éclater son enthousiasme, puis lui avait demandé d'une voix tendue :

— Vous voudriez bien me rendre un service ?

— Un service ? En Chine ?

— Oui, un petit service qui n'engage à rien, mais qui me ferait tellement plaisir. Vous voudriez bien porter une lettre pour moi ? À mes parents. Ils sont sans nouvelles depuis si longtemps. Je leur écris souvent, mais sans jamais trouver quelqu'un pour leur porter la lettre. Je vous en serais vraiment reconnaissante.

— Bien sûr, Ting. Je suis sûre que j'aurai un peu de temps pour moi là-bas, et je serai ravie de rencontrer vos parents.

— Oh, vous ne les rencontrerez pas. Leur maison est trop difficile à trouver. Il vous suffira de laisser la lettre dans une petite échoppe. On la leur remettra. Vous ferez ça pour moi ?

— Bien sûr, avait répété Miranda.

Le lendemain, Ting lui avait apporté une enveloppe en papier kraft pleine à craquer. À présent, ballottée à droite et à gauche sur la banquette du taxi qui abordait chaque virage dans un crissement de pneus, Miranda se demandait à nouveau ce que signifiait se révéler à soi-même : oui, comment connaître les forces qui nous façonnent et nous font avancer d'un bout à l'autre de notre vie ?

L'adresse que lui avait donnée Ting était celle d'une minuscule épicerie, avec sur le trottoir des caisses dans lesquelles s'empilaient des monceaux de légumes. À l'intérieur, les rayonnages croulaient sous des boîtes de conserve et des bocaux aux étiquettes indéchiffrables. Elle aperçut alors au fond de la boutique un homme et une femme, debout derrière un comptoir.

– S'il vous plaît ? dit l'homme.

Elle lui tendit la lettre.

– On m'a demandé de vous remettre ceci.

Il fit une petite courbette.

– Merci, dit-il avant de désigner avec force gestes les rayonnages. S'il vous plaît ?

– Je ne comprends pas, répondit Miranda.

La femme contourna le comptoir, attrapa un sachet de champignons séchés et deux boîtes de conserve et les lui fourra dans les mains.

Il faut aussi que j'achète quelque chose ? se dit Miranda étonnée. Mais le couple lui adressa une succession de petites courbettes rapides, puis l'homme lui prit la main et la serra vigoureusement.

– Au revoir, lui dit-il. Merci. Merci.

Ce doit être ma récompense, songea Miranda avec amusement. Elle prit congé, sortit retrouver son taxi. Ouf, c'est fait ! se dit-elle en se laissant aller sur la banquette, alors que la voiture s'engageait dans une rue particulièrement encombrée. Un geste tout simple, et qui va remplir de joie les parents de Ting. Elle s'imagina cinq ans sans nouvelles d'Adam et de Lisa et se dit qu'elle ne le supporterait pas. Ces gens devaient être très courageux.

Il faudra que je pose la question à Li. Combien de familles sont passées par là, combien d'emprisonnements, combien... Brusquement, elle se ravisa : elle n'avait pas envie de lui raconter Ting. L'idée de se promener seule dans Pékin, avec ses missions à elle, ses obligations personnelles, indépendantes de Talia ou de Li, lui paraissait bien plus séduisante.

Ainsi, le soir, au restaurant, elle préféra lui parler de ce pourboire laissé au chauffeur de taxi le matin même, et qui n'avait provoqué aucune réaction.

– Il ne m'a même pas dit merci.

– Qu'en savez-vous ? lui demanda Li. Vous ne parlez pas le chinois.

– Il n'a rien dit du tout. Il n'a même pas souri. Cela dit, je n'ai pas vu beaucoup de sourires aujourd'hui.

– Les gens se sont montrés désagréables avec vous ?

– Oh non ! Ils ont été d'une politesse incroyable. En fait, ce n'est pas vrai : ils sourient, mais ce ne sont pas de vrais sourires. Oui, leurs sourires ressemblent à leurs poignées de main : un geste strictement professionnel. Sans cordialité.

– Peut-être réservent-ils leur cordialité à leur entourage, à ceux qu'ils connaissent et qu'ils aiment.

– Je ne leur demande pas de m'aimer, riposta sèchement Miranda. Je leur demande juste de se montrer un peu sympathiques.

– Ah ! la sympathie..., fit Li avec un petit geste désabusé. C'est souvent un problème pour les étrangers en Chine, ajouta-t-il en resservant un verre de bière Yanjing. Laissez-moi vous raconter l'une de nos vieilles fables. Un jour, un pauvre homme rencontre un ami devenu immortel. Le pauvre se plaint à son ami de sa pauvreté ; alors l'immortel pointe le doigt sur une brique au bord de la route et la transforme en lingot d'or. « Il est à toi », dit-il à son ami. Le pauvre n'est pas satisfait. Alors l'immortel pointe le doigt sur un tas de pierres et les transforme en pièces d'or. Le pauvre n'est toujours pas satisfait. « Que veux-tu de plus ? » lui demande alors l'immortel, et son ami réplique : « Je veux ton doigt. »

Miranda éclata de rire.

– Cette histoire me plaît beaucoup. Moralité : tout le monde en demande toujours plus, mais personne n'est prêt à tout donner. Il faut donc se satisfaire de ce qu'on a.

– Exactement. Cette fable date du IVᵉ siècle avant Jésus-Christ. Preuve que rien ne change, ni d'un siècle à l'autre, ni d'une frontière à l'autre. Maintenant, racontez-moi le reste de votre journée. Vous avez fait de bonnes affaires ?

– Non. Enfin, peut-être que si... En fait, je l'ignore. Personne ne m'a demandé mon doigt, mais on a exigé de moi des choses que je ne voulais pas donner... Oh, et puis je n'en sais plus rien ! Il faut que je mette de l'ordre dans tout ça. J'ai vécu en un jour de quoi en remplir trois ou quatre, au moins. Je préfère penser à l'instant présent et à ce charmant restaurant, *Fanshan* ? C'est comme ça qu'on prononce ?

– Fong-shon. C'est un restaurant impérial, ce qui signifie que le

34

chef a ressuscité les plats que l'on servait jadis aux empereurs mandchous. Une cuisine raffinée et... qui vous va bien.

Miranda fronça les sourcils.

— Pourquoi dites-vous ça ?

— Vous croyez que ce n'est pas vrai ?

— Je ne le crois pas : je le *sais*, répondit-elle en détournant les yeux pour éviter le regard de Li.

La salle qu'il avait choisie était la plus petite de l'établissement. Elle ne comptait que six tables, au-dessus desquelles pendait une lanterne en papier rouge bordée de franges. Une large baie vitrée ouvrait sur le lac Beihai, dont les eaux effleurées par les branches des arbres massés sur les rives prenaient des reflets argentés dans la lumière du soir. Le restaurant se trouvait sur l'îlot Qinghua, au milieu du lac, comme suspendu entre l'eau sur laquelle miroitait la lune montante, et les nuages fugaces qui traversaient un ciel d'opale. Une oasis de calme dans une cité impétueuse ; un havre à l'abri des klaxons, de l'odeur âcre des fumées d'autobus et de l'éblouissement cadencé des néons.

— Ce doit être le seul endroit paisible de Pékin, dit Miranda.

— Ne croyez pas ça. Nous avons beaucoup d'endroits paisibles, tous différents les uns des autres. Si vous le voulez bien, je vous les montrerai.

À nouveau, elle se renfrogna.

— Je ne comprends pas pourquoi vous...

Elle fut interrompue par l'arrivée de deux serveuses, maquillées comme pour une pièce de théâtre, portant des robes de soie fendues jusqu'à la cuisse. Elles posèrent quatre hors-d'œuvre sur la table.

— Je me suis permis de commander pour vous, expliqua Li. J'ai pensé que ce serait plus facile.

— Vous avez bien fait. Je n'aurais pas su par où commencer.

— Nous commençons par les hors-d'œuvre froids, dit-il en servant Miranda. Bœuf aux épices. Dans les autres plats, vous avez des lamelles de poulet, de la langue de canard et de l'anguille frite. Ne mangez que ce qui vous fait envie.

Je vais manger de tout, oui. S'il croit me faire peur avec sa langue de canard et son anguille, eh bien... eh bien, il a raison, mais je ne vais certainement pas le lui montrer. Machinalement, ses doigts cherchèrent la fourchette, mais ne découvrirent que deux minces baguettes d'ivoire qui semblaient la narguer depuis leur petit support de porcelaine. Le visage de Miranda s'empourpra. Si elle n'avait pas déjeuné, le midi, devant M. Wang et sa redoutable équipe, c'était déjà pour cette raison : elle avait eu honte de leur montrer qu'elle ne savait pas se servir des baguettes. Et elle s'était imaginé que, le soir, Li l'emmènerait dans un restaurant avec couteaux et fourchettes, comme celui de l'hôtel.

Elle jeta des regards affolés à ses voisins, mais tous étaient chinois, et parfaitement à l'aise. Décidément je déteste ça. Je déteste me trouver dans un endroit inconnu. Et je déteste Li de m'avoir amenée ici.

Elle saisit les baguettes et essaya d'imiter les gestes des Chinois. La méthode paraissait simple. Pourtant, quelle que fût la position de ses doigts sur les baguettes, elle ne parvenait pas à les faire se mouvoir indépendamment l'une de l'autre.

— Essayez comme ça, lui conseilla doucement Li.

Sa main couvrit celle de Miranda, guidant son pouce et ses doigts sur les baguettes d'ivoire effilées, lisses et fraîches, ornées de caractères chinois inscrits en rouge.

— Celle du bas reste immobile ; l'autre bouge de bas en haut et de haut en bas, comme une pince. Posez votre pouce ici, sur les deux baguettes, pour les stabiliser. Maintenant, ramenez l'une vers l'autre les deux extrémités, comme ça, et attrapez un petit morceau de bœuf. Parfait. Recommencez. Vous voyez ? Vous y arrivez. Il retira sa main et observa Miranda. Très bien, dit-il. Très bien. Vous apprenez vite. Vous ne vous êtes jamais servie de baguettes aux États-Unis ?

— Chez nous, il y a toujours des fourchettes sur la table dans les restaurants chinois. Je n'ai jamais éprouvé le besoin de me servir des baguettes.

Ni la curiosité. Pourquoi n'ai-je pas eu celle d'essayer, au moins une fois ?

Le bœuf était délicieux, sucré et épicé à la fois, et, lorsqu'elle leva les yeux, son regard croisa celui de Li : il attendait son verdict.

— Exquis. Maintenant que vous m'avez appris à m'alimenter, je crois que vous devriez manger tranquillement, sans vous inquiéter de moi.

— Je veux que vous vous sentiez bien.

— Je me sens très bien.

C'était la vérité. Toute la journée, elle avait été mal à l'aise, intimidée parmi ces étrangers qui savaient tout et elle rien, perdue chaque fois qu'on parlait chinois devant elle, angoissée de devoir négocier avec des gens si différents... Enfin, elle se détendait.

Elle aimait cette salle silencieuse, l'impeccable blancheur des nappes, les lanternes en papier translucide, la lampe de porcelaine rouge et or sur leur table, les petites assiettes blanches qui défilaient comme à la parade. Elle aimait les teintes douces du tapis, les rideaux de soie noire à la fenêtre, retenus par des cordons dorés, la musique étrange que diffusaient des haut-parleurs invisibles. Elle aimait l'intimité de leur table, petit îlot d'anglais perdu dans la houle d'un océan de chinois. Sans Li, elle aurait eu le sentiment de se noyer ; avec lui, elle se sentait prête pour l'aventure, et l'aventure commençait par ce dîner.

Elle but longuement, afin de rafraîchir sa bouche en feu. La bière chinoise était douce, veloutée, avec une pointe d'amertume caractéristique. On la servait comme de l'eau : les serveuses s'empressaient de remplir leurs verres comme aux États-Unis on remplit les verres d'eau. Miranda avait toujours pensé que la bière était une boisson inférieure au vin. Pourtant, force lui était de reconnaître qu'elle accompagnait à la perfection les mets qu'elle était en train de goûter. De toute façon, en eût-elle jugé autrement, jamais elle n'aurait osé attirer l'attention en réclamant du vin. Elle avait horreur de se faire remarquer. Une vague de gratitude l'envahit alors et, tout à coup, hors de propos, elle leva les yeux de son assiette et dit :

– Merci, Li.

Celui-ci leva les yeux à son tour et répondit simplement :

– Je suis heureux que cela vous plaise.

Lorsqu'elle eut terminé le premier hors-d'œuvre, il lui servit quelques lamelles de poulet.

– Maintenant, dit-il, j'insiste pour que vous me racontiez votre journée. Vos idées, vos sensations, vos impressions de Chine...

Miranda saisit une mince lamelle de viande entre ses baguettes et la porta délicatement à sa bouche. Elle exultait : Que dis-tu de ça ? Une seule leçon, et voilà que tu manges comme un autochtone. Une bouffée d'assurance la gagna et, avec elle, l'envie d'être sincère.

– Eh bien... j'ai passé une bonne partie de la journée à regretter de n'avoir pas vu et fait plus de choses dans ma vie.

– Comme apprendre à manger avec des baguettes, par exemple ?

– Comme une foule d'autres choses aussi. Si j'avais voyagé davantage, je m'en serais certainement mieux sortie aujourd'hui. Je n'ai pas été assez agressive. Je ne suis pas arrivée à m'imposer et à leur faire comprendre les exigences de ma société.

– Vous arrive-t-il jamais d'être agressive ?

– Pardon ?

– Veuillez m'excuser, ma question était brutale. Peut-être, quand je vous connaîtrai mieux, pourrai-je vous la poser. À moins que, d'ici là, je n'aie déjà obtenu la réponse...

Avec un geste calculé, Miranda reposa les baguettes sur leur support de porcelaine.

– Qu'est-ce que c'est que cette histoire ?

– De quoi voulez-vous parler ? De ma brusquerie ? De mes excuses ?

– Vous savez parfaitement de quoi je parle.

– Bien, fit Li avec un hochement de tête. Vous me demandez pourquoi nous avons pris le petit déjeuner ensemble, pourquoi nous dînons ensemble, et pourquoi peut-être un jour nous nous connaîtrons suffisamment pour que je sache si, oui ou non, vous êtes quelqu'un d'agressif. Me permettez-vous de différer ma réponse ? Pour le moment je préfère simplement vous dire que j'apprécie votre compagnie et que j'aimerais vous faire passer une soirée agréable et, si possible, un heureux séjour à Pékin. Acceptez-vous que je vous dise cela ?

Non, pensa Miranda, mais ce « non » ne passa pas ses lèvres. Tout comme elle évitait de se faire remarquer, elle s'efforçait aussi toujours d'éviter les conflits. En outre, cette soirée était vraiment agréable, bien plus en tout cas que celle qu'elle aurait dû passer seule à l'hôtel.

– Oui, répondit-elle alors.

– Merci. Le poulet vous a plu ?

– Presque.

Li eut un petit rire.

– J'espère que, la prochaine fois, il vous plaira tout à fait. Voici l'anguille frite, ajouta-t-il en en déposant une cuillerée dans l'assiette de Miranda. Elle risque de glisser un peu entre les baguettes, mais je suis sûr que vous y arriverez. Vous vous en tirez très bien. Qui avez-vous rencontré aujourd'hui ?

– Le vice-président, le directeur de la fabrication, le directeur général de l'usine, des gens en charge de la production et d'autres dont je me demande encore ce qu'ils peuvent bien faire... L'usine est immense. Vous l'avez déjà visitée ?

– C'est ma société qui a construit le bâtiment numéro deux.

Les yeux de Miranda s'écarquillèrent.

– Mais il est gigantesque ! Bien plus grand que le numéro un.

– Oui, et mieux construit aussi. Ils auraient dû faire appel à nous pour le premier, mais ils ont voulu faire des économies.

– Qui ça ? L'État ?

– Non. Les Japonais. L'usine que vous avez visitée appartient à une société en participation dont les fonds proviennent essentiellement d'une compagnie de placements japonaise. Les investisseurs chinois en possèdent une petite partie, et naturellement la gestion est chinoise, bien que les Japonais aient introduit quelques-uns de leurs conseillers au conseil d'administration. C'est une entreprise très sérieuse. Vous apprécierez de travailler avec eux.

– J'ai l'impression qu'ils trouvent les Américains exigeants et arrogants.

– Les Américains *sont* exigeants et arrogants. Parce qu'ils appartiennent à la nation la plus puissante du monde, dit Li en servant à nouveau Miranda. Je vois que l'anguille vous plaît.

– Oui, beaucoup, répondit-elle avant d'enchaîner immédiatement : Je ne pense pas être exigeante, et je ne suis certainement pas arrogante. Je n'ai pas non plus l'impression d'être si puissante. J'ai souvent honte de mon ignorance. J'ignorais, par exemple, que l'État chinois autorisait des étrangers à posséder des entreprises sur son territoire. Je croyais que, dans un pays communiste, l'État était propriétaire de tout.

– Ce n'est plus vrai. Vous ont-ils fait visiter l'usine ?

– Oui, c'était très impressionnant.

– Racontez-moi. Je n'y suis pas retourné depuis que nous avons terminé le chantier.

Miranda lui décrivit les ateliers climatisés à l'éclairage éblouissant, longs comme une rue, les interminables rangées d'ouvrières penchées sur leurs machines à coudre, les tissus aux couleurs vives empilés à côté d'elles, pareils à des oiseaux endormis, les ailes repliées dans le silence. Car il n'y avait aucun bruit dans ces ateliers : pas un rire, pas un chuchotement, pas un air fredonné machinalement, pas un seul commentaire échangé sur les maladies ou les résultats scolaires des enfants ou petits-enfants. Non, rien, hormis le ronflement des machines à coudre et le chuintement des étoffes que des doigts agiles glissaient sous les aiguilles. Pourtant, au passage de Miranda, chacune des femmes avait levé les yeux pour la détailler de la tête aux pieds.

— Que portiez-vous ? lui demanda Li.

— Un tailleur, répondit-elle en rougissant. Je n'ai apporté que des tailleurs. Je ne pensais pas sortir le soir.

— Celui que vous portez est parfait pour sortir. Il est magnifique.

Normal, songea Miranda en se rappelant son prix. Pour mon premier voyage à l'étranger, je vais avoir assez de soucis comme ça, avait-elle pensé en l'achetant. Je ne veux pas avoir à me préoccuper de ma garde-robe.

— Chanel, non ? fit Li avec désinvolture.

Elle le dévisagea avec étonnement.

— Comment le savez-vous ?

— CNN diffuse des émissions sur la mode et sur Hollywood. La chaîne couvre aussi les défilés de mode de New York, Paris et Milan. Et puis tout ce qui est occidental m'intéresse.

— À cause de vos origines ?

— Pas seulement. En fait... Il hésita un instant, puis eut un petit sourire ironique, comme pour souligner la dérision de l'aveu qu'il s'apprêtait à faire. En fait, reprit-il, je crois que je continue d'espérer le retour de mon père. C'est ridicule, je le sais, mais je n'y peux rien. Certains jours, sans que je sache pourquoi, l'idée surgit : je me dis que c'est pour *aujourd'hui*, qu'il va apparaître sur le seuil de ma porte et me serrer dans ses bras en disant : « Ç'a été long mais je t'ai trouvé. Maintenant, nous allons être amis. » C'est une idée absurde, infantile, mais elle n'a pas cessé de vivre en moi. Depuis le jour où ma mère a commencé à me parler de lui. C'est alors que j'ai décidé d'apprendre des choses sur son pays, pour l'impressionner le jour où il reviendrait. Plus tard, naturellement, il est devenu évident qu'il ne reviendrait jamais. Mais, si le rêve s'est estompé, il n'a jamais disparu tout à fait, et j'ai continué de m'intéresser à l'Amérique. Vous me trouvez trop vieux pour ce genre de chimères, n'est-ce pas ? conclut Li en secouant la tête d'un air désabusé.

— Vous avez dû être très malheureux, répondit Miranda. Toujours douter, n'avoir jamais aucune certitude, attendre...

— C'est vrai. Je crois que c'était pire que si je n'avais pas eu de père du tout. Parlez-moi de vos parents.

— Ils habitent à deux rues de chez moi. Et en ce moment, ils habitent même chez moi, pour garder mes enfants.

— Vous avez des enfants ? Combien ?

— Deux. Lisa, quatorze ans, et Adam, treize ans.

— Et ils sont formidables, naturellement.

Miranda éclata de rire.

— Naturellement. Intelligents, curieux et drôles.

— Ils vous manquent beaucoup.

Elle demeura un instant silencieuse. Elle avait été tellement accaparée par tous ces étrangers, par ce monde inconnu, qu'elle avait à peine pensé à sa famille. Mais ces quelques mots firent monter les larmes.

— Normalement, à cette heure-ci, le soir, on se retrouve tous les trois dans la chambre de Lisa ou d'Adam, et on parle de ce qui a fait de la journée écoulée une journée spéciale, différente des autres. C'est un rituel, nous faisons ça tous les soirs.

— Et il s'est toujours passé quelque chose de particulier ?

— Toujours. Parfois, c'est juste une toute petite chose, il faut la chercher, la traquer dans chaque instant de la journée. D'autres fois, c'est une chose plus importante. Mais il y a toujours quelque chose.

— Vous avez de la chance.

— Oui, j'en ai toujours eu.

— Et votre mari ? Ce n'est pas lui qui s'occupe des enfants pendant votre séjour en Chine ?

— Mon mari est mort il y a plusieurs années.

— Je n'appellerais pas ça de la chance...

— Non, moi non plus.

Elle se tut puis ajouta après un moment de silence :

— J'ai eu de la chance... autrement.

— Vous ne parlez pas de votre mariage.

Non. Pas à vous. Pourquoi le ferais-je ?

— En tout cas, pas à moi, poursuivit Li. D'ailleurs, pourquoi le feriez-vous ? Il surprit le regard déconcerté de Miranda. J'ai encore dit quelque chose de mal ?

— Non, c'est juste que... Rien.

— Bien, dans ce cas parlez-moi de Lisa et d'Adam. Et de vos parents. Avez-vous toujours vécu si près d'eux ?

— Oui, toute ma vie. J'ai grandi dans la maison qu'ils habitent encore actuellement et, à notre mariage, Jeff et moi en avons acheté une dans la même rue.

— Et vous êtes très proche d'eux ?

— Oui, très. Adam et Lisa les adorent. Sans eux, je n'aurais jamais pu venir en Chine.

— Alors ils viennent habiter chez vous chaque fois que vous faites un long voyage ?

— Je ne fais jamais de longs voyages. Celui-ci est le premier.

Li haussa un sourcil étonné.

— On dit pourtant que les Américains sont de grands voyageurs.

— Eh bien, pas moi. Je m'occupe de mes enfants, de mon travail, je suis très heureuse là où je suis. Et je vais souvent à Denver.

— Est-ce loin de chez vous ?

— Une trentaine de kilomètres. Je n'ai jamais éprouvé le besoin d'aller plus loin. Je pensais n'avoir aucune raison de le faire.

Li la dévisagea un long moment avant de demander :

— Vraiment ?

Elle s'apprêtait à répondre mais, au dernier instant, elle hésita.

— Je ne suis plus très sûre. La plupart du temps, c'est vrai, je ne suis pas très curieuse. Pourtant, je m'imagine souvent dans d'autres pays, en train de visiter les grands musées, les monuments, d'assister à des festivals, de me promener sur des marchés. Je pense aux gens aussi, à leur façon de vivre...

— Et alors ?

— Alors rien. C'est juste que...

Son regard rencontra celui de Li : elle le trouva insistant, presque indiscret. Pourtant, bizarrement, elle se sentit en confiance et poursuivit :

— En réalité, j'ai peur de me retrouver avec des gens dont je ne connais pas la culture et qui vont me parler une langue que je ne comprends pas. Et puis, je n'aime pas voyager seule.

— Mais vous devez avoir des amis qui pourraient vous accompagner.

-- Mes amies sont des femmes comme moi. Nous n'avons jamais voyagé, ne parlons que l'anglais, et nous avons peur de nous retrouver désarmées au milieu de gens qui pourraient profiter de nous.

– Je suis désolé, fit Li d'une voix douce.

– Vous n'avez pas à vous sentir désolé, répliqua froidement Miranda. Je ne suis pas à plaindre. Et vous, quels voyages avez-vous donc faits ? Vous vivez dans un pays où vous n'avez pas le droit de bouger, même à l'intérieur du territoire.

– Je suis allé dans tous les coins de la Chine, et aussi au Tibet et en Mongolie. L'époque où nous n'avions pas le droit de nous déplacer à notre guise est révolue. Nous pouvons même sortir du pays. Beaucoup de Chinois le font, vous savez. Ce n'est pas difficile.

– Vous pouvez vraiment vous rendre où bon vous semble ?

– Nous pouvons nous promener à l'intérieur de la Chine et nous rendre à Hong Kong aussi facilement que vous vous déplacez à l'intérieur des États-Unis. Et si on a assez d'argent, on peut aussi partir à l'étranger, si on obtient un visa. Or les États-Unis n'accordent pas facilement ces visas.

– Pourquoi ça ?

– C'est à votre gouvernement qu'il faut demander ça, pas à moi.

Miranda ne répondit rien. Elle n'avait aucune envie de parler politique, elle n'y connaissait pas grand-chose, lui si. Quel que fût le sujet abordé, pensa-t-elle, il les ramenait toujours à leurs différences.

La nuit était venue obscurcir la baie vitrée qui réfléchissait désormais la petite lampe posée sur leur table et les reflets vifs de leurs baguettes d'ivoire. Alors qu'ils goûtaient le quatrième hors-d'œuvre, Li demanda :

– Ça vous a plu ?

– Oui, beaucoup. Ce repas est merveilleux. Bien meilleur que ce que j'ai pu manger au restaurant chinois à Boulder.

– C'est bien ce que j'espérais, dit-il avec un sourire. Adam et Lisa aiment-ils manger chinois ?

– Adam et Lisa aiment tout. Et en grandes quantités !

Il s'esclaffa.

– Oui, les adolescents donnent l'impression de ne jamais être rassasiés. Et vous n'avez personne pour vous aider matériellement ? reprit-il, plus sérieux. Vous avez toujours été styliste ?

– Non, j'ai commencé comme secrétaire à l'université de Boulder. Jeff y enseignait l'ingénierie. J'ai eu envie de démissionner à la naissance de Lisa, mais nous avions besoin d'un deuxième salaire. Et puis Jeff est mort, brutalement. Lisa avait un an, Adam deux, je n'avais plus le choix : il fallait que je continue à travailler.

– C'était un accident ?

– Non. Un jour, après un match de tennis, il s'est senti mal. Il s'est allongé, et quand je suis venue le chercher pour dîner, il était mort.

– C'est horrible. Vous avez cherché à le réveiller, vous l'avez secoué sans doute, vous avez prononcé son nom, et il ne répondait plus.

Miranda examina Li avec attention.

– C'est exactement ça. Comment le savez-vous ? C'est aussi ce qui s'est produit pour votre femme ?

– Non, nous étions séparés depuis des années quand elle est morte. J'essaie juste d'imaginer le choc que vous avez dû subir. Vous ne vous doutiez de rien. Vous vous attendiez à passer une soirée ordinaire. Et quand vous êtes allée le chercher, vous pensiez vraisemblablement à quelque chose de très banal, sans doute au dîner que vous étiez en train de préparer, vous vous demandiez peut-être si vous aviez éteint le four ou si...

– Oui, l'interrompit sèchement Miranda.

C'était comme s'il se glissait en elle-même pour s'emparer de ce qu'elle avait vécu de plus intime.

– À la mort de votre mari, vous avez gardé votre emploi de secrétaire ? demanda-t-il encore.

– Oui, mais ailleurs, dans une entreprise qui importait des pulls et des tailleurs en tricot et qui les revendait sous sa propre marque. J'ai commencé à dessiner pour m'amuser, le plus souvent pendant l'heure du déjeuner. Puis une amie a montré mes croquis au président de l'entreprise. Ils m'ont envoyée en formation pendant un an, après quoi je suis entrée dans leur équipe de stylistes. Nous ne sommes que trois et ça n'a rien de très prestigieux, vous savez : nous n'organisons pas de défilés, nos noms n'apparaissent nulle part, nous n'avons pas de top model.

– Mais vous aimez votre métier.

– Oui, j'aime créer. C'est le meilleur moyen de se donner

l'impression de maîtriser les choses : elles ont un début, un milieu, une fin, et on les fait exister.

– Et c'est ce qui vous amène en Chine.

– Oui.

Les plats étaient servis : bœuf à la sauce d'huîtres, curry de poulet aux nouilles et canard laqué pékinois.

– Vous devriez faire un tour sur nos marchés, dit Li, ils sont très animés. Un peu comme vos foires campagnardes en Amérique. Et il y a des mamelons de nourriture.

– Des quoi ?

– Des mamelons. J'ai pourtant lu ce mot dans un magazine. Les mamelons sont bien des collines, des hauteurs, non ?

Miranda fut saisie d'un irrépressible fou rire.

– On parlerait plutôt de montagnes de nourriture, fit-elle enfin. Pardonnez-moi, je ne suis pas en train de me moquer de vous, mais ce que vous venez de dire ressemble à un mot d'enfant ! Je suis désolée, ajouta-t-elle sans pouvoir pour autant s'arrêter de rire. Je vous ai vexé ?

– Non, pas du tout. Mais je ne suis pas certain d'avoir compris l'astuce. Ah ! voici notre dessert. Laissez-moi vous servir.

Il reprenait le contrôle de la situation. Dieu merci, songea-t-elle ; elle se rendit compte qu'elle n'aimait pas voir Li dans une position d'infériorité. Je l'ai plongé dans l'embarras, je lui ai peut-être même fait de la peine, se dit-elle en le regardant découper d'impeccables quartiers de fruits frais.

– Je pourrais vous emmener sur un de ces marchés demain, poursuivit-il en versant dans leurs tasses un thé couleur vert pâle à travers une passette en argent. Dites-moi votre programme pour que nous puissions convenir d'une heure, ajouta-t-il avec un parfait naturel. Moi, j'ai une réunion à dix heures. De toute façon, mieux vaut y aller de bonne heure. Disons sept heures, au moment du déballage, avant l'arrivée des touristes. On pourrait prendre le petit déjeuner là-bas, dans la rue.

– Dans la rue ?

– Les marchands ambulants en font d'excellents, vous verrez.

Dans la rue. Au mépris de l'hygiène la plus élémentaire. Y a-t-il seulement une inspection sanitaire ici ? Sûrement pas. En tout cas, pas dans la rue. Pourtant, il ne m'emmènerait pas dans un endroit où je risquerais de tomber malade... Non ?

Elle préféra laisser la question en suspens et se concentrer sur son kaki. À présent, ils étaient seuls dans la salle. Le silence qui régnait autour d'eux les avait fait baisser la voix. Ils chuchotaient, et ce murmure donnait à leurs propos des accents plus intimes encore. Ils avaient trouvé tellement de choses à se dire, sautant d'un sujet à l'autre, de minuscule découverte en minuscule découverte. Pourtant, ils en savaient encore bien peu : l'essentiel de ce qui faisait leurs vies demeurait inconnu. Miranda croyait encore sentir la main de Li sur la sienne, guidant ses doigts sur les baguettes. Une main ferme, la peau tendue sur des os maigres, mais aussi une main chaude et douce. Protectrice.

— Sept heures, dites-vous ? Je serai prête.

2.

Li vit Miranda le chercher des yeux à la sortie de l'ascenseur. Il s'apprêtait à avancer, la main tendue, lorsqu'il sentit peser sur lui les coups d'œil insistants des autres hommes présents dans le hall. Il comprit alors que son sourire trahissait sa joie de la retrouver et, s'efforçant de contraindre ses traits à l'impassibilité, il s'immobilisa pour attendre Miranda. Elle était vêtue d'un tailleur différent : en soie grise, avec un chemisier blanc, également en soie, noué dans le cou. Comme elle est pâle, se dit-il. Sa peau était presque transparente, ses sourcils clairs. Le halo brillant de ses cheveux blond cendré faisait paraître ses yeux noisette plus grands et plus sombres, et même fascinants lorsqu'elle les écarquillait, sous l'effet de l'étonnement. Li se dit qu'il émanait d'elle quelque chose d'impalpable, d'aérien, surtout, lorsque, comme à l'instant, elle était entourée de Chinois aux corps trapus, à la peau mate, aux cheveux et aux yeux d'un noir de jais. Elle semblait flotter parmi eux. Fragile, songea Li. Je ne sais pas ce qu'il y a en elle de réalité et d'illusion.

Il l'observa tandis qu'elle se frayait un chemin à travers le hall bondé de l'hôtel, glissant légèrement entre les hommes qui discutaient en petits groupes compacts que contournaient avec habileté les porteurs poussant des chariots encombrés de bagages. Elle se tenait plus droite que la veille, semblait plus curieuse. Ses yeux se posèrent un instant sur l'un des groupes : caméras, fanions, badges, regards confiants de ces touristes s'apprêtant à suivre le guide. Puis son visage s'assombrit et Li comprit qu'elle se sentait isolée, différente. Elle est ici pour affaires, se dit-il. Et elle m'a rencontré. Elle n'est donc ni vraiment une touriste, ni une des nôtres. Elle est entre deux chaises : une position rarement confortable.

Il eut envie de se précipiter vers elle, de la prendre par le bras, de la protéger. Comme à l'aéroport – il venait de déposer un ami en partance pour Hong Kong et retournait à pied vers le parking, lorsqu'une brèche s'était ouverte dans la foule, révélant le visage de Miranda, un visage extrêmement pâle, aux traits tirés, la tête rentrée dans les épaules pour tenter de se protéger de la bousculade. Puis la brèche s'était refermée. La foule avait avalé l'apparition. Alors Li avait joué des coudes pour la retrouver. Autour de lui, les visages inexpressifs qu'adoptent les Chinois dans les endroits publics : fonçant droit devant eux, concentrés sur leur destination, sans permettre à personne de pénétrer les quelques centimètres d'espace vital dont ils s'enveloppent comme d'une armure pour avancer. Il était parvenu à forcer le passage, sans même remarquer les coups de coude qui lui martelaient les côtes, résolu à la retrouver, à mettre un sourire sur ce visage, et de la gaieté dans ces yeux apeurés.

Bien sûr, autre chose encore l'avait irrésistiblement attiré vers elle. Elle était américaine. Et elle lui rappelait...

– Bonjour.

Elle avait traversé la foule et se tenait devant lui, main tendue.

Conscient d'être observé, il la gratifia d'une poignée de main protocolaire et s'effaça en disant :

– Une voiture nous attend.

En effet, une petite voiture noire était garée en double file au coin de l'hôtel. Absorbé dans la lecture d'un quotidien, son chauffeur était insensible au concert de klaxons que déclenchait son stationnement dans une rue déjà fort encombrée.

– En Amérique, il est illégal de se garer comme ça, fit Miranda.

Li sourit en prenant place à ses côtés sur le siège arrière.

– Ici, ce qui est illégal, c'est de coller sur son pare-brise un autocollant critiquant le gouvernement.

– Vraiment ? Un malheureux autocollant ?

– Oui, s'il est considéré comme subversif.

Il la dévisagea, attendant l'effet produit, une quelconque réaction. Rien. Les Américains n'aimaient-ils donc pas discuter politique ? En tout cas, pas cette Américaine-là, manifestement. Elle préférait revenir à leur premier sujet de conversation.

-- Vous devez pourtant avoir un code de la route, des règles.

– Oui, une foule de règles. Mais certaines choses sont plus illégales que d'autres, et le code de la route figure tout en bas de la liste, répondit Li avant de se pencher pour souffler quelques mots au chauffeur ; puis il se cala dans le fond de la banquette et dit : Je vous promets que nous ne renverserons aucun piéton aujourd'hui. Même les Chinois considèrent que ça ne se fait pas.

Miranda secoua la tête.

– Je ne sais jamais quand vous êtes sérieux.

– La prochaine fois, je vous enverrai un avis en bonne et due forme.

Elle changea de visage, et Li poussa un léger soupir d'impatience. Pourquoi était-elle incapable de se détendre ? Pourquoi ne pouvait-elle cesser de faire la moue à chaque commentaire qui lui semblait un peu trop personnel ?

– Bien, laissez-moi vous parler du marché que nous allons visiter. Ce n'est pas l'un des plus grands, mais c'est mon préféré parce qu'il n'est pas aussi commercial que le sont devenus ceux fréquentés par les touristes. Oh, attendez ! s'exclama-t-il soudain en demandant au chauffeur de ralentir. Voici un de nos chantiers : un immeuble de bureaux, dont la plupart sont déjà loués par General Motors et par IBM.

Miranda contempla la carcasse de béton qui s'élançait vers le ciel. Mais ce fut l'échafaudage qui retint son attention.

– Comme c'est étrange... En quoi est-il donc ?

– En bambou, répondit Li. Retenu par des sangles de plastique nouées aux jointures. Très solide, et assez léger pour être aisément déplacé.

Elle examina l'échafaudage qui semblait simplement posé sur le trottoir.

– Une bourrasque suffirait à le renverser.

– À mon avis, il en faudrait au moins trois ou quatre.

Elle lui décocha un regard oblique.

– Ce n'était pas de l'ironie. C'est juste que... j'ai tellement l'habitude de l'acier. Pouvons-nous descendre quelques instants ?

– Bien sûr.

Ils sortirent de la voiture et, debout sur le trottoir, levèrent les yeux vers l'immeuble en construction. Miranda posait une main hésitante sur une des tiges lorsqu'elle entendit un cri.

— Papa ! Je croyais que tu devais passer plus tard dans la journée.

Li se retourna et vit son fils avancer à grands pas vers lui.

— Nous nous sommes juste arrêtés une minute, répondit-il en chinois, puis, se tournant vers Miranda, il fit les présentations en anglais : Mon fils, Yuan Sheng. Miranda Graham.

Miranda et Sheng échangèrent une poignée de main : elle, sourire hésitant ; lui, visage de marbre. Li savait que Sheng attendait une explication. Il s'excusa auprès de Miranda, puis s'adressa à nouveau en chinois à son fils :

— On allait au marché. Tu veux te joindre à nous ?

— Non. Qui est-ce ?

— Une styliste de New York — ce n'était pas l'exacte vérité, mais, sur le coup, cette version lui parut plus simple que Boulder, Colorado. Elle est venue travailler avec des ateliers de couture, et je lui fais visiter Pékin. C'est son premier séjour en Chine. Pourquoi ne pas nous accompagner ?

— J'ai trop de boulot pour aller traîner sur les marchés. C'est à cause d'elle qu'on te suit ?

— Quoi ? fit Li en fixant son fils.

— Oui. Je me doutais que tu n'avais rien remarqué. Pourtant, d'habitude, tu les repères aussi bien que n'importe qui. Comment se fait-il que tu ne les aies pas vus aujourd'hui ?

Sheng dévisagea son père d'un air de défi, d'un air réprobateur aussi : celui-ci avait perdu sa vigilance, sans doute trop absorbé par la présence de cette femme pour se rendre compte de ce qu'il lui arrivait. Pourquoi donc aurais-je dû être sur mes gardes ? se demanda Li. Il y a des années que je n'ai pas été suivi. Pourquoi le serais-je aujourd'hui ? À moins que le suspect ne soit Miranda... Non, c'est impossible : elle n'a rien qui puisse intéresser la Sécurité.

— Qu'est-ce qui te prouve qu'elle est vraiment styliste ? lança Sheng. Après tout, qu'est-ce que tu sais d'elle ?

— Assez pour croire qu'elle est effectivement styliste. Et je ne pense pas que nous soyons suivis. Tu dois te tromper.

— Je sais ce que j'ai vu.

— Dans ce cas, celui qui nous suit fait erreur, rétorqua Li, agacé. Un quelconque rond-de-cuir a dû me confondre avec un autre. Je saurai le fin mot de l'histoire.

— Comment ?

— Je le saurai, c'est tout. J'ai des relations... Li s'interrompit.

Après tout, toi aussi tu peux te débrouiller pour le savoir. Ton ami Pan Chao travaille au ministère de la Sécurité, non ? Pourquoi ne lui poserais-tu pas la question ?

– Je ne lui pose jamais de questions sur son travail. Dans quel hôtel est-elle descendue ?

– Au *Palace Hotel*. Pourquoi ?

– Pour savoir. Garde tes distances, papa. Personne ne te suivait avant son arrivée, répondit Sheng avant de se tourner vers Miranda et de lui lancer en anglais, d'un ton cassant : Bon séjour.

Puis il tourna les talons.

Li eut un léger haussement d'épaules, gêné de la brusquerie de son fils. Mais il était plus troublé qu'il n'avait voulu le laisser paraître. Pourquoi l'aurait-on fait surveiller ? Il regarda de l'autre côté de la rue et ne vit rien d'anormal. Cela ne voulait rien dire : ne disait-on pas qu'un bon policier pouvait se fondre dans n'importe quel paysage et, s'il était vraiment doué, passer inaperçu même dans une pièce vide ?

Mais Sheng pouvait aussi s'être trompé. Capricieux, colérique, imprévisible, il avait gardé les travers de l'enfance dans l'âge adulte. Il exagérait toujours le danger, peut-être par goût du frisson. Li le savait impliqué dans des trafics illicites – il connaissait même certaines de ses affaires. Si Sheng croyait son père suivi, c'était sans doute par crainte d'être lui-même surveillé.

Un peu compliqué, se dit Li, mais, en Chine, les pensées compliquées, ça nous connaît. Après tout, ce n'est pas une idée aussi extravagante, dans un pays où la filature est une institution nationale. Je vais quand même faire attention.

– Veuillez pardonner la brusquerie de mon fils, dit-il à Miranda. Et mon impolitesse : je vous ai laissée hors de la conversation. Il avait quelque chose à me dire et...

– Ne vous inquiétez pas, répondit-elle. Il est chez lui, ici. C'est normal qu'il parle sa langue.

Li vit qu'elle s'apprêtait à poser des questions sur Sheng, puis qu'elle se ravisait. Elle a de meilleures manières que mon fils, songea-t-il. Mais la voix de Sheng revint comme en écho dans ses pensées : *Qu'est-ce qui te prouve qu'elle est vraiment styliste ? Personne ne te suivait avant son arrivée.*

C'est vrai : qu'est-ce que je sais d'elle au juste ? Elle m'a parlé de ses enfants, de son mari, un peu de son travail. En fait, elle ne m'a pas dit grand-chose. Et je ne sais même pas si le peu qu'elle m'a raconté est vrai...

De retour dans la voiture, il voulut en avoir le cœur net.

– Vous ne m'avez pas dit le nom de la société pour laquelle vous travaillez.

Miranda fut surprise par cette question posée à brûle-pourpoint. Mais, une fois encore, elle eut la politesse – ou l'intelligence – de ne pas manifester son étonnement.

– Talia, répondit-elle. C'est une petite maison, mais qui grossit très vite. Talia Greenhouse est la propriétaire, et son mari le trésorier. Si vous suivez la mode sur CNN, vous avez dû en entendre parler.

– Je connais Talia. Le tailleur que vous portez est un tailleur Talia.

– Vous avez dit ça au hasard ?

– Non. J'ai reconnu la coupe de la veste.

Elle le dévisagea avec stupeur.

– Vous remarquez toujours ce genre de détails ?

– C'est une déformation professionnelle : les ingénieurs du bâtiment sont toujours très sensibles aux détails, répondit Li d'un ton léger. Et depuis combien de temps travaillez-vous chez Talia ?

– Presque dix ans.

– Toujours comme styliste ?

– Non. Je croyais pourtant vous l'avoir raconté. J'ai commencé comme secrétaire, et puis on m'a envoyée en formation pendant un an. Quelque chose ne va pas ? conclut Miranda en scrutant le visage de Li.

– Non, non, s'empressa-t-il de répondre.

En effet, pourquoi aurait-il douté d'elle ? Elle était franche, sincère. Rien, ni dans sa voix ni dans son visage, ne trahissait l'ombre d'une arrière-pensée. Il se surprenait à penser comme Sheng, aussi méfiant, aussi soupçonneux que lui : il en eut honte.

– Mon fils m'a posé des questions sur vous, poursuivit-il, et je me suis rendu compte que je ne connaissais pas le nom de votre société.

Miranda ne releva pas. Pourtant, il vit qu'elle avait toujours l'air perplexe.

– Parlez-moi de votre fils.

– Je ne suis pas très proche de Sheng, mais nous travaillons

52

ensemble et j'espère qu'un jour il me succédera à la tête de l'entreprise.

– Il ne le souhaite pas ?

– Si, énormément. Mais il a encore beaucoup à apprendre, surtout dans les contacts humains. Il n'est pas encore prêt à assumer une responsabilité pareille. Pour l'instant, il a trop à faire avec ses associés, leurs deux boîtes de nuit et un certain nombre d'autres affaires, pour se consacrer pleinement à notre société. Je ne sais donc pas s'il la dirigera un jour. Toujours est-il que, pour l'instant, il fait correctement son travail et que cette collaboration maintient entre nous une certaine proximité. Ça devrait nous aider s'il décide un jour de devenir mon ami.

– Il est marié ?

– Oui, et il a un fils. Il a épousé la fille d'un haut fonctionnaire. Son père et elle possèdent une entreprise qui contrefait des vêtements Benetton. Je ne pense pas que Sheng soit impliqué là-dedans.

– C'est parfaitement illégal. Une ligne de vêtements est protégée. La Chine a bien signé les accords sur la protection du droit des créateurs, non ?

– Comme je vous le disais tout à l'heure, dans ce pays, la notion d'illégalité est quelque chose de très relatif.

– Je ne comprends pas. Si la Chine a signé ces accords, soit ces imitations sont légales, soit elles ne le sont pas.

Li haussa les épaules.

– Elles sont illégales, sauf quand elles rapportent de l'argent. Benetton n'est qu'un exemple parmi des centaines d'autres. La contrefection est un commerce florissant en Chine.

– La contrefaçon, rectifia machinalement Miranda. Pourquoi l'État ne fait-il rien pour arrêter ça ?

– Parce qu'il y trouve son intérêt. Parce que certains fonctionnaires, et d'autres qui ne le sont pas, gagnent de l'argent avec ce commerce. Ceux qui ne sont pas d'accord n'ont qu'à fermer les yeux.

– C'est insensé. *L'État lui-même* possède des entreprises illégales ?

– Pas exactement l'État, répondit Li. Plutôt les fils et les filles des hauts fonctionnaires. Ça changera sans doute un jour. On interdit déjà aux militaires de posséder des usines et de faire de la contrebande. C'est une longue histoire..., conclut-il avec un soupir.

Miranda garda quelques instants le silence avant d'ajouter :

– Vous m'avez dit que vous avez deux enfants. Un fils et une fille.

– Oui, j'ai une fille, Shuiying. Nous n'avons pas du tout la même vie, et pourtant je m'entends mieux avec elle qu'avec Sheng. Sheng manque encore de maturité. Nous devrions faire l'effort de nous rapprocher, mais le souhaite-t-il ?

– Peut-être ne sait-il pas comment faire...

– Et vous croyez que je pourrais lui apprendre ?

– Je crois qu'on ne cesse jamais d'apprendre des choses à ses enfants. On leur apprend des choses différentes à mesure qu'ils grandissent ; autrement aussi, il faut suggérer, expliquer, discrètement. Mes amies disent qu'elles auront la vie plus facile quand leurs enfants auront quitté la maison. À mon avis, les enfants ne partent jamais vraiment. Je veux dire qu'ils sont toujours en nous. Je n'imagine pas cesser un jour de m'inquiéter pour Adam et Lisa : je me demanderai toujours s'ils vont bien, s'ils sont heureux, s'ils ne sont pas en danger. Je n'imagine pas qu'ils n'aient plus jamais besoin de mon avis.

Il y eut un nouveau silence.

– Vous êtes sage, murmura enfin Li. Même si nous voulons nous détacher de nos enfants, nous n'y parvenons pas. Maintenant, occupons-nous plutôt de notre promenade. Je vais vous faire découvrir la ville.

Ensemble, ils regardèrent Pékin se déployer sous leurs yeux. Li remarqua que Miranda tournait la tête à droite et à gauche, l'air étonné, et comprit ce qui attirait son attention. Une chose devenue invisible pour lui, tant elle se fondait dans la banalité du quotidien : partout, le long des rues et des avenues, des centaines de grues jaunes se dressaient vers le ciel à travers un rideau de pollution, et se balançaient, pareilles à des monstres préhistoriques.

– On dirait qu'une ville entière est en train de pousser sous nos yeux, fit Miranda, émerveillée. Qu'y avait-il ici avant les gratte-ciel ?

– Des *hutongs*. Des rues – en réalité, plutôt des ruelles –, où s'alignaient de petites échoppes et des masures où les pauvres vivaient depuis des siècles. Maintenant, il n'y a plus de place pour eux.

– Pour les *hutongs* ou pour les pauvres ?

– Ni pour les *hutongs* qui ont été rasées, ni pour les pauvres que l'on a repoussés en périphérie de la ville. Exactement comme aux États-Unis.

Miranda ouvrit la bouche, prête à riposter, mais elle se ravisa.

– Que vouliez-vous dire ? lui demanda Li.

Elle eut un petit rire.

– Je m'apprêtais à défendre l'Amérique. Mais les pauvres ne sont nulle part les bienvenus, j'imagine. On préfère les rendre invisibles pour continuer à se croire riches et heureux.

– Vous l'êtes, vous, riche et heureuse.

– Oh ! nous n'avons jamais été riches.

– Non ? Qu'étiez-vous donc alors ?

– Eh bien, nous étions à la limite de la pauvreté. Nous n'avions pas faim, mais nous regardions au centime près.

– Et vous appelez ça de la pauvreté ?

– Oui, comparé à... Miranda s'interrompit. Qu'est-ce qui vous fait sourire ?

– Seul un enfant gâté définit la pauvreté par comparaison. Les vrais pauvres savent que la pauvreté ne se compare pas, qu'elle est absolue. Ils meurent de faim littéralement.

– *Un enfant gâté, dites-vous ?*

– Je ne parlais pas de vous, mais de votre pays. C'est l'Amérique l'enfant gâté. Trop d'argent, trop de richesses, trop de biens de consommation. Les Américains n'ont aucune idée de ce qu'est la vraie pauvreté, ajouta encore Li. Ça n'a rien à voir avec vous. Je ne voulais pas vous blesser.

– La pauvreté ne rend pas supérieur, rétorqua froidement Miranda. Vous n'êtes pas meilleurs que nous, *moins gâtés, plus mûrs,* parce que vous avez connu une pauvreté pire que la nôtre. Nous en donnons peut-être une définition différente, mais ça ne veut pas dire que nous ne la connaissons pas.

– Vous avez raison. Je vous demande de m'excuser. Dites-moi ce que signifie pour vous être à la limite de la pauvreté.

Silencieuse, Miranda refusait de répondre.

– Je vous en prie, insista Li. J'aimerais comprendre.

– Ça signifie n'avoir pas un sou d'économies, reprit-elle enfin d'un ton morne. Se demander ce qui va se passer si on tombe malade, si on ne peut plus travailler. Pouvoir acheter l'indispensable, mais aucun de ces bijoux, voitures ou vêtements élégants qu'on voit dans les vitrines ou à la télévision. Notre voiture tombe en ruine. Nous habitons dans une toute petite maison, il faudrait refaire la toiture... Qu'avez-vous à regarder sans cesse derrière nous ?

Li fit volte-face.

— Pardonnez-moi. Je cherchais quelque chose que je ne vois pas. Je vous en prie, pardonnez-moi. Parlez-moi de votre maison.

— Elle est très ordinaire. Avec le temps, le revêtement en cèdre a viré au gris. C'est une maison de plain-pied. Sans étage. Un grand salon-salle à manger, trois petites chambres, une salle de jeux, une véranda construite par Jeff et par mon père, et un garage pour deux voitures, avec dans le fond un établi, et, au-dessus de la porte, le panier de basket d'Adam...

— Votre fils.

— Oui.

— Treize ans.

— Oui, vous avez une bonne mémoire. Nous avons aussi une balancelle, des chaises et une table qui auraient besoin d'un bon coup de peinture. Le jardin est plein d'herbes folles et de fleurs, avec des arbres énormes et très vieux. Il est traversé par un petit ruisseau enjambé par un pont. Lisa et moi nous occupons des fleurs et des légumes, le long de la clôture. Les copains des enfants passent souvent jouer au croquet, au badminton, ou boire une limonade. Il y a aussi un petit four dans le garage, pour les céramiques de Lisa. Elle est très douée de ses mains. Ses créations lui ont déjà valu des prix nationaux.

— Et où travaillez-vous ?

— Dans la véranda. J'ai casé mon ordinateur dans un coin, une photocopieuse, un divan, mes dossiers, et...

— Qu'y a-t-il dans ces dossiers ?

— Des croquis, des échantillons de fils et de tissus, des boutons, des galons, des coupures de presse, des photos de défilés. J'ai posé des carrés de liège sur les murs, pour épingler les croquis sur lesquels je suis en train de travailler.

— Vous avez aussi une table à dessin ?

— Non, j'aime dessiner pelotonnée sur le divan. Ensuite je scanne mes croquis et je les finalise sur ordinateur. J'ai aussi une table à couture. Je couds moi-même les vêtements de la famille.

— À vous entendre, ça a l'air d'une maison très agréable, fit Li au bout de quelques instants. Pas vraiment ce que j'appellerais une maison ordinaire.

– Pourtant, elle l'est. Il y en a des millions comme ça en Amérique, répondit Miranda avant de s'interrompre et d'ajouter : Pas tout à fait un château, quoi...

Il y eut un nouveau silence. Puis son regard rencontra celui de Li, et ils partirent tous deux d'un éclat de rire. Il sentit monter en lui un irrépressible élan d'affection. Le rire de Miranda montrait qu'elle avait compris : pour la plupart des gens dans le monde, sa maison serait *vraiment* un château, mais jusqu'alors, sans doute n'y avait-elle jamais songé.

– Et vous, où habitez-vous ? lui demanda-t-elle avec un sourire.

– Dans une vieille maison du XIXᵉ siècle. Je vais vous la montrer...

Il s'arrêta en voyant le visage de Miranda exprimer un étonnement proche de la suspicion. Encore une fois, il recula.

– Nous serons au marché dans quelques minutes.

– On pourrait marcher un peu, dit-elle. On visite mieux à pied.

Li se pencha vers le chauffeur et lui souffla quelques mots. Une fois sorti, il fit mine de relacer sa chaussure pour jeter autour de lui un regard circulaire. Une voiture s'arrêtait quelques maisons plus loin. Un homme en descendit, qui se tourna dans leur direction. Li remarqua le costume noir, la chemise bleue, la cravate rouge et bleu. Il se redressa et dit à Miranda :

– J'ai demandé à mon chauffeur de revenir nous chercher dans une heure et demie, pour que vous ne soyez pas en retard à votre rendez-vous. Ça vous va ?

– Oui. Merci.

Un instant, son regard avait suivi celui de Li, puis elle se retourna pour observer la rue. Ils se trouvaient sur un trottoir étroit et défoncé qui courait le long des façades d'immeubles de cinq étages, tous identiques, s'étirant interminablement dans la brume. Sur la voie, des vieux, hommes et femmes, tiraient des voitures à bras. Lorsqu'elle passa près d'eux, leurs regards s'attardèrent sur Miranda. Li vit ses traits se crisper, puis se détendre – il n'y avait aucune hostilité dans leurs yeux, juste de la curiosité. Bientôt, elle rendit les regards et se risqua même à lancer un joyeux *Ni hao* – bonjour – qui lui valut un sourire.

– Encore deux ou trois pâtés de maisons, et nous y sommes, dit Li.

Il aimait être l'explorateur de sa propre ville. En même temps, il sentait monter un malaise : les trottoirs jonchés d'ordures, les pots d'échappement et leurs fumées suffocantes, le concert strident des avertisseurs, les immeubles délabrés, le pas traînant de tous ces vieillards misérables – il aurait souhaité que Miranda ne voie pas cela.

Ce qu'il voulait lui montrer, c'était la vitalité de Pékin, son dynamisme : gratte-ciel en construction, jeunes gens en jean chaussés de Nike, hommes d'affaires vêtus d'élégants costumes italiens, un téléphone portable dans une main, un attaché-case au cuir brillant dans l'autre, grands magasins sophistiqués, boutiques internationales... C'était cette image-là de Pékin qu'il aimait offrir. Au lieu de quoi elle louvoyait entre les monceaux d'ordures qui envahissaient les trottoirs.

– C'est un vieux quartier, fit-il, comme pour s'excuser. Vous avez vu des choses beaucoup plus modernes aux environs de l'hôt...

– Oh, regardez ! s'exclama Miranda.

Ils étaient arrivés devant une petite cour. Dans une véritable congère de détritus, des vieillards vêtus d'amples pantalons et de vestes élimées étaient en train d'accrocher à de maigres branches d'arbre des cages à oiseaux. Ils ôtèrent les linges posés sur les cages, et les oiseaux, des canaris et des perruches, se mirent à chanter, ravis de revoir le soleil, sautillant d'un perchoir à l'autre, tandis que les vieux partaient s'asseoir sur une souche pour discuter entre eux.

Li sourit.

– Ils font ça tous les jours. Ils vivent dans des logements exigus, sombres, confinés. Ils sortent leurs oiseaux pour qu'ils respirent un peu d'air frais. De temps en temps, ils balancent les cages à bout de bras et leur font décrire de larges cercles : ils disent qu'ils font faire de l'exercice aux oiseaux.

– Comme c'est joli ! Ils s'échappent ensemble...

– Pas les oiseaux, remarqua Li, amusé.

– Mais si. Ils s'échappent des grosses cages que sont les maisons des hommes. Regardez comme ils sont heureux ; ils partagent la même liberté, n'est-ce pas ? Je veux dire... nous avons tous plusieurs cages l'une au-dessus de l'autre, et si nous pouvons nous échapper d'une seule d'entre elles... La voix de Miranda faiblit sous le regard intense de Li, puis se tut tout à fait.

— Quelles sont vos cages ? lui demanda-t-il.

— Oh ! c'était juste une idée comme ça. Assez absurde, j'en conviens. Je ne vois que des oiseaux, reprit-elle pour se ressaisir. Où sont donc les chiens et les chats ?

— Les chats restent à l'intérieur. Quant aux chiens, il n'y en a pas. Ou très peu. Il faut un permis pour posséder un chien, et il est inabordable pour la plupart des gens.

— Pourquoi ? Que reproche-t-on aux chiens ?

— D'être sales. Les gens ne nettoient pas derrière eux, et puis il faut les nourrir... La ville peut fort bien s'en passer.

Comme ils contournaient un amas de bicyclettes, Li coula discrètement un regard en direction de la chemise bleue et de la cravate, et jura en lui-même. Ce pouvait être une coïncidence. Ou alors Sheng avait raison. Dans ce cas, il s'agissait vraisemblablement d'une erreur commise par quelque fonctionnaire stupide qui avait confondu son nom avec un autre. Mais s'enfoncer dans la jungle bureaucratique afin de rectifier ce genre d'erreurs prenait du temps et de l'énergie. En outre, Li n'avait aucune envie de rencontrer ces gens-là.

À moins qu'ils ne suivent Miranda.

Non. C'était impossible. Plus il la connaissait, moins cette hypothèse lui paraissait crédible.

Quoi qu'il en fût, ils étaient, semblait-il, bel et bien surveillés, mais pas arrêtés... en tout cas pas encore. Il n'allait donc pas laisser cette filature gâcher leur matinée. Après tout, laissons-les nous suivre. Tout ce qu'ils verront, c'est deux personnes en train de se promener sur un marché.

— Petit déjeuner ? proposa-t-il d'un ton qui se voulait résolu, autant pour lui-même que pour Miranda.

Et il se dirigea vers une femme et deux hommes qui se tenaient debout dans un nuage de vapeur.

— Ce sont des amis à moi... et d'excellents cuisiniers.

Miranda se livra à une observation circonspecte du petit billot de boucher, griffé et noirci par des années d'usage, de la barrique à pétrole cabossée, avec sur le côté un trou qui laissait paraître la fureur du feu, et du wok grésillant d'huile d'arachide. Petite et dodue, serrée dans un tablier qui avait jadis été blanc, la femme pétrissait une énorme boule de pâte. Li savait exactement ce que pensait Miranda : l'eau de Pékin n'était pas potable, le tablier de la femme était sale – quand avait-elle lavé le billot, les ustensiles ou même ses mains pour la dernière fois ? De toute façon, quel bien pouvait-on attendre d'une nourriture préparée dans les fumées des pots d'échappement et les résidus de charbon ?

– Alors, on mange ? fit Li.

Pour lui, c'était un test, une épreuve : si elle voulait comprendre Pékin, il fallait qu'elle l'accepte pour ce qu'il était. *Si elle veut me comprendre, il faut qu'elle m'accepte pour ce que je suis.*

– D'accord, répondit Miranda en prenant une ample respiration. J'ai très envie d'un petit déjeuner. Je ne sais pas comment la chose est possible, après le dîner d'hier soir, mais j'ai faim.

À nouveau, Li eut pour elle un élan de tendresse. Il était plus difficile à Miranda d'affronter l'épreuve qu'à un habitué de l'aventure. Or elle s'y soumettait de bonne grâce. *Je me demande si elle a jamais connu l'aventure. Je parierais que non.*

Il présenta ses amis à Miranda.

– Le soir, ils jouent dans un orchestre de jazz, mais dans la journée ils sont là. Ils font le meilleur *youtiao* de Pékin. C'est un gressin frit. Et là, voici des crêpes à la ciboulette. On enroule la crêpe autour du gressin : c'est comme ça que ça se mange. Il faut une grande bouche, mais ça vaut le coup !

Un large sourire illumina son visage lorsqu'il vit Miranda grignoter un bout du long et fin *youtiao* enroulé dans sa crêpe.

– Mais c'est très bon ! s'exclama-t-elle.

– Un de mes casse-croûte favoris.

Tout en mangeant, ils poursuivirent leur flânerie à travers la vie du marché.

Li avait conscience de ce qu'il y avait d'insolite dans la présence de Miranda. Elle était comme un puits de lumière dans ces rues ternes ; son tailleur gris argent, le halo lumineux de ses cheveux, la pâleur laiteuse de sa peau. Il la sentait à ses côtés, comme s'ils se touchaient. Leurs pas s'accordaient. Et il eut le sentiment d'être en voyage, ce matin-là ; lui aussi était un étranger dans Pékin.

– Regardez, fit-elle soudain, des châtaignes.

En effet, il y en avait des centaines, alignées sur une longue table en bois, rangées avec la minutieuse précision d'une formation militaire, et d'autres encore, par milliers, dans des sacs entassés sur le trottoir.

– Le vrai marché commence là, dit Li en désignant sur leur gauche une ruelle bordée à perte de vue par des étals et des stands.

L'excitation donnait à Miranda un visage radieux.

– C'est magnifique !

Le marché lui apparut comme une tapisserie de couleurs sous les rayons obliques du soleil du petit matin : le brun foncé des châtaignes, le jaune des œufs, l'orangé des lis, le roux pâle du gingembre, le violet brillant des aubergines, le rouge éclatant des poivrons, le brun rougeâtre de l'anis étoilé, l'ivoire des boucles des nouilles *lo mein*, le vert pâle du céleri *bok choy*, le vert profond des choux chinois fripés, ce légume qui poussait sur les balcons contre les murs et les clôtures.

Canards et poules pendaient, la tête en bas, dans des appentis, au-dessus de comptoirs en bois tachés de sang. Accroupi près d'un billot de bois au beau milieu de la rue, un homme en short et tricot de corps arrachait ses ultimes poils à la cuisse d'une chèvre.

Plus loin, sur une table, s'entassaient des anguilles pas plus grosses qu'un crayon. Une femme les attrapait une à une, les ouvrait, les vidait d'un doigt rapide et les jetait sur une pile prête à la vente. Elle agissait avec une telle vivacité, une telle économie de mouvements, une telle grâce même, qu'on en oubliait presque la nature de sa tâche. Li, qui avait pourtant pu observer la scène des centaines de fois, s'arrêta pour l'admirer.

De l'autre côté de la rue, une jeune fille étalait au rouleau de la pâte de soja qu'elle découpait en petits carrés bien nets. Derrière elle, des hommes en bonnets de calicot ramenaient en un éclair les coins de la pâte finement étalée sur la garniture, puis les refermaient comme une petite bourse, avec un cordon.

Miranda poussa un soupir.

– Il y a trop de choses à voir. C'est comme au cirque, en mieux. Tout est si coloré. Sauf les gens.

Li fut aussitôt sur la défensive. Il était vrai, pourtant, que tous ces gens étaient vêtus de teintes tristes, bleu foncé, brun, gris, noir, taches sombres sur la toile vibrante de couleurs du marché.

– On s'occupera des couleurs quand on aura le temps et les moyens de le faire, dit-il comme ils reprenaient leur promenade.

– Et alors vous vous sentirez plus heureux ?

Li lui jeta un regard perçant.

– Pourquoi dites-vous ça ?

– Parce que tout le monde a l'air sinistre ici. Non, rectifia immédiatement Miranda – pas vous, bien sûr –, mais votre fils, par exemple, et tous les gens que nous croisons. On dirait qu'ils n'imaginent pas avoir jamais une raison de sourire. Peut-être est-ce le cas après tout, peut-être ont-ils la vie trop dure. Mais quand elle sera plus facile, quand ils connaîtront l'espoir, ils porteront les couleurs de l'espoir, des couleurs vives.

– Comme les Américains.

– Eh bien... oui... Pourquoi pas ? Ça fait du bien de vivre dans l'espoir.

– Les Américains font plus que vivre dans l'espoir. Ils *s'attendent* au bonheur. Ils le réclament.

Miranda le dévisagea.

– Pas vous ?

– Personne en Chine n'attend autre chose de la vie que des difficultés. Il y en a toujours eu. Sauf que nous commençons à ressembler un peu aux Américains, nous apprenons à espérer. Un de ces jours, nous aussi nous attendrons des choses de la vie. Peut-être même en exigerons-nous. Comme les Américains. Exigeants toujours.

– C'est ridicule ! s'exclama Miranda. Vous n'arrêtez pas d'assener ce genre d'affirmations catégoriques sur les Américains. Mais que savez-vous de nous ?

– Je lis. Je regarde...

– CNN. Oui, vous me l'avez dit. Drôle de manière d'aborder un pays. Vous ne préféreriez pas discuter avec des Américains ?

– Qu'est-ce que je suis en train de faire en ce moment ?

Miranda s'immobilisa et fixa longuement Li avant de partir d'un bref éclat de rire.

– Je comprends enfin pourquoi vous recherchez ma compagnie. Pour que je vous parle de l'Amérique !

– Non, ce n'est pas pour ça que je recherche votre compagnie, comme vous dites. Allons boire quelque chose.

Devant eux, deux femmes avaient posé leurs bouilloires sur un brasero. Elles versèrent de l'eau bouillante sur des pincées de thé déposées au fond de deux grandes tasses.

Ils burent en observant ceux qui les observaient. Soudain, une femme pointa un doigt énergique vers Miranda, tout en chuchotant quelques mots à sa voisine. Une autre l'imita, et encore une autre. Elles montraient les cheveux, les chaussures, puis, enfin, Li.

– Mais qu'est-ce qu'elles ont ? *Elles me montrent du doigt, elles me dévisagent.* Qu'est-ce qui leur prend ? J'ai fait quelque chose de travers ?

– Absolument pas. Elles vous admirent, c'est tout. Elles disent que vos cheveux sont comme de la soie, que vos chaussures sont magnifiques. Elles vous montrent du doigt et vous regardent fixement parce que, en Chine, ce n'est pas grossier. Dans un pays pauvre et surpeuplé, la rue devient un théâtre, un spectacle à la fois grandiose et quotidien, destiné à tous, gratuit. Voilà pourquoi elles vous montrent du doigt, vous dévisagent, font des commentaires, tout comme vous le faites au spectacle, aux États-Unis.

– Nous ne montrons jamais du doigt, et nous ne dévisageons pas non plus les gens.

– Eh bien, ici, vous pouvez le faire, personne ne vous en tiendra rigueur. Peut-être verriez-vous le monde autrement si vous le faisiez...

Le thé avait refroidi. Le soleil était plus haut dans le ciel, plus chaud aussi. Miranda et Li se laissaient bercer par les rumeurs du marché. Li pensait à l'homme qui les suivait, à Sheng, si hostile, plein de mépris, et impliqué dans des trafics qui constituaient une menace pour la compagnie comme pour lui-même. Il savait qu'il allait bientôt devoir affronter tout cela. Mais, pour le moment, il ne demandait qu'à se laisser pénétrer par la chaleur du soleil, Miranda à ses côtés.

– Il doit être l'heure de partir, fit-elle d'une voix douce, presque somnolente.

– Oui, bientôt.

Des écoliers surgirent, tous habillés de survêtements bleus brillants, des petits foulards rouges noués autour du cou, chargés de sacs à dos gonflés de livres. Ils achetèrent des tranches de pomelos à un homme accroupi, qui en découpait de larges quartiers en forme de triangles. Le jus dégoulinait entre les doigts des garçons. Ils s'éclaboussaient en riant, essayant d'esquiver les gouttes.

– Ils sont adorables, fit Miranda en se redressant. Si vivants. Ils me font penser à Adam et à Lisa.

Li eut un pincement de dépit en la voyant tourner ses pensées vers sa fille et son fils, à l'autre bout de la planète, dans un monde où il n'avait aucune part.

— C'est étrange, dit-elle. Quelque chose m'a fait penser à eux, et tout à coup, je me sens incroyablement loin, et... comment dire ?... désemparée, comme si je ne faisais plus partie de leur vie, comme s'ils étaient définitivement inaccessibles. Vous savez, à la maison, je pense rarement à eux dans la journée : je travaille, ils sont à l'école, chacun est à sa place. Et, bizarrement, cette sensation-là me manque presque autant qu'eux. Savoir que chacun est à sa place. C'est un sentiment tellement réconfortant. Ces foulards rouges, ajouta-t-elle sans cesser de regarder les écoliers, signifient bien qu'ils appartiennent aux Jeunes Pionniers, l'étape qui précède les Jeunesses communistes, n'est-ce pas ? Ce sont des enfants du Parti...

— Ils y entreront seulement s'ils le veulent une fois grands, répondit Li d'un ton détaché. Ils n'y sont pas obligés. Mais beaucoup adhèrent, parce que ça aide dans le travail. C'est une façon de se faire facilement des *guanxi*, des contacts.

Miranda sourit.

— En Amérique, on appellerait ça du copinage.

— C'est la même chose.

Les garçonnets partirent en courant, toujours groupés. Miranda les suivit des yeux jusqu'à ce qu'ils aient disparu au coin d'une rue.

— Pourquoi êtes-vous venue en Chine ? demanda soudain Li.

Elle le dévisagea avec étonnement.

— Je vous l'ai dit, je travaille pour...

— Pourquoi avez-vous accepté cette mission puisque vous aimez si peu voyager, partir de chez vous ?

Elle resta sans voix. Il pouvait l'entendre se demander si elle devait répondre. Craignait-elle de trop se livrer ? Ou peut-être était-elle en train d'inventer à la hâte une histoire plausible ? Bon sang ! Pourquoi ne puis-je cesser de la soupçonner, se demanda-t-il, furieux, alors que tout se passe bien, que nous devenons amis ? Sans doute ai-je juste envie de la connaître, de savoir qui elle est vraiment. Pas par suspicion, mais simplement pour mieux la comprendre. Et il reprit, pour mettre fin à son malaise :

— Vous m'avez dit que vous étiez née à Boulder, dans cette

maison qu'habitent toujours vos parents. Vous y avez toujours vécu ?

– Oui.

– Et ça vous plaisait ?

– Bien sûr.

– Même lorsque vous étiez étudiante ?

Miranda lui lança un regard déconcerté.

– Oui. Ça m'a fait un drôle d'effet quand je suis entrée à la fac.

– Dans quelle université avez-vous fait vos études ?

– L'université du Colorado.

– À Boulder encore ?

– Oui, répondit Miranda en souriant. Mais là, j'ai rencontré des gens venus du monde entier. Et je me suis rendu compte que j'étais la seule à n'avoir jamais été nulle part, excepté à Denver, c'est-à-dire à moins d'une heure de la maison.

– C'est ça qui vous a fait un drôle d'effet ?

– Oui. Jusqu'alors je croyais que j'étais comme les autres. C'est quand je les ai entendus parler de pays dont j'ignorais totalement l'existence que j'ai compris... Ce n'étaient pas tant les pays d'ailleurs, que la façon dont ils les évoquaient, comme si voyager était naturel, facile... Voyager faisait partie de leur vie. Ils *savaient* tant de choses, et moi je ne savais rien.

– Et ça vous rendait malheureuse ?

– Oui, d'une certaine manière. Ou plutôt... simplement envieuse. Mais alors je les entendais discuter vaccins antitétaniques, nivaquine, antidiarrhéiques, répulsifs anti-moustiques, sans parler des quantités de rouleaux de papier toilette à emporter, des mendiants, de l'eau qu'il ne faut pas boire. Tout ça me paraissait très inconfortable, dangereux, et je me suis dit que je ne me voyais pas endurer des choses pareilles. Tant pis s'ils en savaient plus que moi. Sans compter que je ne parlais aucune langue étrangère. Puis j'ai épousé Jeff. Nous n'avons jamais eu beaucoup d'argent, en tout cas pas assez pour voyager.

– Donc vous n'êtes jamais allée plus loin que Denver ?

– Bien sûr que si. Je vais à New York deux ou trois fois par an pour des réunions chez Talia, des rendez-vous avec d'autres stylistes ou avec des clients.

– Vous connaissez bien New York ?

65

– Pas vraiment. Je n'y vais que pour travailler, et je n'ai pas le temps de faire du tourisme.

– Vous pourriez le prendre.

– Sans doute. Mais je suis toujours impatiente de rentrer à la maison.

– Parce que vos enfants ont besoin de vous ?

– Parce que c'est là que j'ai envie de me retrouver, tout simplement, rétorqua sèchement Miranda avant d'ajouter, plus doucement : Ce serait différent si je voyageais avec quelqu'un. Il m'arrive parfois de visiter un musée ou une galerie d'art, mais j'ai horreur d'être seule au restaurant, alors je mange dans ma chambre d'hôtel. Un jour, je suis allée seule à l'Opéra, et j'ai détesté ça : tous ces couples, pendant l'entracte, qui buvaient leur champagne, qui discutaient, riaient, et moi qui faisais les cent pas. J'étais persuadée qu'ils me regardaient comme une pauvre fille, moi qui étais seule. Bien sûr, je sais que c'était faux, ajouta-t-elle en voyant Li hausser un sourcil étonné, mais en tout cas, c'est ainsi que je l'ai vécu. Je me suis sentie *différente*, c'était insupportable. Alors je suis retournée m'asseoir à ma place, dans la salle...

– Comme quand vous rentrez dîner dans votre chambre d'hôtel.

– Qu'y a-t-il de si terrible à ça ?

– Simplement que vous passez à côté de beaucoup de choses. Cela dit, je comprends qu'on puisse aimer rester seul avec ses pensées. Nous sommes souvent à nous-mêmes notre meilleur compagnon.

– Qu'en savez-vous ? Vous vivez dans un pays où il y a du monde partout.

– Vous venez de me dire qu'on peut se sentir très seul dans une foule. Moi aussi je me sens souvent seul.

– Pourquoi ?

– Nous parlerons de moi plus tard. Pour l'instant, nous parlons de vous, et je me demande toujours ce que vous êtes venue faire en Chine.

– Travailler pour Talia, répéta Miranda.

Mais Li perçut autre chose dans sa voix.

– Et... ? commença-t-il.

– Et... et puis je me suis dit que ce serait peut-être intéressant, poursuivit-elle en regardant, de l'autre côté de la rue, le marchand ouvrir un autre pomelo. Des choses ont changé dans ma vie depuis deux ou trois ans... Ce qui en faisait la trame disparaît peu à peu, et je n'arrive pas à voir où cette évolution me conduit. Auparavant, je croyais que tout était fixé comme sur un tableau, que chaque chose était à sa place, définitivement. Je ne me suis donc jamais demandé qui j'étais vraiment, ni ce que je voulais devenir. Jusqu'à aujourd'hui... Elle s'interrompit. Je ne sais pas pourquoi je vous raconte tout ça.

— Parce que ça m'intéresse. Parce qu'on parle souvent plus facilement à des étrangers, à des gens que l'on connaît depuis quelques heures, qui ignorent tout de votre vie, qui ne vous jugent pas. Et puis aussi parce que, loin de chez soi, on porte un autre regard sur les choses et sur soi-même. Toutes les certitudes tombent. Parce que le soleil brille, aussi. Ou bien encore parce que vous vous sentez à l'aise avec moi.

Miranda sourit.

— Oui, ça doit être un peu de tout ça.

— Dites-moi ce qui a changé dans votre vie.

— Eh bien, depuis deux ou trois ans, c'est-à-dire depuis leur entrée au collège, Adam et Lisa ont grandi très vite. Ils ont changé, ils ont leur monde à eux et, la plupart du temps, ils n'ont aucune envie de me le faire partager. Je ne me plains pas — je sais qu'ils m'aiment et qu'ils aiment me savoir auprès d'eux —, mais ils ont aussi besoin de rencontrer leurs copains, ou de rester seuls. Ils ne veulent pas me voir tout le temps pendue à leurs basques, à leur donner des conseils, à me faire du souci pour eux. Ils savent que je ne peux pas m'en empêcher. Et ce qui les agace le plus, c'est de s'inquiéter parce que je m'inquiète pour eux : ils ne veulent pas se sentir coupables à cause de moi. Ils veulent être libres. Je le comprends... mais j'ai du mal à l'admettre.

— Oui, difficile de ne pas se sentir blessé quand nos enfants nous écartent de leur vie. C'est comme ça que vous vous êtes dit : « Qu'ils aillent au diable, moi je vais en Chine. » Ça a dû leur faire un choc.

Miranda éclata de rire.

— Oh oui ! On aurait cru que je les abandonnais pour toujours.

— Et ils s'en sont remis...

— Immédiatement, répondit-elle d'une voix un peu mélancolique. Le jour où j'ai pris l'avion Adam allait à son entraînement de foot et Lisa avait son cours de poterie pour préparer la première exposition de l'année scolaire. On s'est dit au revoir au petit déjeuner, ils sont partis et mes parents m'ont emmenée à l'aéroport.

— Vous leur avez parlé depuis votre arrivée ?

— Non, je vais les appeler à midi. À Boulder, il sera neuf heures d'hier soir, c'est ça ? Quand je pense que nous ne vivons ni la même heure, ni la même journée, j'ai l'impression qu'ils sont encore plus loin. Mon Dieu, ajouta-t-elle soudain en regardant sa montre, il faut vraiment que j'y aille !

— Oui, dit-il en se relevant.

Il sentit alors la tête lui tourner un peu ; il se dit qu'il avait dû se redresser trop vite, ou qu'il était resté trop longtemps assis au soleil. Mais quand il se tourna vers Miranda et qu'il la vit là, debout près de lui, il comprit : le soleil ou l'immobilité n'y étaient pour rien. C'était elle qui était cause de son étourdissement — c'était le désir qu'il sentait monter en lui, un désir quasi irrépressible, tel qu'il n'en avait pas connu depuis des années. À la façon un peu brusque dont elle se détourna, il comprit qu'elle avait senti ce désir, qu'elle l'avait lu dans ses yeux.

— Mon chauffeur doit nous attendre au coin de la rue, près du stand des châtaignes, continua-t-il précipitamment, comme pour noyer les battements de son cœur sous un flot de paroles rapides. Il est toujours ponctuel, vous ne serez pas en retard, je vous l'ai promis, même en cas d'embouteillages. Il y a plusieurs itinéraires possibles. Inutile de vous inquiéter, vous serez à l'heure.

Miranda ne répondit rien. Elle semblait perdue dans la contemplation du marché, mais il savait que ses pensées étaient ailleurs. Ils se mirent en route sans échanger un mot, se frayant tant bien que mal un passage à travers la foule qui ne cessait de grossir. Li constata avec amusement que Miranda ne se hérissait plus lorsqu'on la bousculait. Brusquement, un petit groupe de marchands pressés et impatients les éloigna l'un de l'autre. Li ne pensa qu'à une chose, malgré l'homme à la cravate rouge et bleu : la retrouver. Pendant quelques secondes qui lui parurent des heures, il la chercha furieusement dans la cohue. Enfin, il aperçut sa mince silhouette claire, lumineuse dans la pénombre des bleus, des gris et des bruns. Il la rattrapa.

— Vous feriez mieux de rester près de moi, lui dit-il en s'efforçant de rester désinvolte. Si nous nous perdons, vous risquez d'arriver en retard à votre réunion.

Et ils continuèrent d'avancer ensemble, bataillant au milieu de la foule qui les pressait l'un contre l'autre.

La voiture les attendait. Ils prirent place à l'arrière et, à peine les portières refermées, eurent le sentiment d'avoir pénétré dans une grotte sombre et silencieuse derrière les vitres teintées. Li jeta un œil à sa montre.

– Mon chauffeur va vous conduire à l'usine. Moi, il faut que j'aille au bureau. J'ai une réunion. Si vous n'y voyez pas d'inconvénient, il va d'abord m'y reposer...

– Déposer.

– Oui, ça sonne mieux comme ça, merci. Vous allez me déposer. Vous serez tout de même à l'heure. Dois-je lui demander de venir vous chercher quand vous aurez fini ? Il vous conduira où vous voulez.

– Non, je vous remercie. Vous avez été un guide merveilleux, mais maintenant vous avez d'autres chats à fouetter, comme on dit. Ne vous inquiétez pas de moi. J'ai beaucoup à faire, je serai occupée toute la journée.

– Et ce soir ? demanda Li. Pour le dîner ?

– Je pourrais vous dire que je ne suis pas libre, répondit Miranda dans un soupir, mais en vérité, je n'ai rien prévu. Sauf que..., commença-t-elle avant de s'interrompre, les yeux baissés sur ses mains. Sauf qu'il vaudrait peut-être mieux que je reste à l'hôtel ce soir. J'ai du travail, je dois rédiger le compte rendu des réunions d'aujourd'hui et préparer celles de demain.

– Encore un dîner seule à l'hôtel ?

Elle s'empourpra.

– Pardonnez-moi, ajouta-t-il aussitôt. Ne le prenez pas pour une critique. J'aimerais beaucoup dîner avec vous et, si nous nous donnons rendez-vous un peu plus tôt qu'hier soir, vous aurez encore le temps de travailler après.

Les yeux de Miranda semblaient fouiller son visage.

– Il n'y a rien de menaçant là-dedans, reprit-il d'une voix calme. Il s'agit juste de passer encore quelques heures ensemble.

– Pour en apprendre davantage sur l'Amérique ?

– Ce n'est pas ma préoccupation à l'instant où je vous parle.

– Alors quelle est votre préoccupation ?

– Vous.

Miranda rougit à nouveau. Ses yeux n'avaient pas quitté ceux de Li, qui sentit le trouble s'installer entre eux. Ils étaient assis chacun à une extrémité de la luxueuse banquette, mais quelque chose les poussait l'un vers l'autre, irrésistiblement. Miranda le vivait aussi fortement que Li, il le savait.

Ils ne dirent plus une parole jusqu'à ce que le chauffeur pile enfin devant un haut bâtiment moderne. Li saisit son attaché-case. Ils échangèrent une poignée de main.

– Merci pour cette merveilleuse matinée, dit Miranda.

– C'est moi qui vous remercie de votre compagnie, répondit-il sans lâcher sa main.

– Mettons... dix-huit heures trente, si ça vous convient.

Li ne put masquer son soulagement.

– Oui, dit-il dans un souffle.

– Si vous avez un empêchement, vous pouvez laisser un message à mon hôtel, ajouta encore Miranda.

Il secoua négativement la tête et sourit, radieux : il n'aurait aucun empêchement, quelles que fussent les péripéties de la journée. Il avait désormais devant lui la perspective de cette soirée.

– Je vous attendrai à la réception.

Il traversa la petite place au pied de son immeuble et, avant de pousser la double porte, se retourna ; la voiture de l'homme qui les filait se gara de l'autre côté de la rue au moment où la sienne redémarrait. Miranda le regardait : il leva la main pour lui faire un signe d'adieu et la vit lui rendre son geste avant que la voiture ne replonge dans le flot de la circulation. Il demeura encore quelques instants immobile, sentant encore la paume de sa main contre la sienne, se remémorant ses yeux, ce regard franc et inquisiteur à la fois, sa voix qui avait tremblé pour dire : « Mettons... dix-huit heures trente », avant de s'affermir pour ajouter : « Si ça vous convient. »

Oh oui, ça me convient, songea-t-il en pénétrant dans le hall. Dans l'ascenseur, il réfléchit au choix du restaurant pour le dîner, puis passa en revue le programme de la journée : d'abord une soumission à un appel d'offres pour un nouveau chantier ; ensuite une délicate enquête : tâcher de découvrir pourquoi on le filait et faire en sorte que cela cesse. Il devait contacter un bureaucrate suffisamment haut placé...

Li était furieux de devoir en arriver là. Ils l'avaient laissé tranquille pendant tant d'années... Il avait pu se créer une vie paisible, rangée ; il enrageait de devoir à nouveau affronter cette peur familière qui germait sur le terreau de l'intimidation. Elle l'arrachait aux moments passés avec Miranda, la première femme qui depuis longtemps...

Qu'est-ce qui te prouve qu'elle est vraiment styliste ? Après tout, qu'est-ce que tu en sais ? La phrase de Sheng lui revint comme en écho.

J'en sais suffisamment, se répondit Li à lui-même. Et s'il se trouve que je n'en sais pas assez, j'apprendrai le reste. Bientôt. Il me faut juste un peu de temps, et je saurai tout ce que je dois savoir...

3.

Miranda et Yun Chen étaient penchées au-dessus de la table, si concentrées qu'elles semblaient avoir oublié la présence des autres participants à la réunion. C'était le deuxième jour de Miranda dans l'usine : cette fois, elle était arrivée prête pour la bataille. Les hommes étaient restés silencieux pendant que Yun Chen ouvrait la réunion, puis les deux femmes s'étaient mises au travail. Toute la matinée, elles avaient étudié ces croquis qui, la veille, paraissaient si problématiques et, à sa grande surprise, Miranda avait passé un moment agréable. Alors qu'elles examinaient et réexaminaient ensemble les différentes parties des tailleurs et des pull-overs, elle avait constaté avec plus d'étonnement encore qu'elles partageaient le même objectif : obtenir les plus beaux vêtements possible aux meilleurs prix, aussi bien pour Talia que pour la Grande Fabrique de Vêtements de Pékin.

– Peut-être avec une cape, suggéra Yun Chen.

– Non, j'ai déjà essayé, répondit Miranda. Ça ne va pas avec la minijupe. La cape conviendra quand la mode des jupes longues reviendra, ajouta-t-elle en tirant de son dossier un croquis qu'elle contempla quelques instants avant d'ajouter : Je pensais plutôt à un châle, encore que...

Il s'agissait d'un tailleur cachemire et laine, avec un pull cachemire et soie. La ligne était simple, élégante, mais Yun Chen venait de découvrir dans le catalogue de printemps de Dolce & Gabbana un tailleur si proche qu'il devenait impératif soit d'abandonner le modèle, soit de le modifier.

– Un châle, répéta la jeune Chinoise en regardant la styliste jeter quelques rapides traits de crayon sur son croquis et y ajouter avec virtuosité un châle qui formait une douce tache de couleur près du cou. Oui, c'est parfait. Voilà une excellente idée. Et un châle coûte moins cher à fabriquer qu'une cape.

– Oui, mais je le voudrais en cachemire réversible, dit Miranda.

– C'est possible. Et on pourrait peut-être penser à une...

– Oui, une frange très fine, en soie. Multicolore.

– Oh ! J'adore ce modèle. Il est encore plus beau que celui de Dolce & Gabbana. Vous avez l'œil, vraiment, vous voyez le vêtement comme s'il était sous vos yeux. Vous avez beaucoup de talent.

– Vous aussi.

– Non, hélas. Je sais comprendre les idées des autres, les aménager, réfléchir à la façon de les réaliser au meilleur prix, mais le dessin original... c'est une autre affaire. Je n'ai pas ce talent. Je peux regarder ma feuille pendant des heures et rien...

Miranda sourit.

– Ça m'arrive aussi. C'est le lot de tous les créatifs : parfois, on pense ne jamais trouver de quoi remplir la feuille.

– Sauf qu'à ce moment-là, à vous il vous vient quelque chose. Mais pas à moi.

– C'est mon travail, rien de plus, répondit Miranda, désireuse de clore le débat.

Cette surenchère d'amabilités et de compliments lui semblait ridicule. Pourtant, depuis son arrivée en Chine, elle avait plutôt déploré ce qui lui était apparu comme un manque de politesse ou de civilité.

– Il est bientôt midi, fit Yun Chen. Vous m'aviez dit que vous vouliez téléphoner.

Miranda regarda sa montre et constata avec étonnement qu'elle n'avait pas vu le temps passer.

– Oui, merci. Y a-t-il quelque part un bureau vide que je puisse utiliser ?

Les hommes autour de la table se levèrent d'un seul mouvement, et Wang Zedong, le directeur du groupe, s'inclina en disant :

– Je vais vous conduire à mon bureau. Prenez le temps qu'il vous faut.

– Nous continuerons après le déjeuner, conclut Yun Chen. Tout se passe bien.

Et même très bien, songea Miranda lorsque Wang eut refermé sur elle la porte de son bureau. Oui, bien mieux qu'hier. Elle allait pouvoir appeler à la maison sans avoir à masquer une quelconque déception.

La sonnerie du téléphone retentit.

– Voici votre correspondant, dit la standardiste, dans un anglais soigné.

– Maman ! hurla Adam. Tu m'entends ?

Miranda éclata de rire.

– Comme si tu étais au coin de la rue. Inutile de crier comme ça, mon chéri.

– Dis-moi quelque chose en chinois, fit l'adolescent, baissant à peine la voix.

– *Ni hao. Zai-jiang*

– Ça sonne vraiment bizarre. Qu'est-ce que ça veut dire ?

– Bonjour, comment allez-vous ? Et au revoir.

– Bof, c'est pas intéressant. Dis-moi autre chose.

– La prochaine fois. Maintenant raconte-moi ce que tu fais.

– Rien du tout.

– C'est-à-dire ?

– Tu sais bien, la routine...

– Salut, maman, tu nous manques, l'interrompit Lisa en décrochant un autre poste.

– Hé ! s'indigna Adam. On avait dit qu'on parlerait chacun à son tour.

– Je n'ai pas pu attendre. Maman, dis quelque chose en chinois.

– Elle l'a déjà dit.

– Oui, mais pas à moi.

– Et pour cause, c'est à *moi* qu'elle parlait ! C'est *mon* tour !

– Non, c'est notre tour à tous les deux !

– Je vois que tout se passe normalement, commenta Miranda, heureuse, pour une fois, de les entendre se chamailler. Bien, maintenant vous allez me raconter ce que vous faites. Et ne me répondez pas : « Rien du tout. » Voilà trois jours que je suis partie. Vous avez bien dû faire quelque chose.

Lisa répondit précipitamment, de crainte d'être coupée par son frère :

– J'ai vendu une théière à l'exposition de céramiques.

– Oh, ma chérie, c'est formidable ! Ta première vente. Je regrette de ne pas avoir...

74

– Et on a battu Longmont au foot! cria Adam. *Ça*, c'est une nouvelle intéressante.

– Passionnante, répondit Miranda en s'installant confortablement dans un siège pour écouter ses enfants lui relater leurs triomphes.

Tandis que leurs voix se chevauchaient dans l'appareil, elle revit les écoliers qu'elle avait observés le matin même. Certes, ils étaient comme tous les enfants, de Chine ou d'ailleurs, et pourtant ils lui avaient paru moins agressifs, plus sages dans leurs jeux que la plupart des petits Américains : ils ne criaient pas, ne chahutaient pas... *Li a dû être comme eux : un petit garçon sérieux, tranquille, qui espérait retrouver son père.*

Les paupières closes, elle écoutait ses enfants babiller dans l'appareil et imaginait sa maison : le soleil entrant à flots par les fenêtres, la véranda ombragée par les grands arbres du jardin. Elle rouvrit les yeux sur les murs austères et le mobilier gris de ce bureau chinois. Elle y trouvait sa présence parfaitement incongrue. *Ma place est à Boulder, Colorado*, se dit-elle, tout en se rappelant la façon que Li avait de prononcer le nom étranger. *Je vais en finir ici aussi vite que possible. Plus que six jours. Ce n'est pas énorme.*

– Et les devoirs ? demanda-t-elle soudain.

– Oh, ça va, répondit Adam. Y en a des tonnes. Salut, maman..., et il raccrocha.

L'instant d'après, Lisa, peu disposée elle aussi à évoquer les sujets qui fâchent, se dépêchait d'appeler ses grands-parents. Le premier au bout du fil fut le père de Miranda.

– Tu voudras bien excuser mes petits-enfants, lui dit celui-ci. Ils ne t'ont pas demandé une seule fois comment tu allais.

Elle éclata de rire.

– À cet âge-là, le seul sujet qui les fascine, c'est eux-mêmes. Il te faudra du temps pour les transformer en créatures civilisées.

– Ils sont adorables. Je ne me plains pas...

– Et toi, que fais-tu, ma chérie ? demanda sa mère en décrochant l'autre combiné. Est-ce que tout va bien ?

– Aujourd'hui, oui. Ce matin, j'ai eu une séance de travail très agréable. J'apprends beaucoup de choses, j'en vois aussi beaucoup, et je me suis fait un ami...

Elle s'interrompit : elle n'avait pas eu l'intention de parler de Li, mais les mots arrivaient malgré elle.

– Il est entrepreneur et ingénieur dans le bâtiment, poursuivit-elle. Sa société construit des bureaux et des immeubles de logements. Vous ne pouvez pas savoir tout ce qui se construit ici ! Il est très serviable, il m'explique plein de choses, me fait visiter la ville...

– Comment l'as-tu rencontré ? dit son père.

Il m'est tombé dessus à l'aéroport. Ça, ça ne passera pas, songea-t-elle, amusée. Il faut trouver autre chose. Mais ne sachant pas mentir, elle préféra éluder la question.

– Je l'ai rencontré par hasard : sa société a construit l'usine où j'ai eu ma première réunion. Alors nous avons dîné ensemble et, ce matin, il m'a emmenée sur un marché...

– Qui vous a présentés ?

– Personne. On s'est juste mis à parler, comme ça. C'est le fils d'un soldat américain qui aidait les Chinois à construire des terrains d'aviation...

– Nous n'avons jamais aidé les communistes à construire aucun terrain d'aviation, déclara son père, catégorique.

– Il ne s'agissait pas de communistes à l'époque, papa, mais simplement de Chinois envahis par des Japonais, répondit-elle dans un soupir.

L'histoire paraissait trop compliquée et, sans doute, incroyable. Racontée par Li, elle était simple, émouvante ; exposée à ses parents, elle se transformait en un imbroglio suspect. Malgré son envie de parler de Li, Miranda renonça.

– Laissez-moi vous raconter le marché. Vous auriez adoré cette promenade...

À peine eut-elle commencé son récit que sa mère l'interrompit.

– Et ton travail ?

– Je te l'ai déjà dit, maman, répliqua-t-elle avec une pointe d'impatience dans la voix. Tout va bien.

– Tu as dit qu'aujourd'hui ça s'était bien passé. Mais hier ?

– Hier, c'était différent. Il faut le temps de s'habituer, d'apprendre à connaître les...

– Ils ont essayé de te rouler, c'est ça ? coupa impérieusement son père.

– Sans doute. Mais ça n'a rien d'extraordinaire dans les affaires, non ? Chacun travaille pour ses intérêts. On fait tous ça.

– Tu plaisantes ! Les Américains sont des gens loyaux en affaires.

Rudes, mais loyaux. Ne laisse pas ces Chinois te rouler, Miranda. Ne baisse pas la garde.

– Ce n'est pas le problème.

– Alors, quel est le problème ?

– Moi. Je ne suis pas assez combative. Pourtant, Li dit que tous les Américains...

– Qui ça ?

– Mon ami, celui dont je viens de vous parler. Yuan Li. Il dit que les Américains sont des gens arrogants et exigeants. Je suppose qu'il a raison en général... mais pas en ce qui me concerne.

– Ne te dévalorise pas, lui dit sa mère. Talia ne t'aurait pas envoyée en Chine s'ils n'avaient pas confiance en toi. Es-tu en train de nous dire que ces Chinois n'apprécient pas tes modèles ? Je n'arrive pas à le croire.

– Impossible de savoir s'ils apprécient ce que je fais.

– Comment ça ? Ils ne t'en ont pas parlé ! Mais c'est extrêmement grossier !

– Ils ne sont pas grossiers, mais atrocement polis.

– Ce qui signifie ?

– Maman, répondit Miranda d'un ton las, grossièreté ou politesse, ce n'est pas la question. Ils vont fabriquer mes modèles, qu'ils les aiment ou non : c'est leur boulot. Je ne leur demande pas de les apprécier mais de les réaliser en suivant mes instructions.

– D'accord, mais ils pourraient tout de même les apprécier. Ça rendrait vos relations plus agréables.

– Ils se fichent d'entretenir des relations agréables. Ils veulent juste faire de l'argent. Ils ne sont jamais fatigués, et ils peuvent discuter pendant des heures pour éclaircir un point ou obtenir une concession, jusqu'à épuisement de l'adversaire.

– Eh bien, toi, ils ne t'épuiseront pas, ils ne t'auront pas à l'usure, rétorqua sèchement son père. Tu n'as qu'à leur montrer que tu es encore plus têtue qu'eux. Et ne viens pas nous raconter que tu manques d'agressivité, parce que tu sais en avoir quand il faut. Tu n'as qu'à leur dire que tu n'acceptes pas leurs conditions, que tu vas partir. Je te parie qu'ils tirent la langue pour avoir ce marché et que, si tu fais mine de prendre un taxi pour l'aéroport, ils te supplieront à genoux de bien vouloir travailler avec eux.

Un instant, Miranda visualisa cette scène surréaliste : les responsables chinois avec lesquels elle traitait agenouillés, langue pendante... et elle éclata de rire.

— Qu'y a-t-il de si drôle ? fit son père.

— À mon avis, ils ne doivent même pas savoir tirer la langue, répondit-elle, riant toujours. Ils sont très coincés, tu sais.

— Tu veux dire très convenables ?

— Oui, terriblement.

— Et respectueux ?

— Terriblement aussi.

— Mais pas très aimables.

— Non, pas vraiment. Ils ont beaucoup de sang-froid, beaucoup de ténacité et sont bien décidés à réaliser les plus gros profits possible.

— À t'entendre, on les croirait devenus capitalistes, observa sa mère.

— Enfin, chérie, tu sais bien que ce sont des communistes ! s'exclama son père.

— Ce ne sont ni des communistes ni des capitalistes, rétorqua Miranda. Ce sont des hommes d'affaires.

Au moment précis où elle prononçait ces mots, elle sut qu'elle commençait à comprendre la Chine. Li serait épaté, pensa-t-elle, amusée.

Et il le fut, en effet, lorsqu'elle lui rapporta la conversation.

— Excellente remarque, dit-il en ouvrant une bouteille de vin.

Ils étaient arrivés au restaurant depuis quelques minutes. Li l'avait guidée à travers une salle sombre, enfumée et bruyante, qui faisait irrésistiblement penser à une grotte. Au fond de la pièce, il avait ouvert une porte sans hésiter et s'était effacé. Miranda avait pénétré dans une sorte de petit salon privé où trônait une table ronde dressée pour deux personnes. Dans un angle, deux profonds fauteuils que séparait un guéridon couleur cinabre. Les murs étaient tendus de damas rouge et ornés de tableaux représentant des paysages chinois. Des lanternes et deux chandelles dispensaient sur la table une lumière tremblante.

Miranda resta sur le seuil, pétrifiée. On se croirait dans une maison de passe ! s'exclama-t-elle intérieurement. Pour qui me prend-il ?

-- Charmant, vous ne trouvez pas ? demanda Li. Nous pensions que Pékin manquait d'un endroit de ce genre.

— Nous ? fit Miranda d'une voix tendue qu'il parut ne pas remarquer.

— Oui, mes associés et moi. Nous sommes quatre à posséder ce restaurant.

Il faut que je lui demande de me raccompagner à mon hôtel. Mais elle ne disait rien : elle avait passé des heures à attendre ce dîner, à imaginer ce qu'elle raconterait à Li, à se réjouir de partager avec lui le récit de sa journée. Même en colère, elle ne pouvait se résoudre à terminer la soirée avant même qu'elle eût commencé. *Je pourrais lui dire que je préférerais une table dans la grande salle.*

— Que se passe-t-il ? demanda Li. Vous semblez furieuse.

Miranda fixait la table dressée pour deux. Il fronça les sourcils.

— Vos soupçons m'insultent.

— Dommage, répondit-elle, cinglante. C'est *vous* qui m'insultez.

— *Lao tian !* s'exclama-t-il, exaspéré. Vous vous comportez comme une enfant. Je vous emmène dans l'un des meilleurs restaurants de Pékin, vous propose un salon plus confortable que la grande salle, avec toute la discrétion et le calme que vous pouvez souhaiter après une journée de travail. Je n'ai pas dit que nous devions fermer la porte. Jamais je ne vous demanderais une chose pareille.

Miranda sentit son visage s'empourprer. *C'est insupportable, cette condescendance — la fameuse supériorité asiatique. Je commence déjà à en être fatiguée...*

Cela dit, il a raison. Je me suis effarouchée trop vite... Pourquoi ?

— Vous avez raison, avoua-t-elle. Pardonnez-moi. J'ai eu tort. C'est juste que... cette pièce est charmante, mais ressemble à... enfin à ce que j'imagine qu'on trouve dans... Bref, elle a un petit côté clandestin.

Li sourit, l'orage était passé.

— Je dirais plutôt isolé. À Pékin, l'isolement est beaucoup plus difficile à trouver que le sexe. En fait, ces salons sont surtout utilisés pour des repas d'affaires.

Il observa un moment Miranda, comme dans l'attente d'une réaction, mais elle demeurait toujours immobile sur le seuil de la pièce. Alors il se dirigea vers l'un des fauteuils, et s'assit avec décontraction.

— Notre restaurant est célèbre pour ses boulettes fourrées, reprit-il. Une fois encore, j'ai pris la liberté de commander pour vous. J'ai également apporté cette bouteille de vin, au cas où vous en auriez assez de la bière.

— Du vin français, fit Miranda en plissant les yeux pour déchiffrer l'étiquette. À Pékin ?

— On trouve tout ce qu'on veut à Pékin. Et en ce moment les bouteilles de vin et de liqueur poussent comme des champignons. Autre signe de prospérité. C'est-à-dire d'occidentalisation, ajouta-t-il en attrapant le tire-bouchon. Vous ne venez pas vous asseoir ?

Elle répondit, toujours sans quitter la porte :

— Je regrette que mon père ne puisse pas voir votre restaurant. Je lui ai dit tout à l'heure que les gens avec lesquels je travaillais n'étaient ni des communistes ni des capitalistes, mais des hommes d'affaires.

Li éclata de rire.

— Excellente remarque. Il n'existe plus de système politique sérieux. Hormis les affaires, les relations et l'argent. Qui, finalement, veulent dire la même chose...

Il paraissait concentré sur la bouteille de vin. Miranda l'observa, puis jeta un regard dans la salle bondée et enfumée derrière elle. Enfin, elle prit une ample respiration.

— Il y a beaucoup de bruit ici. On peut fermer la porte ?

— Bien sûr, répondit-il sans faire aucun commentaire.

Elle ferma la porte d'un geste vif avant d'aller prendre place dans le second fauteuil. Son cœur s'affolait dans sa poitrine. C'était cette pièce : si elle ne lui trouvait plus rien de clandestin, elle n'en était pas moins troublée par son intimité. Les épaisses tentures de damas rouge, la lueur vacillante des chandelles, le silence feutré du petit salon lui donnaient le sentiment d'être quelqu'un d'autre. Comme si elle avait abandonné à l'entrée un costume trop raide, une paire de bottes trop lourdes, et, avec eux, tout ce qui faisait son identité.

Pourtant, curieusement, elle n'avait plus peur ; elle se sentait même étrangement bien. Elle était heureuse d'être loin de la ville, loin du monde. L'intimité, songea-t-elle. Le silence.

Li remplit leurs verres.

— À l'intimité et au silence, dit-il en guise de toast.

Elle leva vers lui un regard étonné, puis, à son tour, tendit son verre.

– Je vous les dois, dit-elle, et je vous remercie. Pékin en a besoin et moi aussi !

– Pourquoi ? Vous avez eu une journée difficile ?

– Non, meilleure que celle d'hier. Et l'après-midi a été meilleur encore. Tout me paraît moins extraordinaire.

– Vous êtes-vous montrée plus agressive ?

Sans répondre, Miranda trempa les lèvres dans son verre.

– Donc vous ne vous êtes pas montrée plus agressive, reprit Li, même après avoir constaté à quel point nous sommes ordinaires.

– Vous, vous n'êtes pas ordinaire.

– Merci. J'espère ne pas l'être. Car j'imagine que par « ordinaire » vous entendez ennuyeux, prévisible. Voulez-vous que nous passions à table ? ajouta-t-il en se levant de son fauteuil.

– Volontiers.

Il aida Miranda à prendre place, puis appuya sur un bouton discrètement encastré dans le mur. Presque aussitôt une serveuse apparut, un panier de bambou tressé dans les mains. Elle souleva le couvercle, révélant quatre minuscules boulettes à la vapeur. Puis elle quitta la pièce, non sans avoir pris soin de refermer la porte derrière elle.

– Boulettes aux crevettes, dit Li en attrapant ses baguettes pour faire le service. Il faut les plonger dans ces sauces. Attention, celle-ci est aux piments, poursuivit-il en désignant à Miranda un plat peu profond, divisé en minuscules compartiments.

Elle contempla un instant les bouchées posées dans son assiette : deux centimètres de diamètre, pincées comme des petites bourses à l'endroit où on avait refermé la pâte, les flancs brillants, glissants. À coup sûr, jamais elle n'arriverait à les porter à sa bouche avec les baguettes. Et, de toute évidence, aucun autre instrument n'était prévu pour leur consommation. *Les doigts. Oui, elles doivent se manger avec les doigts. Et c'est tout ce qu'il y a pour le dîner ? Ces choses microscopiques ?*

– J'ai commandé quatorze paniers, dit Li tout en piégeant délicatement une boulette entre ses baguettes. Avec des parfums différents, naturellement. En Chine, on sert le sucré en alternance avec les plats salés, dans un souci d'équilibre et d'harmonie. Mais, si c'est trop, vous pourrez vous arrêter quand vous voulez.

Vingt-huit boulettes par personne ? Comment font-ils pour rester aussi minces ?

– Mon Dieu, il faudra que je raconte ça à Adam et à Lisa.

– Ils devaient être contents de vous parler aujourd'hui.

– C'est vrai. En fait, ils m'en ont plus raconté que lorsque je suis à la maison avec eux. D'habitude, à peine rentrés de l'école, ils n'ont qu'une hâte : retrouver leurs copains.

– Et le soir ?

– Ils font leurs devoirs, passent des heures au téléphone, ou bien lisent dans leur chambre. Je vous l'ai dit : je ne suis pas la personne à qui ils souhaitent se confier. Ils pensent que je ne les comprends pas aussi bien que leurs copains. Ou même que je ne les aime pas aussi bien.

– Ça vous ennuie ?

– Bien sûr. Sauf que... je sais qu'ils ont raison.

– Vous voulez dire qu'ils vous trouvent très vieille.

– Oui, il y a de ça. Je les adore, ils le savent, mais leurs tragédies ne sont pas si tragiques pour moi que pour eux, leurs triomphes pas si triomphaux, même leurs douleurs ne me paraissent pas si douloureuses... Je ne peux tout simplement pas éprouver ce qu'ils éprouvent.

– Aucun parent ne le peut.

– Peut-être. Pourtant, j'aimerais pouvoir ressentir les choses comme eux.

– Ça ne marcherait pas. Les parents ne devraient pas tenter d'influencer les idées de leurs enfants, pas plus que de forcer leur amour...

– Avez-vous essayé avec les vôtres ?

– Une fois. Il y a longtemps. Je n'ai pas recommencé. Et maintenant je n'ai plus envie de partager leur vision du monde. Elle est faussée.

– Faussée ? Que voulez-vous dire ?

– Vous avez entendu parler de la Révolution culturelle, n'est-ce pas ? dit Li en remplissant à nouveau leurs verres.

– Oui, bien sûr. C'était une époque terrible.

– Une époque horrible, oui. Elle nous a appris que celui qui se conduit comme un être civilisé a perdu d'avance. Que ce qui gagne, c'est l'indifférence, l'insensibilité, la cruauté, la brutalité. Voilà la leçon de la Révolution culturelle.

– Vous ne pensez pas ce que vous dites.

– Quoi ? Que l'indifférence et la cruauté sont gagnantes ? Bien sûr que si.

– Mais vous n'êtes pas...

– Non, je ne suis ni indifférent, ni insensible, ni brutal, ni cruel. Mais je ne suis pas non plus un gagnant.

– Si vous l'êtes. Vous vivez bien, vous l'avez dit vous-même ; vous possédez ce restaurant. Vous avez votre propre société. C'est une existence confortable.

– Qui peut m'être arrachée d'un moment à l'autre. Et ceux qui ont ce pouvoir sont les vrais gagnants. C'est toute l'histoire de la Chine. La Révolution culturelle n'a servi qu'à nous montrer que rien n'avait changé. Notre génération a grandi dans les premières années du communisme. Nous avions une foi totale dans le Parti, nous voulions construire un monde nouveau. La Révolution culturelle a été comme un coup de poing.

– Comment a-t-on pu laisser faire une chose pareille ? demanda Miranda. Je ne comprends pas.

– C'est pourtant simple : les gagnants veulent rester les maîtres – ce n'est pas plus compliqué que ça. Ce qu'ils redoutent le plus, c'est de sombrer dans la masse anonyme des perdants. En 1965, quelques gouvernants ont vu leur pouvoir menacé ; ils ont imaginé de le conserver en déchirant le pays. Ils ont convaincu les jeunes – des adolescents, pour la plupart – que le paradis était au prix de la destruction de la vieille société. Les jeunes les idolâtraient, à cause du monde idéal qu'ils leur faisaient miroiter, mais surtout à cause de la liberté d'agir qu'ils leur donnaient. Ils les ont incités à défier leurs parents, leurs professeurs, à les dénoncer au Parti : toute critique du régime, tout éloge de la culture occidentale, de l'éducation classique, de la liberté de la presse, de la démocratie étaient suspects...

– Vos enfants ont fait partie de ces jeunes ?

– Non, ils étaient trop petits, mais ils ont grandi dans cette atmosphère et, peu à peu, ils se sont dressés contre moi. Je n'étais pas tout le temps avec eux, mais j'ai appris par des voisins qu'ils vivaient pendus aux... – comment dites-vous ? – pendus aux casques des...

– Aux basques ?

– Oui, pendus aux basques des Gardes rouges et qu'ils parlaient contre moi. Pendant quelques instants, Li tourna en silence son verre entre ses doigts. Pour nous, ce fut une époque de chaos, reprit-il enfin ; pour les enfants, ce furent dix ans de vacances. Le régime a ordonné qu'on les laisse voyager gratuitement en train dans tout le pays, qu'on les nourrisse tout aussi gratuitement, partout et chaque fois qu'ils l'exigeaient. On leur demandait d'abattre tout ce qui appartenait au passé. Ainsi, ces gosses erraient comme des meutes de chiens sauvages, détruisant tout sur leur passage au nom des lendemains qui chantent. Mais les lendemains n'ont pas chanté. On a fermé les écoles, donc plus personne ne recevait d'éducation. On a démoli des centaines de nos plus beaux temples, de nos plus belles œuvres d'art, brûlé des bibliothèques entières. Ces jeunes ont ruiné des centaines de milliers de vies par de fausses accusations, ils ont conduit des gens à la mort. Dans le même temps, le régime envoyait des millions de professeurs, écrivains, médecins, hommes d'affaires dans des campagnes reculées pour les faire travailler comme manœuvres. Ils disaient que nous avions besoin de nous rapprocher du peuple. En vérité, leur vrai but était d'anéantir toute pensée indépendante.

— C'est ce qui vous est arrivé, à vous aussi ? Parce que vous aviez un père américain ? On le savait ?

— Oui, tout le monde le savait. Il y a beaucoup de délation en Chine.

À cet instant précis, la porte du salon s'entrouvrit et la serveuse jeta un coup d'œil. Miranda la dévisagea d'un air à la fois effrayé et soupçonneux.

— Non, ne craignez rien, dit Li en souriant. C'est une personne de confiance, ajouta-t-il en faisant un signe à la jeune femme qui procéda rapidement à l'échange des paniers de bambou et posa deux plats de sauce sur la table. Pour revenir à votre question : oui, ce père américain m'a porté tort, et à ma mère aussi. Elle a été expédiée dans un village, non loin du Tibet. Elle était déjà malade. Elle a mal supporté le froid, la faim, les quatorze heures de travail quotidien dans les champs. Elle est morte dans l'année qui a suivi. Quant à moi, on m'a envoyé fabriquer des briques...

— Des briques ? Où ça ?

— Dans un village appelé Mianning, pas très loin de celui où était ma mère, au fin fond de l'Himalaya. Mais il n'existait aucune route entre son village et le mien Je ne l'ai jamais revue.

— Et votre femme ? Où était-elle ?

— Ça, c'est une autre histoire, répondit Li, impassible. La Révolution culturelle lui a profité : elle a dénoncé beaucoup de nos amis comme subversifs, surtout des écrivains et des profs de la fac. Onze d'entre eux se sont suicidés. Les autres sont morts en prison, tandis qu'elle poursuivait son ascension au sein du Parti et qu'on la récompensait pour sa ferveur patriotique et sa facilité à coucher dans les lits qu'il fallait. Quand je suis revenu de Mianning, elle était partie pour Shanghai. Je n'ai pas essayé de reprendre contact avec elle.

– De quoi est-elle morte ?

– Elle a été battue à mort dans son appartement. On n'a jamais retrouvé l'assassin. Peut-être une victime de ses dénonciations, ou un amant jaloux. Je crois plutôt qu'elle avait dû tomber en disgrâce et que le Parti s'est débarrassé d'elle, car à sa mort il n'y a eu ni avis de décès ni enquête. C'était il y a longtemps. On l'a oubliée maintenant.

– Vous, vous ne l'avez pas oubliée.

– Je n'ai pas oublié les souffrances qu'elle a causées, sa trahison de nos amis, mon aveuglement. J'étais tellement impatient d'avoir un foyer, de devenir père, comme pour remplacer celui que je n'avais pas eu. Quand j'ai compris tout ça, j'ai décidé de faire une croix sur ma vie sentimentale. Bien sûr, ça n'a pas été aussi délibéré que je l'exprime ce soir mais, avec le temps, je me suis rendu compte que je rejetais l'idée de tomber amoureux. Tout ce que je voulais, c'était faire mon chemin dans le champ de mines qu'était devenue la Chine et survivre à ma manière, sans souffrance. Et c'est ce que j'ai fait.

La serveuse se glissa à nouveau dans la pièce. Li dit avec un petit rire :

– Quand on commande des boulettes, mieux vaut supporter les interruptions.

– Ne vous inquiétez pas. Nous ne sommes pas dérangés si souvent, répondit Miranda, soucieuse de le rassurer sur son choix. Ce salon est magnifique, et le repas divin.

– Merci. Merci aussi de savoir si bien écouter. Vous êtes quelqu'un à qui il est très agréable de parler. Voici les boulettes aux graines de lotus.

Il vida le reste du vin. La porte se referma sur la serveuse et sur le brouhaha des voix de la salle, plongeant le petit salon dans un profond silence, que Miranda voulut rompre.

– Hier, quand nous avons rencontré votre fils, il avait l'air en colère. Était-ce à cause de moi ?

– Non. Bien sûr que non ! s'exclama Li.

– Vous m'avez répondu trop vite pour que ce soit totalement vrai. Peut-être pense-t-il que vous ne devriez pas vous montrer en compagnie d'une Américaine.

– Ça n'a rien à voir avec vous. Sheng est souvent malheureux. Sa vie n'est qu'une suite de problèmes. Je vous l'ai dit, il a trop d'affaires, trop de moyens de gagner de l'argent. J'ai mené mon enquête : je crois que l'une de ces affaires a quelque chose à voir avec la piraterie. Une activité on ne peut plus dangereuse...

Miranda eut un sourire dubitatif : elle pensa que Li plaisantait, ou qu'il s'était peut-être trompé de mot.

– La piraterie, dites-vous ? Vous voulez parler d'hommes d'affaires peu scrupuleux ?

– Non, je parle de vrais pirates qui écument la mer de Chine méridionale. Ils arraisonnent les cargos, puis les détournent sur Beihai, une petite ville côtière, pour les vider de leur chargement.

– Mais on doit les voir. Même le soir...

– Ils font ça en plein jour, au vu et au su de tout le monde. La police et les autorités municipales ferment les yeux.

– *La police ? Les autorités municipales ?* Mais... pourquoi ?

– Parce qu'on les paie pour ça. C'est la même histoire partout, non ?

– Et qui les paie ?

– Sheng, s'il trempe dans ce genre de trafics, comme je le soupçonne, ou ses associés, bref tous ceux qui ont un profit à tirer de ces affaires. Ils paient aussi les pirates. Ce qui représente pas mal de monde...

– Ils *engagent* des pirates qu'ils rémunèrent ? C'est à peine croyable. Ce trafic doit porter préjudice à d'autres gouvernements. Un jour ou l'autre, on les empêchera de continuer, non ?

– Oui, sans doute. C'est sûrement le plus gros souci de mon fils, qu'il s'agisse de piraterie ou d'autre chose. Mais Sheng n'est plus un enfant : il se débrouillera. Alors, ces boulettes aux graines de lotus, conclut Li, elles vous plaisent ?

Miranda se demanda si cette indifférence aux affaires de Sheng était feinte. Mais elle ne se hasarda pas à poser la question. De toute façon, il avait détourné la conversation.

– Oui, je les trouve exquises, répondit-elle.

Elle mangeait lentement, d'une part parce que le maniement des baguettes requérait encore toute son attention et, d'autre part, parce qu'elle réfléchissait à l'histoire de Li. Elle n'avait jamais imaginé une existence aussi tourmentée.

– À quoi pensez-vous ? lui demanda-t-il.

– Je me dis que je n'ai jamais connu de souffrances comparables à celles que vous avez traversées.

– Si, la mort de votre mari.

– C'est vrai, ç'a été difficile. Ne plus être la femme de quelqu'un. Comme si je ne savais plus qui j'étais. J'avais l'impression qu'on avait coupé mes amarres et... Elle s'interrompit en remarquant son regard intrigué : Les amarres, c'est ce qui attache un bateau au quai. J'avais le sentiment de n'avoir plus aucune raison de vivre. Bien sûr, il y avait Adam et Lisa, mais je me demandais comment j'allais faire pour les élever seule...

– C'est bien ce que je disais : vous aussi, vous avez souffert.

– Oui, mais pas comme vous. Vous, vous avez perdu des années de votre vie, et surtout l'amour, la confiance et l'espoir. Moi, à la mort de Jeff, ma vie a à peine changé...

Miranda s'arrêta net, elle-même abasourdie par les mots qu'elle venait de prononcer. Ils étaient étonnamment révélateurs. Elle leva soudain vers Li un regard étonné. Comment avait-elle pu confier une chose pareille à un homme qu'elle connaissait à peine ?

C'est faux. Je le connais. J'en sais plus sur lui que sur beaucoup de gens que je fréquente depuis des années.

Alors ? Alors toute ma vie on m'a répété qu'il ne fallait pas faire confiance aux étrangers, qu'ils ne vivent pas comme nous, qu'on ne peut pas croire ce qu'ils...

– C'est complètement ridicule, lâcha-t-elle soudain.

Li leva un sourcil étonné.

Je le connais. Je lui fais confiance.

– Pardonnez-moi, je pensais à autre chose.

– Vous me parliez de votre vie après la mort de votre mari.

– Oui. Constater que son absence changeait si peu de chose à ma vie était presque aussi triste que sa mort même. J'habitais toujours la même maison, je dormais dans le même lit. Je préparais les mêmes repas, je faisais les mêmes choses dans la cuisine, j'étais debout devant l'évier, exactement au même endroit... Et quand

Adam et Lisa étaient à l'école, je travaillais dans la véranda, comme je l'avais toujours fait. Mes parents et mes amis venaient dîner, ou nous invitaient chez eux. Et, le soir, je lisais dans le salon ou au lit, comme je l'avais toujours fait.

— Sauf que vous aviez perdu un mari.

— J'avais perdu un ami, et il me manquait. Mais j'avais d'autres amis, et mes parents aussi. Si j'étais seule, c'était parce que je le voulais bien.

— Un ami, répéta Li.

— Oui, confirma Miranda, le regard perdu dans le vide, avant de poursuivre. Nous faisions souvent de longues promenades après le dîner. Notre rue descend en pente douce vers la ville ; elle est bordée de vieux arbres splendides. L'été, la brise souffle des montagnes, on voit la lune briller par intermittence entre les feuilles. L'air est tiède, il embaume l'herbe coupée et les roses, et on entend le murmure des voix dans les jardins, le tintement des glaçons dans les verres, le grincement d'un rocking-chair... On pouvait marcher pendant des heures sans rien dire, simplement à goûter les odeurs et les bruits.

— Sans rien dire, répéta Li, comme en écho.

— Vous savez, les dernières années, nous n'avions pas grand-chose à nous raconter : nous parlions surtout des enfants, de la maison... Jeff était doux, c'était un homme très bon, mais il n'était pas heureux. Il n'arrivait pas à faire semblant de s'intéresser à quoi que ce soit, pas même à son travail. Rien ne semblait jamais pouvoir le satisfaire.

— Comment était-il physiquement ?

— Grand, beau, les yeux bleus, des cheveux blond-roux, mais un peu clairsemés en haut du crâne, ce qui le rendait furieux. Il prenait du poids et essayait sans cesse de nouveaux régimes. Il courait tous les jours, faisait de la gym, mais ça n'y changeait pas grand-chose. Contrairement à moi, il adorait les films d'action, avec beaucoup d'hémoglobine ; il lisait des policiers et de la science-fiction.

— Et pas vous ?

— Non, je préfère les romans, la poésie, l'histoire. Les guides de voyages, les magazines... Oui, ajouta-t-elle dans un éclat de rire devant la mine stupéfaite de Li, je lis beaucoup sur les autres pays. Je l'ai toujours fait.

– Comme ça, vous avez toujours eu envie de voyager, mais sans jamais le faire ?

Un peu embarrassée, Miranda détourna le regard.

– Je vous l'ai dit, les voyages me faisaient peur. Mais j'aime les guides. Je les lis tard le soir, quand tout est silencieux, et je m'imagine dans un autre pays, presque comme si j'y étais. Je sais que ce n'est pas la même chose, mais j'ai... *accepté*, pensa-t-elle, et elle dit : choisi.

Après un silence, Li demanda :

– Votre mari lisait aussi des guides ?

– Non, ils l'ennuyaient. Tout comme la politique et l'histoire. Pour lui, tout ça manquait d'intrigues !

– Vous aviez donc plus de centres d'intérêt que lui ?

Elle eut un bref éclat de rire.

– J'espère bien ! Chez lui, ce n'était pas de l'indifférence. Il n'était indifférent ni à son travail, ni à son rôle de père, ni non plus à son rôle de mari. Mais tout lui était pénible, pesant. Chaque journée lui paraissait une montagne. Il se levait le matin en se disant qu'il serait dur de traverser toutes ces heures avant de retrouver le moment de se coucher. C'était un effort pour lui d'assumer son travail, ses collègues, sa famille, ses parents... Tous ceux qui attendaient quelque chose de lui. Il s'évertuait à nous satisfaire et, le plus souvent, il y réussissait, mais jamais il ne s'est...

– Enflammé, compléta Li, comme la voix de Miranda devenait presque inaudible.

– Oui, c'est ça.

– Même pour vous ?

Elle secoua négativement la tête.

– Tout ce que voulait Jeff, c'était la paix et la sécurité. Les incertitudes, les ambiguïtés, les conflits le terrifiaient. S'il avait senti venir la passion, il l'aurait fuie à toutes jambes. La passion est brouillonne, imprévisible, il ne l'aurait pas supportée.

La phrase était presque sarcastique. Elle surprit Li. Il posa sur Miranda un regard inquisiteur qu'elle ne remarqua pas, trop absorbée dans ses souvenirs.

– Après un certain temps, j'ai senti que j'étouffais. Il ne supportait pas que je sois trop heureuse, ou trop enthousiaste. Il changeait de sujet, sortait de la maison ; en fait, il fuyait, ça gâchait tout. Donc je ne disais rien... Ces longues promenades, reprit-elle après quelques instants de silence, je les adorais. J'avais le sentiment que la ville m'enveloppait, que j'en faisais partie, comme je faisais partie de ces montagnes, de la prairie... À l'aller, nous nous laissions guider par les lumières qui brillaient aux fenêtres. Au retour, c'était le clair de lune qui nous montrait le chemin. L'air était parfumé, le silence était tombé sur la ville, même les oiseaux s'étaient tus. Je sentais une telle joie en moi-même, un tel amour, et... et je n'avais personne à qui les faire partager. Alors, conclut-elle avec un rire léger, je les ai donnés à mes enfants et à mon travail.

— Et puis Jeff est mort.

— Oui, nous avons été mariés dix ans.

— Et ç'a été encore plus douloureux car vous ne l'aviez pas aimé.

— Si, je l'ai aimé autrefois. Je le crois, du moins. J'ai dû rechercher une certaine sécurité, comme lui.

Miranda leva les yeux, son regard rencontra celui de Li : il scrutait son visage.

— Et depuis, vous avez aimé, n'est-ce pas ? Depuis toutes ces années qui ont suivi sa mort, quelqu'un a dû toucher votre cœur.

Elle hésita avant de répondre. Un mensonge pouvait la protéger. Mais elle ne s'imaginait pas en train de lui mentir.

— Non, répondit-elle enfin.

— Pourtant, vous saviez ce qui vous manquait. Vous avez dû chercher...

— Il y a tant de femmes qui cherchent. Je ne voulais pas ressembler à ces célibataires qui traquent les hommes comme du gibier. Je n'étais pas malheureuse : j'avais mes enfants, mon travail, une vie agréable... Je ne cherchais pas.

— Vous ne vouliez pas...

— Vouloir ? Si, bien sûr. J'avais envie d'un amant, d'un compagnon, d'une voix qui m'aurait parlé le soir dans ma maison silencieuse. J'avais envie de mettre ma main dans une autre main, d'accorder mon pas à un autre pas, d'être protégée et de protéger, aussi. J'avais envie de partager toutes ces choses qui ne sont que plaisantes quand on est seul et deviennent merveilleuses dès lors qu'on est deux. Je ne le nie pas. Simplement, j'étais incapable de faire ce qu'il fallait : je ne me voyais pas en train de flirter, d'avoir des rendez-vous, de *sortir* comme une adolescente. Je ne me voyais pas remettre les compteurs à zéro...

— Les compteurs à zéro ?

Oui, ça veut dire tout recommencer depuis le début. En l'occurrence, apprendre à connaître quelqu'un, se faire connaître aussi, séduire ou essayer, du moins...

– C'est un peu comme partir à l'étranger, dit Li. Beaucoup d'efforts, beaucoup d'inconnu, beaucoup de craintes. Et le destin n'a mis personne sur votre route ? Comme ça, naturellement ? Personne ne s'est imposé pour être à vos côtés, vous aimer, se faire aimer ?

Miranda plongea son regard dans celui de Li. Elle y lut tant de chaleur, d'interrogation, d'approbation aussi, qu'elle en fut bouleversée : oui, décidément, elle pouvait avoir confiance en cet homme, elle pouvait lui parler sans peur.

– J'ai fait plusieurs rencontres, répondit-elle. Mes parents ne cessaient de me répéter que je devais refaire ma vie, mes amies jouaient les marieuses : il y a eu des dîners, des soirées au théâtre, des réveillons, des randonnées, des séjours au ski... Chaque fois, comme par hasard, il y avait un homme libre dans le groupe. Peu à peu, c'est devenu presque une drogue, vous comprenez. Je ne savais pas comment arrêter, même lorsque l'histoire ne me plaisait pas. Il vaut toujours mieux avoir un partenaire, plutôt que de jouer les célibataires accrochées aux couples. Alors je continuais : je disais oui pour rencontrer quelqu'un, oui pour le revoir, oui pour...

Elle se tut.

– Et aucun de ces hommes n'a trouvé place dans votre cœur ? Vous n'êtes pas tombée amoureuse ? insista Li.

Elle comprit qu'il lui importait peu de savoir si elle avait partagé leur lit, mais si elle avait aimé l'un d'eux.

– Non, répondit-elle avec un pâle sourire. À moins que je ne m'en sois pas rendu compte. C'était un sentiment que je ne connaissais pas.

Dans un mouvement irrépressible, il posa la main sur la sienne, comme pour la protéger de toute douleur, de tout danger, et la retira aussitôt. Le geste avait été si rapide que ni l'un ni l'autre n'eurent le temps de comprendre ce qui s'était passé. Li essaya de recouvrer une contenance en ouvrant la deuxième bouteille de vin. Dans sa confusion, il batailla quelques secondes avec le bouchon.

– Pardonnez-moi, dit-il alors. Je n'avais pas le droit de faire ça.

– Vous avez eu pitié de moi.

– Non, ce n'était pas de la pitié : je me suis juste senti triste pour vous, répondit-il en remplissant leurs verres. Et vous n'avez jamais fait semblant ?

– De quoi ?

– D'aimer.

Les yeux de Miranda s'écarquillèrent.

– Comment le savez-vous ? Vous avez raison, j'ai essayé de faire semblant. Je me croyais anormale. On ne cessait de me répéter combien ces hommes étaient séduisants, et je n'arrivais pas à en tomber amoureuse ! Un jour, pourtant, j'ai cru avoir trouvé quelqu'un... Je le connaissais depuis longtemps. Il avait quitté la ville pour se marier, puis était revenu vivre à Boulder après la mort de sa femme. Je l'aimais bien. Pendant quelque temps, je l'ai laissé prendre ma vie en charge. C'était réconfortant. Mais ce n'était pas non plus ce que je voulais, qu'on organise mon existence, qu'on décide pour moi. J'avais toujours rêvé de...

– Oui ? fit Li, pour l'inciter à poursuivre. De quoi rêviez-vous ?

Il recula son siège, comme pour lui laisser plus de place.

– De pouvoir aimer et être aimée sans avoir à définir les frontières de l'amour. Je rêvais de donner, de recevoir, comme un flot qui coule sans interruption. Je rêvais d'une communion sans faille, capable d'accueillir les miracles de l'existence et d'affronter ses dangers. Je sais : c'est un rêve de petite fille, le genre d'histoire qu'on cherche dans les livres, faute d'espérer les rencontrer dans la vie. Quand Jeff est mort, quand j'ai compris à quel point j'avais été seule, jusque dans mon mariage, j'ai su ce que j'avais toujours désiré et que je n'avais pas eu. Et, depuis, je m'accroche à cette idée comme vous vous accrochez à l'espoir de voir revenir votre père, ajouta-t-elle avec un sourire. Ce sont des rêves d'enfants, on ne grandit jamais assez pour les oublier tout à fait.

Les yeux de Li s'assombrirent, sans quitter le visage de Miranda.

– Vous êtes encore triste pour moi...

– Non, je vous admire. Parce que vous rêvez d'un amour qui pardonne tout, et parce que vous restez fidèle à votre rêve. Trop souvent, nos rêves nous sont arrachés, poursuivit-il dans un murmure, happé par ses souvenirs. Parfois, nous n'osons pas chercher parce que nous avons peur de perdre ce que nous pourrions découvrir. La peur nous retient de tant de façons...

Miranda s'apprêtait à lui demander ce qu'il redoutait et qui il avait perdu, mais il secoua légèrement la tête, comme pour chasser une pensée et, d'un geste vif, ouvrit un nouveau panier de bambou.

– Boulettes de légumes, annonça-t-il. Avec deux sauces. Attention, celle-ci est assez forte. Vous savez, quand j'étais petit, nous mangions surtout des légumes. Personne n'avait les moyens de s'offrir de la viande.

Il décrivit alors à Miranda la ferme où il avait grandi, et ses grands-parents, dont il avait été si proche pendant la dépression de sa mère.

– Elle a fini par se remettre de la maladie, mais jamais du départ de mon père. Elle se sentait trahie, seule. Pourtant, elle n'abandonnait pas cet espoir destructeur qui tenait sa vie en échec.

Puis il évoqua ses copains, leur club, l'école, les heures passées dans sa chambre à rêver de son père et de l'Amérique. La serveuse allait et venait, les paniers de bambou se succédaient, le vin diminuait dans la bouteille. Le dîner se déroulait dans une harmonie presque irréelle.

Puis la serveuse apporta une grosse soupière qu'elle posa sur la table. Miranda lança à Li un regard étonné.

– Je croyais que les paniers défileraient... jusqu'à la fin des temps. Mais j'ai l'impression que le dîner est terminé, conclut-elle tristement.

– Pas avant que nous n'ayons goûté notre soupe.

– Impossible. Après toutes ces boulettes...

– Si, vous verrez. Goûtez-y. Dans le repas, cette soupe contribue à...

– À l'équilibre et à l'harmonie, je sais.

Ils échangèrent un sourire. Après la soupe, Miranda s'adossa avec un soupir, tandis que Li servait ce qu'il restait de vin.

– Ce dîner était extraordinaire, dit-elle. J'ai passé un moment très agréable.

– C'était ce que j'espérais. Je connais un autre très bon restaurant, le *Defachang*, à Xi'an. Si vous voulez, on pourrait prendre l'avion et y aller dimanche. Comme ça, vous découvririez aussi les soldats de terre cuite qui gardent le tombeau de Qin Shihuangdi.

Elle posa son verre. Le rêve volait en éclats.

– Expliquez-vous.

Après quelques instants de silence, Li acquiesça.

– Je vais le faire...

La serveuse entra alors, apportant une théière bleu et or. Elle remplit deux bols minuscules, sur lesquels elle posa leurs couvercles, puis regarda Li. Il prononça quelques mots en chinois, et elle disparut.

— Que lui avez-vous dit ?

— Que nous avions tout ce qu'il nous fallait et que nous ne voulions plus être dérangés, répondit-il en étirant ses jambes et en se calant confortablement dans son siège. Pour en revenir à votre question, je dirai que vous m'avez attiré dès la minute où je vous ai vue à l'aéroport et que j'ai envie de passer du temps en votre compagnie. Cette réponse vous suffit-elle ?

— Non.

— Pourquoi ?

— Parce que je ne suis ni belle, ni particulièrement spirituelle, ni spécialement intelligente ou fascinante. Il doit y avoir une autre raison pour que vous me poursuiviez de vos...

— De mes... ? répéta-t-il, attendant la suite.

— De vos assiduités.

Li sourit.

— Si je vous poursuis de mes assiduités, comme vous dites, c'est précisément pour les raisons que vous venez d'évoquer.

— *Parce que* je ne suis pas belle...

— Parce que vous prétendez ne pas l'être. C'est une absurdité. Pour qui me prenez-vous ? Pour un imbécile ? Un aveugle ? Un homme peu exigeant ?

— Ça n'a rien à voir avec vous.

— Je le sais. Je sais que vous ne me prenez ni pour un imbécile, ni pour un aveugle. C'est juste la façon dont vous vous voyez, vous. Bien. Je vais vous raconter pourquoi je vous poursuis de mes *assiduités*. Lorsqu'on m'a envoyé fabriquer des briques à Mianning, ma femme et moi menions des vies séparées. C'est parce que j'avais eu le malheur de critiquer ses activités au sein du Parti que je me suis retrouvé à Mianning, je l'ai appris plus tard. Bien sûr, ma solitude fut encore pire à Mianning, où je ne connaissais personne. Les gens qui vivaient là-bas étaient pauvres, ils n'avaient ni l'instruction, ni l'énergie, ni le temps de se poser des questions sur ce qui se passait hors de leur village. Ils habitaient des taudis crasseux, luttaient contre la maladie, la faim, le froid terrible de l'hiver et la chaleur suffocante de l'été. Sans espoir. Ils n'avaient aucune idée de ce qui m'amenait chez eux et il m'était impossible de le leur faire comprendre. Ils prenaient tout ça pour une énorme farce. C'est alors que j'ai rencontré quelqu'un...

— Et je vous rappelle cette femme, l'interrompit Miranda.

— Vous allez un peu vite, mais oui, d'une certaine manière, vous me rappelez cette femme. Acceptez-vous que je vous parle d'elle ?

— Oui.

— Elle s'appelait Fu Wei. Elle était jeune. Elle pensait avoir dix-sept ans, mais n'en était pas sûre. À l'époque, on n'enregistrait pas les naissances des filles : seuls les fils comptaient. Elle n'était jamais sortie de Mianning. Elle était petite, très chétive — nous n'avions jamais assez de nourriture. Il y avait eu quelques mauvaises récoltes et nous n'avions reçu aucune aide extérieure. Je me disais qu'elle était fragile, de ces gens que la misère détruit vite. Mais elle avait un solide optimisme. Elle souriait et riait plus que je ne l'aurais cru possible dans un endroit pareil, ajouta Li en ôtant le couvercle de son bol, le regard fixe. Wei ne savait ni lire ni écrire, elle ignorait tout de mon univers. Mais elle avait soif d'apprendre, soif de vivre, et portait sur les gens un regard sans préjugés. Au cours de nos conversations, elle a compris à quel point elle désirait une autre vie, malgré sa peur de l'inconnu. Elle avait l'esprit rapide, curieux et beaucoup d'intuition, mais elle pensait n'avoir aucune intelligence et, bien entendu, aucune beauté.

Se levant de sa chaise avec brusquerie, Miranda se mit à arpenter le petit salon avant de s'immobiliser devant une estampe qu'elle fit mine d'examiner avec attention.

— Vous m'accusez d'être aussi ignorante que cette petite paysanne.

— Je n'ai jamais parlé d'ignorance, ni formulé aucune accusation. J'ai dit que vous me faisiez penser à elle, et non que vous lui ressembliez.

— La fragilité semble vous attirer.

— Ce n'est pas la fragilité qui m'attire. Je n'ai aucune admiration pour les femmes faibles. À l'aéroport, j'ai lu dans vos yeux quelque chose qui m'a rappelé Wei : la prudence, la volonté aussi. Voilà ce que j'ai admiré chez vous, et qui m'a attiré.

Miranda tourna le dos à l'estampe.

— Qu'est-il arrivé à Wei ?

— Nous sommes restés un an ensemble. Tout le village était

malade et pas loin de mourir de faim : les gens s'évanouissaient dans les briqueteries, dans les champs. Wei et moi passions ensemble le plus de temps possible. En dépit de la pluie, de la boue, des vents terribles, du froid glacial, de la chaleur accablante, avec nos seuls haillons sur le dos, nous étions heureux. Je lui apprenais à lire. Elle était ravie, et puis... et puis elle est morte, ajouta Li en baissant les yeux sur ses mains.

– Oh... Comment ?

– Un accident à la briqueterie. La plaie s'est infectée. Nous n'avions pas de médicaments. J'ai fait passer un message à un ami à Chongqing : je lui demandais de nous aider à partir, pour que je puisse la conduire à l'hôpital. Il a essayé d'obtenir mon transfert, mais ça a pris un temps infini. Les semaines se sont écoulées, le temps que la paperasse circule d'un bureau à l'autre. Et Wei est morte. Je l'ai veillée pendant vingt-quatre heures. Elle brûlait de fièvre, mais elle savait que j'étais près d'elle. Elle pleurait – les larmes séchaient si vite sur ses joues brûlantes. Elle disait qu'elle n'apprendrait pas à lire, que jamais je ne lui montrerais l'océan, que jamais nous ne ferions l'amour dans de belles maisons chauffées... Et puis elle a poussé un long soupir, un soupir d'une immense tristesse, et elle est morte. Mon transfert est arrivé quatre mois plus tard, et je suis parti. Depuis, je suis seul.

Timidement, Miranda se dirigea vers Li, elle effleura ses cheveux, puis posa une main hésitante sur son épaule. Il la saisit, et la garda dans la sienne en se levant.

– Vous êtes plus forte que vous ne le pensez, Miranda. Vous avez le talent, l'intelligence, et une volonté que vous vous ignorez encore. Vous êtes honnête et ouverte aux changements. Et vous avez votre propre beauté, une beauté qui n'appartient qu'à vous. Comme Wei.

Ils se regardèrent un long moment, sans dénouer leurs doigts. Pour la première fois depuis des années, elle eut envie d'embrasser et d'être embrassée, envie de deux bras serrés autour de son corps. Mais il était trop tôt : elle avait encore tant de choses à comprendre. Elle observait le visage de Li : ses yeux en amande, ses traits durcis par les chagrins, les pommettes saillantes, le nez fin, le menton volontaire, les sourcils fournis, les cheveux bruns indomptables. Puis une ombre vint obscurcir ses pensées : l'ombre d'une jeune femme, à peine visible. Miranda fronça les sourcils.

— Vous essayez de retrouver un amour perdu...

— Non, répondit-il avec un sourire. Je sais distinguer l'illusion de la réalité. Vous, vous êtes réelle, Miranda Graham. Vous êtes vous, et personne d'autre. Et plus je vous connais, plus vous m'apparaissez différente de Wei. Différente de toutes les autres femmes. Mais vous possédez ce qu'elle avait de meilleur, et plus encore : un trésor dort en vous ; il ne demande qu'à être découvert. La Chine est un pays de découvertes, et je crois que nous pourrions passer ensemble des moments merveilleux, si vous me permettiez de les partager avec vous.

Elle ne cessait pas de le dévisager. L'idée la traversa que son voyage commençait peut-être ce soir-là plutôt qu'au départ de Denver.. Quelle était sa destination ?

Elle eut un mouvement de recul. Si elle ignorait où elle allait, elle ne devait pas faire le voyage. Les « je devrais », « il faudrait », « je pourrais », toutes ces catégories bien nettes qui avaient gouverné sa vie, se brouillaient tout à coup. Une seule chose était claire : Li avait raison, ils pouvaient passer ensemble de merveilleux moments.

— Alors, m'accompagnerez-vous à Xi'an ? lui demanda-t-il aussi naturellement que s'il lui proposait une petite promenade digestive.

Elle hésita encore. Puis, elle se dit : Va pour Xi'an et... pour ce que nous y ferons. Je ne suis là que pour six jours encore. Pas assez pour souffrir, mais assez pour en apprendre un peu sur le monde et sur moi-même. Alors pourquoi pas ?

Elle hocha la tête. Le geste était à peine perceptible. Puis, comme dans un rêve, elle se vit poser une main sur la joue de Li.

— Je suis heureuse d'être comparée à Wei. Et je pense que les meilleures découvertes sont celles que l'on partage.

4.

Yuan Sheng avait pris place à une table d'angle qui offrait une vue imprenable à la fois sur la salle, la scène où se tenaient les musiciens et la petite piste de danse.

— Ils sont vraiment bons, dit Wu Yi.

Il approuva d'un hochement de tête sans quitter la pièce du regard, clignant les yeux pour vérifier à travers les épaisses volutes de fumée si toutes les tables étaient bien occupées. Oui, bien sûr qu'elles l'étaient — il le savait déjà : dès qu'il était entré dans l'établissement, Wu Yi à son bras, il s'en était assuré. Mais il recommençait toujours, une fois assis avec ses consommations, quand il se détendait assez pour songer à son investissement sans avoir l'estomac noué.

Il avait mis trop d'argent dans cette boîte. Son père lui avait pourtant dit de chercher un quatrième associé. Mais, chaque fois que Li lui donnait des conseils, surtout s'ils étaient judicieux — et ils l'étaient toujours —, l'esprit de Sheng se fermait, penchait aussitôt vers le choix opposé. Six mois auparavant, il avait donc ouvert le *Du Fu Club* avec deux partenaires, et pas un de plus. C'était la deuxième boîte de nuit qu'ils lançaient en moins d'un an. Les associés de Sheng avaient au gouvernement des relations qui permettaient d'éviter aussi bien les descentes de police que les taxes trop élevées. Depuis, ils n'avaient pas touché le moindre bénéfice.

— Tous ces gens ont l'air de clients friqués, dit Wu Yi.

À nouveau, Sheng acquiesça. Il savait qu'elle essayait de le réconforter, et il lui en voulait de cela même : il devait paraître inquiet, vulnérable, fragile... Wu Yi n'avait pas le droit de le mettre dans

98

cette position. Il n'était ni vulnérable ni fragile. Certes, il marchait sur la corde raide, prenait des risques, pariait, mentait, manœuvrait, mais c'était la compétition ; il fallait accepter les nouvelles règles du jeu pour espérer triompher dans la Chine d'aujourd'hui.

Son père, lui, échouerait.

– Je voudrais un autre Martini, fit Wu Yi d'une voix cassante.

Sheng comprit le message et reporta son attention sur elle. Il commanda deux autres Martini, à dîner, puis se rassit et lui prit la main.

– C'est ta robe neuve ? Elle me plaît beaucoup.

– Elle n'est pas neuve. C'est juste une robe que tu n'as jamais vue.

– Je t'ai pourtant donné de l'argent pour que tu t'achètes une robe.

– Oui, mais voilà ce que je me suis acheté avec, répondit-elle en soulevant le bras pour lui montrer le magnifique bracelet en or qui ornait son poignet. Merci, Sheng, c'est un très beau cadeau.

Leurs regards se croisèrent : celui de Wu Yi disait le défi, la moquerie. Sheng sentit ses joues devenir brûlantes. Il eut envie de lâcher la main de la jeune femme, mais ce geste aurait trahi sa colère. Or seuls ceux qui savent cacher leurs sentiments dominent les autres, pensait-il. Il resta donc impassible ou, du moins, essaya.

– Eh bien, je suis heureux qu'il te plaise. Il est à toi.

Il fut récompensé par un sourire. On vint leur servir leurs Martini, suivis d'un homard dans une sauce aux haricots noirs. L'orage était passé. Wu Yi le provoquait souvent, jusqu'à la rage, mais elle avait tous les hommes à ses pieds, et il la désirait furieusement, si douloureusement, même, que l'idée de la perdre lui était insupportable. En outre, elle ne voulait pas se marier, et cela convenait parfaitement à Sheng, qui n'avait aucune intention de divorcer. C'était une condition essentielle : il lui fallait des femmes capables d'entretenir une liaison sans avoir des exigences impossibles. Il lui fallait Wu Yi.

Il attrapa un petit morceau de homard entre ses baguettes – corail et blanc, baignant dans une sauce brillante. Corail, c'était la couleur de la robe en soie que portait Wu Yi, corail aussi son rouge à lèvres, le peigne qui retenait sa chatoyante chevelure noire et dégageait son visage, mettant en valeur la perfection de ses traits.

Actrice de cinéma, elle commençait à être connue dans toute la Chine. Sheng n'ignorait pas que sa présence au club attestait, plus que toute autre chose encore, les succès à venir. Il la regarda grignoter un bout de homard.

— Parfait, dit-elle. Tu as bien choisi ton chef cuisinier. Et le Martini est excellent. Très américain.

— J'espère même qu'il est mieux que ça, répondit Sheng avec un sourire, désireux de la corriger sans la froisser. Les Américains sont aussi maladroits pour les boissons que pour le reste. On ne mettra pas longtemps à les surclasser, comme on le fait déjà depuis longtemps par la beauté de nos femmes.

Wu Yi éclata de rire, et Sheng se sentit profondément satisfait : cette soirée promettait d'être une réussite.

Comme, d'ailleurs, tout ce qu'il entreprenait ces derniers temps. Il se piquait d'être l'image de l'homme chinois moderne : il portait des costumes de couturiers, buvait un cognac français dont la bouteille coûtait, lui avait-on dit, l'équivalent de mille dollars américains, était abonné à *Trends Gentleman*, luxueux magazine, riche en conseils sur les vêtements, l'alimentation, les boissons, les placements immobiliers, le ski, la plongée, les voitures, et les cadeaux à offrir aux femmes... Il avait fait sien le credo du magazine : consommer certes, mais consommer avec goût — une position diamétralement opposée à la doctrine communiste. Sheng était heureux d'être entré dans les affaires à cette époque de l'histoire de son pays. La politique l'ennuyait, comme l'ennuyaient ceux qui s'y intéressaient, mais il avait compris que la Chine, quel que fût le nom de son gouvernement, suivait un chemin qui l'éloignait de plus en plus du communisme.

On appelait ça, maintenant, le « socialisme de marché ». Personne ne savait au juste ce que le terme recouvrait, mais tout le monde ne jurait que par lui ; il avait transformé le pays en une mine d'or, du moins pour les jeunes de la génération de Sheng. Il n'y avait qu'à se baisser pour ramasser des fortunes ; personne ne vous demandait de comptes. En sous-effectifs, mal payée, la police ne refusait pas les libéralités. Ainsi, la génération de Sheng s'associait-elle avec des policiers, à tous les échelons de la hiérarchie, pour acheter et diriger hôtels, restaurants, bars karaoké, saunas, boîtes de nuit, dancings... Sans parler des bordels ouverts avec la complicité de la brigade des mœurs. Les filles étaient cueillies parmi les centaines de milliers d'adolescentes qui erraient à travers le pays en quête d'une vie meilleure.

Pourtant, il n'était pas si facile de se faire une place au soleil dans cet univers. Sheng savait que, sans les liens qui l'unissaient aux enfants de hauts fonctionnaires et dignitaires de l'armée, rien n'aurait été possible. Ces jeunes gens puissants, protégés, d'une implacable ambition, étaient la clé de l'avenir. Comme ses deux associés, Pan Chao et Meng Enli, grâce auxquels il brillerait bientôt comme un astre au firmament de la nouvelle élite chinoise.

Un jour, son père lui avait posé des questions sur son train de vie, de plus en plus fastueux. Sheng avait fait une réponse évasive, évoquant les bénéfices tirés des boîtes de nuit. Li n'avait pas insisté, voulant éviter à son fils de devoir lui mentir. Désormais, leurs conversations portaient essentiellement sur Chine Constructions, la société fondée par son père et qui, un jour ou l'autre, lui appartiendrait.

Souvent, Sheng avait été tenté de lui parler, voire de solliciter son aide, mais chaque fois il s'était ressaisi : Li ne pourrait jamais comprendre, empêtré qu'il était dans des idées d'un autre temps – loyauté, responsabilité, travail – et ses illusions sur le droit de chacun d'accéder à une vie meilleure, y compris ceux qui n'avaient ni l'intelligence ni la volonté nécessaires. Les Américains avaient une bonne formule pour ça : se faire soi-même. Après tout, pourquoi pas ? Il l'avait bien fait, lui. Les chances étaient là : ceux qui les refusaient ne pouvaient se plaindre. Sheng ne leur accorderait aucune pensée, sauf pour marcher sur eux, dans son ascension vers les sommets.

Les *dahu* – les mouches à fric : voilà comment on les appelait, lui et ceux de sa génération. Le jeune homme s'en moquait. Il n'avait pas le temps de penser au-delà de la journée en cours et du profit qu'elle apporterait. Rien d'autre ne lui importait.

Sauf les femmes. Ou, plus exactement, sauf Wu Yi. Or, elle était disposée à faire de la soirée un succès. Ils avaient bavardé, dîné, dansé, et elle sirotait lentement son cognac, différant délibérément le moment où ils se retrouveraient seuls chez elle. Brûlant de désir, Sheng s'impatientait.

– Plus tard, lui dit Wu Yi d'une voix douce mais ferme, pour lui faire comprendre qu'elle ne laissait personne décider de son programme.

À cet instant, le gérant de la boîte s'approcha de leur table avec un téléphone portable. Ceux qui savaient où joindre Sheng étaient peu nombreux, et ne l'appelaient qu'en cas d'extrême urgence. Il s'excusa auprès de Wu Yi et recula dans son siège pour répondre :

— Oui ?

— On veut te voir. Tout de suite. Au bureau.

La voix de Meng Enli était sèche.

Sheng n'hésita pas longtemps : il frémissait de tout son corps du désir de retrouver Wu Yi dans son lit, mais un appel à cette heure de la nuit annonçait un problème d'une priorité absolue. Les affaires, songea-t-il, étaient décidément le vrai cœur de sa vie.

— Désolé, dit-il à la jeune femme, mais j'ai un travail urgent.

Il vit son visage s'assombrir, ses traits se durcir et prit peur.

— Seule une urgence peut m'arracher à toi, tu le sais. Tout change autour de nous, on ne peut pas fermer les yeux un instant, sinon on risque de tout perdre. Crois-moi, je n'ai pas le choix : il faut que j'y aille. Demain, on aura tout le temps. Demain soir, d'accord ?

Il n'avait pas voulu poser une question, mais une affirmation, presque un ordre. Seulement sa voix l'avait trahi. Sentant la faille, Wu Yi se durcit davantage.

— Non, pas demain soir. J'ai besoin d'avoir un peu de temps à moi. Je te ferai savoir quand tu pourras me rappeler.

— Après-demain, riposta Sheng, adoptant le ton ferme et résolu qu'il n'avait su trouver la première fois. Je t'appellerai.

— Il se peut que je ne sois pas chez moi.

— Je ne te le conseille pas.

Assis au bord de son fauteuil, impatient de partir, il vit Wu Yi écarquiller les yeux. Admiration ? Agacement ? Il n'avait pas le temps de s'interroger sur la question. Il se leva.

— Je te ramène.

Lorsqu'il s'effaça devant elle, elle ne lui accorda pas même un regard, pas une parole dans la voiture, pas un geste en entrant dans son immeuble. En temps normal, Sheng aurait été au désespoir. Mais ce soir-là, l'appréhension lui fit oublier la jeune femme dès qu'il eut tourné le coin de la rue. La voix de Meng Enli résonnait encore à ses oreilles, vibrante d'une colère contenue.

Les bureaux qu'il partageait avec Chao et lui se trouvaient à proximité de l'aéroport : trois pièces, sur l'arrière d'un bâtiment quelconque, sans nom sur la porte, sans secrétaire. Il se gara, sortit de la voiture, et vit Enli qui l'attendait dehors.

– Ils ont paniqué, lui dit celui-ci d'un ton glacial. Tes hommes – ceux que tu as engagés le mois dernier –, tu nous avais pourtant bien dit qu'ils avaient l'habitude.

– Mes hommes ? Il est arrivé quelque chose à la cargaison de sucre ?

– Entre, fit Enli sans répondre.

Sheng le suivit à l'intérieur du bâtiment, le cœur battant. *Ils ont paniqué.* Mais comment ? Quand il avait recruté les pirates, ceux-ci lui avaient affirmé avoir l'expérience de ce genre d'affaires : pour eux, aborder le bateau vietnamien et le conduire à Beihai ne présentaient aucune difficulté. Une fois au port, la cargaison de sucre devait être déchargée et transportée par camions vers deux autres villes. Rien de bien compliqué.

– Que s'est-il passé ? demanda Sheng.

Enli ferma la porte.

– Ils ont tabassé l'équipage à coups de crosse et...

– C'est impossible ! Ils avaient dit que...

– Boucle-la et écoute. Ils les ont tabassés à coups de crosse de revolver, ligotés et balancés par-dessus bord. *Douze morts.*

– Non ! Ils avaient dit que ça ne posait pas de problème... Ils avaient promis de... Attends un instant.

Sheng baissa la tête, inspirant et soufflant plusieurs fois pour apaiser les battements de son cœur. Il avait pourtant donné des ordres formels : il ne voulait pas de morts. Leur boulot, c'était la piraterie, pas le meurtre – acheminer un navire d'un point à un autre, et vendre la cargaison au plus offrant. La piraterie ne faisait de mal à personne, hormis à quelques riches fabricants et affréteurs étrangers. C'était une activité lucrative, simple, et qui offrait une garantie de résultats, tant qu'on en respectait les règles.

Or, quelqu'un avait outrepassé ces règles, outrepassé les ordres de Sheng. Après tout le mal qu'il s'était donné pour gagner la confiance d'Enli et de Chao, pour qu'ils le considèrent comme un associé à part entière, voire comme un ami. On avait ignoré ses ordres, on l'avait ignoré, lui, et maintenant sa vie était plus compliquée, oui, infiniment plus compliquée qu'elle ne l'était une heure auparavant...

La voix d'Enli grondait comme un tonnerre au-dessus de sa tête.

– Naturellement, la nouvelle s'est répandue comme une traînée de poudre. Tout Beihai est au courant.

Sheng se raisonna : après tout, il était un homme, il ne devait pas se laisser réprimander comme un enfant. Il se redressa. Oui, il trouverait un moyen de se tirer de ce mauvais pas. Non seulement il s'en remettrait, mais il triompherait même. Son père lui avait au moins appris cela : on pouvait toujours recommencer, fût-ce après les pires épreuves.

– Les meurtres ne sont pas le problème, poursuivait Enli. Certes, c'est ennuyeux...

– Douze morts ! s'exclama Sheng malgré lui.

– Ennuyeux, reprit Enli comme s'il n'avait rien entendu, mais pas grave. Ce qui est grave, c'est que les flics ont débarqué au port dix minutes après l'arrivée du bateau : ils le tiennent.

– Mais on les a payés, les flics.

– Pas ceux-là. Ceux-là dépendent des Affaires maritimes internationales.

– Les Affaires maritimes..., commença Sheng. Mais comment ont-ils... ?

Puis il comprit : bien sûr, il y avait eu des fuites... Il avait non seulement douze morts sur les bras, mais aussi un traître. À qui allait-il pouvoir se fier désormais à Beihai ? Hier encore, il était assuré que le maire et le chef de la police, grassement payés, fourniraient la main-d'œuvre pour décharger les bateaux piratés, ainsi qu'un hangar où les repeindre avant de les revendre à bon prix. Mais savait-on qui offrait les plus gros pots-de-vin à qui...

– Et nos hommes ? demanda-t-il.

– Tu veux parler des amateurs que tu as engagés ? Ils sont toujours à bord. La police ne va pas les laisser filer.

– Le sucre ?

– Ils n'ont pas eu le temps de le décharger.

Sheng souffla, presque dans un râle. Terrible. C'était terrible. Pire que tout ce qu'il avait pu imaginer : les morts, le traître, et deux millions de dollars de sucre qu'il venait de faire perdre à ses associés. En outre, ceux-ci avaient payé aux pirates la moitié de la somme convenue pour aborder l'*Ana Lia* dès que le navire serait dans les eaux internationales, à bonne distance de la plantation vietnamienne. Ils avaient également versé au maire et au chef de la police leur rente mensuelle. Et les acheteurs attendaient toujours.

Meng Enli reçut un appel sur son biper.

– C'est Pan Chao, dit-il. Je te laisse. Quand je reviendrai, tu auras trouvé un plan. D'ailleurs, je t'en propose un : filer à Beihai et te débrouiller pour que ce genre d'incident ne se reproduise plus.

Quand la porte se fut refermée sur Meng Enli, Sheng alluma sa lampe de bureau, et la chaîne qui se trouvait sur une étagère. Il inséra un disque dans le lecteur. Un disque américain. De l'Amérique, il adorait le jazz, la country et les westerns : la musique le détendait bien plus que le sexe, cet autre baromètre de la performance.

En écoutant la voix enjôleuse de Loretta Lynn, il s'assit bien droit sur son siège, les mains jointes sur le bord du bureau, paupières closes. Trouver un plan. Mais quel plan pourrait contourner les Affaires maritimes internationales ? Quel plan pourrait lui faire regagner l'estime si chèrement acquise de ses partenaires ? Meng Enli était le fils d'un haut fonctionnaire au ministère du Commerce international, où il avait un bureau. Quant à Pan Chao, son père était en poste à la Sécurité publique, et lui aussi brassait du papier, avec un titre sur sa carte de visite. Ils étaient puissants parce que leurs pères étaient puissants, et Sheng avait besoin d'eux, de leur confiance, voire de leur admiration pour vaincre – et non pour survivre, à l'instar de son père.

Trouver un plan, c'était d'abord trouver un coupable. Celui-ci était forcément l'un des deux hommes qu'il payait : soit le maire de Beihai – membre du Parti, c'était lui qui lui fournissait les informations nécessaires –, soit Fang Youcai, le chef de la police de la ville. Un imbécile, doublé d'un rapace de première, songea Sheng. À peine se fut-il formulé cette idée, qu'elle devint une certitude : c'était Youcai le coupable.

Il tenait son plan : il irait trouver Youcai, le petit flic d'un village de pêcheurs qui imaginait pouvoir s'en tirer après avoir trahi trois brillants hommes d'affaires de Pékin ; ce traître vendu au plus offrant...

– *Za zhong. Gou zai zi*, marmonna Sheng. Salauds. Pauvres types. Ils avaient un contrat. Ils n'ont aucun sens de l'honneur.

Il obligerait Youcai à appeler ses associés et à leur faire une confession en règle. Puis il soudoierait les flics qui gardaient le bateau afin de pouvoir charger le sucre dans les camions et l'acheminer jusqu'aux acheteurs qui l'attendaient. S'ils refusaient, le sucre serait perdu, certes, mais il y avait encore trois autres abordages prévus dans les six mois. Youcai aurait reçu une leçon, il coopérerait, et les autres avec lui. Les trois abordages rapporteraient gros, et ses associés reprendraient confiance.

Il faut que j'engage plus de pirates, se dit Sheng, mais le cœur lui manqua à la pensée de l'échec cinglant que constituait son premier recrutement. Non, ça ne se reproduira pas, poursuivit-il intérieurement. C'est impossible. Il choisirait ses hommes avec davantage de discernement. Si nécessaire, faire garder leurs familles en otages. Avec une nouvelle équipe et un bon plan, Chao et Enli le considéreraient à nouveau comme leur égal.

Quant au voyage de Beihai, c'était une corvée, une véritable pénitence... Un trou perdu que ce village de pêcheurs où l'on ignorait tout des bons restaurants, des boîtes de nuit, des bars karaoké, et même des femmes ! Il n'y avait même pas un hôtel correct. Sheng allait devoir se faire héberger par le maire, supporter la compagnie de cet imbécile, et dormir seul. Impossible d'y échapper...

Autre problème : il fallait informer son père de son départ. Il avait des chantiers en cours à Pékin, à Shanghai ; il s'apprêtait à entamer les travaux de construction d'un hôtel à Hangzhou. Non seulement il devait dire qu'il partait, mais aussi pour combien de temps... et pourquoi.

Tout en réfléchissant, il se mit à feuilleter quelques dossiers. Il transformerait cette absence en déplacement professionnel parfaitement légitime : il partait visiter des terrains susceptibles d'être achetés en vue de constructions futures. Son père serait fier de lui.

Il était toujours absorbé dans ses notes lorsque Meng Enli fit irruption dans la pièce. Sheng leva les yeux, la mine renfrognée, puis se ravisa, s'obligeant à adopter une expression plus affable.

– Je pars demain pour Beihai, dit-il, devançant les questions. J'arrangerai tout. J'en suis sûr. Il s'interrompit. Que se passe-t-il ?

Adossé au montant de la porte, Enli le dévisageait d'un drôle d'air.

– Pourquoi ton père est-il sous surveillance ?

Sheng fit mine de ne pas comprendre.

– Sous surveillance ?

– Oui, depuis deux jours. Tu n'es pas au courant ?

– Comment le serais-je ?

– Tu lui as parlé hier devant l'un de vos immeubles. Il était avec une Américaine. Pendant votre conversation, il a eu l'air inquiet tout d'un coup, comme si tu l'avais averti de quelque chose. Et depuis, il a cherché à savoir qui le filait.

– J'ai *vu* qu'il était suivi, avoua Sheng au bout de quelques instants, mais je ne sais pas pourquoi. Je suppose que c'est Pan Chao qui t'a raconté ça. Évidemment, à la Sécurité publique, ils doivent être au courant, j'imagine...

– Qui est cette Américaine ?

– Elle est là pour affaires. Il lui faisait visiter la ville.

– C'est ce qu'il t'a raconté.

– Elle est styliste, elle travaille avec des fabricants de vêtements.

– C'est ce qu'il t'a raconté.

– Il ne ment pas !

Qu'est-ce qui me prend de le défendre ? se demanda-t-il. Tout simplement le fait que je ne l'ai jamais entendu dire autre chose que la vérité.

– Où est-elle descendue ?

– Au *Palace Hotel.*

Enli hocha la tête, et Sheng comprit qu'il savait déjà. Pan Chao l'avait sûrement renseigné. C'était un piège, pour le tester. Ainsi, quoi que son père ait pu faire, ou quoi qu'il fût soupçonné de faire, lui, Sheng, en subissait déjà les conséquences.

– Pourquoi mon père est-il surveillé ?

– Tu n'as qu'à lui poser la question.

– Il n'en sait rien. Demande à Pan Chao.

C'était l'impasse. Un silence pesant tomba sur la pièce. Enli continuait de dévisager Sheng.

– Peut-être est-il temps de reprendre la société, tu ne crois pas ? dit-il enfin. Ton père se fait vieux. Chine Constructions devrait être à toi maintenant.

Sheng écarquilla les yeux. Les paroles d'Enli bourdonnaient dans ses oreilles.

– On en a déjà parlé l'année dernière. Ton père a peut-être fondé cette société, mais maintenant elle a besoin d'une direction jeune, dynamique. Tu pourrais l'assurer, cette direction, si tu prenais un peu d'autonomie. Seulement il te tient à l'œil, il ne te traite pas en homme, mais en gamin. Et voilà que maintenant il a des ennuis. C'est un nouveau poids pour la compagnie. Au bout du compte, qui va le porter ce poids ? Toi, Sheng, toi, le nouveau président de cette boîte, à moins que ton père n'abandonne son poste avant que ses soucis ne s'aggravent...

Les paroles de son associé résonnèrent dans le silence du bureau. Sheng sursauta en entendant le double bip émis par sa montre et par celle d'Enli.

– Deux heures, dit celui-ci. J'y vais. Quand comptes-tu rentrer de Beihai ?

Sheng réfléchit quelques instants avant de répondre :

– Je ne sais pas exactement. Dans deux jours, sans doute.

– Nous attendons ton appel.

Il disparut.

Sheng demeura assis sans bouger. Il baissa le regard sur ses mains, et vit qu'elles tremblaient. Il les pressa l'une contre l'autre. Même seul, il refusait les marques de faiblesse.

Or, réagir à quelques réflexions par des battements de cœur affolés et des tremblements, c'était de la faiblesse. *Jeune, dynamique, libre, un homme.*

Enli avait reconnu les mots employés, des mots vitaux.

Il te tient à l'œil.

Enli disait juste ce qu'il fallait : ni trop ni pas assez ; il savait où commencer, ou s'arrêter. Il savait partir aussi.

Toi, le nouveau président.

D'une certaine façon, la sonnerie de sa montre l'avait réveillé, ramené à la lucidité : il comprenait avec quel à-propos Enli savait choisir jusqu'aux intonations de sa voix : encourageante, amicale, complice...

Il me connaît, se dit Sheng. Il sait... – que disent les Américains dans ce cas-là ? – appuyer sur les bons boutons.

Comme si j'étais un jouet entre ses mains.

Non, c'est faux, il m'admire. Me respecte. Chao et lui me disent que je suis vif, intelligent, malin. Que je saurai faire mon chemin.

Sheng fit pivoter sa chaise, glissa un nouveau disque dans le lecteur et baissa le volume. Était-il trop tard pour appeler Wu Yi ? Il regarda sa montre. Deux heures et quart. Elle n'apprécierait pas. Il valait mieux se consacrer aux affaires ; il avait encore une foule de problèmes à régler en attendant l'heure d'appeler Li et de partir pour Beihai.

Il y avait un an que les trois hommes s'étaient associés pour créer la société Dung Chan. Avec de grands projets : d'abord la piraterie

– une bonne affaire –, puis les deux boîtes de nuit, qui en seraient aussi. Et ils avaient d'autres plans, dont une fabrique de cigares cubains.

Il avait fallu résoudre quelques problèmes, bien sûr : comment trouver un endroit sûr où stocker les cargaisons arraisonnées ? Comment les acheminer clandestinement jusqu'aux acheteurs ? C'était Pan Chao qui avait eu l'idée.

– C'est simple. On va se servir de Chine Constructions. Ton père achète des matériaux de construction à l'étranger et dans toute la Chine. Il lui arrive souvent d'en retourner ou d'en échanger. Et il vend ses propres excédents. Des activités tellement légales qu'elles en sont ennuyeuses ! Utilisons vos entrepôts pour réceptionner les cargaisons, le temps de faire les papiers nécessaires, et puis on acheminera les marchandises dans vos camions. Ils sont tout le temps sur les routes. Personne ne s'apercevra de rien. Ce n'est pas un problème.

Pour Sheng, c'était un problème. À sa grande surprise, il s'était dérobé devant l'obstacle.

– Je crois que ça ne pourra pas marcher.

– Pas marcher ? avait répété Chao. Qu'est-ce que ça veut dire ?

– Ça mettrait Chine Constructions en danger.

Enli avait fixé sur lui un regard perçant, inquisiteur.

– Ne me dis pas que tu t'inquiètes pour ton père.

– Non, avait répondu Sheng.

Il mentait.

Bien sûr qu'il s'inquiétait. Il ne pouvait pas faire une chose pareille à son père. Il avait beau se répéter qu'il s'en fichait, que les sentiments, la réputation ou même la sécurité de Li lui importaient peu, il n'avait pas voulu mettre son père en danger, pas même pour plaire à ses puissants associés.

– On te laisse y réfléchir, avait fini par conclure Chao.

Et il n'en avait plus été question. Mais Sheng n'était pas dupe : depuis, les deux hommes se demandaient s'ils avaient choisi la bonne personne.

Afin de reconquérir leur confiance, il leur avait apporté un projet clé en main.

– On va faire fabriquer des copies des matériaux de construction américains et européens : fenêtres, châssis, planchers, moquettes, plomberie, matériel électrique – et les vendre aux entrepreneurs.

Il leur avait tout présenté sous forme de graphiques et de tableaux.

– Les architectes exigent toujours des matériaux de grande qualité. En tout cas, les architectes étrangers et ceux des sociétés en participation, mais ils ne vérifient jamais les livraisons. Ils recevront nos matériaux, fabriqués dans notre usine, mais avec des étiquettes américaines et européennes. Et on empochera la différence.

Les associés de Sheng avaient approuvé son plan. Ils l'avaient même complimenté.

– Le clou, s'était amusé le jeune homme, c'est que ça ne fait de mal à personne. Les immeubles ne s'effondreront pas à cause de nous. Ça ne fera aucun mort. Nos produits s'useront plus vite que ceux des Américains ou des Européens, c'est tout.

Il avait vécu là un moment de pur triomphe, si intense que son souvenir seul le fit sourire tandis qu'il écoutait la voix apaisante de Dolly Parton, assis à son bureau. Chao et Enli l'avaient chaleureusement félicité et ils avaient organisé l'affaire avec des amis dont les parents possédaient des usines susceptibles de fabriquer les matériaux en question. Ils avaient défini les prix, trouvé un imprimeur pour les fiches techniques, les modes d'emploi et les étiquettes, ainsi qu'un fabricant de cartons qui copierait les emballages américains et européens.

Ils étaient si différents de son père ! Des hommes d'action : impitoyables, rusés, déterminés, des hommes qui ne refusaient pas les chances qui s'offraient, qui gouverneraient un jour la Chine. Comment aurait-il pu ne pas choisir leur camp ? Il n'y avait pas d'alternative.

Sheng se sentait mieux à présent. Tout était limpide, simple. Tout s'arrangerait. Il s'occuperait de Beihai, des pirates et de la cargaison de sucre. À son retour, Wu Yi lui ouvrirait ses bras. Et il deviendrait président de Chine Constructions.

Non, non, pas tout de suite ; je ne sais pas encore comment gérer...

Il repoussa le doute. Il apprendrait à gérer la société. Il était intelligent, rapide. Il était le fils de son père. Il inclina son fauteuil, laissa ses pensées vagabonder en attendant l'heure d'appeler Li.

À sept heures et demie sonnantes, il se redressa et composa le numéro du bureau. Il le cueillerait à son arrivée. S'il n'était pas encore en train de traîner avec cette femme. De courir des risques. Et d'en faire courir à tout le monde.

C'est à cause d'elle qu'il est suivi.

Bien sûr. Pour quelle autre raison l'aurait-on surveillé ? En mettant en doute chacune des informations que Sheng détenait sur elle, Enli l'avait quasiment avoué.

Elle va lui attirer des ennuis.

Li ne s'en rendait-il pas compte ? Que lui arrivait-il ? Qu'était donc devenu son sens des responsabilités ?

Bien sûr qu'il le sait. Et bien sûr qu'il n'est pas avec elle. Trop risqué. Et puis, de toute façon, il sait que je ne l'aime pas. Et il sait qu'il est surveillé. Il n'oserait pas la revoir. Il n'oserait pas...

Avec une colère croissante, il écoutait la sonnerie du téléphone résonner dans le bureau de son père.

— Bureau de Yuan Li, répondit la secrétaire.

— Où est-il ?

— Qui le demande ?

— Mais enfin il devrait être là !

— Ah, c'est Yuan Sheng ? Pardonnez-moi, monsieur. Je n'avais pas reconnu votre voix.

Une secrétaire engagée par moi serait plus rapide à la détente, pensa Sheng, ou alors je la flanquerais à la porte.

— Il faut que je parle à Yuan Li. Immédiatement.

— Désolée, monsieur, il n'est pas arrivé. Je pense qu'il...

— *Où est-il ?*

— Il n'est pas encore arrivé. Je l'attends d'un instant à l'autre. Il a une réunion pour le nouveau complexe de bureaux, et après...

— Je ne peux pas attendre. Il faut que je parte en déplacement. Dites-lui...

Sheng lui raconta l'histoire qu'il avait inventée. Finalement, c'était mieux que de devoir mentir directement à son père.

— Et dites-lui que j'appellerai demain matin.

— Oh, désolée, monsieur, il sera absent.

— Encore ? explosa Sheng. Il faut que je lui parle !

— Il part ce soir pour Xi'an. Il y passera toute la journée de demain. Je ne pense pas qu'il repasse au bureau avant lundi. Vous pourrez le joindre après vingt-deux heures au *Xi'an Garden Hotel* ; je vous donne le numéro...

Sheng le nota d'un geste rageur. Chine Constructions n'avait aucun projet à Xi'an.

Soudain, il revit la femme et, surtout, le regard que son père posait sur elle. Un regard différent. Doux ? Pensif ? Quelque chose comme ça. Un regard ailleurs.

Il emmène cette femme à Xi'an. Mais qu'est-ce qu'il manigance ?

Peut-être voulait-elle investir des fonds dans Chine Constructions, ou monter une société en participation, ou...

Non, la façon dont il la regardait n'avait rien de professionnel. Il a choisi son camp, son camp américain, et il se sert de cette femme pour partir en Amérique, pour passer à l'ennemi. Pour quitter la Chine. Quitter la boîte.

Me quitter, moi.

Il n'oserait pas, fulminait Sheng. Il n'oserait pas me faire ça !

Pourtant, c'est bien ce qu'Enli a suggéré : mon père devrait se retirer. Il en sait peut-être plus qu'il n'a voulu le dire. Et puis, je veux me débarrasser de Li, oui ou non ?

Il secoua la tête, furieux ; il n'avait pas à répondre à cette question, pas maintenant.

— S'il part, je deviens le fils d'un transfuge, donc suspect, marmonna-t-il entre ses dents. Je parie qu'il n'a même pas pensé à ça. Et pourquoi ne m'en parle-t-il pas ? *Gao shi*. Merde. Ce salaud ne m'a rien dit.

Sa colère était ancienne déjà. Elle remontait à l'epoque de la Révolution culturelle, quand on avait envoyé son père à Mianning comme un vulgaire criminel. Sheng avait beau savoir que Li n'y était pour rien, qu'il était le dernier à avoir souhaité cet exil, il lui en avait voulu et lui en voulait encore pour son abandon. Il n'avait pu s'empêcher de penser que, si son père avait voulu se montrer plus malin, il aurait trouvé le moyen de rester à la maison, de rester un vrai père. Quand Li était rentré, si maigre et silencieux, leurs relations s'étaient tendues.

Et maintenant, pensa Sheng, fou de rage, maintenant que la réussite est à portée de main, il va tout gâcher encore une fois !

Spontanément, l'image de la femme lui revint : elle l'avait regardé droit dans les yeux, avec ce stupide sourire américain, puis elle s'était détournée — naturellement, elle ne comprenait pas un mot de ce qu'ils disaient. Quelle idiote ! Incapable d'apprendre quelques mots de chinois !

Nulle, elle est nulle, se dit Sheng. Ni belle ni intelligente. Impossible qu'il s'intéresse à elle. Je me fais des idées : il ne va pas quitter la Chine, une chose pareille ne lui viendrait même pas à l'esprit. Il est bien trop rigide pour ça. Il ne me laisserait pas tomber. S'il va à Xi'an, c'est pour une autre raison, mais laquelle ? Et puis, pourquoi le suit-on ?

On va le convoquer et l'interroger.

L'idée paralysa le jeune homme.

Il fallait qu'il parle à Pan Chao. Lui saurait qui filerait Li à Xi'an ; il arrivait toujours à déterrer les dossiers de la Sécurité publique. Il lui dirait pourquoi son père allait à Xi'an et pourquoi il était surveillé. Alors Sheng en saurait assez pour prendre une décision.

Il faut que je sache quelles seront *les conséquences pour moi !*

5.

Li aperçut les deux hommes avant qu'eux-mêmes ne l'aient vu. Il se dirigeait vers son bureau, la tête pleine de sa réunion, de son voyage à Xi'an avec Miranda – lorsqu'il les vit, affalés dans des fauteuils devant sa secrétaire. Un simple coup d'œil lui suffit à les identifier.

Il aurait pu faire volte-face et prendre l'ascenseur qui se trouvait au fond du hall. Ainsi, il les aurait évités une partie de la journée. Mais il ne pouvait leur échapper longtemps et il ne voulait pas être arrêté devant Miranda. Alors il entra.

Ils se levèrent d'un même élan, comme actionnés par le même ressort.

– *Anquan Ju*. Sécurité publique, dit l'un d'eux en lui fourrant d'un geste vif une petite carte sous les yeux. Le directeur veut vous voir.

Ils l'encadrèrent et l'orientèrent vers la sortie.

– Un instant, fit Li d'une voix si calme qu'il en fut lui-même surpris, puis il s'adressa à sa secrétaire : Je ne pourrai pas recevoir le fournisseur, pour les fenêtres. Vous voulez bien l'appeler et remettre notre rendez-vous à lundi, sept heures trente ? S'il est d'accord, laissez une note sur mon bureau et annulez mes rendez-vous d'aujourd'hui. Je ne sais pas quand je reviendrai.

Elle acquiesça, le visage blême.

– Yuan Sheng vient d'appeler, dit-elle en lui tendant un papier. J'ai noté le message.

Li survola les quelques lignes : des mots décousus à propos d'un déplacement très soudain, très vague. Étrange, se dit-il, mais il n'eut pas le temps d'y réfléchir : déjà les deux hommes le conduisaient vers l'ascenseur, silencieux et vigilants, l'un à droite, l'autre à gauche. Ils l'escortèrent jusqu'à une voiture qui attendait, juste derrière la sienne. Son regard croisa celui de son chauffeur : l'homme fronça les sourcils avec une mimique impuissante tandis qu'on poussait Li à l'intérieur du véhicule banalisé de la Sécurité. L'opération fut si discrète que les passants ne virent rien ; ceux qui comprirent eurent, en tout cas, la sagesse de détourner les yeux et de poursuivre leur chemin.

Li ne pensait qu'à une chose : savoir ce qu'on lui voulait. Peut-être était-ce à cause de Sheng – ne venait-il pas de quitter brusquement la ville ? Non, ce n'était pas la police qui l'emmenait, mais la Sécurité : il s'agissait donc d'une affaire plus grave que la piraterie, d'une affaire qui le concernait, lui. Cette déduction le plongea dans une profonde perplexité. Depuis vingt ans, il leur avait prouvé qu'il ne faisait pas de politique, qu'il ne s'intéressait qu'à la construction – une construction plus solide, plus novatrice que la camelote proposée par la majorité des entrepreneurs chinois. Sa neutralité avait été si parfaite qu'il en était devenu invisible, comme une chenille camouflée sur une feuille morte. Ainsi, tous, depuis la police locale jusqu'à l'armée, l'avaient oublié. Il lui arrivait d'éprouver du dégoût en songeant à sa docilité, à cette soumission chèrement payée, mais il avait eu sa dose de chaos. En contrepartie, il gagnait de l'argent, et vivait paisiblement ; il s'en contentait.

Plus exactement, il s'en était contenté jusqu'à sa rencontre avec Miranda : elle avait fait naître en lui d'autres désirs.

Qu'est-ce qui te prouve qu'elle est vraiment styliste ?

Je ne vais pas recommencer, se dit-il furieux. Je la connais. Cette histoire n'a rien à voir avec elle.

Pas une parole ne fut échangée dans la voiture, qui finit par se ranger devant un immeuble anonyme sur Chang An Jie. Pas une parole non plus tandis que Li, toujours flanqué des deux hommes, passait une succession de portes jusqu'à une pièce sombre, dont les lourds rideaux repoussaient la lumière du jour. Dans la pénombre, il distingua un homme vêtu d'un costume noir, comme en embuscade derrière un vaste bureau.

– Asseyez-vous, lui dit celui-ci. Voulez-vous une cigarette ? Non, vous ne fumez pas. Vous ne buvez pas non plus, hormis du vin et de la bière pour accompagner le repas. Vous êtes un homme sobre. Prudent. Circonspect. Pas le genre à faire des histoires...

Chaque son était étouffé, avalé par la moquette et par les épais rideaux noirs.

L'homme ouvrit un dossier et lut à voix haute l'adresse de Li, celle de son bureau, ses différents numéros de téléphone, celui de son portable, l'immatriculation de sa voiture, le nom de son chauffeur...

— Vous menez une vie exemplaire, commenta-t-il en levant les yeux. Chine Constructions joue un rôle essentiel dans la modernisation de Pékin. Vous bâtissez de beaux immeubles et vous avez de bons ouvriers, ajouta-t-il avant de se pencher à nouveau sur le dossier. Votre femme est morte. Votre fils, Yuan Sheng, travaille dans votre société. Il s'est associé à Meng Enli et à Pan Chao dans la gestion de deux boîtes de nuit. Il est ambitieux, et, sans aucun doute, cupide. Mais on pourrait en dire autant de tous nos fils, n'est-ce pas ? Votre fille, Yuan Shuiying, habite Pékin, elle est programmeuse informatique. Son mari, Chen Zemin, est un petit fonctionnaire ambitieux, lui aussi. Vous avez une cuisinière et une gouvernante qui habitent chez vous. Ai-je oublié quelque chose ? conclut l'homme en levant à nouveau les yeux vers Li.

— Non. Vous êtes très consciencieux.

— Pour vous comme pour nous, il serait bon que vous le soyez aussi, notamment dans le choix des personnes que vous sortez le soir, que vous promenez en voiture dans Pékin et auxquelles vous faites visiter nos marchés.

Li serra les poings, mais son visage demeura impassible.

— Mme Graham est styliste, répondit-il. Elle dessine des vêtements en cachemire qu'elle fait fabriquer par des usines chinoises. Elle a eu deux réunions avec la Grande Fabrique de Vêtements de Pékin... Mais, inutile de vous le préciser : vous êtes déjà au courant.

— Naturellement. Qu'a-t-elle fait avant-hier, après sa première réunion ?

— Je suppose qu'elle a dû rentrer à son hôtel. Nous nous sommes retrouvés pour dîner. Comme vous le savez aussi.

— Avant-hier, après sa réunion, Mme Graham a joué les facteurs : elle a porté une lettre.

L'homme précisa le quartier et l'adresse.

— C'est une petite épicerie. Vous connaissez ?

– Pas du tout. Mme Graham est allée là-bas ?

– Je vous dis qu'elle y a *porté une lettre*. Vous m'avez bien entendu.

– Une lettre de qui ? Je ne comprends pas. Elle m'a dit qu'elle ne connaissait personne à Pékin. À son arrivée, elle se sentait dépassée, effrayée par la foule et...

– Et vous êtes venu la chercher.

– La chercher ? Non, j'ai déposé un ami qui partait pour Hong Kong. J'ai rencontré Mme Graham par hasard. Je ne comprends pas vos sous-entendus.

En réalité, il ne les comprenait que trop bien ; on lui disait que la rencontre était préméditée, qu'ils préparaient ensemble un complot... Quel complot ? Elle avait porté une lettre. De qui ? Et à qui ?

Le directeur poursuivit sa lecture.

– Mme Graham est une amie intime de Sima Ting, condamnée à la prison pour tentative d'insurrection. Sima Ting a été remise en liberté pour raisons de santé il y a deux ans et vit aujourd'hui à Boulder, Colorado, aux États-Unis.

Abasourdi, Li ne répondit rien.

– Nous tenons naturellement toujours nos dissidents à l'œil, où qu'ils se trouvent, poursuivit l'homme. La lettre portée par votre amie était destinée aux parents de Sima Ting, à qui ces épiciers devaient la remettre. Mais il est évident qu'elle aurait été largement diffusée dans la dissidence si nous ne l'avions pas interceptée.

Ils attendaient Miranda à l'aéroport, se dit Li. Ils ont été prévenus par leur contact à Boulder, celui qui surveille Sima Ting. Ils m'ont vu lui parler, l'accompagner jusqu'à la station de taxis et partir avec elle. Comme si nous avions eu un rendez-vous.

À partir de là, ils nous ont suivis.

Un frisson familier le parcourut, qui le ramena au temps de son mariage, aux semaines d'interrogatoire qu'il avait subies à cause de sa femme, pendant lesquelles on lui avait expliqué qu'il représentait la régression dans la Chine de la Révolution culturelle, et qu'on l'envoyait à Mianning, en rééducation. Aujourd'hui, vieilli, assagi, propriétaire de l'une des plus grosses entreprises de Pékin, voilà qu'il se retrouvait assis dans le bureau du directeur de la Sécurité, minuscule rouage égaré dans une immense mécanique qui voulait contrôler chaque pièce de sa redoutable machine.

Toutes les dictatures, toutes les tyrannies en usent ainsi avec le peuple : il doit être muet, consentant et contenu.

– Bien. On va tout reprendre depuis le début, dit le directeur, se calant dans son fauteuil avant d'allumer une cigarette dont il regarda la fumée s'envoler en volutes vers le plafond. Comment avez-vous appris l'arrivée de Mme Graham ?

– Je n'ai pas appris son arrivée, je ne suis pas allé la chercher. Je ne savais rien d'elle. J'étais à l'aéroport pour dire au revoir à un ami qui partait pour Hong Kong.

– Et maintenant, que savez-vous d'elle ?

– Elle est styliste et dessine des vêtements en cachemire. Elle travaille pour une société américaine appelée Talia, qui a un bureau à Boulder, Colorado. Cette société l'a envoyée ici pour négocier avec trois de nos ateliers de confection. Elle vit à Boulder, elle est veuve et a deux enfants.

– Combien gagne-t-elle ?

– Je n'en ai aucune idée.

– Sans mari, elle a sûrement des fins de mois difficiles. Elle peut donc avoir envie de se faire un peu d'argent de poche.

Li mit un moment à comprendre.

– Vous voulez dire comme espionne ? s'exclama-t-il enfin. Elle ne ferait jamais une chose pareille. Et puis, quel genre de renseignements chercherait-elle ?

– C'est l'un des points que vous allez nous aider à éclaircir.

Li dévisagea fixement l'homme.

– Vous me demandez de l'espionner pour savoir si elle nous espionne ?

– Revenons à notre conversation. Combien de contacts avez-vous eus avec Mme Graham avant son arrivée en Chine ?

– Je n'ai jamais eu aucun contact avec elle. Je ne la connaissais pas avant de la rencontrer par hasard à l'aéroport.

– Lettres ? Coups de fil ? Télégrammes ? Fax ? E-mail ?

– Non.

– Non à quelle question ?

– Non à toutes les questions.

– Et pourtant vous saviez à quelle heure atterrissait son avion.

– Je ne l'attendais pas. J'étais à l'aéroport pour d'autres raisons. Au moment où je partais, je l'ai aperçue : elle avait l'air en difficulté, apeurée, incapable de trouver seule un taxi, alors je l'ai aidée.

– Vous la connaissiez déjà.

– Non.

– Vous saviez qui elle était.

– Non.

– Pourtant vous avez laissé votre voiture à l'aéroport et vous avez regagné Pékin dans son taxi.

– Elle avait besoin d'aide.

– Le lendemain matin, vous preniez un petit déjeuner avec elle, et le soir même vous l'emmeniez dîner chez *Fanshan*.

– Oui.

– Pourquoi ?

– Parce que je la trouvais intéressante.

Le directeur pinça les lèvres.

– Intéressante, dites-vous. Et toujours aussi intéressante le lendemain. Un tour au marché, un autre dîner, cette fois dans le salon privé d'un restaurant dont vous êtes le propriétaire. La porte était fermée.

– Le bruit la dérangeait.

– Qui vient-elle voir en Chine ?

– Les patrons et les équipes de trois ateliers de confection.

– Qui d'autre ?

– Personne.

– Vous en êtes certain ?

– Elle ne connaît personne en Chine, elle me l'a dit.

– Pourtant, elle a porté cette lettre à des gens qu'elle ne connaissait pas... Elle pourrait encore rencontrer d'autres personnes qu'elle ne connaît pas.

– Je ne pense pas que ce soit dans ses projets.

– Peut-être ne vous a-t-elle pas fait part de tous ses projets lorsque vous êtes allé la chercher à l'aéroport.

– Je ne suis pas allé la chercher à l'aéroport. J'étais à l'aéroport pour accompagner un ami qui partait pour Hong Kong. Je l'ai aperçue de loin, et elle avait l'air en difficulté.

– Pour quelle raison passez-vous du temps avec elle ?

– Je la trouve intéressante.

– Et américaine. Votre père était américain.

– Oui.

– Et vous avez essayé de correspondre avec lui quand il est retourné en Amérique.

119

– Je n'étais pas né quand il est retourné en Amérique. Mais quand j'étais étudiant, oui, j'ai essayé de le retrouver.

Le directeur tourna encore quelques pages de son dossier.

– C'était l'époque où vous étiez rédacteur en chef du journal de la faculté.

Les épaules de Li s'affaissèrent. En Chine, le passé n'était jamais le passé : c'était une glu qui collait au présent, et même à l'avenir. Le passé ne s'estompait jamais. Au contraire, il gagnait de la force. Il en allait ainsi de son père américain, de ses années d'étudiant, de ses commentaires sur les activités de sa femme...

– Vous désapprouviez les activités de votre femme, reprit le directeur. Pour les critiquer, vous avez utilisé des expressions qu'on peut retrouver sous votre plume dans le journal de l'université : honneur de l'individu, intégrité de l'individu, responsabilité de l'individu. Vous vous faites une trop haute idée de l'individu, monsieur Yuan Li.

Li demeura silencieux. C'était la vérité.

– Vous aviez aussi un ami. Un professeur. Il vous a dédié l'un de ses livres.

Encore le passé, songea Li. Avec tout ce qui change aujourd'hui, comment trouvent-ils encore le temps de s'occuper du passé ?

– Oui, confirma-t-il sobrement.

– Le professeur Ye. Il est mort en 1971.

Il n'est pas simplement « mort ». Il s'est suicidé. Acculé à la mort par les Gardes rouges, sa femme dans un camp de prisonniers, ses enfants enfuis à Hong Kong, sa bibliothèque brûlée, sa maison saccagée. Alors il s'est tué, comme tant d'autres pendant la Révolution culturelle.

– Vous êtes toujours ami avec sa veuve.

– Oui.

Il y eut un silence. Le directeur alluma une autre cigarette.

– Lorsque vous êtes allé chercher Mme Graham à l'aéroport, vous avez parlé avec elle de la lettre qu'elle devait apporter...

– Je ne suis pas allé la chercher à l'aéroport.

Il avait commis une erreur, il s'en rendit compte immédiatement : un haut responsable n'appréciait pas d'être interrompu. L'homme poursuivit, et Li lui répéta la réponse déjà faite. Il recommença, encore et encore, pendant les deux heures qui suivirent. Les questions étaient formulées différemment, le renseignement exigé sous d'autres formes, autant de petits pièges qui maintenaient la vigilance en éveil, malgré l'exaspération. Li en vint peu à peu à la conclusion que l'interrogatoire n'aurait pas de suites, du moins pas ce jour-là : il ne serait ni arrêté ni accusé. L'avertissement devait suffire à le ramener dans la voie de la prudence et de la peur.

Lorsqu'il s'en fut convaincu, il osa jeter ostensiblement un coup d'œil à sa montre.

– J'ai déjà manqué quatre rendez-vous, dit-il, l'air soucieux. Nous devons terminer l'entretien, si je ne veux pas perdre la journée. Nous soumissionnons pour un nouveau bâtiment public, où seront peut-être déplacés vos bureaux.

Le directeur fit la moue.

– Nous ne voudrions pas être un obstacle à l'élaboration de meilleures conditions de travail pour nos hauts fonctionnaires, répondit-il en fermant le dossier. Vous comprendrez, monsieur Yuan Li, que nous continuions à surveiller vos agissements. Vous êtes un citoyen productif : vous avez une grande maison, une voiture, un chauffeur, une entreprise florissante, mais même les citoyens hors du commun peuvent parfois réduire à néant toute une vie de travail et de confort. Ne l'oubliez pas.

Li baissa la tête, comme un écolier qui vient de recevoir un avertissement. Il attendait l'ordre final : *Cessez de voir cette femme.*

– Si nous apprenons que vous vous livrez à une activité suspecte, quelle qu'elle soit, nous vous demanderons de revenir, peut-être avec cette Mme Graham qui aime les portes fermées parce que le bruit la dérange.

Le directeur de la Sécurité eut un sourire sarcastique.

Li comprit qu'on ne lui interdisait rien, qu'on ne lui ordonnait rien non plus. Non, ils voulaient que Miranda les conduise à ces dissidents qu'elle n'allait pas manquer de rencontrer, selon eux.

Ils n'ont pas besoin de moi pour ça, songea-t-il cependant. Ils n'ont qu'à la suivre : ils verront bien si elle a ou non des liens avec la dissidence. Pourquoi tiennent-ils tant à ma présence auprès d'elle ?

J'ai compris : ils me prennent pour son guide, pour son traducteur. Ils pensent qu'elle sera plus audacieuse avec moi que sans moi. Peu importe si je tombe à cause d'elle. Dans un pays qui compte plus d'un milliard d'habitants, quand le pouvoir absolu est en jeu, un entrepreneur de plus ou de moins, ça ne fait pas grande différence.

Tout était dit. Li quitta la pièce en silence. Le directeur et lui ne se serrèrent pas la main.

Dans la rue, il marcha lentement pour mettre de l'ordre dans ses pensées. Qu'il soit ou non avec elle, ils suivraient Miranda. Ils ne trouveraient rien (il en était sûr) mais cela ne les arrêterait pas. Il était donc inutile de cesser de la voir. Pourtant, un simple soupçon, même injustifié, pouvait assombrir sa vie pendant des années, voire à jamais, se transmettre à ses enfants, à ses petits-enfants, à ses amis, à ses collègues... Il valait mieux pour Li et pour son entourage qu'il appelle Miranda pour annuler leur escapade à Xi'an, qu'il renonce à leurs projets, au plaisir qu'il trouvait à sa compagnie, à la vie qu'elle avait réveillée en lui, au désir...

Je ne peux pas faire ça.

Ils n'avaient rien à lui reprocher ; il menait une existence exemplaire. Son activité la plus compromettante consistait à regarder CNN. Il n'y avait rien dans sa vie qui pût les intéresser, ou leur fournir un prétexte.

Ils n'avaient rien à reprocher à Miranda, hormis d'avoir porté une lettre. *Pourquoi a-t-elle fait ça ? Et pourquoi ne m'en a-t-elle pas parlé ?* Si cette lettre demeurait sa seule erreur, si elle n'était suivie ni de réunions secrètes ni d'autres contacts, ils ne prendraient pas le risque de compromettre leurs relations diplomatiques avec les États-Unis. L'affaire resterait une petite bizarrerie dans un voyage professionnel sans histoire.

Il n'y avait décidément aucune raison pour qu'il cesse de voir Miranda. Elle ne faisait rien de répréhensible, lui non plus. Il n'y avait donc aucun danger.

Cela dit, ils seraient suivis. Eh bien, ils le supporteraient, ce n'était pas si grave. En revanche, ce que Li ne supporterait pas, c'était de ne plus la voir. Il en était incapable.

À moins qu'elle ne m'ait caché quelque chose...

Mais il n'y croyait pas vraiment.

Dans le taxi qui le ramenait chez lui, il appela sa secrétaire.

– Je rentre à la maison. Vous avez des messages ?

Il nota quelques mots dans un petit calepin et dicta les réponses.

– Je ne serai pas au bureau avant lundi, dit-il en conclusion. Je pars ce soir pour Xi'an, comme prévu.

Puis il appela l'usine où était Miranda et demanda à la standardiste de lui confirmer discrètement leurs projets. C'était inutile ; ils s'étaient mis d'accord la veille au soir, mais en appelant, il confortait sa décision.

Et si cela devenait vraiment dangereux...

Dans ce cas, il y repenserait le moment venu. Pas maintenant.

Restait à parler à Miranda. Le soir même, dans l'avion qui les emportait vers Xi'an, il se pencha vers elle, et, dans le grondement sourd qui envahissait la cabine, lui souffla à mi-voix :

– J'ai une question à vous poser.

Elle était étonnée : jamais encore il ne lui avait paru si tendu.

– Oui, laquelle ?

– J'ai appris aujourd'hui que vous aviez porté une lettre d'une Chinoise vivant en Amérique à des...

– Qui vous a dit ça ? s'exclama Miranda.

Elle sentit un frisson glacé lui courir sous la peau. Sentiment effrayant que de voir ses gestes épiés en cachette, et commentés par des inconnus.

– Les dissidents chinois sont surveillés, qu'ils vivent en Chine ou à l'étranger. La jeune femme...

– Vous espionnez les gens en Amérique ?

– Moi non. Mais mon gouvernement oui.

– Il n'a pas le droit de faire ça.

– Eh bien, répondit Li avec un léger haussement d'épaules, il le prend. Les Américains ne s'en privent pas non plus, vous savez ce qu'est la CIA. Ça fait partie du monde dans lequel nous vivons ; c'est comme ça, un point c'est tout. Les gouvernants chinois ne cessent pas de s'intéresser aux dissidents sous prétexte qu'ils ont quitté la Chine. La jeune Sima Ting est donc surveillée depuis son arrivée à Boulder, ce qui signifie qu'on vous a vue avec elle – après tout, vous êtes une amie très proche et...

– Très proche ? Mais qu'est-ce que vous racontez ? Je l'ai rencontrée deux fois, chez une amie commune. Je ne me suis jamais trouvée seule avec elle.

Li fronça les sourcils.

– Deux fois. Chez une amie. Et elle vous a chargée de son courrier ?

– Je ne comprends pas ce que vous voulez dire. Elle m'a demandé de porter une lettre à ses parents, et j'ai accepté, naturellement. Pourquoi aurais-je refusé ?

– Mais ce n'est pas à ses parents que vous avez porté cette lettre.

– Elle m'a dit que leur maison était difficile à trouver et m'a demandé de laisser la lettre dans une petite échoppe, une épicerie. Les gens ont été très gentils. Ils ne parlaient pas trois mots d'anglais, mais ils ont insisté pour me donner de la nourriture. Sans doute en remerciement.

– Détrompez-vous : c'était pour que vous ayez l'air d'être une cliente. Peine perdue : de toute façon, aucun touriste, même égaré, ne se serait retrouvé dans ce quartier. Vos épiciers ont essayé en vain de masquer le motif de votre visite.

Miranda dévisagea longuement Li.

– Vous voulez dire que *je suis suivie* ? fit-elle en se retournant instinctivement pour regarder derrière elle – mais personne ne semblait s'intéresser à elle. C'est complètement dingue. Je ne sais rien sur la Chine, je n'y connais absolument personne. Pourquoi votre gouvernement en aurait-il après moi ?

– Parce que vous êtes une amie de Sima Ting.

– Je vous ai dit que je ne l'ai rencontrée que deux fois... Mais je suppose que ça n'a aucune importance : une fois ou vingt fois, du moment que je lui ai parlé.

– Exactement.

– Et maintenant, des gens savent que j'ai porté cette lettre ; les épiciers savaient que je pouvais être suivie ; est-ce que tout le monde sait toujours tout dans ce pays ?

Li sourit.

– En réalité, nous ne savons presque rien. Vous en apprenez plus sur votre gouvernement en cinq minutes que nous sur le nôtre en un an, répondit-il. Maintenant nous allons oublier cette histoire, boire tranquillement un thé et parler d'autre chose.

– Non, riposta Miranda, le visage buté. Comment avez-vous su que j'avais porté cette lettre ?

Li poussa un soupir.

– On me l'a dit.

– Qui ? Ceux qui m'ont suivie ? La police ?

– La Sécurité publique. L'équivalent de votre FBI.

– Ce sont eux qui m'ont suivie ? Et ensuite ils vous ont appelé pour vous dire que j'avais porté cette lettre ? C'est comme ça que ça s'est passé, n'est-ce pas ? ajouta Miranda en scrutant le visage de Li.

Il soupira à nouveau.

Ils sont venus me chercher pour m'interroger. Ils voulaient en savoir plus sur vous : quand nous nous étions rencontrés, pourquoi nous dînions ensemble. Ils étaient... – vous avez une expression pour ça en anglais – à la capture aux renseignements ?

– On dit plutôt à la pêche. Et que leur avez-vous raconté sur moi ?

– Que vous êtes une styliste en voyage d'affaires. Bien sûr, comme j'ignorais tout de la lettre, je n'ai pas pu répondre à leurs questions à ce sujet.

– Pourquoi ont-ils dit que Ting et moi étions des amies intimes ?

– Ils prêchaient le faux pour savoir le vrai. Ils voulaient me piéger. C'est un vieux truc.

– Mais, maintenant que j'ai porté cette lettre, ils ne me suivent plus ?

– Si, et ils continueront jusqu'à ce que vous ayez quitté la Chine, mais c'est sans importance. Ça occupe quelques fonctionnaires : une façon comme une autre de faire marcher le commerce.

– Je ne trouve pas ça drôle, répliqua Miranda, l'air furieux. Que peuvent-ils me faire ? Me forcer à partir ?

– Vous voulez dire : vous retirer votre visa ? Oui, ils en ont le pouvoir, mais n'ont aucune raison de le faire. Vous ne rencontrez aucun dissident et, qui plus est, votre président sera en visite à Pékin dans quelques semaines. Ils ne voudraient pas provoquer un incident diplomatique avec une citoyenne américaine juste avant son arrivée. On va sans doute arrêter certains dissidents pour les empêcher d'essayer de parler à votre président, ou de lui faire passer des messages. Mais les visiteurs américains ne craignent rien.

Miranda secoua la tête.

– Comment pouvez-vous rester impassible ?

– On reste impassible quand on est impuissant... jusqu'au jour où on ne l'est plus.

–- Mais ils doivent vous surveiller aussi. Si je suis suspecte, vous l'êtes aussi.

Li lui jeta un regard sombre.

– Vous apprenez vite. Je regrette que vous ayez à apprendre ce genre de choses.

– Si elles font partie du monde dans lequel nous vivons, comme vous dites, il le faut bien.

– Elles ne font pas partie de votre monde à vous.

– Elles font partie du vôtre, et je veux le comprendre.

Li tendit la main comme pour effleurer ses doigts, mais il retint son geste.

– Oui, ils me suivent aussi, dit-il alors. Mais comme ils se trompent sur votre compte, nous n'avons rien à craindre. C'est ennuyeux mais pas dangereux, puisqu'ils ne trouveront rien. Ils vont nous suivre de loin et, au bout d'un moment, on les oubliera.

– Moi, je ne pourrai jamais les oublier.

– Dans ce cas, vous ferez avec. Bientôt, ça vous fera le même effet que la météo : « Tiens, il pleut aujourd'hui. Eh bien, rien de changé dans mes projets... » Vous voyez ce que je veux dire ?

– À vous entendre, on croirait que c'est banal.

– En Chine, ça l'est. Vous comprenez, nous avons aujourd'hui plus de libertés que nous n'en avons jamais eu. Ces filatures sont un relent du passé, un jour elles disparaîtront. Mais ça prendra du temps. Maintenant, parlons plutôt de notre visite à Xi'an. Vous voulez bien essayer ?

– Je crois que vous minimisez l'affaire pour me rassurer.

– Bien sûr que je veux vous rassurer. Mais je ne minimise pas : je dis simplement qu'il n'y a pas de danger.

– Pour moi ou pour vous ?

– Pour nous deux. Peut-on changer de sujet ?

Miranda hésita, puis hocha la tête en signe d'assentiment. Elle ne croyait pas à l'absence de danger, surtout pour Li ; mais elle feindrait de croire la situation normale puisqu'il le lui demandait.

Après tout, qu'est-ce qui est normal en Chine ? Je n'en ai aucune idée. Comment les gens font-ils pour vivre dans l'incertitude ? Moi, je ne m'y ferais jamais.

Le plus surprenant fut que, en effet, ils parvinrent à parler d'autre chose pendant le reste du vol et qu'elle ne songea plus à cette ombre anonyme – homme ou femme ? –, qui peut-être se trouvait à bord de l'avion ou qui les attendait à Xi'an, prête à leur emboîter le pas.

Elle ne constata rien d'insolite, ni à l'aéroport ni à l'hôtel. Finalement, Li avait pu se tromper... Miranda n'aborda pas la question lorsqu'ils se séparèrent pour gagner chacun leur chambre, et n'en reparla pas non plus le lendemain matin quand ils se retrouvèrent dans le hall, après qu'elle eut fait ses quelques brasses matinales.

Au cours du petit déjeuner – thé, riz et haricots vapeur –, elle laissait tomber sa serviette, ouvrait et fermait sans cesse son guide, levait les yeux pour jeter un regard circulaire dans la pièce, le reportait sur son assiette ou sur son livre, sans réussir à avoir l'air naturel.

– Regarder ne sert à rien, lui dit doucement Li.

– Je sais, mais... Ce n'est pas ça. C'est..., commença-t-elle avec un sourire malheureux, c'est comme dans le salon privé de votre restaurant, mais en pire. Même le petit déjeuner me semble clandestin.

– Ah ! Les hommes et les femmes ne font pas de tourisme ensemble aux États-Unis ?

Elle sourit.

– Si vous appelez ça comme ça...

Li s'esclaffa.

– J'appelle ça du tourisme parce que *c'est* du tourisme. Alors, on va les voir, ces guerriers ?

– D'accord.

Le mausolée de Qin Shihuangdi se trouvait à une trentaine de kilomètres au sud de Xi'an. Un chemin bordé d'un garde-fou dominait l'armée de statues avec laquelle le premier empereur de Chine avait souhaité être enterré. Miranda baissa les yeux sur les six mille soldats de terre cuite déployés en ordre de bataille. Depuis deux mille ans, ces guerriers grandeur nature n'avaient pas bougé et gardaient le tombeau impérial : onze colonnes d'hommes en armes, depuis les généraux aux épées de bronze encore aiguisées jusqu'aux fantassins aux lances de bois fantomatiques, décomposées par le temps. Tous étaient tournés vers l'est. Chaque visage était unique, modelé d'après ceux des guerriers de l'époque. Ils étaient estompés par la pénombre du hangar construit pour protéger les fouilles, où des ouvriers travaillaient encore, exhumant chaque jour de l'argile durcie de nouveaux guerriers.

Bien qu'il l'eût déjà vu des dizaines de fois, Li appréciait toujours ce spectacle extraordinaire.

Il glissa un regard en direction de Miranda, toujours absorbée dans la contemplation des guerriers rangés à ses pieds ; elle portait la même tenue que le jour où il l'avait aperçue à l'aéroport : tailleur bleu strict, chemisier blanc boutonné jusqu'au cou, sac de cuir carré pendu à l'épaule. On la remarquait au milieu des touristes habillés avec désinvolture. Li se demanda pourquoi elle n'avait pas emporté de vêtements décontractés dans ses bagages. Sans doute ne s'attendait-elle pas à faire du tourisme. Elle était venue en Chine pour travailler, apeurée par la menace que représentait pour elle ce pays où tout lui était étranger.

Encore une fois, il eut envie de la prendre dans ses bras.

Non, pas maintenant. Pas encore. Il se détourna pour observer la scène pétrifiée : les fantassins debout, les archers un genou en terre, les conducteurs de chars, les cavaliers, les chevaux piaffant aux yeux fous, et d'autres archers, sur le qui-vive, prêts à signaler l'approche de l'ennemi. Tout le monde est en alerte, se dit-il. Surtout Miranda. Mais peut-être, quand elle sera plus calme, quand elle goûtera autant que moi le plaisir d'être ensemble...

— L'empereur croyait vraiment que ces guerriers le protégeraient dans la mort ? demanda-t-elle soudain.

Li ramena ses pensées vers l'armée de terre cuite.

— Il fut le premier empereur de Chine, celui qui unifia toutes les provinces en guerre les unes contre les autres. Il devait croire que tout ce qu'il décrétait se réaliserait.

— Il devait être terrifié par la mort pour avoir besoin d'y emmener toute son armée.

— Il voyait l'au-delà comme une réplique de notre monde, et voulait s'y préparer. Nous nous leurrons toujours quand nous croyons savoir ce qui nous attend...

Alors qu'il contemplait les guerriers en contrebas, il sentit le regard de Miranda posé sur lui et devina le léger froncement de sourcils — elle essayait de le comprendre. Avant qu'il eût pu les retenir, les mots lui échappèrent.

— J'aime quand vous froncez les sourcils. On croirait que vous essayez de saisir le monde, de le faire vôtre.

Elle écarquilla les yeux. Li croisa son regard et se sentit submergé par une vague de désir. D'instinct, il attrapa la rambarde devant lui, pressant ses paumes contre le métal glacé.

— Chez certaines personnes, un froncement de sourcils, c'est une porte qui se ferme, poursuivit-il, en tentant de se donner une contenance. Mais, chez vous, c'est, au contraire, une porte qui s'ouvre, un signe de curiosité. Pardonnez-moi. Je n'aurais pas dû dire ça, conclut-il en faisant volte-face pour suivre un groupe de touristes.

— Non, vous n'auriez pas dû, répondit Miranda en allongeant le pas pour le rattraper.

À cet instant, son sac glissa de son épaule. Li se baissa pour le ramasser. Afin de masquer sa nervosité, elle ajouta :

– Vous dites que les gens se leurrent en pensant connaître l'avenir...

– Oui, c'est certain. J'ai cru pouvoir sauver Wei. J'ai cru pouvoir élever seul mes enfants, car, selon moi, l'amour permettait de vaincre les obstacles. J'ai cru...

– L'amour ne suffit pas, l'interrompit Miranda.

Li la regarda, étonné.

– Je croyais les Américains romantiques.

– Encore une de vos infaillibles convictions ?

– En tout cas, ils croient au « happy end » amoureux.

– Certains y croient, en effet. Mais, pour beaucoup, le « happy end » passe par l'argent. On nous accuse partout – chez vous aussi, je suppose – d'aimer l'argent plus que tout.

Li acquiesça.

– C'est vrai. Sans doute parce que nous sommes jaloux de l'Amérique. La jalousie rend contradictoire. Je pense que, pour les Américains, l'amour est plus fort que l'argent, plus fort que tout.

– Personnellement, vous ne le croyez pas ?

– Non. Et vous ?

– J'aimerais, mais je sais que l'amour ne suffit pas. Pourtant, je voudrais pouvoir me dire qu'il est plus important que l'argent, le pouvoir, la possession... Quand on a aimé, fût-ce une seule fois, on ne peut pas trouver à l'argent ou au pouvoir assez d'attraits pour risquer de perdre l'amour.

– C'est ce que j'appelle du romantisme, répliqua tranquillement Li.

– Peut-être, fit Miranda, dubitative.

Il tenait tant à se faire comprendre d'elle qu'il se surprit à lui livrer une confidence qu'il n'avait encore jamais dite à personne.

– Vous voyez, j'envie les romantiques. Quand j'étais petit, je croyais aux anges. Je croyais qu'il existait dans l'univers des forces bienfaisantes qui protégeaient du mal, qui apportaient la joie face au désespoir, l'amour face à la haine. Trop de mes rêves se sont brisés pour que je croie encore aux anges. Mon monde indestructible s'est trop souvent écroulé. J'aimerais croire en la bonté, mais dans la Chine d'aujourd'hui ce n'est pas facile. En fait..., commença-t-il.

Son regard croisa alors celui de Miranda, et il y lut une telle douceur qu'il se tut.

– En fait ? répéta-t-elle, l'incitant à poursuivre.

– Eh bien, reprit-il dans un souffle, dans un monde qui fut celui des seigneurs de la guerre, des empereurs, des nationalistes, des communistes, on ne peut croire qu'au pouvoir du... pouvoir.

– Vous avez renoncé à tous vos rêves ?

Il eut un haussement d'épaules désabusé.

– Je les ai écartés parce qu'ils m'étaient inaccessibles. En un sens, vous avez fait la même chose, non ? Cet amour qui coulerait comme un flot ininterrompu, vous l'avez chassé de vos pensées pour mener une vie paisible entre vos enfants et votre travail.

Miranda se détourna. Il s'apprêtait à poursuivre, mais il se ravisa : il y avait trop de tension entre eux. De la tension, et autre chose aussi, songea-t-il, qui les attirait irrésistiblement l'un vers l'autre, alors même qu'ils semblaient en désaccord.

– Voulez-vous déjeuner ? demanda-t-il.

Elle acquiesça d'un hochement de tête, et ils se dirigèrent vers la voiture. Dans une étroite ruelle, ils découvrirent un minuscule restaurant coincé entre deux maisons en ruine.

– Tout ça ne va pas tarder à disparaître, expliqua Li. Ces maisons sont trop vieilles et trop petites pour être rénovées. Je suppose que la ville essaiera d'en conserver une ou deux, comme des pièces de musée. Autour, il y aura de grands immeubles.

– Cette idée devrait vous satisfaire. Voilà du travail en perspective pour votre société, répondit Miranda tandis qu'ils prenaient place à une petite table sur laquelle fumait déjà une théière rebondie.

– Cette idée satisfait la partie de moi qui aime son confort, repartit Li en remplissant leurs tasses. Mais l'autre partie ne veut pas voir disparaître le passé.

– Pourtant, vous ne l'aimez pas, ce passé.

– Je n'en aime pas certains aspects. Les plus importants, il est vrai.

– Alors que voudriez-vous en conserver ?

– L'art et la poésie. La conviction que nous ne sommes pas totalement responsables de ce qu'a été notre pays, et qu'il ne faut pas nous reprocher ce qu'il est en train de devenir.

– Voilà des paroles pleines d'amertume.

– Oh, non. Mon propos n'est pas de me lamenter. C'est juste que je ne suis pas... – comment dites-vous ça en Amérique – politiquement correct. Parfois ça me complique la vie. Voulez-vous que je commande ?

— Oui. J'aimerais bien du *lazi jiding* et du *mogu dufu*.

Le visage de Li s'éclaira d'un large sourire.

— Nous mangerons tout ce que vous arriverez à prononcer.

Il sentit qu'elle l'observait pendant qu'il passait la commande.

— Que se passe-t-il ? demanda-t-il lorsque la serveuse se fut éloignée.

— Vous ne vous êtes pas retourné une seule fois aujourd'hui. Vous pensez que personne ne nous aura suivis ici ?

— Nous étions censés ne plus parler de ça.

— Je ne peux pas m'empêcher d'y penser. Comment un geste aussi insignifiant que celui de porter une lettre peut-il mettre des gens en danger...

— On croirait que vous me racontez un James Bond ! dit Li en riant.

— À Pékin, le film semblait moins vous amuser.

— J'avais l'air soucieux ?

— Oui, même si vous vous efforciez de ne pas le montrer.

— Vous me connaissez déjà trop bien ! s'exclama-t-il, essayant de donner à la conversation un tour plus enjoué. Eh bien, tout cela est bien réel, mais pas dangereux. Je vous l'ai déjà dit ; c'est ennuyeux, rien de plus.

— Sheng, lui, pense que c'est grave, n'est-ce pas ? Vous vous êtes retourné pendant votre conversation avec lui. Il a dû vous avertir.

— C'est vrai, répondit-il, surpris qu'elle pût si facilement rétablir l'enchaînement des événements.

— Il se dit que cette histoire risque de vous porter tort, et à lui aussi, ainsi qu'à votre société peut-être ? Tout ça parce que vous vous promenez avec moi, ajouta-t-elle en repoussant son assiette. Il faut qu'on rentre à Pékin. Je ne veux vous faire courir aucun risque. Ce serait injuste : moi, je vais rentrer en Amérique, mais vous, vous allez rester ici.

— Je vous l'ai dit : grâce à la venue de votre président, ils ne feront rien de plus que vous suivre. Je suis chez moi ici. Je sais où et quand je suis en sécurité, où et quand je suis en danger. Je suis seul juge.

Les yeux de Miranda étaient posés sur les siens. Il avait parlé d'une voix étranglée. Il ne voulait pas la laisser partir. Maintenant, elle le savait.

Au bout de quelques instants de silence, elle répondit :

— Je n'ai pas envie de rentrer à Pékin. Mais dès que vous penserez qu'il y a du danger...

— Je vous le dirai. Je vous le promets. Maintenant ne parlons plus de ça. Pensez plutôt à votre travail. Racontez-moi ce que vous avez fait hier.

— Je ne veux pas être tenue à l'écart. Vous devez me faire confiance.

Une immense mélancolie s'empara de lui. Pourquoi ? se dit-il. Pourquoi ces simples mots me rendent-ils si triste ? Il voulut se donner une contenance en faisant le service, mais Miranda le précéda ; pour la première fois depuis son arrivée, ce fut elle qui remplit leurs assiettes. Li fut touché de la voir faire avec naturel.

— Vous avez l'air triste, dit-elle.

Et il se rendit compte qu'après des années passées à se composer un visage impassible, il s'ouvrait à nouveau. Ses traits et sa voix trahissaient ses émotions ; sa carapace volait en éclats. *Il y a là une liberté que je n'avais plus éprouvée depuis longtemps. Si je la redécouvre aujourd'hui, c'est grâce à elle...*

— C'est vrai, je me sens triste, avoua-t-il. Je viens de remarquer à quel point je donne rarement des marques de confiance, comme vous dites.

— Vous n'avez confiance en personne ?

— Je ne me le permets pas.

La serveuse vint remplir leurs verres de bière et, pendant un long moment, ils mangèrent sans échanger une parole. Ce fut Miranda qui rompit le silence.

— Où avez-vous appris l'anglais ?

— À l'école. L'administration attribue différentes langues selon les classes. Moi, je me suis retrouvé dans une classe d'anglais.

— Ce n'était pas un choix ?

— À l'époque, nous n'avions pas le droit de choisir quoi que ce soit. Tout ça est en train de changer.

— Quel âge aviez-vous quand vous avez commencé l'anglais ?

— Sept ans. C'est le bon âge pour apprendre une langue, le cerveau est une véritable éponge. À dix ans, j'ai découvert la littérature occidentale, et je suis tombé amoureux de Shakespeare, Euripide, Dickens, Cervantès, Eliot, Rousseau, Swift...

– Vous pouviez vous procurer tous ces livres ?

– Ils appartenaient à mon père. Il en avait laissé quatre caisses à la maison. Tous avec son nom inscrit sur la page de garde, parfois de sa main, parfois de la main de quelqu'un d'autre : «Joyeux Noël, mon petit John, de la part de ta maman et de ton papa.» Des phrases comme ça. Ma préférée, c'était celle de la tante Mildred : «John, chaque fois que tu seras découragé, rien de tel que quelques bonnes petites infamies shakespeariennes pour retrouver ta propre estime.» J'aurais bien aimé connaître cette tante Mildred.

– Moi aussi, dit Miranda. Vos enfants parlent anglais ?

– Oui, très bien. L'anglais est la seule langue vraiment internationale et, s'ils ont envie de réussir, les jeunes savent qu'ils doivent l'apprendre. Maintenant racontez-moi votre travail. Je vous ai demandé ce que vous aviez fait hier.

– Oh ! il y aurait tant à dire...

Et c'était bien ce qui émerveillait Li, tandis qu'elle lui décrivait sa collaboration avec Yun Chen et la réunion de l'après-midi dans les ateliers de tissage Baoxiang. Oui, ils avaient tant de choses à se dire, tant de choses à apprendre l'un de l'autre, tant à partager..

Mais pour aller où ?

Peu importe, se dit Li. Du moins, il est trop tôt pour se poser la question.

– ... les chèvres, disait Miranda. Vous avez les meilleures du monde, près du désert de Gobi.

– Vous avez fait une étude sur les chèvres ? reprit-il, amusé.

– Oui, pour tout connaître sur le fil, et donc savoir quel effet je peux en attendre quand je crée un modèle.

– Étrange, fit Li, songeur. J'aime les pulls en cachemire, mais je ne me suis jamais demandé comment ils étaient fabriqués. Bien, parlez-moi de ces chèvres.

Ils mangeaient lentement. Il écoutait Miranda. Il aimait le son de sa voix, l'expression ardente qu'adoptait son visage quand elle parlait de sa passion. Elle lui décrivit le cardage de la laine, le lavage, la teinture, le filage, le tricotage.

– Les pulls les plus chers sont tricotés à la main, sur des métiers dont la tension du fil, la forme, la taille et la régularité des points sont contrôlés. Les contrôleurs de Baoxiang sont les meilleurs que j'aie jamais vus. Ils savent que, sans eux, rien ne serait possible, et ils aiment ça.

— Ils vous l'ont dit ? fit Li, surpris.

— Bien sûr que non. Depuis quand un Chinois ou une Chinoise iraient-ils me dire quoi que ce soit de personnel ? Je l'ai vu sur leurs visages, à leur façon de travailler. Ils sont très fiers de leur importance.

— Et ils vous ont plu ?

— Ils m'ont paru plus humains.

— Vous avez beaucoup d'amis ? lui demanda Li de but en blanc.

Miranda ouvrit des yeux étonnés.

— Oui, naturellement.

— Beaucoup ? répéta-t-il.

— J'ai ceux dont j'ai besoin. Il y a beaucoup de gens que je vois de temps en temps... ce ne sont pas des amis intimes, mais des connaissances fidèles. Je passe aussi deux ou trois soirs par semaine avec mes parents. Mes enfants les adorent.

Li la sentit sur la défensive. Il eut envie de demander : *Ceux dont j'ai besoin pour quoi*, mais préféra ne pas relever.

— Moi, j'ai deux amis, dit-il. Un homme que je connais depuis l'université et une femme de l'âge de ma mère, très sage, et qui m'est très chère. Bien sûr, je connais une foule d'autres personnes, mais ce sont de simples relations.

— Comment se fait-il que vous n'ayez que deux amis ?

— Il est plus facile de rester seul que d'essayer de se faire comprendre.

— Voilà une réflexion présomptueuse...

— Je dirais élitiste. Et après tout, si je suis élitiste, où est le mal ?

— La solitude, voilà le mal.

Et soudain, il comprit : *Ceux dont j'ai besoin pour ne pas être seule, pour partager un repas, une idée, remplir les heures silencieuses de la nuit.* Leurs regards se croisèrent et il faillit lui effleurer la main. Mais il s'arrêta avant même que son bras n'eût esquissé le geste. Peut-être étaient-ils prêts, tous les deux, mais pas en public.

La serveuse apporta la soupe. Ils n'y touchèrent ni l'un ni l'autre et restèrent immobiles, à observer par la fenêtre le flux et le reflux de la foule. Quelques instants plus tard, la jeune fille remporta la soupe. Le restaurant se vidait peu à peu.

— Nous avons passé beaucoup de temps ici, dit Li. J'espérais vous emmener ailleurs, mais peut-être préférez-vous vous détendre un peu.

– Oui, merci de me le proposer. La journée a été bien remplie. J'aimerais juste être un peu... J'aimerais juste avoir le temps de réfléchir tranquillement.

J'aimerais juste être un peu seule. Elle l'avait presque dit. Et Li songea qu'elle avait raison : ils avaient besoin de se séparer un moment, de se reposer de cette tension qui les unissait. Ils savaient qu'imperceptiblement ils étaient passés de l'amitié au désir.

– Je vous ramène à l'hôtel, dit-il dans la voiture. Voudrez-vous prendre un verre avant le dîner ? Il y a un bar agréable dans le hall.

– Oui, volontiers. Et merci pour cette merveilleuse journée, Li.

Elle tenta de dissimuler par un toussotement sa voix qui s'étranglait en prononçant son prénom. Elle l'avait rarement appelé ainsi. Presque jamais, en vérité. Comme si, songea-t-il avec tristesse, énoncer son nom lui rappelait à quel point il était étranger.

Une fois dans le hall de l'hôtel, elle se tourna vers lui.

– Arrêteront-ils de vous suivre quand je serai partie ?

– Je ne sais pas. Il faut bien qu'ils trouvent de quoi occuper leurs espions.

– Que ferez-vous alors, quand je ne serai plus là ?

– Je n'y pense pas. Ma seule idée pour le moment, c'est de dîner avec vous tout à l'heure.

Miranda eut un pâle sourire, puis s'éloigna. Il attendit que les portes de l'ascenseur se fussent refermées sur elle avant de s'asseoir dans un fauteuil, l'air détaché. *Pourquoi ? Qu'est-ce que ça va changer de vérifier si quelqu'un nous suit ?* Il n'avait pas de réponse : il voulait savoir, c'est tout.

Au bout d'une heure, il repéra deux hommes en costume. Oui, bien sûr. Il faut qu'ils soient deux, songea-t-il. Au cas où on se séparerait. Il les observa : ils feuilletaient des magazines à travers la fumée des cigarettes qui tremblotaient sur leurs lèvres, les reposaient sur la pile, écrasaient leur cigarette, attrapaient un quotidien, tournaient les pages, rallumaient une autre cigarette. De temps en temps, ils promenaient sur le hall de l'hôtel un regard inexpressif qui balayait Li sans s'attarder. Pourtant, il savait que c'étaient eux.

Qu'ils aillent au diable. Il se leva de son fauteuil pour regagner sa chambre. Miranda et moi avons la soirée pour nous, c'est tout ce qui compte. Ne pensons pas à demain, mais seulement à *nous deux, ensemble, ce soir.*

6.

Elle ferma à clé la porte de sa suite, se débarrassa rapidement de ses chaussures et prit une ample respiration. Elle était heureuse de se trouver seule. Puis elle laissa glisser ses vêtements sur le sol, passa un peignoir en tissu-éponge trouvé dans la penderie et s'assit à la table, près de la fenêtre. Elle avait envie d'appeler chez elle, d'entendre la voix de ses enfants, de ses parents, de se laisser absorber par leur vie : oui, oublier la Chine. Elle commença à composer le numéro et s'interrompit brusquement... Où avait-elle la tête ? Cinq heures de l'après-midi à Xi'an, soit deux heures du matin à Boulder. Tout le monde, y compris le chien et le chat, devait dormir. Si le téléphone sonnait, ses parents bondiraient hors du lit : *Miranda... droguée par la mafia chinoise... enlevée... emprisonnée par des communistes... renversée par une bicyclette...* Quant à ses enfants, ils penseraient... Oui, au fait, que penseraient ses enfants ? Rien. Ils continueraient à dormir.

Elle les vit entortillés dans leurs draps, quand elle déposait sur leur front un baiser de bonne nuit.

Tout est tellement différent ici, tellement incroyable... J'aimerais vous raconter les guerriers de...

Non, ce n'était pas les guerriers qu'elle voulait raconter... mais Li.

Elle avait envie de parler de lui. Ses parents s'inquiéteraient, prévoiraient le pire. Pourtant, elle voulait s'entendre prononcer son nom, prendre la mesure de ses sentiments et le faire entrer dans sa vie...

– Li, dit-elle à voix haute.

Un univers caché derrière deux simples lettres.

Nerveuse, elle se releva et resta un instant debout, à contempler le chemisier plié sur le dessus de sa valise. Comment pouvait-il être aussi chiffonné alors qu'elle avait mis tant de précautions à faire ses bagages. Elle le saisit, le secoua et jugea du résultat, l'œil critique. Rien ne lui plaisait dans ce chemisier : un coup de fer ne lui ôterait pas son côté professionnel. C'était un chemisier pour le bureau : convenable, strict, éteint. Il évoquait le devoir, le travail, pas un dîner en tête en tête. Li risquait de penser qu'elle n'accordait pas grand prix à ses efforts pour lui rendre le séjour agréable, en tout cas pas assez pour se rendre attrayante.

Elle découvrit une planche à repasser dans le placard, la déplia, y étala le chemisier, brandit le fer au-dessus d'une manche... et s'immobilisa : *Non, décidément je ne peux pas porter ça. Je ne veux pas le vexer. Et puis... j'ai envie de me sentir différente.*

Elle jeta le chemisier en boule sur la valise : il fallait trouver autre chose.

Il y avait une boutique dans le hall de l'hôtel. Le matin même, elle y avait vu un corsage fleuri et une robe bleue, lumineuse. Ils s'y trouvaient encore quand elle arriva devant la vitrine, en toute hâte. Une femme vêtue d'une robe noire parfaitement coupée s'avança vers elle et dit dans un anglais irréprochable :

– Bonsoir, madame. Puis-je vous être utile ?

Elle paraissait étonnamment vieille. Son visage sillonné de rides était encadré d'un halo de cheveux d'un blanc très pur, retenus en arrière par des peignes d'ivoire. Sous la peau fine de ses mains courait un enchevêtrement de veines bleutées évoquant des idéogrammes. Elle avait des yeux noirs, pétillants de vie. Quoique droite comme une jeune femme, elle arrivait à peine à l'épaule de Miranda.

– J'aimerais essayer ce corsage, dit celle-ci. Ainsi que la robe.

La femme la considéra pendant quelques secondes.

– Je crois que le corsage n'est pas pour vous. Les fleurs sont trop grosses pour votre visage. Je vais vous en montrer un qui conviendra mieux. En revanche, la robe vous irait à ravir. Je vous en prie...

Elle tira une lourde tenture dorée et invita Miranda à pénétrer dans le salon d'essayage.

– Un instant, dit-elle en laissant retomber le rideau.

La cabine était spacieuse : des murs tendus de tissu, deux chaises damassées, une petite table, un immense vase rempli de chrysanthèmes géants, un épais tapis et un grand miroir de bambou entre deux appliques dorées. Miranda s'y examina en se demandant ce qu'elle faisait là. Elle n'avait pas besoin de vêtements neufs. De toute façon, à en juger par la somptuosité de la cabine, elle ne trouverait rien d'abordable dans cette boutique.

Derrière son reflet, elle aperçut soudain celui de la femme qui soulevait le rideau, un arc-en-ciel de soie sur le bras.

– Je vous ai apporté plusieurs robes, dit-elle en accrochant les cintres à une patère de cuivre. Laquelle souhaitez-vous essayer en premier ?

Miranda dut plisser les yeux, tant les couleurs étaient vives.

– Vous n'avez rien de plus... discret ?

– Si. Ivoire, jaune pâle... Mais est-ce vraiment ce que vous cherchez ?

– Non, c'est vrai. Je pensais plutôt à...

Elle tendit la main pour effleurer les étoffes. Comme d'eux-mêmes, ses doigts s'arrêtèrent sur un rouge cerise : non, elle ne pouvait décidément pas s'imaginer dans une couleur pareille. Lentement, elle examina un vert jade, avant de revenir à la robe qu'elle avait aperçue dans la vitrine : un bleu électrique, une robe longue, fendue, avec une large ceinture argentée et un haut sans manches, très décolleté.

– Puis-je essayer celle-ci ?

– Naturellement.

Avec un peu d'appréhension, Miranda laissa la femme lui passer la robe par la tête, puis remonter la fermeture Éclair dans son dos. Alors seulement elle se tourna vers le miroir.

Et ce qu'elle vit lui coupa le souffle. Soulignant sa mince silhouette, la robe fendue dévoilait le galbe de sa jambe. Ses bras dénudés lui paraissaient plus longs et plus gracieux qu'à l'habitude. Quant au décolleté, il ne pouvait être décrit ; où était le petit col sage, pareil à celui d'une écolière ?

– Superbe, souffla la femme.

Miranda croisa son regard dans la glace et eut envie de l'embrasser : elle avait le sentiment d'être avec sa mère, au temps où elles allaient ensemble acheter des vêtements pour la rentrée scolaire.

– Vous trouvez qu'elle me va ?

La femme sourit.

– Vous êtes ravissante. Et vous avez l'air heureuse.

Miranda recula d'un pas face au miroir. Elle se sentait gauche, vulnérable. La soie était si légère qu'elle avait l'impression d'être nue, privée de son armure de laine et de coton amidonné qui d'ordinaire la protégeait. Quant à sa silhouette – qu'elle trouvait plus grande qu'au naturel –, elle était bleue : irrévocablement bleue.

Impossible de se cacher dans une robe pareille, impossible d'être anonyme.

– Ce n'est pas moi, murmura-t-elle en posant les mains sur ses joues pour contempler longuement son visage.

– Ou alors c'est *vraiment* vous, répliqua la femme d'une voix douce. Voyez, vous n'avez pas changé. Vous n'êtes ni plus belle, ni moins belle qu'avant. Seulement maintenant on va vous regarder. Mieux : on va vous voir.

Comment cette femme avait-elle deviné que le regard des gens l'effleurait sans la voir ? En vérité, le plus souvent, elle ne demandait pas autre chose : être invisible.

Ne te fais pas remarquer, lui avaient toujours dit ses parents. *La vie est déjà assez compliquée. Inutile d'en rajouter. Ne t'occupe pas des affaires des autres : ça minera ton énergie, et tu n'en auras plus assez pour toi-même.*

C'était aussi ce que pensait Jeff...

Miranda vit son reflet grimacer dans le miroir. *Toute ma vie, j'ai été entourée de gens craintifs.*

Mais ce jour-là, dans ce bleu éblouissant, couronnée d'un halo de cheveux dorés, elle comprit que toutes les possibilités qu'elle avait exclues de sa vie méritaient d'être reconsidérées. Était-ce vraiment une erreur de devenir visible ?

– Voulez-vous essayer les autres ? fit la femme avec tant de bienveillance et de complicité que Miranda lui demanda :

– Comment vous appelez-vous ?

– Ye Meiyun, répondit la vieille dame en s'inclinant légèrement. Et vous, vous êtes Miranda Graham. Je vous ai aperçue ce matin comme vous sortiez de l'ascenseur. J'ai demandé votre nom à la réception. J'étais curieuse...

– À cause de l'ami qui était avec moi ?

– Oui, Yuan Li.

– *Vous le connaissez ?*

– Depuis très longtemps. Avant que je vienne habiter Xi'an,

mon mari enseignait à Pékin. Yuan Li et lui étaient très amis. À la mort de mon mari, Li et moi nous sommes rapprochés, comme il arrive souvent aux survivants. Il m'a conseillé d'ouvrir cette boutique à Xi'an. Il connaissait quelques commerçants qui pouvaient m'aider. Il pensait que ce serait plus facile dans une petite ville.

– Une petite ville de trois millions d'habitants! s'exclama Miranda.

– C'est petit pour la Chine. Et puis les commerçants forment leur propre communauté dans une ville. Même à New York.

– Vous connaissez New York ?

– Oui, j'y suis encore allée l'année dernière. Je connais Chicago aussi.

– Et vous êtes revenue en Chine ?

– Bien sûr.

– Mais...

– Mais vous ne comprenez pas qu'on retourne vivre en Chine après avoir connu l'Amérique. Mes amis, mes centres d'intérêt, mon travail sont ici. Ils sont ce qu'il y a de plus important dans la vie, vous ne croyez pas ?

– Non, ils ne sont pas plus importants que la liberté.

– On croirait entendre un de vos candidats aux présidentielles. Il y a plusieurs formes de liberté, vous savez.

– Je ne comprends pas, fit Miranda avec un froncement de sourcils. Il y a tant de choses que je ne comprends pas ici.

– Le contraire serait étonnant. Vous avez au moins l'intelligence de le reconnaître !

Miranda éclata de rire.

– Merci.

– Maintenant, que diriez-vous d'une tasse de thé ? demanda Ye Meiyun en claquant des mains.

Une jeune femme apparut comme par enchantement, qui posa un plateau sur la petite table entre les chaises damassées. Elle servit le thé, puis disparut aussi discrètement qu'elle était venue.

– Asseyons-nous, dit Meiyun. Nous continuerons les essayages après le thé.

Miranda prit sa tasse et but lentement une première gorgée avant d'oser poser la question qui lui brûlait les lèvres.

– Qu'avez-vous pensé en me voyant avec...

Elle ne pouvait se résoudre à prononcer son nom.

- Vous voulez dire avec Yuan Li ? Je n'ai pas à en penser quoi que ce soit.

— C'est votre pays. Vous êtes chez vous. Et moi, venue d'on ne sait où, je prends...

— ... un de nos hommes ? compléta Meiyun, amusée. Je ne crois pas que vous ayez *pris* quoi que ce soit. Tranquillisez-vous : nous avons beaucoup d'hommes en Chine, même si, comme partout, les bons ne sont que trop rares ! ajouta-t-elle en riant.

— Vous pensez ce que vous dites ? fit Miranda, surprise.

— C'est bien ce que pensent toutes les femmes, non ?

— Oui, mais...

— Ce qui vous étonne, c'est que toutes les femmes du monde se ressemblent.

— Non, je ne crois pas que nous soyons toutes pareilles. Nous n'avons pas les mêmes idées. Tout dépend du pays dans lequel nous vivons, du gouvernement, du système éducatif, du mode de vie...

— Et pourtant, manger, dormir, faire des enfants, mener une carrière, tomber amoureuses, nous avons toutes ça en commun. Nous craignons toutes que nos enfants ne se fassent écraser en traversant la rue...

— Ce n'est pas ce que je voulais dire. Je pense que nous n'avons pas la même vision du monde, que nous considérons différemment ce qui touche à la liberté, aux droits civils...

— Ce sont nos gouvernements qui sont différents, répondit doucement Meiyun. Pas nous. Et puis, rien ne dure éternellement, pas plus chez vous que chez nous.

Miranda resta quelques instants silencieuse.

— Vous ne m'avez toujours pas dit ce que vous pensiez, reprit-elle enfin.

— À quel propos ?

— Vous le savez bien.

— Je pense que c'est une erreur.

— Pour lui ou pour moi ?

— Pour vous deux.

— D'être amis ?

— Non. L'amitié est un sentiment précieux, qu'il faut nourrir et préserver. Mais je sens que vous êtes au-delà de la simple amitié.

— Ce serait si mal ? demanda Miranda, incapable de réprimer le tremblement de sa voix.

Sans répondre, Meiyun les resservit. Assise bien droite sur sa chaise, elle se taisait, fixant les feuilles de thé qui tournoyaient lentement dans le fond de sa tasse. Puis elle dit :

– Ce ne serait pas mal. Ce serait même sans doute très agréable. Mais, à mon sens, ce serait une erreur.

– Pourquoi ?

– Vous connaissez déjà la réponse à cette question : il y a trop de différences entre vous...

– Vous venez pourtant de me dire que nous sommes avant tout des êtres humains, que nous nous ressemblons tous.

– Dans un monde aussi compliqué que le nôtre, ça ne suffit pas toujours. Si la souffrance est au bout du voyage, il est sage de rebrousser chemin.

Par-dessus sa tasse, Miranda lança un regard sombre à la vieille femme.

– Je croirais entendre mes parents.

Meiyun leva un sourcil étonné.

– Vous le déplorez ?

– Je ne sais pas.

Elle réfléchit un long moment : à nouveau, elle se sentait entraînée sur un terrain inconnu, où toutes ses certitudes allaient être ébranlées. Elle prit peur et regarda machinalement sa montre.

– Mon Dieu ! Je n'ai pas vu le temps passer ! Je ne me suis pas encore douchée. Il faut vraiment que j'y aille.

– Avec la robe bleue ?

Miranda hésita un instant avant de répondre :

– Oui. Et un corsage aussi.

– Pas celui avec les grosses fleurs, dit Meiyun. Laissez-moi voir... Oui, prenez celui-ci, poursuivit-elle en choisissant sur un portant un chemisier bordeaux dont les boutons représentaient de minuscules singes dorés. Voulez-vous le passer ?

– Je n'ai plus le temps. Vous me permettez de l'emporter pour l'essayer dans ma chambre ?

– Bien sûr. Tenez, prenez aussi cette veste. Les soirées sont fraîches en cette saison.

C'était une veste longue, coupée dans une lourde soie noire, avec un col brodé ton sur ton, des poches et des revers aux manches.

– Ni tout à fait orientale, ni vraiment occidentale, ajouta Meiyun avec un sourire complice. Prenez la robe, la veste et le corsage : vous reviendrez demain me dire ce que vous gardez.

– Vous serez là demain ?

– Je suis là tous les jours.

Miranda tourna longuement la veste entre ses mains, caressant la soie qu'elle sentait vivre sous ses doigts. Instinctivement, elle jeta un coup d'œil à l'étiquette cousue dans le col.

– Mais... c'est votre nom ! Écrit en anglais. C'est vous qui l'avez dessinée ?

– J'ai dessiné tous les vêtements que vous voyez ici, répondit Meiyun en baissant modestement la tête.

– Tous..., murmura Miranda en se livrant à un rapide inventaire. Et tous différents. Double ou triple piqûre, coupes droites, biais, poursuivit-elle comme pour elle-même avant de demander : C'est pour ça que vous allez à New York ? Pour vendre vos modèles ?

– Oui. J'ai des contrats avec quelques magasins.

– Lesquels ?

– Bergdorf Goodman et Saks, sur la Cinquième Avenue. Et aussi Ultimo, à Chicago.

– Mais... ce sont des boutiques très chères. Vous avez donc beaucoup de succès ?

– Je ne peux pas me plaindre. Ça me permet d'aider ma fille, qui ne travaille pas beaucoup et n'a guère de moyens. Et aussi de donner de l'argent à mes petits-enfants et arrière-petits-enfants, ainsi qu'à mon fils : il aime les voyages, mais pas le travail ! Vous avez l'air de vous y connaître en stylisme ?

– Je *suis* styliste. Je dessine des vêtements en cachemire. C'est la raison de mon séjour en Chine : je cherche des fabricants pour notre nouvelle collection. Vous n'avez pas de cachemire ? ajouta-t-elle en jetant un regard circulaire dans le magasin.

– Non, à mon grand regret. C'est un travail particulier, vous le savez bien. Et je ne l'ai pas appris.

Songeuse, Miranda déambulait dans la boutique, effleurant chaque vêtement du bout des doigts.

– Pulls, vestes, cols, manchettes..., murmura-t-elle. J'ai une idée ! Ce croquis que j'ai fait le mois dernier ! Et elle poursuivit en se tournant vers Meiyun : J'ai quelques modèles qui iraient très bien avec les vôtres. Voudriez-vous y jeter un œil ? La société pour laquelle je travaille les a refusés. Je pourrais les créer pour vous. Talia n'y verrait pas d'inconvénient. Vos créations sont si belles. Je serais flattée de travailler pour vous. Vous seriez intéressée ?

— Pourquoi pas ? répondit Meiyun en posant une main sur son bras dans un geste presque maternel. Nous allons y réfléchir et en reparler. Pour l'instant, je crois que vous devriez monter vous changer. Vous ne voudriez pas être en retard à votre rendez-vous avec Yuan Li...

— Même si c'est une erreur ?

— Ce n'est pas à moi d'en juger. Vous m'avez demandé mon avis, je vous l'ai donné. C'est tout. Mes enfants me reprochent d'ailleurs de le donner trop volontiers, ajouta la vieille femme avec un petit sourire. Je ne vous en dirai pas plus : vous êtes une grande fille.

— Je ne suis pas si sûre d'être une grande fille, répondit Miranda, décontenancée. La preuve : vous me parlez comme une mère, comme si j'avais toujours besoin d'une mère, même ici. Peut-être même surtout ici.

— Ce n'est pas une mère qu'il vous faut, mais une amie. Et, si vous le voulez bien, c'est ce que je serai pour vous. Je pense que vous allez vite grandir en Chine : les voyages ont souvent cet effet-là.

— C'est étrange. D'un côté, l'idée me plaît, mais en même temps j'ai peur de trop changer. Comme Alice, quand elle grandit si vite qu'elle ne voit plus ses pieds.

— Qui est Alice ?

— L'héroïne d'*Alice au pays des merveilles*, un joli roman de Lewis Carroll. Je vous l'enverrai. Mais... vous croyez qu'ils accepteront ?

— Qui ça « ils » ?

— Je veux dire... les gens de votre gouvernement.

Meiyun s'esclaffa.

— Je suis sûr qu'il n'y aura aucun problème. Maintenant, laissez-moi emballer tout ça.

La vieille femme attrapa un sac en papier dans lequel elle entreprit de plier la robe, le corsage et la veste.

— Attendez, l'arrêta soudain Miranda. Vous savez... je ne suis pas sûre d'avoir les moyens de me les offrir.

— Vous connaissez les prix ?

— Les mêmes que chez Bergdorf, je suppose.

– Non, en Chine, c'est beaucoup moins cher. De toute façon, je vous ferai un prix spécial.

– Pourquoi ?

– Parce que nous avons eu une conversation agréable, parce que vous êtes une amie de Yuan Li. Et puis... parce que je vous aime bien et que vous m'aimez bien, aussi : c'est un sentiment réconfortant pour une vieille femme.

Miranda la prit dans ses bras et déposa un baiser sur sa joue.

– Revenez me voir demain, reprit Meiyun. Et gardez un peu de temps pour que nous puissions prendre le thé.

– Impossible. L'avion décolle à sept heures.

– Dans ce cas, appelez-moi quand vous serez à Pékin. Je vous dirai ce que vous me devez. Vous m'enverrez l'argent. Je crois que vous aurez beaucoup de choses à me raconter...

Miranda l'embrassa à nouveau en disant :

– Oui, beaucoup.

Elle traversa le hall de l'hôtel, étourdie par les perspectives qui s'offraient à elle. Elle n'était plus une étrangère ; l'ascenseur était familier, le couloir et sa chambre aussi ; ses affaires éparpillées, le ruisseau qu'elle apercevait par la fenêtre, à peine visible dans la pénombre du début de soirée : elle était chez elle. L'idée même de la Chine, de son immensité, lui paraissait moins effrayante : dans ce pays où voisinaient les sept mille soldats du premier empereur et des gratte-ciel immenses, il y avait des gens comme Meiyun.

Et comme Li.

Moins d'une heure plus tard, elle était prête, fraîche dans la soie bleue comme dans une seconde peau.

Au moment de quitter la pièce, elle jeta machinalement un regard par la fenêtre. Un homme se tenait près des buissons, il semblait la fixer. Pourtant, c'était impossible, elle le savait : dans la pénombre, il n'avait sans doute même pas pu apercevoir son visage. Peut-être contemplait-il simplement la façade de l'hôtel, par désœuvrement, comme le font souvent les gens qui attendent.

Car, manifestement, il attendait. Il attendait qu'elle sorte...

Miranda eut peur. Peut-être fallait-il partir. Prendre l'avion, rentrer à Pékin.

On croirait que vous me racontez un James Bond !

Le hall grouillait de monde : des groupes de touristes s'alignaient à l'entrée de l'immense salle à manger éclairée de lustres gigantesques, les hommes d'affaires discutaient toujours, de nouveaux arrivants patientaient au comptoir de la réception...

– Miranda !

Li se tenait près de la porte du bar. Un sourire illumina son visage.

– Vous êtes magnifique. Vraiment magnifique... Mais... venez, j'ai réservé une table.

Il lui prit la main et l'entraîna à l'intérieur.

Elle eut le sentiment de pénétrer dans les profondeurs d'une grotte enfumée qui renvoyait l'écho de bruyants éclats de voix. Li la tira jusqu'à une petite table tout au fond du bar.

– Je sais, l'atmosphère est un peu confinée, dit-il tandis qu'ils s'asseyaient.

– C'est aussi bruyant qu'un bar américain. Et je parie que les hommes discutent de la même chose : le boulot, le sport, la famille. Oh ! j'allais oublier ! Les voitures aussi !

– L'argent, reprit Li. Ces derniers temps, les Chinois ne parlent que d'argent, ajouta-t-il en remplissant leurs verres de bière. Cette robe est splendide. Elle vous va à la perfection.

– Merci. Je l'ai achetée ici. Au magasin qui se trouve dans le hall.

– Celui de Meiyun. Oui, je me disais bien qu'elle me rappelait quelque chose.

– Bien sûr, c'est vrai : vous vous connaissez. Vous lui avez parlé ?

– Je me suis arrêté chez elle tout à l'heure. Nous sommes de vieux amis, vous savez.

– C'est ce qu'elle m'a dit.

– J'étais heureux d'apprendre que vous aviez fait sa connaissance. Elle travaille bien mais elle a besoin de clients.

– Mais je croyais que... Ses créations ne marchent donc pas ?

– Si. Bien mieux que celles de la plupart des stylistes chinois. Mais ses enfants sont deux bons à rien.

– Elle m'a parlé d'eux. Elle m'a dit que sa fille n'avait guère de moyens. Et que son fils... elle m'a raconté quelque chose à propos de voyages... Oui, il aime les voyages, mais pas le travail.

– Elle vous a dit tout ça ?

– Nous avons parlé de beaucoup de choses.

– C'est elle qui a choisi cette robe ?

– Non, c'est moi, répondit Miranda avec un curieux mélange

de confusion et de fierté. Mais elle a choisi la veste et le corsage qui sont dans ma chambre. Je crois que je vais apporter une contribution substantielle à l'entretien de ses deux tire-au-flanc !

– Tire-au-flanc ?

– Ça veut dire « paresseux ». N'ont-ils pas de scrupules ? Elle travaille dur.

– Les mères tolèrent parfois ce genre de choses. Elles ont le cœur faible.

– Et les pères ?

– Oui, aussi.

Miranda le regarda remplir à nouveau leurs verres, et se lança.

– J'ai vu un homme depuis ma chambre. Il regardait ma fenêtre.

Li leva vers elle un œil inquisiteur.

– Qu'en savez-vous ?

– Eh bien, je ne pourrais pas l'affirmer... mais il avait l'air de regarder ma fenêtre.

– Voilà le résultat de notre conversation.

– Je sais, je sais. Si nous n'en avions pas parlé, je n'aurais pas fait attention à un gars debout en bas de l'hôtel. En attendant, il y a bien quelqu'un qui me suit, quelqu'un qui *nous* suit. Et c'est peut-être cet homme-là.

– Tant pis ! Lui ou un autre... Je n'y pense plus.

– Moi, si. De temps en temps.

– Demain, vous y penserez moins, je vous le promets.

Il y eut un silence. Au bout de quelques minutes, Miranda reprit :

– Je ne sais pas ce qui se passera demain, mais ce soir j'y pense. Je ne suis pas habituée à ce genre de choses.

– Je comprends. Vous préférez dîner au restaurant de l'hôtel ?

– Oui. À moins que vous ne teniez absolument à sortir.

– Je ne tiens qu'à une chose : que vous vous sentiez bien. Nous dînerons ici. C'est un bon restaurant.

– D'accord. Merci, Li.

– En attendant, prenons une autre bière. Maintenant, dites-moi ce que vous avez pensé de Meiyun.

– Elle est adorable. Elle m'a dit que vous étiez très amis. Et aussi que vous étiez un proche de son mari avant sa mort.

– Avant son suicide, vous voulez dire... Pour moi, ils ont toujours été comme de la famille. Meiyun ne vous rappelle pas votre mère ? Moi, elle me fait souvent penser à la mienne.

– Je ne crois pas qu'elle ressemble à ma mère. Mais peut-être ressemble-t-elle à la vôtre ?

– Oui, elle entretient la mémoire de son mari ; elle sait aimer avec profondeur, mais aussi avec discrétion, elle exige beaucoup d'elle-même avant d'exiger quoi que ce soit des autres. Elle est aussi férocement critique et férocement protectrice !

– Votre mère vous faisait des critiques ?

– Souvent.

– Et elle vous protégeait aussi.

– Toujours.

– De quoi ?

– Des copains qui pensaient que je ne ferais jamais un bon Chinois sous prétexte que j'avais un père américain.

– Vos camarades de classe se moquaient de vous parce que vous aviez un père américain ! Pourtant, vous m'avez dit que vous aviez des amis.

– Oui, quelques-uns. On n'a pas besoin d'en avoir beaucoup, vous savez. Quand on en tient deux ou trois, c'est déjà un miracle. Il en va de même pour l'amour. Le rencontrer une fois, c'est déjà une chance, ajouta Li en contemplant la mousse dans son verre.

Miranda détourna le regard : ses yeux se posèrent sur la surface polie de la table où s'étaient imprimés les ronds laissés par les bouteilles de bière glacées. En relevant la tête, elle se rendit compte que les clients du bar s'étaient clairsemés – sans doute étaient-ils partis dîner. Elle sentit qu'ils étaient isolés, comme si leur table était un atoll perdu au milieu de l'océan.

Lui se sentait isolé quand il était petit, parce qu'il avait un père américain. Et moi parce que mes parents ne cessaient de me raconter des histoires effrayantes sur le monde.

– Quand j'étais enfant, murmura-t-elle en se tournant vers Li, j'étais asthmatique. Jamais ma vie n'a été en danger, pourtant mes parents étaient terrorisés. Pour eux, la vie n'était qu'une succession de sables mouvants prêts à nous engloutir tous les trois ; ma maladie les confortait dans cette idée. Ils croyaient sincèrement que j'étais en danger partout ailleurs que dans le jardin de notre maison, et encore ! Mes copains grimpaient aux arbres, fabriquaient des radeaux, faisaient du vélo dans la montagne, escaladaient des falaises, exploraient des grottes, apprenaient le ski... Mais dès que j'y faisais la moindre allusion, mes parents se dépêchaient de me boucler à la maison. Alors j'ai passé mon enfance à lire, à écrire des histoires, à dessiner des vêtements. J'étais première en classe, mais il me manquait l'assurance qu'ont les gosses dont le corps est aussi éveillé que l'esprit. À treize ans, je n'ai plus eu d'asthme, inexplicablement. Entre-temps, j'étais devenue aussi craintive que mes parents, et quand je me suis mariée, j'ai choisi un homme craintif.

— Et Adam et Lisa ? demanda Li. Ils sont craintifs ?

— Non, mais j'ai dû me battre contre Jeff — et contre moi-même. Quand ils étaient petits, Jeff leur interdisait tout ce qui, à ses yeux, représentait un danger. Ils ont grandi, et j'ai vu leurs copains se moquer d'eux. Alors je me suis fait violence : je leur ai permis de grimper, courir, sauter... J'étais malade de peur. Un jour, Jeff et moi nous sommes disputés à ce sujet — je lui disais que je préférais les voir se casser un bras ou une jambe plutôt que le cerveau. Je crois que... Il y eut un long silence. Je crois que, si Jeff n'était pas mort, j'aurais trouvé le courage de le quitter. Ou peut-être pas, finalement... Je n'ai jamais été très courageuse.

— Détrompez-vous : à travers tout ce que vous me racontez, je vous trouve étonnamment courageuse.

Le bar s'était totalement vidé à présent. Seul résonnait le tintement des verres que rinçait le barman derrière le comptoir.

— Et vous paraissez tellement différente du jour où je vous ai vue à l'aéroport : vous vous tenez plus droite, la tête haute, et vous portez cette robe magnifique.

— Je l'ai achetée pour vous.

Li était abasourdi. Miranda ne baissa pas les yeux. Au contraire, elle soutint son regard d'un air de défi. Soudain, elle se sentait légère, déchargée du poids de cette enfance et de ses craintes. Li était si près d'elle : elle ne voyait rien d'autre que sa peau, ses yeux, ses cheveux. Il était la Chine, l'aventure, le monde — une liberté si longtemps inconcevable, et dont elle comprenait à présent qu'elle lui avait cruellement manqué. Depuis toujours.

Elle prit une ample respiration.

— Je préférerais ne pas dîner au restaurant de l'hôtel. Il y a trop de bruit, trop de lumière. Je crois... je préfère que nous dînions dans ma chambre. À moins que vous ne teniez vraiment à...

— Non, l'interrompit Li. Son visage était grave, mais ses yeux souriaient. Je trouve que c'est une excellente idée.

7.

Il se dirigea vers la fenêtre pendant que Miranda refermait la porte de la chambre. Sans même un regard vers les jardins, il tira sur le cordon et rabattit dans un bruissement le lourd rideau de soie, transformant la pièce en un refuge où les sons étaient assourdis, la lumière douce et dorée. Miranda fixait le rideau.

— D'accord, il y a sûrement quelqu'un en bas, lui dit Li. On n'y peut rien. Cette chambre est à nous.

— Pour l'instant.

— Pour l'instant. Mais c'est cet instant qui compte.

— J'ai l'impression d'un fantôme qui plane au-dessus de nous, invisible mais toujours présent, reprit Miranda avec un petit rire, gênée d'employer une comparaison aussi théâtrale.

Pourtant, il acquiesça.

— C'est exactement ça.

Il connaissait cette impression, elle lui était familière, mais les acteurs n'étaient plus les mêmes. Cette fois, la présence hostile le rapprochait de ce qu'il aimait au lieu de l'en éloigner. *Nous sommes seuls, ensemble, et l'ennemi est dehors.*

— On ne va pas les laisser nous empoisonner la soirée, dit-il. C'est *notre* soirée.

Puis Li demeura un long moment silencieux, troublé par leur proximité et leur isolement dans cette chambre d'hôtel calfeutrée. Enfin, le regard de Miranda quitta la fenêtre et se posa sur lui.

— Vous avez raison.

Il se tenait debout devant elle.

– J'ai eu souvent envie de vous toucher, mais ce n'était jamais le moment. Vous l'avez senti.

– Personne en Chine..., commença-t-elle, s'efforçant d'adopter un ton badin, mais sa voix s'étrangla dans sa gorge.

– Pas en public, mais en privé..., dit-il, enserrant entre ses mains le visage de Miranda.

Une peau à la pâleur d'ivoire, des joues à peine rougies et un regard vert plongeant dans le sien : Li voyait presque les pensées se bousculer sous son front. Elle ouvrit de grands yeux apeurés mais, l'instant d'après, ils s'assombrirent. Elle redressa les épaules, l'air farouche, déterminé.

Il recula d'un pas.

– Miranda, je ne ferai que ce que vous voudrez et quand vous le voudrez. En fait, ajouta-t-il en allant s'asseoir sur le bras d'un fauteuil, si vous voulez commander à dîner, le restaurant a quelques spécialités qui devraient vous combler.

Elle éclata de rire, se dirigea vers lui, lui prit les mains pour l'obliger à se relever et l'enlaça.

– Je ne veux pas dîner, ni toi non plus. Il y a trop longtemps qu'on attend ce moment.

Il éprouva la même délicieuse surprise que lorsqu'elle lui avait avoué avoir acheté la robe pour lui. Jamais une Chinoise n'aurait dit une chose pareille. Mais Miranda n'était pas une Chinoise et, ce soir-là, rien ne ressemblait à ce qu'ils avaient connu l'un et l'autre. Il la serra dans ses bras et ils s'embrassèrent sans savoir qui avait fait le premier mouvement. Soudain, tout comme il avait lu la frayeur dans ses yeux quelques instants auparavant, il sentit ses épaules se raidir et crut qu'elle allait s'arracher à son étreinte. Non, une fois encore, ce fut une appréhension fugitive, éphémère : Miranda se pressait tout entière contre lui, comme pour s'enfouir dans son corps. Sans cesser de l'embrasser, il la serra plus fort – leurs bouches semblaient ne jamais devoir se désunir. Puis, lentement, ils relâchèrent leur étreinte, un peu essoufflés, riant, gênés l'un et l'autre d'avoir montré tant d'ardeur dans ce baiser.

Le visage de Miranda s'était embrasé.

– Il y avait longtemps que je...

– Quand on aime quelque chose, il ne faut pas chercher à expliquer, juste savourer, l'interrompit Li en caressant ses lèvres d'un doigt tremblant.

Puis il lui prit la main et la guida vers le lit, ne pensant plus qu'à leurs deux corps, pressentant la parfaite harmonie qu'ils allaient rencontrer. Tout le reste disparut de son esprit : la chambre d'hôtel, la Chine, le passé semblaient avoir plongé dans les ténèbres. La vie se résumait à l'instant présent : Miranda.

Il dénoua doucement la ceinture d'argent et posa sa bouche sur la naissance des seins, sur ce décolleté qu'il s'était efforcé en vain de ne pas regarder. La peau était chaude, frémissante. Ses mains frôlèrent l'étoffe et, à tâtons, remontèrent le long du dos, suivant la fermeture Éclair, avant de la faire glisser avec une infinie douceur. La robe coula lentement sur le sol.

Ce fut comme un déclic. Pressés de mêler l'une à l'autre leurs peaux, ils achevèrent tous deux de se dévêtir avec des gestes de plus en plus rapides, trahissant leur hâte. Li était ému comme ce soir d'adolescence où il avait tenu pour la première fois entre ses bras le corps dévêtu d'une femme. Le désir le métamorphosait : il voulait Miranda, la voulait tout entière, tout de suite. Avec âpreté, ses mains exploraient, caressaient, pétrissaient cette chair si fine et souple comme pour la façonner, suivaient les courbes délicates des omoplates, des côtes, le creux palpitant de ses flancs... Elle était si mince, lui si maigre : l'espace d'un instant, il eut la vision de deux brins d'herbe dans une prairie menacée par l'orage...

L'image s'évanouit rapidement, tandis que les lèvres de Miranda se plaquaient contre les siennes en murmurant :

– Si je ne m'allonge pas tout de suite, je m'évanouis.

Ils partirent du même éclat de rire et s'étendirent ensemble sur le lit.

Prenant appui sur un coude, Li observa longuement la blancheur de son corps sur la soie bleutée du drap – elle gardait encore sur les bras et les jambes la marque à peine distincte des coups de soleil de l'été. Elle était couchée dans un jardin de broderies : des fleurs roses, jaunes, blanches s'étalaient à profusion sur le lit, leurs pétales entrouverts scintillaient de minuscules gouttes de rosée, leurs longues feuilles étroites s'entremêlaient dans une verdoyante étreinte. Et, perdus au milieu des fleurs, les hanches minces de Miranda, ses longues cuisses fuselées, ses petits seins, le halo blond de ses cheveux encadrant l'ovale délicat de son visage. Elle paraissait tellement plus vulnérable que lorsqu'elle marchait à ses côtés dans la rue. Il se sentit vaguement honteux, comme si, d'une certaine manière, il

152

abusait d'elle, et eut un mouvement de recul, à peine perceptible. Miranda le sentit, le comprit même car elle l'attira à elle.

Alors le corps de Li s'abattit sur le sien et elle l'enlaça de ses jambes avec une force que ni lui ni même elle n'auraient pu soupçonner. Soudain, elle n'était plus ni frêle ni vulnérable. Elle était tendue par le désir brûlant, tumultueux, qui les emportait tous deux dans un monde où les pensées n'avaient pas de place.

Il respirait son odeur : elle sentait le frais, les prairies, les coteaux pleins de sève, les cascades, les bois tapissés de mousse, un parfum d'Amérique, vif, vert, jeune. Mais lorsqu'elle l'accueillit en elle, offerte comme il n'aurait jamais pensé qu'une femme pût s'offrir, toute cette fraîcheur s'enflamma : miroitement de la chaleur dans l'air, brûlure du soleil, canicule du désir. Li se fondait en elle. Leurs corps s'épousaient, et quand ils s'écartaient, c'était pour mieux se retrouver l'instant d'après. Souffles haletants, soupirs, irrépressibles gémissements du plaisir. Un bonheur triomphant s'empara de Li, si fort qu'il crut ne jamais pouvoir contenir tant d'allégresse. Ses yeux se perdirent dans ceux de Miranda ; il y lut une félicité qu'aucun mot n'aurait su décrire. Grisés, leurs corps semblaient ne plus leur appartenir. *Comme si nous nous étions toujours connus...*, songea-t-il fugitivement avant de se laisser emporter dans un nouveau tourbillon où le plaisir se mêlait à la gratitude, au désir avide de la posséder toute, jusqu'à ce qu'il se sentît devenir Miranda, jusqu'à ce qu'il la sentît devenir lui. Fondus l'un dans l'autre, un seul être qu'aucune pensée, aucun mot, aucune frontière ne séparerait jamais.

Lorsqu'ils furent à nouveau étendus l'un près de l'autre, épuisés, la joue de Li reposant sur l'oreiller contre les mèches humides de Miranda, dont il sentait la peau fraîche contre sa poitrine, elle lui dit dans un souffle :

— C'est comme si nous nous étions toujours connus.

Il leva la tête.

— Tu as pensé ça ?

— Oui, je l'ai senti. Et toi aussi, ajouta-t-elle en lui lançant un long regard.

Il acquiesça sans un mot.

— Tu n'aimes pas l'idée que quelqu'un puisse deviner ce que tu penses, reprit-elle avec un sourire.

— Tu n'es pas « quelqu'un ». C'est une impression nouvelle et surprenante, mais très agréable. C'est même assez reposant de se dire qu'on est deviné...

Miranda éclata d'un rire malicieux.

Il posa la main sur sa joue.

— Tu es belle, ouverte et libre...

— Non, ne me...

— Si, tu l'es. Tu sais, j'ai pensé tout à l'heure que tu sentais la prairie, la montagne, la fraîcheur... Oui, tout ce qui est frais, comme la terre, le printemps... Tout ce qui est neuf.

— J'aimerais tant que ce soit vrai.

— C'est vrai. Tu es tout cela pour moi.

— C'est peut-être à cause de..., commença Miranda en posant le regard sur les rideaux clos de la fenêtre. Est-ce parce que nous savons que quelqu'un nous guette au-dehors, que nous sommes si proches ? Comme si le danger était à l'extérieur, et nous deux retranchés ici.

Li l'embrassa.

— Je n'ai pas besoin du danger pour me sentir heureux avec toi.

— Pourtant, le danger est là, dans tout ce que nous faisons.

— Non, il est juste dans cet autre monde que nous habitons. Nous l'affronterons quand nous retrouverons cet autre monde. Tu sais, nous vivons tous dans plusieurs univers, et toi et moi, nous venons de créer un univers rien qu'à nous. Qu'aucun danger ne peut entamer. Ni personne.

Elle secoua la tête.

— Tu sais mieux que moi comment les autres peuvent détruire ce qu'on tente de créer.

— Oui, mais ils ne peuvent changer ni nos sentiments, ni ce que nous nous offrons l'un à l'autre. Parce que ça vient du plus profond de nous. Le reste n'est qu'un décor, rien de plus.

— Tu crois vraiment à ce que tu dis ?

— Tu y croiras aussi. Deux êtres qui s'aiment sont plus forts que les gouvernements, les armées et tous les dangers que le hasard peut mettre sur leur route.

En réalité, Li n'était pas si sûr de croire en ce qu'il disait, et il donna à nouveau à Miranda un long baiser pour lui faire oublier ses craintes. Elle l'enlaça, l'attira en elle. Cette fois, ils firent l'amour lentement, explorant l'un l'autre les secrets de leurs corps, dans cette chambre hors du temps, où chaque bruit, chaque souffle était assourdi.

Lorsque leurs corps se désunirent, ils s'étendirent l'un près de l'autre, paupières closes. Inexplicablement, une phrase surgit à l'esprit de Li : *Tout voyage s'arrête au rendez-vous d'amour.*

Il ouvrit brusquement les yeux, surpris.

Miranda le regardait.

– Que se passe-t-il ?

– Je me demandais juste... Un vers d'un poème, je crois. C'est ton nom qui m'y a fait penser. D'où vient-il ?

– De Shakespeare. *La Tempête.*

– J'avais oublié. Miranda est l'héroïne de *La Tempête* ?

– Oui.

– Pourquoi tes parents ont-ils choisi ce prénom ?

– C'est ma mère qui l'a choisi. Dans la pièce, Miranda vit sur une île enchantée. Ma mère espérait qu'un jour je trouverais moi aussi mon île enchantée, et que j'y vivrais heureuse. Prospero, le père de Miranda, est magicien. À la différence du mien, qui se moque éperdument de la magie et ne croit qu'en ce qu'il peut peser et mesurer. Lui voulait me donner un prénom moins poétique, comme Susan ou Joan. Mais ma mère était encore très sentimentale et pleine d'espoir à ma naissance...

Li noua ses doigts à ceux de Miranda.

– Elle n'est plus ni sentimentale ni pleine d'espoir aujourd'hui ?

– Oh ! je crois que le côté sentimental a disparu depuis long-temps. Elle a encore l'espoir, mais surtout celui qu'il ne nous arrive aucune catastrophe. La mort de Jeff l'a traumatisée. Elle l'aimait beaucoup, mais surtout elle aimait savoir que quelqu'un prenait soin de moi. Maintenant, elle imagine sans cesse toutes les horreurs qui peuvent arriver à une femme seule, et se demande qui s'occupera de moi quand ils seront morts, mon père et elle. Je réponds que je m'occuperai très bien de moi toute seule, mais à l'évidence ça ne lui suffit pas...

– Elle a si peu confiance en toi ?

– Sans doute.

– Ça doit tenir à la façon dont elle t'a élevée.

Miranda s'esclaffa :

– Oui, mais je ne me vois pas en train de le lui dire !

– Pourquoi ?

– Parce que ça lui ferait de la peine.

– Pourtant, c'est la vérité.

– Qu'est-ce que ça changerait ? Je suis une grande fille à présent, elle ne peut plus rien pour mon éducation. Pourquoi aller lui reprocher des erreurs commises il y a quarante ans ?

– Elle s'arrêterait peut-être de te parler de son inquiétude.

– Crois-tu vraiment qu'on puisse changer à son âge ? Autant lui demander de perdre un bras. De toute façon...

Miranda s'interrompit. Elle fronça les sourcils, ce léger froncement que Li adorait et qu'il avait toujours envie de chasser d'un baiser, après avoir découvert ce qu'il cachait.

– De toute façon, reprit-elle, je crois que je n'ai pas envie de la voir cesser de s'inquiéter. Ce n'est pas si désagréable de savoir que quelqu'un se fait du souci, qu'on a assez d'importance à ses yeux pour ça...

Li garda un moment le silence.

– Tu as raison, dit-il enfin. J'accorde parfois trop de crédit à la vérité.

Miranda eut un petit sourire.

– Ta mère n'était pas comme la mienne ?

– Tu me demandes si elle avait cessé d'être sentimentale ? Oh oui, quand elle a admis que mon père était bel et bien parti. Quant à l'espoir, elle gardait celui de le voir revenir, en rêve, mais ses autres espérances étaient plus concrètes. Elle en avait plus que la plupart des Chinois pendant la Révolution culturelle. Ma mère était têtue, et utopiste aussi. Le Parti communiste l'avait... Comment dites-vous en Amérique ? Quand on arrive à convaincre quelqu'un contre toute raison, même contre son bien, c'est de...

– De l'embrigadement, peut-être.

– Oui, c'est ça. Quel drôle de mot... Il suffit de l'entendre pour voir tout de suite jaillir des images devant ses yeux. Donc, ils ont embrigadé ma mère : elle croyait vraiment qu'on sortirait de cette époque destructrice, qu'on trouverait un paradis communiste. Elle n'était pas difficile à convaincre : en dépit de tout ce qu'elle avait sous les yeux, elle persistait à croire que la destruction n'était pas une fatalité, que la vie serait un jour plus belle.

– J'aime ta mère. Je regrette de ne pas l'avoir connue.

– Vous auriez fait une paire d'amies : vous croyez toutes deux en l'amour, jusque dans l'absence. Elle t'aurait posé un million de questions sur l'Amérique, histoire de s'imaginer les endroits où pouvait vivre mon père, fit Li en embrassant la main de Miranda. La Miranda de Shakespeare trouve-t-elle l'amour sur son île enchantée ?

– Oui, avec Ferdinand, le fils du roi de Naples, un ancien ennemi de son père. Il leur faut du temps, mais à la fin tout le monde se réconcilie ; son père et le roi bénissent leur mariage.

– Et ils vivent heureux jusqu'à la fin des temps...

– Ça, Shakespeare ne le dit pas. Mais j'aime le croire.

– Moi aussi, répondit Li en déposant un baiser sur ses lèvres.

La paume de sa main descendit lentement depuis l'épaule de Miranda jusqu'à sa hanche, se promena un long moment sur sa cuisse. Il aimait sa peau soyeuse, satinée, auprès de lui... Non, pas si fragile : désormais il connaissait la force que recelait ce corps gracile. Miranda Graham, un mètre soixante et peut-être cinquante kilos de muscles bien dessinés sous une peau d'ivoire. Un corps dont on avait pris soin, un corps tonique, bien nourri, reposé : le corps d'une Américaine.

Oui, pour lui, elle était l'Amérique, la terre de toutes les promesses, de toutes les richesses, de toutes les libertés.

Il l'attira à lui avec rudesse pour chasser cette pensée et ils s'abandonnèrent à nouveau au désir inextinguible qu'ils avaient l'un de l'autre. Ils étaient les deux moitiés d'un même fruit, enfin retrouvées, enfin confondues, enfin unies. Chairs murmurantes, lèvres, bras et jambes noués, ils glissaient dans le plaisir. Un instant, Li songea :

Elle n'est ni un pays, ni un système, ni une idée. Juste une femme, une femme merveilleuse. Une femme que j'aime.

Quand la tête de Miranda reposa sur son épaule, que son souffle haletant caressa son cou, il ne lui dit rien : pour lui, il n'était pas temps encore de parler d'amour. Ils restèrent étendus l'un près de l'autre, enveloppés dans le silence de la chambre.

– J'aime te sentir en moi, chuchota-t-elle enfin, les yeux clos.

Li dut se rendre à l'évidence : elle était moins réservée que lui, moins prudente. Et il était presque choqué d'entendre dans sa bouche des mots qu'il n'aurait jamais osé prononcer.

– Et puis j'aime discuter avec toi, me promener avec toi, découvrir avec toi tous ces plats inconnus... Même m'asseoir dans des bars enfumés avec toi !

Il sourit, mais resta silencieux : la spontanéité de Miranda ébranlait sa pudeur. Elle s'assit, le dos contre la tête de lit en bois sculpté, le drap de soie tiré sur elle.

– De quel poème parlais-tu tout à l'heure ?

– Ce n'était pas un poème, mentit Li en se hissant à ses côtés. Mais une réplique d'une pièce chinoise qui parle d'un homme amoureux d'une jeune fille : il dit qu'il se sent pareil au vieux monde abusant du nouveau monde, pareil à la corruption abusant de l'innocence. C'est l'impression que j'ai eue avec toi.

Elle secoua négativement la tête. Elle souriait.

– Tu inventes.

– Absolument pas. Cette pièce se joue en ce moment à Pékin. Je pourrais t'y emmen...

– Oh, pour la pièce, je te crois, l'interrompit-elle. Cette histoire m'a l'air tout à fait chinoise. Mais je ne peux pas croire que tu aies pensé à ça pendant que nous faisions l'amour.

Li étouffa un petit rire penaud.

– D'accord. Décidément, je ne suis pas très doué pour le mensonge. Il m'est revenu une phrase, un vers sans doute, mais je ne sais plus où je l'ai lu : *Tout voyage s'arrête au rendez-vous d'amour.*

– Encore Shakespeare. *La Nuit des rois.*

– Tu l'as déjà vu jouer ?

– Plusieurs fois : c'est une de mes pièces préférées.

– Quelle est la suite de la réplique ?

– C'est une chanson. Je ne connais pas l'air, mais je crois me souvenir des paroles.

Miranda ferma les yeux et réfléchit un instant, avant de réciter :

Ô ma maîtresse, où courez-vous ?
Oh ! arrêtez et écoutez ; il arrive, votre amant fidèle,
Qui sait chanter haut et bas.
Ne trottez pas plus loin, douce mignonne ;
Tout voyage s'arrête au rendez-vous d'amour.
Le fils du sage sait ça [1].

---

1. Shakespeare, *La Nuit des rois*, acte II, scène 3, traduction de François-Victor Hugo

Li demeura pensif.

- Le fils du sage, dit-il enfin, n'est pas chinois. Le plus souvent, nos poèmes à nous finissent mal.

- Il n'existe pas de voyages heureux dans la poésie chinoise ?

- Quelques-uns, mais la plupart s'achèvent dans la mélancolie : le poète contemple son reflet solitaire dans un lac... Peut-être y en a-t-il où de vrais amants chantent haut et fort leur amour, mais je ne les ai pas trouvés. J'aimerais voir jouer *La Nuit des rois*.

Ainsi leur conversation dériva-t-elle doucement sur le théâtre : leurs voix avaient perdu de leur langueur, ils parlèrent de Broadway, des comédies musicales américaines, Li décrivit l'opéra chinois, allant jusqu'à imiter les chants traditionnels, si aigus aux oreilles des étrangers. Mais les éclats de rire de Miranda l'incitèrent à interrompre son imitation.

- Bien sûr, je ne suis pas un professionnel, mais ça te donne une petite idée...

- J'ai déjà vu des opéras chinois à la télévision, mais c'est très différent de les voir interprétés par un homme nu dans mon lit.

- D'autant que, dans la version originale, les costumes de scène sont magnifiques !

Ils s'esclaffèrent. Et Li se dit que ce qu'ils pouvaient découvrir de plus merveilleux ensemble se tenait dans cette complicité, ces rires, ces discussions sans fin sur des sujets qui les passionnaient tous deux. Il déposa un baiser dans le creux de sa main, puis remonta jusqu'à son poignet, son bras, ses lèvres... Oui, le rire anéantissait les différences.

- Crois-tu qu'il soit trop tard pour grignoter quelque chose ? demanda Miranda.

- Pas du tout, c'est une excellente idée. On va se faire monter un plateau, répondit-il en se levant prestement pour se diriger vers la penderie. Voyons s'il y a des peignoirs dans cette chambre... Oui, deux ! Parfait. Et voici le menu..., ajouta-t-il en attrapant la carte posée sur la table devant la fenêtre. Ils ont tout ce dont on peut rêver. Qu'est-ce qui te ferait plaisir ?

Il revint s'asseoir au bord du lit et tous deux se plongèrent dans une minutieuse étude de la carte. Alors qu'ils hésitaient entre un poulet au curry et un canard aux nouilles sautées, Miranda dit soudain :

- Il va falloir que tu te caches quand le garçon va monter.

Li se renfrogna.

— Tu as honte de m'avoir dans ta chambre ?

— Non, ce n'est pas du tout ça. Mais... tu comprends, on est déjà surveillés. Ça sera pire s'ils apprennent que tu étais dans ma chambre... en peignoir...

— À ton avis, qu'est-ce qu'ils s'imaginent depuis le début ?

— Peut-être, mais jusqu'alors ils n'avaient pas de certitudes.

— On nous a vus au restaurant, dans l'avion, à l'hôtel, dans la rue...

— Ce n'est pas la même chose. Tant qu'on nous voyait ensemble dans des endroits publics, on pouvait croire que c'était pour affaires.

— Tu crois que le gouvernement s'occupe de ma vie privée ?

— Ce n'est pas le cas, peut-être ?

— C'est vrai, ça arrive. Si on était en train d'organiser une manifestation, de lancer un nouveau journal ou un nouveau parti politique, oui, ma vie privée les intéresserait. Ou encore si je risquais de divulguer des secrets d'État sur l'oreiller. Mais nous ne complotons rien et je ne détiens aucun secret d'État ; ils ne vont donc pas s'intéresser à une chose aussi insignifiante que le fait de faire l'amour.

— Insignifiante, dis-tu...

— Aux yeux des fonctionnaires du régime.

— Pourtant, ils s'intéressent à *nous*, oui ou non ?

— Uniquement parce qu'ils s'imaginent que tu vas rencontrer des dissidents. Quand ils constateront que tu ne rencontres personne, ils ne s'intéresseront plus à nous.

— Ils penseront peut-être qu'on les a roulés.

— Une chose pareille ne leur viendrait jamais à l'idée, fit Li dans un éclat de rire. Ils préféreraient croire qu'on se voit vraiment pour des motifs professionnels. Talia pourrait très bien chercher des bureaux pour une de ses filiales. Ou encore créer une société en participation avec un atelier de confection chinois. Tout est possible. Notre Sécurité publique ne peut s'offrir le luxe de reconnaître ses erreurs : ils trouveront donc une raison légale à notre rencontre, et tout sera oublié.

Tout en parlant, il pensait au retour à Pékin, le lendemain : il allait replonger dans ce chaudron où bouillonnaient les poisons de la cupidité, de l'envie, de la délation. À aucun moment il n'avait souhaité courir de risque. Qui pouvait penser qu'une timide Américaine en voyage d'affaires pouvait représenter un danger politique ? Mais le monde rétrécissait sans cesse, créant d'étranges connexions entre les êtres : ainsi Miranda faisait la connaissance de Sima Ting, dissidente chinoise, à Boulder, Colorado... Et, à cause de cette rencontre à l'autre bout du monde, Yuan Li se retrouvait à nouveau surveillé.

Ridicule, se dit-il. Ce monde-là est ridicule. Et pourtant, c'était bien ce monde nouveau, mettant Pékin à quelques heures de Boulder, qui lui avait permis de découvrir Miranda Graham...

— Tu penses à demain ? Au retour ? lui demanda-t-elle, l'arrachant à ses rêveries.

Il ne s'étonnait déjà plus de l'entendre formuler ses pensées. Il répondit oui, d'un hochement de tête.

— J'ai des problèmes à traiter à Pékin.

— Tu as peur d'être à nouveau convoqué par la Sécurité ?

— Non. Je pense qu'ils préfèrent attendre et voir ce qu'on va faire.

— Alors tu penses à Sheng ?

— Oui, il y a de ça. Il faut que j'apprenne à lui parler. Après toutes ces années, je n'ai toujours pas trouvé le moyen de communiquer avec mon fils. Je le sens comme une menace qui plane au-dessus de ma tête... tu sais, quand on a quelque chose au-dessus de soi, prêt à s'écraser... Il y a une expression pour ça...

— Une épée de Damoclès.

— Oui, Sheng est une épée de Damoclès. Lui et tous les jeunes de sa génération me sont aussi étrangers que s'ils venaient d'une autre galaxie. J'aimerais tellement laisser tomber tout ça, oublier ma vieille peau entre deux pierres et recommencer ailleurs, là où tout serait totalement nouveau. Mais ce serait une fuite, s'empressat-il d'ajouter. Et jamais je n'ai fui. Bien, conclut-il pour se ressaisir, revenons à notre dîner. Que dirais-tu de prendre des gâteaux de lune ?

— Je n'en ai jamais entendu parler.

— On les fabrique à l'occasion de la fête de la Lune ou fête de la Mi-Automne. C'est un peu notre Thanksgiving à nous. Le milieu de l'automne est considéré comme une période de fertilité, d'espoir en l'avenir. Les gâteaux de lune sont ronds comme la pleine lune, symbole d'unité et d'immortalité. Prenons-les fourrés à... Il s'interrompit pour examiner le menu : écorce d'orange, pâte de datte, graines de melon, fleur de séné... Disons, pâte de datte, décida-t-il, parce que tu avais aimé les dattes dans les bouchées à la vapeur le premier soir, à Pékin. Et fleur de séné, car il faut tout de même que tu goûtes quelque chose de nouveau pour la fête de l'espoir, de l'harmonie et de l'amour.

Il leva les yeux. Miranda le regardait ; son sourire était tellement direct et tendre qu'il en fut déconcerté. Sa main se mit à trembler légèrement. La carte glissa entre ses doigts.

Je t'aime, dit-il, faisant fi tout à coup de la promesse qu'il s'était faite : ne pas le dire, ni ce soir ni jamais.

Il prit entre les siennes les mains de Miranda et répéta :

— Je t'aime.

Et, en prononçant ces paroles, il éprouva une sensation de liberté inconnue ; il était jeune, ouvert à toutes les découvertes, à toutes les certitudes, à tous les espoirs.

— Oui, dit Miranda en attirant près d'elle son visage. Oui, Li, espoir, harmonie et amour. Oui.

8.

Wu Yi jeta la robe sur le sol.

— Ce n'est pas du tout ce que je veux. Ça ne me va pas. *Pas une seule* de ces robes ne me va. Reprenez-les !

Agenouillée sur la moquette pour ramasser les robes éparpillées, la vendeuse se mordit la lèvre. L'appartement n'était que brocarts, velours, meubles d'acajou, coussins rebrodés de motifs fleuris et d'oiseaux corail, la teinte préférée de Wu Yi. Les yeux baissés, à quatre pattes, la jeune fille alla chercher sous une chaise une chaussure jetée là par un furieux mouvement de cheville.

— Inutile de prendre cet air misérable, tempêta Wu Yi. Vous saviez qu'elles ne me plairaient pas, mais ça ne vous a pas empêchée de me les apporter.

— Je n'avais rien de plus proche de ce que vous souhaitiez.

— J'avais dit quelque chose de particulier ! De spectaculaire !

La vendeuse glissa les robes dans leurs housses.

— Je ne vois pas où vous pourriez trouver ça à Pékin. Mais je connais un magasin à Shanghai et un autre à Xi'an, qui pourraient peut-être vous satisfaire. Mais, naturellement, vous préféreriez une boutique plus proche...

— Laquelle des deux est la meilleure ?

— Oh ! celle de Xi'an, et de loin. C'est celle qui a les meilleurs modèles, mais Xi'an est...

— Appelez-les ! Je veux parler au responsable de cette boutique !

— Il est bientôt cinq heures. Le magasin a dû fermer.

— Appelez !

Wu Yi s'attendait à ce que la jeune fille lui réponde de passer elle-même son coup de fil : après tout, l'actrice était chez elle. Pourtant, après quelques secondes d'hésitation, elle obtempéra, se dirigea vers le téléphone et composa un numéro. C'est formidable d'être célèbre, exulta silencieusement Wu Yi. On a le monde à ses pieds.

Sauf Sheng. Deux rides vinrent creuser son front, qu'elle chassa rapidement, de crainte qu'elles ne s'installent et ne laissent des traces irréparables. Pourtant, elle était furieuse. Il n'avait pas appelé : depuis qu'ils étaient ensemble, jamais il n'était resté si longtemps silencieux. Il était parti pour Beihai, mais cela ne l'empêchait pas de téléphoner. Tout irait bien si je ne le trouvais pas aussi séduisant, se dit Wu Yi. C'est un beau mec, qui a vite compris ce que j'aime. Parfois, on dirait un petit garçon. Et il a une femme, ce qui signifie qu'il ne va pas tout gâcher pour se marier.

Et puis il a des relations, et bientôt il sera riche.

Elle foudroya du regard la vendeuse, toujours au téléphone. Grouille-toi, pensa-t-elle. Il faut que tu libères la ligne pour le cas où Sheng appellerait.

La jeune fille lui tendit le combiné en disant :

— La dame s'appelle Ye Meiyun. Je lui ai expliqué que vous aviez des idées très arrêtées.

— C'est bon, c'est bon, fit Wu Yi, exaspérée, en lui désignant la porte d'un geste vague de la main. Plus besoin de vous pour aujourd'hui, ajouta-t-elle en se saisissant du récepteur. Je cherche des robes originales, annonça-t-elle immédiatement, sans même prendre la peine de dire bonjour. Je ne veux pas croiser d'autres femmes avec les mêmes vêtements que moi et surtout pas le mois prochain — je passerai à la télévision pour recevoir le Magnolia de la meilleure actrice.

Elle s'attendait à une exclamation admirative au bout du fil, mais rien : la femme ne disait pas un mot.

— Bien, dites-moi ce que vous avez, reprit Wu Yi d'une voix agacée.

— Le mieux serait de venir en juger vous-même. Sinon, je peux vous envoyer des photos.

Le ton était froid. Une insolente, pensa Wu Yi. À moi, les vendeuses ne me parlent pas sur ce ton.

— Vous refusez de me décrire vos robes. D'accord, j'exige de parler au propriétaire de la boutique.

– Je suis la propriétaire de la boutique, et aussi la styliste qui dessine les modèles. La femme qui a appelé dit que vous êtes la comédienne Wu Yi. Est-ce exact ?

– Bien sûr que c'est exact !

Elle pourrait reconnaître ma voix, tout de même ! s'indigna intérieurement Wu Yi.

– Bien, poursuivit Meiyun, puisqu'il semble y avoir urgence, j'accepte de vous parler de certaines de mes robes, mais il serait préférable que vous veniez à Xi'an.

– Décrivez-moi ce que vous avez, bon sang ! hurla l'actrice.

Nouveau silence. Wu Yi se souvint que la femme était la propriétaire du magasin. Sa voix se fit plus douce :

– Si vous vouliez bien me décrire ces robes...

Meiyun lui décrivit alors plusieurs tenues de soirée, tailleurs et chemisiers. À mesure qu'elle l'écoutait, la comédienne se redressait sur son siège, les yeux brillants d'envie. S'habiller était sa passion : elle y consacrait l'essentiel de son énergie et de ses pensées. Elle s'y connaissait donc autant qu'une professionnelle et n'avait aucun mal à imaginer les étoffes que lui dépeignait la femme : la coupe des jupes, des corsages, des vestes, les boutons... Oui ! – elle exultait. Oui, oui, oui !

Mais elle adopta un ton désinvolte pour répondre :

– Eh bien, voilà qui m'a l'air prometteur. Apportez-moi tous ces modèles à Pékin, pour que je puisse les essayer et faire mon choix. Peut-être que je les prendrai tous.

– D'ordinaire, je ne me déplace pas, répondit Meiyun après un silence.

Mais tu vas le faire, songea Wu Yi, parce que m'avoir pour cliente, c'est une publicité.

– Mais je vais le faire, poursuivit la femme, parce qu'il y a, à Pékin, quelqu'un à qui j'aimerais beaucoup parler.

Sur ce, elle entreprit de dresser la liste des robes qu'elle devait apporter.

– Il me faut une cape aussi, ajouta Wu Yi. Pour aller avec la robe du soir dorée. Il fait frais le soir en cette saison.

– Je n'ai pas de capes, mais je peux peut-être m'arranger. Je vous propose un cachemire noir brodé de fleurs en soie dorées, disons... des magnolias, à l'image de votre récompense.

– Oui ! s'exclama Wu Yi, avant de se reprendre aussitôt pour se contraindre à une feinte indifférence. Vous la ferez fabriquer et l'apporterez au... À propos, combien coûterait-elle ?

— Deux ou trois mille yuans, sans doute.

Wu Yi se vit sur scène, prononçant son discours de remerciement après la remise du Magnolia de la meilleure actrice de téléfilm : robe du soir dorée et cape de cachemire noir parsemée de magnolias d'or. Toute la Chine la verrait. Elle ne put résister.

— Je la prends, mais pas à plus de trois mille yuans. Quels sont les délais ?

— En se dépêchant, on doit pouvoir la fabriquer en trois jours.

— Alors vous l'apporterez en même temps que les robes.

Une fois encore il n'y eut aucune réponse. Et une fois encore Wu Yi dut se répéter que cette femme – elle avait oublié son nom – était non seulement la propriétaire du magasin, mais aussi la styliste de cette ligne de vêtements.

— S'il vous plaît, ajouta-t-elle enfin de mauvaise grâce, forçant ce mot si peu familier à passer ses lèvres. S'il vous plaît, apportez-la avec les robes. Je crois que nous ferons affaire. Il serait bon qu'on se rencontre.

— Oui, répondit Meiyun, glaciale. Je vous verrai dans quatre jours. Votre adresse, je vous prie ?

Elles prirent froidement congé et, en raccrochant, Wu Yi eut le sentiment d'avoir sollicité cette femme et que celle-ci – Ye Meiyun, puisqu'elle s'appelait ainsi – lui avait dispensé ses faveurs. La jeune actrice n'aimait pas cela. Mais, en matière de mode, elle était capable de faire abstraction de ses principes.

Elle contempla un long moment le téléphone. Où était Sheng ? Elle devait retrouver des amis pour dîner, mais s'il appelait, elle annulerait.

— *Sonne*, dit-elle en fixant l'appareil. *Mais sonne donc.*

Une demi-heure plus tard, la sonnerie retentit.

Elle bondit sur le combiné.

— Je n'ai pensé qu'à toi, fit la voix grave et douce de Sheng.

Un large sourire illumina le visage de Wu Yi mais, comme toujours, elle s'efforça d'adopter un ton détaché. Elle n'était pas comédienne pour rien.

— Pourtant, tu as dû avoir beaucoup de choses à faire ces derniers jours.

— Des soucis qui ne m'empêchaient pas de penser à toi.

– Ils ont disparu, ces soucis ?

– Je les ai laissés à Beihai.

– Tu auras besoin d'y retourner ?

– Non. En tout cas, pas pour le moment. J'ai résolu certains problèmes, répondit Sheng sur un ton suffisant qui montrait à quel point il était fier de lui. Je me suis débarrassé d'un gars qui essayait de nous faire chanter et j'en ai engagé un autre pour veiller sur nos intérêts.

– Il va falloir que tu me racontes ça.

Sheng resta sans voix. Le visage de Wu Yi s'éclaira d'un nouveau sourire lorsqu'elle imagina sa confusion : elle lui offrait rarement de telles ouvertures, presque une invitation.

– Oui, répondit-il enfin. Oui, j'aimerais bien. J'allais te proposer de dîner avec moi.

– Ce soir ? fit l'actrice.

– Bien sûr, tu n'es pas libre. Je sais que tu es très occupée, mais j'ai écourté mon voyage parce que je ne pouvais plus atten...

– Je dois pouvoir me libérer, l'interrompit Wu Yi d'une voix suave.

Elle ménagea un silence, le laissant savourer la nouvelle. Décidément, Sheng était bien un petit garçon, et cet aspect de sa personnalité n'était pas étranger à son charme ; sous le vernis de l'homme d'affaires avisé, il y avait un petit garçon qui avait besoin d'être rassuré.

– Disons dix-neuf heures ? reprit la jeune femme. J'aimerais essayer ce nouveau restaurant, le *Lao San Jie*.

– Ah !

Il était déçu : Wu Yi perçut le désappointement dans sa voix. Il préférait toujours dîner dans un de ses clubs, là où il pouvait compter les tables occupées et se sentir le patron. Eh bien, pas ce soir, songea-t-elle. Je vais le punir de m'avoir laissée si longtemps sans nouvelles.

Sheng se ressaisit.

– Parfait. Je passe te prendre à dix-neuf heures.

Les murs du restaurant étaient tapissés de photographies représentant la campagne chinoise et de bulletins datant de la Révolution culturelle. Il y flottait la nostalgie d'une époque que personne, pourtant, n'aurait voulu revivre. On y servait une cuisine rustique, à commencer par le thé, que la serveuse versait en tenant son bras à un mètre de la tasse : le liquide brûlant formait un arc impressionnant avant de tomber dans un petit bol rempli de feuilles et de fruits séchés.

— J'aime cet endroit, dit Wu Yi. Il est... différent.

Sheng contemplait les photographies sur les murs, mal à l'aise.

— Mon père a été envoyé dans un de ces endroits, fit-il en désignant du menton l'une des photos représentant des cabanes recroquevillées au pied de montagnes aux crêtes déchiquetées. Il m'a dit que c'était l'enfer.

Wu Yi jeta un bref regard au cliché.

— C'était il y a longtemps.

— À l'époque, je ne l'ai pas cru, poursuivit Sheng, sans quitter des yeux le lugubre village et les hommes décharnés accroupis dans un encadrement de porte, fixant l'objectif.

L'un d'entre eux tenait dans une main un couteau et dans l'autre une figurine de bois.

— Je lui ai reproché de ne pas s'être occupé de moi, de n'avoir même pas essayé de m'emmener avec lui. Il était tellement impassible — comme ces hommes sur la photo. Lui aussi sculptait des statuettes de bois là-bas. Il en a gardé une : une femme qui regarde vers le ciel. Quand il est rentré, son silence m'a terrifié, son allure aussi. On aurait dit un squelette. Il était accablé. Ça m'a rendu plus furieux encore. Nous n'avons plus parlé.

Il baissa les yeux. Et Wu Yi ressentit un étrange pincement, un sentiment qui ressemblait à de la pitié. Surprise, elle se raidit. Sheng était fort, solide. C'était ce qu'elle demandait à un homme : être admirable, toujours. Pitoyable, jamais.

Pourquoi s'obstine-t-il à parler de ça ? se demanda-t-elle. Je suis née dans un de ces coins misérables ; mon père et ma mère crevaient de faim. Mais c'était il y a longtemps. Il faut tourner le dos à cette époque. Il ne faut pas être comme ces minables piégés dans le souvenir de leurs propres faiblesses. Je ne veux pas avoir affaire à ces gens-là.

La serveuse apporta un plat de porc aux nouilles, ainsi qu'un grand bol de bœuf et des pommes de terre baignant dans une sauce au soja.

Le propriétaire du restaurant approcha de leur table pour leur demander s'ils étaient satisfaits. Wu Yi l'accueillit avec un sourire.

– C'est délicieux. Oui, vraiment délicieux.

– Je vous suis reconnaissant d'avoir honoré mon établissement de votre présence, dit l'homme en lui lançant un regard où se mêlaient admiration et gratitude.

La jeune comédienne prit une ample respiration : la beauté et la célébrité offraient décidément des satisfactions de tous les instants. C'est un bonheur d'être jeune en Chine aujourd'hui ! se dit-elle.

Ils poursuivirent leur repas. Plus détendu, Sheng raconta quelques anecdotes sur son voyage : il en parlait comme d'une escapade sans importance, destinée à régler quelques désagréments mineurs. Il fit rire Wu Yi en lui décrivant les manières provinciales observées à Beihai, fit briller ses yeux à l'évocation des affaires qu'il y avait négociées. Puis il lui prit la main et lui dit combien elle lui avait manqué, avec une douceur telle qu'elle en oublia cette pointe de compassion si désagréable ressentie au début du repas.

– J'ai un cadeau pour toi, dit-il encore. Mais je ne peux te le donner que dans l'intimité.

Elle le gratifia d'un sourire enjôleur : elle le désirait autant que lui la désirait, mais, comme à l'accoutumée, elle se réservait le choix du moment :

– On va d'abord s'arrêter à ton club, histoire de prendre un verre. Tu sais que j'adore ça.

Elle adorait surtout le dilemme dans lequel elle le plongeait, sachant qu'il serait tiraillé entre l'envie d'aller faire un tour à son club, et celle de la retrouver dans son lit. En réalité, il n'avait pas vraiment le choix. Les désirs de Wu Yi étaient des ordres : ils passeraient prendre un verre au club. Ensuite...

Cette fois, ils se rendirent dans la seconde boîte de nuit, longue pièce étroite, enfumée, où les tables s'alignaient sur des estrades le long des murs, offrant ainsi aux tenanciers une vue imprenable sur les musiciens et la piste de danse. D'instinct, Sheng chercha du regard les tables vides – deux, seulement. Rassuré, il commanda les boissons, puis reporta toute son attention sur Wu Yi. Elle sentait son corps pressé contre le sien : à cet instant, elle l'intéressait plus que son club. L'actrice en éprouva une intense satisfaction.

– Tout à l'heure, lui glissa-t-elle dans un souffle, effleurant sa joue avec un sourire riche de promesses.

Puis son regard balaya la salle et ce fut alors qu'elle aperçut Pan Chao et Meng Enli qui se dirigeaient vers leur table.

– *Lao tian ye*, siffla-t-elle entre ses dents. Il ne manquait plus qu'eux...

Ce soir-là, ils auraient dû se trouver dans l'autre club – c'était en tout cas ce qu'elle avait calculé. À présent, il allait falloir se débarrasser d'eux.

– Quelle heureuse surprise ! s'exclama Pan Chao avec une ironie à peine perceptible.

Enli et lui prirent place à la table sans attendre d'y être invités.

– On ne savait pas si tu étais rentré de Beihai.

– Je suis revenu tard dans l'après-midi, répondit Sheng. J'ai fini ce que j'avais à faire.

– Bravo. As-tu... Non, on ne va pas ennuyer Wu Yi avec nos affaires. On discutera de tout ça demain. Trois heures, d'accord ?

– Non, cinq. J'ai du travail en retard après ces deux jours d'absence.

– Va pour cinq heures.

Meng Enli se pencha vers Wu Yi.

– Sais-tu que Sheng est un homme d'affaires extraordinaire ? Aussi bien chez Chine Constructions que dans notre association. Nous comptons beaucoup sur lui.

– Il apporte à nos affaires toute sa sagacité, renchérit Pan Chao en se penchant à son tour vers elle.

Wu Yi répondit par un hochement de tête approbateur. Elle n'avait nul besoin qu'on lui chante les louanges de Sheng : elle était assez grande pour juger seule.

Lui, en revanche, rayonnait, enchanté de ce panégyrique inattendu.

– Il dirigera bientôt Chine Constructions, assura Enli à Wu Yi sur le ton de la confidence. Il est trop modeste pour te l'annoncer, mais c'est la vérité.

– Ce n'est pas évident, protesta Sheng. Mon père est très actif dans la société, et il est encore jeune. Il est trop tôt pour évoquer sa success...

– Non, non, Sheng, c'est ta modestie qui parle, renchérit Enli. Ton père a lancé la boîte, c'est bien. Maintenant, elle a besoin d'une nouvelle direction, dynamique, jeune, intelligente... Du sang neuf, quoi ! Et ce sang neuf, c'est toi.

Les mots semblaient lui venir avec tant d'aisance que Wu Yi se demanda s'il n'avait pas répété. En vérité, tout ce que disaient Pan

Chao et Meng Enli paraissait préparé, convenu ·· oui, répété comme au théâtre. Je suis comédienne, songea à nouveau Wu Yi. Je peux lire le texte appris derrière la conversation. Et, plus elle les écoutait, plus il lui paraissait évident qu'ils attendaient quelque chose de Sheng, une chose qu'ils ne pourraient obtenir que s'il reprenait la société de son père.

Ils se servent de lui, pensa-t-elle. Et ils savent s'y prendre.

L'apitoiement qu'elle avait éprouvé au début de la soirée lui revint en mémoire. Seulement, à présent, il s'était transformé en une forme de dédain annonciateur d'un mépris plus profond. Sheng ne devait pas les laisser l'utiliser, le manipuler ainsi. Il n'avait pas le droit d'être faible, d'inspirer la pitié.

Elle attrapa sa pochette de soirée.

– Si vous voulez bien m'excuser...

Les trois hommes se levèrent et elle sentit leurs regards l'accompagner tandis qu'elle traversait la pièce et contournait les musiciens pour se diriger vers les toilettes.

Assise face au miroir de la coiffeuse, elle posa la tête dans sa main – lentement, pour ne pas se décoiffer – et réfléchit. Elle pouvait laisser un mot disant qu'elle était mal et filer par les cuisines. Ou demander à Sheng de la ramener : il n'aurait qu'à la déposer devant sa porte. Ou encore disparaître sans explications. Elle renonça pourtant à cette dernière solution ; ce serait humilier Sheng devant ses associés, elle ne voulait pas lui infliger pareille vexation.

Tout le problème était là : elle voulait le ménager parce qu'il lui plaisait, parce qu'elle aimait faire l'amour avec lui. Elle avait passé la soirée à imaginer la nuit avec Sheng.

Eh bien, elle allait la passer, cette nuit avec lui. Le reste attendrait demain. S'il était vraiment faible, elle ne le reverrait plus ; s'il se montrait fort... tout serait pour le mieux.

Elle se repoudra le visage, mit un peu de rouge sur ses lèvres, ajouta une touche de mascara et fit bouffer ses cheveux. Puis elle retourna s'asseoir, se frayant un chemin le long de la piste encombrée de jeunes danseurs qui se trémoussaient sur les basses d'un groupe rock.

– Peux-tu me ramener ? demanda-t-elle à Sheng sans autre cérémonie. Il se fait tard.

Le jeune homme se leva d'un bond.

– Excuse-moi... J'aurais dû y penser. On part tout de suite.

Pan Chao et Meng Enli étaient déjà debout. Ils prirent congé avec des poignées de main chaleureuses et de pressants sourires.

— Désolée de t'avoir arraché à tes amis, dit Wu Yi une fois seule avec Sheng.

— Non, ça ne fait rien, répondit celui-ci en plongeant un regard lourd de désir dans les yeux de la jeune femme. Je tiens à te raccompagner, tu le sais bien...

— Oui, repartit-elle d'une voix sensuelle. Oui, je le sais...

Le lendemain, Sheng fut obsédé par la nuit étrange qu'il avait passée : Wu Yi s'était montrée plus passionnée que jamais, mais, alors qu'il se rhabillait, elle avait paru s'éloigner. À cause de cela, il avait toutes les peines du monde à se concentrer sur son travail. Son père était rentré de Xi'an. Sheng savait qu'il devrait lui parler dès la fin de sa réunion. Plus il y songeait, plus l'idée lui déplaisait. Il n'avait qu'une chose en tête : retourner chez Wu Yi et entendre de sa bouche qu'il était un merveilleux amant, que la froideur de la jeune femme n'était, en fait, que la fatigue d'une nuit d'amour passionnée.

Il jeta un œil à sa montre. Il l'appellerait cet après-midi. Il devait d'abord parler à son père, ensuite...

La sonnerie du téléphone retentit. Il décrocha.

— Que s'est-il passé à Beihai ? demanda Meng Enli sans même se présenter.

— Youcai est parti. C'était un rapace, on ne pouvait pas se fier à lui. Le maire l'a expédié à Shanghai, en « mission ». Il a nommé à sa place un autre chef de la police : un vieux, moins impatient. Un gars qui ne demande qu'à couler des jours tranquilles, en toute sécurité.

— Son nom ?

— Feng Zhiwen. Né à Beihai, marié, deux grands fils, l'un à Macao, l'autre à Hong Kong, tous deux dans le commerce. Il habite le même appartement depuis trente-cinq ans.

— Sa femme ?

— Elle nous a préparé à dîner.

Les deux hommes partirent du même éclat de rire. Sheng se détendit, ravi de cet instant de complicité : Meng et lui parlaient la même langue, ils se comprenaient, dans ce monde où le communisme n'avait pu changer les mentalités -- les femmes ne comptaient pas.

— Quant au sucre, poursuivit Sheng, je me suis arrangé pour le faire débarquer. Il sera expédié dans l'après-midi, dès que les camions arriveront et que Feng Zhiwen aura signé les papiers. Je vais engager un nouvel équipage pour les abordages prévus ce mois-ci. Feng m'a dit pouvoir trouver quinze ou vingt bons candidats, mais je ne vais pas me reposer sur lui. Je préfère régler moi-même la question.

— Cette histoire nous a coûté cher, dit Enli.

-- Moins que si nous avions perdu le sucre.

Sheng lui donna des chiffres ; le montant du pot-de-vin versé aux policiers qui gardaient le bateau et la somme promise à Feng pour la première année.

— C'est cher, mais mieux vaut payer le prix et ne pas perdre le sucre, déclara Enli.

Le jeune homme n'osa pas lui répondre qu'il avait fait cette constatation lui-même quelques instants auparavant.

— Bravo, poursuivit son associé. Tu t'es bien rattrapé.

Sheng acquiesça. Bien sûr qu'il s'en était sorti. Peut-être s'était-il trompé une fois, mais l'expérience lui avait servi de leçon. Il était rusé et combatif : il réussirait.

Si Li ne venait pas ruiner ses projets.

Il faillit demander à Enli pourquoi son père était suivi, et ce qu'il était allé faire à Xi'an, avec qui... Mais il ne s'y risqua pas : difficile de quémander des renseignements sur un père suspect.

Il regarda à nouveau sa montre. Onze heures. Li devait avoir terminé sa réunion. Pourquoi n'était-il pas venu le saluer ? lui raconter son séjour à Xi'an ? lui dire pourquoi on le surveillait ? Il y avait forcément réfléchi, il avait dû deviner ce qu'on lui voulait.

Sheng patienta encore une dizaine de minutes puis se précipita dans le couloir. Il n'a pas le droit de me faire attendre ! tempêtait-il intérieurement. En ouvrant à la volée la porte du bureau de son père, il apostropha la secrétaire :

— Où est-il ?

— Il vient tout juste d'achever sa réunion. Si vous...

Il se précipita, bousculant la jeune femme au passage. Li était au téléphone. Il leva vers son fils un regard étonné, puis lui fit signe d'approcher. Sheng resta debout à côté d'un fauteuil. Son père termina rapidement sa conversation, raccrocha, contourna le bureau et vint l'embrasser.

– Je suis content de te voir. Je n'ai pas bien compris pourquoi tu étais parti – ton message n'était pas très clair –, mais j'espère que tu as réussi dans tes projets. Veux-tu m'en parler ?

Surpris par cet accueil singulièrement chaleureux, Sheng resta figé.

– J'avais à me déplacer pour mes affaires, dit-il après un moment. J'espère que ça n'a pas posé de problèmes.

– Aucun, répondit son père en retournant à son fauteuil.

Sheng se rendit compte alors qu'il ne l'avait pas embrassé : il était resté là, les bras ballants, passif, inerte comme une poupée de chiffon. Comment aurait-il su ? Li ne l'embrassait jamais...

– Il faut que je te parle.

– Oui, on a deux ou trois choses à discuter, répondit son père en se dirigeant vers la table roulante pour servir deux tasses de thé vert.

Il en posa une sur un petit guéridon, près du fauteuil de Sheng, en disant :

– À en croire ma secrétaire, mon escapade à Xi'an te déplaît.

– On avait besoin de toi au bureau.

Li haussa un sourcil étonné, et le jeune homme s'empressa d'ajouter :

– On se débrouille sans toi, mais dans la mesure où tu es le directeur, certaines décisions ne peuvent se prendre en ton absence.

– Tu sais parfaitement que, pour ce genre de décisions, on peut toujours me joindre. De toute façon, tu étais parti aussi, je vois mal en quoi mon absence a pu te poser un quelconque problème.

– Ce que je veux dire, c'est..., commença Sheng, mal à l'aise. Ce n'est pas seulement Xi'an, la question. Mais... tu avais l'air d'avoir des préoccupations plus importantes que la boîte. Et puis tu aurais pu me dire que tu allais à Xi'an. Or pas un mot ! Il a fallu que je l'apprenne par ta secrétaire !

Sheng s'exprimait comme un petit garçon qu'on aurait tenu à l'écart des débats qui agitent les adultes. Il s'en rendit compte avec colère. Ce n'était pas l'image qu'il souhaitait donner de lui-même. Alors pourquoi adopter ce ton avec son père, quand il ne le faisait avec personne d'autre ?

J'ai laissé un mot sur ton bureau, reprit Li. Et un message chez toi, sur ton répondeur.

— Tu disais juste que tu quittais la ville pour la soirée. Pas que tu partais en voyage. Ni pourquoi. Ni avec qui !

Le visage de Li marqua à nouveau la surprise.

— Tu veux savoir *avec qui j'étais* ? demanda-t-il, pesant lentement sur chaque mot.

Sheng serra le poing, rageur. Avec les autres, jamais il ne commettait ce genre d'erreurs.

— J'ai un ami à Xi'an. Il m'a dit t'avoir aperçu au *Garden Hotel*... Il hésita un instant puis, comme le temps lui manquait, se lança, pariant que ses soupçons étaient fondés : Mon ami t'a vu avec cette femme, cette Américaine, sans doute celle avec qui je t'ai rencontré l'autre jour.

Son père savait qu'il mentait. Sheng le lut dans ses yeux. Pourtant, il préféra ne pas relever.

— Ce que je fais hors du bureau ne te regarde pas. Est-ce que je te pose des questions sur tes fréquentations, moi ?

— Je te pose des questions si j'estime que tes amis peuvent porter préjudice à la boîte, riposta Sheng. Être une menace pour notre sécurité. Pour *ma* sécurité. Tu peux faire des affaires avec les Américains, mais partir en balade avec cette... Il se mordit la lèvre et préféra aborder le problème sous un autre angle : Sais-tu pourquoi on te suit ? Y as-tu réfléchi ?

Li ne répondit pas. Il griffonnait machinalement sur un bout de papier : des cercles, des triangles, des carrés, isolés les uns des autres. Sheng se pencha discrètement pour apercevoir les dessins. Des formes géométriques qui ne se touchent pas, pensa-t-il. À l'image de sa relation avec moi...

— Je sais pourquoi on me suit, répondit enfin Li. Ça n'a rien à voir avec toi, ni avec Chine Constructions. Tu n'as aucun souci à te faire concernant notre sécurité.

— Mais bon sang ! pourquoi es-tu filé ? explosa Sheng.

— Je viens de te dire que ni toi, ni moi, ni l'entreprise ne sommes menacés.

— J'ai le droit de savoir !

— Tu as le droit de te faire du souci pour moi, comme j'ai le droit de m'en faire pour toi. Mais tu dois me croire sur parole quand je t'assure que je ne suis pas en danger. Pourrais-tu m'en garantir autant en ce qui te concerne ?

— Moi ? En danger ? Bien sûr que je ne suis pas en danger ! Pourquoi le serais-je ?

— Je n'en ai aucune idée. Ou, pour être plus juste, j'en ai plusieurs. Mais comme je ne sais pas exactement en quoi consistent tes affaires, ni jusqu'où tu es impliqué, je ne peux pas entrer dans les détails.

— Je suis engagé dans certaines affaires, un point c'est tout !

Suivit un long silence, rompu seulement par le bruit mat de la chaussure de Sheng, heurtant nerveusement le pied de sa chaise.

— Qu'est-ce qui te fait croire que je suis en danger ? reprit-il enfin.

— Je pense que toi et tes associés, qui ne me paraissent pas d'excellents amis, êtes impliqués dans des activités illégales...

— Rien n'est vraiment illé...

— Je sais ce que tu vas me dire : rien n'est vraiment illégal en Chine de nos jours. Tu sais pertinemment que c'est faux. Nous avons des lois. On les enfreint en toute impunité aujourd'hui, mais ce ne sera pas forcément le cas demain. Tu ne peux être sûr de demain ; donc tu prends un risque. Li s'interrompit avant de poursuivre : Beaucoup deviendront riches mais beaucoup tomberont aussi. Parce que sans lois et sans justice, personne n'est en sécurité : ni chez lui, ni dans sa famille, ni à son travail.

— Des lois, répéta Sheng sur un ton sarcastique. Des lois, on n'en a pas manqué jusqu'ici. Heureusement que le régime les a assouplies.

Li secoua négativement la tête.

— Je ne te parle pas d'un régime communiste qui lâche la bride au gré de ses caprices ou de ses intérêts. Je te parle d'un régime démocratique qui donne à ses citoyens un cadre où prospérer.

Sheng recula sur son siège : il n'en croyait pas ses oreilles. Ce n'était pas son père qu'il avait là, face à lui. Son père, le père qu'il connaissait, n'aurait jamais tenu des propos aussi subversifs, aussi absurdes.

Fou, se dit-il. Il est devenu fou.

À moins que...

L'image de la femme lui revint, dans la rue, devant l'échafaudage. Inintéressante. À peine une ombre comparée à la radieuse

176

beauté de Wu Yi. Mais elle était américaine – son père la dévorait des yeux. Et voilà qu'à présent il parlait de démocratie.

En outre, il l'avait emmenée à Xi'an, Sheng en était sûr. Li avait éludé la question ; c'était une preuve suffisante.

– Tu vas partir aux États-Unis ?

Le regard de son père se planta dans le sien. Un long moment. Sheng remarqua que Li n'avait pas l'air surpris, comme s'il s'attendait presque à cette interrogation.

– Je n'ai l'intention d'aller nulle part. Qu'est-ce qui te fait croire une chose pareille ?

Ne me raconte pas d'histoires ! hurla intérieurement le jeune homme. Il faut que tu me dises la vérité ! Peu importait que lui-même passât son temps à mentir ; Li devait être différent.

– Étais-tu avec elle à Xi'an, oui ou non ?

– Si tu veux parler de Miranda Graham, répondit son père dans un soupir, oui, j'étais avec elle à Xi'an. À ton avis, cela signifie-t-il que je vais m'exiler aux États-Unis ?

– Tu as changé, riposta Sheng d'un ton accusateur. Tu quittes le bureau sans prévenir, tu te promènes avec une Américaine, tu parles de démocratie... Qu'est-ce que tout ça a à voir avec la Chine, avec nous ? En plus, tu es sous surveillance et tu as l'air de t'en moquer éperdument. On dirait que tu es déjà parti. Que tu as déjà quitté la Chine et la boîte. Et moi...

Avec consternation, le jeune homme s'entendit prononcer ces deux derniers mots qui trahissaient tant sa faiblesse.

– Tu ne voudrais pas que je parte ? lui demanda doucement Li. Je croyais pourtant que tu n'avais qu'une hâte : te débarrasser de moi.

Rien, dans cette conversation, ne tournait comme Sheng l'avait prévu. Pourquoi se sentait-il toujours aussi troublé en présence de son père ?

– Tu vas quitter la Chine, *oui ou non* ? insista-t-il, impérieux. C'est pour ça que les autorités te font surveiller ? Parce qu'elles sont au courant ? Tu as pensé aux ɪséquences de ta décision pour moi ? À mon avenir ? Tu prétenɑs t'inquiéter pour moi, mais si c'était vrai, tu ne me créerais pas de problèmes ! Au contraire, tu me protégerais.

– J'aimerais te protéger, Sheng, répliqua posément Li. Mais ce sont les choix que tu as faits qui te mettent en danger, rien d'autre.

Je ne peux pas te protéger. Je ne suis ni au gouvernement ni dans l'armée, contrairement aux pères de tes associés.

-- Je n'ai pas besoin de...

– Si, tu risques d'avoir besoin de toutes les protections possibles.

– Dans ce cas, comment peux-tu envisager de quitter la Chine ?

– Je ne quitte pas la Chine.

-- Mais tu envisages de le faire. Si tu changes d'avis.

Li eut un pâle sourire.

– Dans ce cas, tu seras le premier informé. Comme ça, tu pourras te préparer à t'asseoir dans ce fauteuil.

Sheng incendia son père du regard.

– Qui te l'a dit ?

– Sheng, tu devrais apprendre à réfléchir avant de parler. En trois mots, tu viens de m'avouer que tu t'en étais ouvert à d'autres. Tu as donc tellement envie de diriger l'entreprise ?

Le jeune homme garda le silence.

– Tes associés t'ont peut-être convaincu que tu en étais capable. La voix de Li se durcit. Ils doivent beaucoup t'admirer. Ou... avoir besoin de toi.

– Bien sûr qu'ils m'admirent, mais jamais je n'ai parlé avec eux de Chine Constructions. En quoi est-ce que ça les...

Non, non, songea-t-il soudain. Ne le laisse pas t'entraîner sur ce terrain – il est bien trop malin.

– Tu ne m'as toujours pas dit pourquoi tu étais suivi.

Li dévisagea un long moment son fils.

– Une simple erreur. Ils s'imaginent que Miranda est en contact avec la dissidence. C'est faux. Mais quand ils ont ce genre d'idées en tête, difficile de les persuader du contraire. Alors ils la suivent, et ils me suivent aussi parce que je suis avec elle de temps en temps.

– Plus que de temps en temps, rétorqua Sheng avec amertume.

Li hocha la tête.

– D'accord. Plus que de temps en temps. J'ai bien l'intention de la voir aussi souvent que je le souhaite et qu'elle le souhaite. Si ça te fait de la peine, sache que j'en suis désolé, mais ça n'y changera rien. À ce propos, on m'a dit qu'on te voyait plus que de temps en temps avec Wu Yi. Ta femme doit avoir du mal à comprendre...

Un lourd silence tomba entre eux. Qu'il aille au diable ! se dit Sheng. Les pères ne comprennent rien.

– On a passé un accord, elle et moi, répondit-il enfin. On mène chacun notre vie.

– Et votre fils ? Et Rongji ?

– C'est un gosse adorable. Il va avoir sept ans le mois prochain, tu sais. Tu devrais passer plus de temps avec lui.

– Sheng, j'ai demandé cent fois à le voir, mais tu me réponds toujours qu'il a autre chose à faire...

– On peut arranger ça, répondit le jeune homme d'une voix faible.

C'était la vérité : il avait fait en sorte que Rongji ne voie pas trop son grand-père. Chaque fois que Li avait proposé de l'emmener en balade ou de le prendre chez lui pour la nuit, Sheng avait trouvé d'excellents prétextes pour refuser.

– Si ça t'intéresse vraiment...

– Passer du temps avec mon petit-fils m'intéresse. Je pourrais peut-être l'emmener à Xi'an d'ici une semaine ou deux. C'est un endroit très agréable pour se promener... Comme ça, je pourrais lui montrer les guerriers de terre cuite.

Dérouté par cette phrase, Sheng se contenta de répondre :

– Appelle quand tu veux. On s'arrangera. Il est intelligent, tu sais. Il apprend vite.

– Je suis heureux que tu sois fier de lui. Et Wu Yi ?

– C'est une amie.

– Certainement un peu plus que ça.

Sheng fut tenté de rétorquer la même chose concernant l'Américaine, mais les mots s'étranglèrent dans sa gorge. Il aurait tant voulu arborer une désinvolture méprisante – cet air auquel, selon ses amis, on reconnaissait le nouvel homme chinois. Mais il n'y parvenait pas. Li était peut-être démodé, ennuyeux et d'une honnêteté ridicule, mais, inexplicablement, Sheng avait encore besoin de sa présence. Et aussi, de son expérience.

– Elle est plus qu'une amie, répéta Li, insistant.

Et Sheng se livra.

– J'en suis dingue. Elle est gâtée, arrogante, exigeante. Je sais qu'elle n'est pas importante, pas aussi importante que le travail ou...

– Ou la famille, suggéra son père.

– Ou la famille. Mais je l'ai dans la peau, je n'y peux rien. Je n'ai pas envie de m'en débarrasser. Elle est trop excitante.

– Un feu d'artifice.

– Oui, oui, tout en étincelles, en craquements, gerbes de feu. On n'a pas grand-chose à se dire, tu sais. À la maison je peux parler. D'elle, c'est autre chose que j'attends.

– Tu crois que ça va durer ?

Sheng sentit son estomac se nouer.

– Aussi longtemps qu'elle voudra de moi.

– C'est-à-dire ?

– Jusqu'à ce qu'elle s'ennuie. C'est-à-dire dans pas longtemps. Ce sera forcément trop tôt pour moi. Elle n'a ni beaucoup de sentiments, ni beaucoup de finesse, ni beaucoup de constance.

– Tu pourrais te lasser le premier et la laisser s'éteindre, tout simplement, comme un feu d'artifice.

Ils échangèrent un sourire et Sheng sentit son cœur gonfler d'un amour soudain pour son père. Il en fut accablé.

Li se leva de son bureau.

– Maintenant au travail. J'aimerais que tu participes à une réunion dans une heure : les grosses sociétés de construction ont des problèmes avec leurs ouvriers. Tu auras sans doute de bonnes idées.

– Quel genre de problèmes ?

– On parle d'une grève pour les conditions de logement. Je les comprends – ils habitent des taudis –, mais je refuse de négocier seul avec eux. Si on obtient la coopération des entreprises de bâtiment des grandes villes, on trouvera sûrement un moyen de régler la question. Ça va être difficile. C'est pour ça que j'aimerais t'avoir à mes côtés.

– D'accord, répondit Sheng, à la fois flatté et contrarié.

Si une grève se préparait, de quels ouvriers ses associés et lui allaient-ils disposer ? Ils comptaient en effet sur des magasiniers des grosses entreprises de bâtiment pour stocker les marchandises détournées et en faire l'inventaire. Si ceux-ci se mettaient en grève, ils se retrouveraient avec des camions entiers sur les bras, et plus un seul hangar. Je vais en parler à Chao et à Enli, se dit Sheng. Si on ne peut pas trouver un moyen d'empêcher ces révolutionnaires de faire grève...

– Tu as l'air soucieux, observa son père.

– Oui, une grève pourrait nous porter tort. Je suis inquiet pour la société.

Il sentit la main de Li se poser sur son épaule tandis qu'il le raccompagnait à la porte. Sheng tenta de se rappeler la dernière fois qu'il avait fait ce geste.

– Je suis heureux que tu te préoccupes de Chine Constructions. On verra ce qu'on peut faire lors de la réunion. Quatorze heures trente en salle de conférences. Et puis on va convenir d'un rendez-vous pour que je prenne Rongji. Je l'emmènerai à Xi'an, tu nous accompagneras. Avec ta femme. Ce sera une sortie en famille, pour une fois.

Bien sûr, dès que tu sauras quels jours de liberté t'accorde cette femme, riposta intérieurement Sheng. Et cette réflexion balaya l'affectueuse émotion des dernières minutes. La rapidité avec laquelle il pouvait se mettre en colère contre son père l'étonnait lui-même. Pourtant, curieusement, cette idée d'une promenade en famille à Xi'an lui plaisait. Il faut que j'y réfléchisse, se dit-il. Il hocha la tête avec brusquerie et quitta à grands pas le bureau de Li pour se diriger vers le sien, à l'autre bout du couloir.

À peine y fut-il qu'il appela Wu Yi.

– Tu me manquais. On dîne ensemble ce soir ?

– Non, impossible.

L'actrice contemplait son reflet dans le miroir en écoutant la voix grave et caressante de son amant. Elle avait déjà rendez-vous avec un avocat dont la femme avait demandé le divorce. Il avait l'argent, le prestige, mais pas la douceur enfantine de Sheng, et certainement pas une aussi belle voix. Elle avait pris sa décision pourtant : elle ne reverrait pas Sheng tant que ses doutes ne seraient pas dissipés – ces doutes qui étaient revenus dès qu'ils avaient fini de faire l'amour.

– Je suis prise tous les soirs de la semaine à venir, et puis une styliste de Xi'an doit venir m'apporter certains modèles de sa dernière collection...

– De Xi'an, dis-tu ?

– Oui, pourquoi ?

– Pour rien. C'est juste que... Xi'an m'a l'air très à la mode en ce moment.

– Cette femme a un magasin là-bas. Elle tient absolument à m'avoir pour cliente. Elle m'a suppliée de la laisser venir à Pékin pour me montrer ses robes.

– Comment s'appelle-t-elle ?

La question intrigua Wu Yi.

–– Ye Meiyun, répondit l'actrice, s'étonnant que, cette fois, le nom lui revînt si facilement.

– J'ai déjà entendu ce nom-là. Quand j'étais petit, mon père était ami avec son mari. Il s'est suicidé.

– Passionnante coïncidence, rétorqua Wu Yi, ironique. Dès qu'elle m'aura livré les robes, je pars pour Shanghai recevoir mon Magnolia. Tu n'as pas oublié...

– Non, non, fit Sheng d'un ton qui parut distant à la jeune femme.

– Sheng ! Le Magnolia récompense la meilleure actrice de télé-film ! Tu n'as pas pu oublier ça !

– Non, bien sûr que non. D'ailleurs, je pourrais t'accompagner à Shanghai. Ça nous ferait des vacances.

Wu Yi hésita. D'un côté, elle serait heureuse de sentir le regard admirateur de son amant posé sur elle pendant le discours de remerciement ; de l'autre, il risquait d'être un obstacle : être associée à un raté pouvait freiner sa carrière.

– Peut-être, répondit-elle. Je verrai comment je le sens.

Sheng dut se satisfaire de cette réponse. Elle raccrocha, les yeux toujours fixés sur son reflet dans le miroir. Elle se trouvait belle, même le matin, même sans maquillage. Elle prit le peigne en or que le jeune homme lui avait offert la veille et ramena ses cheveux en chignon sur sa tête. Très joli. Sheng avait bon goût.

Je le reverrai, songea-t-elle. Ou pas. J'ai tout mon temps pour décider. Il m'attendra toujours, ce gentil petit garçon, il attendra.

9.

La réunion fut interrompue pour un thé. Seule dans la salle de conférences, Miranda sortit son carnet de croquis pour dessiner une cape en cachemire noir brodée de magnolias de soie dorés. Au retour de Xi'an, elle avait trouvé un message à son hôtel : Meiyun avait besoin d'une cape assortie à une robe de soirée dont elle lui donnait la description. Elle concluait son message en priant Miranda de l'appeler une fois le modèle terminé.

Celle-ci avait attendu avec impatience l'heure de la pause. C'est ma première commande en Chine, se dit-elle en jetant sur le papier quelques coups de crayon nerveux.

Pourtant, bien que le travail absorbât son attention, son corps, lui, était ailleurs. Le soleil brillait quand elle avait pénétré dans le bâtiment qui abritait les bureaux de Baoxiang. Elle s'était arrêtée à l'entrée pour écouter un oiseau chanter ; une jeune fille à bicyclette lui avait souri, une douce brise avait effleuré ses cheveux. Et elle avait cru sentir sur sa peau les mains de Li, ses doigts fins et élégants soulevant sa chevelure dans cette chambre d'hôtel à Xi'an, ses lèvres sur son front, sa joue, sa bouche...

Ils avaient repris l'avion à sept heures ce matin-là et, chaque fois que son esprit s'échappait, elle croyait entendre le rugissement des réacteurs, la bande-son du film hurlant dans la cabine, le piétinement des hôtesses arpentant les allées et les voix des passagers criant pour couvrir le vacarme. À l'avant, dans des sièges estampillés première classe sous prétexte qu'ils étaient vaguement plus larges que les autres, Li et elle s'étaient créé une bulle d'intimité. Ils se regardaient, émerveillés, ne détournant les yeux que pour mieux se regarder encore. Miranda était électrisée par la présence de Li : sa main, son bras, son épaule, sa cuisse pressant légèrement la sienne, lui rappelaient l'union de leurs corps, une union si étroite qu'un rai de lumière même n'eût pu se glisser entre eux. Li s'était penché pour relacer sa chaussure, son épaule avait effleuré la jambe de Miranda, sa main avait caressé sa cheville : ce simple contact, si léger, si discret, leur avait coupé le souffle. Quand l'avion avait atterri à Pékin, ils étaient épuisés.

À présent, ils travaillaient chacun à un bout de la ville. Seule pour quelques instants, Miranda pouvait fermer les yeux, imaginer une carte de Pékin et Li, assis à sa table de travail, en train de parler à son fils. Puis, elle s'imagina dans un lit, avec lui, au contact de cette peau à la fois tendre et rude...

– Madame Graham, un appel pour vous, lui dit une secrétaire en entrouvrant la porte.

C'est lui, songea Miranda. Personne d'autre ne sait que je suis ici.

– J'avais besoin d'entendre ta voix, dit-il dès qu'elle eut décroché.

Elle sentit ses jambes se dérober sous elle.

– Tu sais, je suis comme dans un piège ici, alors que je n'ai qu'une envie : être dans un lit avec toi.

– Tu peux te libérer ?

– Non. Pas plus que toi. Comment était ton entrevue avec Sheng ?

– Déconcertante, triste, et pourtant elle s'est mieux passée que je ne l'espérais. Je te raconterai ce soir. Et toi, cette réunion ?

– Interminable.

– Je comprends. Pendant toute ma conversation avec Sheng, je n'ai cessé de penser à toi. Je dessinais des petites figures géométriques sur un bout de papier, et je n'arrêtais pas de me répéter : Miranda, Miranda, Miranda... J'avais l'impression de me rapprocher de toi. Et tout d'un coup, je me suis demandé quel était le sens de ton prénom...

– En latin, ça veut dire : celle qu'il convient d'admirer.

– Formidable. J'aime ta mère rien que pour t'avoir choisi ce prénom. J'ai une idée pour ce soir : et si je te faisais la cuisine ? Tu es d'accord ?

– D'accord, si je peux te donner un... Non, c'est impossible, n'est-ce pas ? fit-elle, se ravisant immédiatement. C'est encore pire que d'aller à Xi'an ensemble, non ? Xi'an pouvait à la rigueur passer pour un voyage d'affaires, mais personne ne croirait que je dîne chez toi pour un motif professionnel. On va me voir entrer dans ta maison – moi, une Américaine en contact avec la dissidence. Ce sera dangereux pour toi, n'est-ce pas ?

– Ça fait beaucoup de questions, répondit doucement Li. Tu ne dois pas avoir peur, Miranda.

– Ce n'est pas pour moi que j'ai peur.

– Oh ! ma chérie, merci. Mais, tu sais, je ne suis pas imprudent. Idiot, parfois, mais pas imprudent. Tout se passera bien.

– Tu dis toujours ça. Ils ont arrêté de nous suivre ?

– Non, mais c'est sans importance. À l'heure qu'il est, ils ont dû comprendre que tu n'es ici que pour affaires, mais personne ne s'est donné la peine de rédiger un contrordre pour arrêter la filature. Il y a tellement d'inertie chez ces bureaucrates ; tout changement prend un temps fou. Qui plus est, tout le monde se prépare à accueillir ton président ; jusqu'à cette date, le régime va se montrer sous son meilleur jour. Nous sommes libres, ma chérie. Personne n'aura à en souffrir. Je te le promets.

Que valent les promesses dans un pays où les règles changent au gré des caprices du gouvernement en place ?

Mais je refuse de ne plus voir Li. Je vais tout faire pour me convaincre qu'il a raison. Après tout, c'est son pays. Il est mieux placé que moi pour savoir...

– Je veux que tu viennes chez moi, fit-il, troublé par son silence. Je veux te voir dans ma cuisine, à ma table, dans mon lit. Dis-moi que tu me laisseras te préparer un bon repas ce soir.

– Oui, souffla-t-elle.

– Bien, je passerai te prendre à six heures.

– Mais seulement si tu me laisses t'aider.

Elle crut le voir sourire au bout du fil lorsqu'il répondit :

– Sais-tu te servir d'un hachoir ?

– Pas vraiment. Mais ce ne sera pas pire que les baguettes !

Ils partirent du même éclat de rire qui, l'espace d'un instant, couvrit quelques coups discrets frappés à la porte : Miranda était rappelée à la réunion.

Dès qu'elle eut repris place à la table de conférence, le directeur adjoint à la fabrication pointa l'index sur un croquis à l'aquarelle en disant :

– Ce pull-over. Deux couleurs. C'est trop cher, c'est une étape supplémentaire dans la confection.

– Bien sûr, répondit-elle en tirant d'un dossier l'original de son dessin. Mais je vous rappelle que c'est un pull sans manches, il y a donc moins de fil.

– Pas vraiment, à cause du col montant. J'ai évalué ce pull à douze cents yuans.

Miranda opéra mentalement une rapide conversion. Cent vingt-cinq dollars. Talia le vendrait deux cent cinquante aux détaillants. Qui les mettraient eux-mêmes à cinq cents. C'était un peu plus que ce qu'elle avait escompté, mais à peu près ce que leurs clientes s'attendaient à payer pour un beau pull en cachemire chiné dans des dégradés gris-bleu, gris-noir, vert-bleu ou doré et noir, avec un long col cheminée. C'était l'un de ses plus beaux modèles, à la fois élégant et décontracté. Elle savait qu'il se vendrait.

– Les deux tons doivent être constants, dit-elle, laissant provisoirement le prix de côté – il n'était jamais bon d'accepter immédiatement une offre. Dans la combinaison gris-bleu, par exemple, je ne veux aucune variation, du genre deux ou trois tons de bleu, ou bleu et chamois, ou pis : bleu et blanc.

– Naturellement, nous nous rapprocherons au mieux de...

– Non, j'ai dit exactement le même bain. Les deux teintes doivent se fondre parfaitement pour former la troisième.

– Dans ce cas, je dois revoir nos conditions, pour le prix comme pour les délais. Notre seul moyen de garantir prix et délais, c'est de fabriquer ces pulls avec des contraintes raisonnables.

– C'est inacceptable, déclara fermement Miranda.

Son regard balaya les visages impassibles autour de la table, flottant au-dessus de leurs costumes impeccablement repassés, de leurs chemises empesées, de leurs cravates sombres.

Ils appartiennent à une culture millénaire. Ils peuvent avoir n'importe qui à l'usure. Mais pas moi. Pas aujourd'hui. Depuis son arrivée, son impatience n'avait cessé d'enfler comme une vague. La vague se brisa sur la table de réunion.

– Je ne peux pas croire qu'une entreprise aussi qualifiée et habile que la vôtre puisse échouer dans les contrôles de qualité des teintes. Vous n'auriez plus un seul contrat d'ici une semaine si vous étiez incapable de garantir les couleurs. Votre excellente réputation m'a amenée à vous proposer ce marché. Mais si je me suis trompée, si nous ne pouvons pas faire affaire ensemble, je peux aller trouver certaines sociétés en Thaïlande, aux Philippines ou en Malaisie, qui ont manifesté leur désir de travailler avec Talia. J'ai choisi la Chine parce que vos ouvriers sont fiers de leur travail et que j'ai de l'admiration pour vos produits. Mais il faut me donner satisfaction, sinon j'irai m'adresser ailleurs.

Son cœur battait à tout rompre. Talia ne l'avait pas autorisée à travailler avec des fabricants autres que ceux figurant sur sa liste, moins encore à voyager dans d'autres pays. Pourtant, elle s'était montrée catégorique, et les mots lui étaient venus avec une aisance déconcertante. *C'est inacceptable.* C'était ce qu'elle aurait dû dire lors de sa première réunion, cinq jours auparavant. Mais, alors, elle s'était sentie impuissante, débordée. Et voilà que, soudain, elle était confiante, audacieuse, presque téméraire. Comme si, grâce à Li, à travers Li, elle avait trouvé sa place dans ce pays, non pas celle d'une étrangère désarmée, mais celle d'une interlocutrice capable de jouer le jeu des Chinois et de négocier avec eux.

En outre, elle avait surpris le bref coup d'œil qu'avaient échangé le directeur de la fabrication et le vice-président lorsqu'elle avait mentionné d'autres pays d'Asie. Elle comprit qu'elle avait touché un point sensible.

– Il serait dommage pour nous tous que nos transactions n'aboutissent pas, répondit le directeur de la fabrication, s'adressant à Miranda par-dessus son adjoint. Naturellement, les teintes seront garanties. Vous connaîtrez chez nous une qualité et un sérieux que vous ne trouverez nulle part ailleurs.

– Et pour les prix ? demanda-t-elle, abrupte.

– Sans changement : toujours douze cents yuans.

Le cœur de Miranda s'emballa à nouveau : cette fois, elle exultait. Gagné, pensa-t-elle. Gagné !

Elle se sentait fébrile. À dire vrai, depuis son arrivée en Chine, tout la rendait fébrile, mais là, il s'agissait d'une fièvre nouvelle qui ne l'avait véritablement saisie que la veille, à Xi'an – il s'était passé tant de choses à Xi'an. Sa curiosité s'éveillait, tous ses sens étaient en alerte, le monde était à conquérir, un monde de nouveautés : nouvelles nourritures, nouvelles idées, nouveau pays, nouveaux interlocuteurs, la commande de Meiyun, le dîner chez Li, l'amour... tout était nouveau.

Tout ce qui l'environnait suscitait chez elle un intérêt inédit, plus aigu : pour la première fois de sa vie, elle se sentait impatiente de connaître la suite, ce qui se passerait tout à l'heure, demain... Elle ne redoutait plus d'être surprise ou dépassée par les événements. Elle se demanda si elle avait jamais éprouvé ce sentiment, cette confiance en elle qui lui donnait l'impression de pouvoir faire face à tout, quoi qu'il arrive.

Jamais. Non, jamais je n'avais éprouvé cela.

Je suis comme mes enfants, quand ils se sentent à l'aube d'une nouvelle aventure.

Tout sera plus facile à présent, se dit-elle. Mais ce « tout », que recouvrait-il exactement ? les négociations chez Baoxiang ? son travail ? ou peut-être sa vie entière...

Lorsque, trois heures plus tard, le directeur de la fabrication conclut la réunion, il apparut clairement à Miranda que leurs négociations s'étaient déroulées plus facilement qu'elles n'avaient commencé. Après avoir examiné chaque modèle, ils étaient parvenus à un accord dans lequel l'un et l'autre faisaient des concessions.

— Voulez-vous que je vous commande un taxi ? lui demanda-t-il alors que la pièce se vidait peu à peu.

Miranda faillit répondre oui, puis se ravisa. Elle voulait respirer, sentir ses muscles bouger.

— Non, merci, je préfère marcher, répondit-elle.

— Jusqu'au *Palace Hotel* ? s'étonna l'homme. Mais vous savez, c'est très loin.

— Vraiment ?

Elle n'avait aucune idée de la distance qui la séparait de son hôtel, mais plus il serait loin, mieux ce serait : elle avait envie d'air et d'espace.

— Au moins six kilomètres.

Elle hocha la tête — six kilomètres... une promenade de santé.

Dehors, elle déplia son plan de la ville, et prit la direction de Wangfujing en calquant son pas sur celui des passants. Tout attirait son regard : les vitrines, la circulation, les visages... Après plusieurs centaines de mètres, elle prit conscience qu'elle ne se voyait plus comme une Occidentale cernée par des centaines, des milliers de Chinois, mais tout simplement comme une femme active, marchant parmi d'autres gens actifs. *Des gens comme les autres. Ils ne me semblent plus si différents.*

Alors qu'elle s'arrêtait à un carrefour pour étudier son plan, un petit attroupement se forma autour d'elle.

– Que cherchez-vous ? lui demanda une jeune fille dans un anglais timide. Nous pouvons peut-être vous aider.

Miranda avait envie de trouver seule son chemin, mais, entourée de visages curieux et amicaux, elle ne se sentit pas le cœur de refuser l'aide qu'on lui proposait.

– Wangfujing, répondit-elle. Le *Palace Hotel*. Je crois que c'est par là, non ? fit-elle en désignant une direction sur sa droite.

Certains visages acquiescèrent, d'autres manifestèrent un désaccord évident et, bientôt, une discussion s'engagea, des doigts se brandirent dans tous les sens. Miranda attendait. Elle ne comprenait rien. Pour finir, la jeune fille dit :

– Il y a deux chemins pour y aller. Vous voulez peut-être qu'on vous accompagne.

– Non ! s'exclama-t-elle avant d'ajouter, plus doucement, de crainte de paraître impolie : Merci, je vais me débrouiller.

Tant de gentillesse et de spontanéité la déroutaient, venant contredire tous ses « a priori » sur les Chinois.

– J'aime bien marcher lentement, pour tout voir. Pour découvrir la ville.

Ils l'écoutaient, ravis :

– Vous aimez Pékin ?

– Oui. Beaucoup, répondit Miranda. Je suis impressionnée.

Puis elle poursuivit son chemin, non sans leur avoir dit merci et au revoir – « *Xi-xi, Zaijian* » –, ce qui les enchanta. Elle ne leur avait pas menti : plus elle apprenait à la connaître, plus cette ville l'impressionnait. Oui, Pékin était impressionnante, plus que véritablement belle. Elle baignait dans une lumière dorée qui transformait son atmosphère polluée. Elle donnait des reflets d'or aux sacs d'ordures dans les caniveaux, faisait miroiter les fenêtres des appartements, métamorphosait en ombres douces les nids-de-poule des trottoirs et des chaussées. Miranda s'étonna de cette luminosité qui s'accordait si bien à son humeur. Elle ne suffoquait plus dans la touffeur de l'air, remarquait à peine les entrées délabrées des immeubles ou les enseignes au néon enchevêtrées dans un fatras de couleurs criardes. Elle se laissait assaillir par les crissements de pneus, les ronflements de moteurs, les fracas métalliques et les coups de klaxon, sans qu'aucun de ces bruits parvînt à jeter une ombre sur son bien-être.

Elle emprunta une rue, puis une autre, sourit à un petit garçon assis sur le porte-bagages de son père, des bottes de poireaux sur les genoux ; observa un homme d'un certain âge en train de faire sa gymnastique : il s'étirait, s'accroupissait, se relevait, touchait ses orteils, tandis qu'un filet de fumée s'échappait paresseusement de sa cigarette. Plus loin, elle acheta une patate douce grillée à un marchand ambulant, et la mangea sans cesser de marcher. Sous la peau noircie, la chair d'un orange sombre fondait dans la bouche, laissant une saveur épicée, brûlante. L'arôme se mêlait aux fumées des diesels, aux relents de suie et d'ordures, au parfum âcre des cigarettes chinoises : toutes ces odeurs, elle les respirait désormais sans dégoût.

Elle souriait, heureuse de faire partie de cette foule, de cette vie qui battait dans la ville, heureuse de rentrer chez elle – et les gens lui rendaient son sourire.

À cet instant, elle reconnut un bouquet d'arbres rabougris : elle était arrivée. Wangfujing se trouvait une rue plus loin. Elle était presque à la maison.

Non, pas à la maison. À l'hôtel.

Et pourtant, quelle différence ? La façade rouge et blanc du *Palace Hotel*, les larges portes, le salut du concierge – « Bonne journée, madame Graham ? » –, le formalisme efficace du réceptionniste qui lui tendit un fax de Talia, jusqu'aux chevaux de porcelaine blanche qui flanquaient le monumental escalier : tout lui paraissait familier.

Sa chambre l'attendait, parfaitement rangée, comme elle l'avait laissée deux nuits auparavant, avant le départ pour Xi'an. Deux nuits seulement ! Comment pouvait-il se passer tant de choses en si peu de temps ?

Le temps...

Un calendrier traînait sur le bureau près de la fenêtre : elle n'avait plus que trois jours à passer à Pékin.

Trois ? Seulement trois ?

Impossible. J'ai encore trop de travail. Je ne pourrai jamais terminer en trois jours. C'était ridicule de prévoir un séjour si court. Je vais appeler Talia et leur dire que...

Talia. Ils avaient envoyé un fax. Elle le trouva sur la petite table près de la porte, où elle l'avait posé machinalement en entrant dans la chambre.

« Miranda, on t'a arrangé un rendez-vous avec Tang Po, le directeur des filatures Nantong, dans la province de Jiangsu. Rassure-toi : il vient à Pékin. Nantong fabrique des couvertures (coton, soie, cachemire) et souhaite varier sa gamme de produits. Tu trouveras tous les détails au bas de la page. Tang Po t'appellera à ton hôtel. Passe deux jours avec lui et vois comment vous pouvez travailler ensemble. Désolés de te demander de rester plus longtemps que prévu...

Deux jours supplémentaires. Deux jours de plus en Chine.

... mais ça devrait en valoir la peine. Tu sais qu'on compte sur toi, alors accroche-toi.

Amitiés, Talia.

PS : As-tu pris le coup de main avec les baguettes ? »

Oui, et ce soir j'ai un cours de hachoir.
Elle éclata de rire et se mit à danser toute seule dans sa suite. *Deux jours de plus. Merci, Talia. Merci, monsieur Tang. Deux jours de plus avec Li. Et deux jours de plus pour travailler avec Meiyun.*
Elle appela celle-ci à Xi'an.

– Merci pour la commande. C'est une idée formidable, cette cape. J'ai dessiné trois croquis qui me plaisent bien.

– Je savais que tu trouverais l'idée intéressante.

La voix de Meiyun ramena Miranda dans la cabine d'essayage tendue de soie, elle revit son sourire quand leurs regards s'étaient croisés dans le miroir. *J'aime cette femme,* se dit-elle.

– À qui destines-tu cette cape ?

– À une jeune comédienne. Pas une grande actrice, mais en tout cas elle est très populaire. On lui remet le Magnolia du meilleur rôle dans un téléfilm, au Festival de télévision de Shanghai. Elle veut une tenue spectaculaire.

– Elle portera une de tes robes ?

– C'est presque sûr. Elle feint l'indifférence, mais en vérité c'est une obsédée de la mode, elle ne peut pas le cacher. La cape doit aller avec une robe longue dorée, minces bretelles noires et revers de satin noir. Une robe moulante, parfaite pour sa silhouette. Ce serait un plaisir d'habiller cette fille si elle n'était pas aussi insupportable. Elle vient d'un milieu pauvre, et grimpe à coups de griffe. Elle croit que la politesse est une perte de temps. Je serai donc à Pékin dans trois jours, pour lui apporter des tenues à essayer, notamment la cape avec la robe dorée. Tu seras encore là ?

– Oui, formidable ! Tu fais toujours ça ? Je veux dire... les livraisons ?

– Jamais. Mais j'avais envie de te voir et de voir Yuan Li. Wu Yi – c'est la comédienne dont je te parle – s'imagine que je me déplace uniquement pour l'avoir comme cliente. C'est très bien comme ça. Elle est heureuse de le croire, et les clientes heureuses sont les meilleures ! Maintenant, parle-moi un peu de tes croquis.

Miranda les lui décrivit brièvement, puis ajouta :

– J'en ai un autre. En fait, c'est mon préféré, seulement le modèle est sûrement trop difficile à réaliser. Je l'ai dessiné, mais...

– Raconte-moi.

Elle obtempéra de bonne grâce, et Meiyun conclut :

– C'est celui-là que je veux. Ce sera parfait avec la robe.

– Mais comment le faire fabriquer en trois jours ?

– Deux jours. J'ai tout arrangé, en réservant le troisième jour pour d'éventuelles modifications. Tu vas me faxer tous tes croquis, même si je sais déjà celui que je prendrai : je préfère les voir tous avec la robe. Celui que j'ai choisi, tu le verras dans quatre jours. En fait, tu le verras sur Wu Yi. J'aimerais que tu m'accompagnes à l'essayage. Tu es d'accord ?

– J'en serais ravie. Quel jour arrives-tu à Pékin ?

Les deux femmes convinrent d'un rendez-vous, puis, avec une audace sur laquelle elle s'interrogerait plus tard, Miranda demanda :

– Accepterais-tu de dîner avec nous ce soir-là ?

– Nous, répéta Meiyun.

Le visage de Miranda s'empourpra ; les mots se figèrent sur ses lèvres. Au bout de quelques secondes, enfin, la réponse lui parvint :

– Volontiers.

Lorsqu'elles eurent raccroché, Miranda fit faxer ses croquis à Xi'an. Puis, pendant que son bain coulait, elle resta un moment près de la fenêtre, à observer la foule dont les ombres dansaient dans la lumière rasante du soleil à son déclin. Le soir tombait. Ce soir... un autre soir avec Li. Chez lui.

À ce propos, je ferais bien d'appeler chez moi. Elle se dirigea d'un pas rapide vers le téléphone, mue par un étrange sentiment d'urgence. Une fois encore, elle avait oublié le décalage horaire : elle renonça. Je vais leur écrire. Depuis son arrivée, elle leur avait envoyé des cartes postales tous les jours. Elle sortit de son sac un nouveau paquet de cartes acheté la veille, et se mit à écrire rapidement, remplissant les petits rectangles blancs de descriptions et d'anecdotes. À l'intention d'Adam et de Lisa, elle ajouta : « Je vous emmènerai peut-être ici un jour. On resterait quelque temps. Vous pourriez aller à l'école, vous faire des amis que vous n'auriez jamais rencontrés en Amérique, et apprendre à connaître un autre pays en y habitant, plutôt que par la télévision, le cinéma ou les livres. On pourrait louer une maison comme celles que je vois ici, avec plusieurs ailes reliées par une cour intérieure... Ce serait rigolo, vous ne trouvez pas ? »

Elle timbra les cartes, envisagea un instant de les confier à la réception de l'hôtel, puis changea d'avis et les glissa dans son sac : elle préférait les poster elle-même.

Pour le dîner, elle passa le corsage choisi par Meiyun. Celle-ci lui avait dit qu'elle le « mettrait sur son compte ». Et comme Miranda lui faisait observer qu'elle n'en avait pas, elle avait répliqué : « Si. Un compte ouvert dans ma tête et dans mon cœur. »

À présent, voilà qu'elle venait à Pékin présenter une cape de Miranda Graham, assortie à une robe de Ye Meiyun. Les événements se bousculaient, déferlaient en cascade. Autrefois, Miranda était persuadée que seule la vie des autres pouvait changer ; à présent, c'était la sienne qui bougeait. Et, contre toute attente, ces changements ne l'effrayaient pas, loin de là, ils l'enchantaient.

Le corsage était en soie bordeaux, avec des boutons représentant de minuscules singes dorés. J'espère que Li aura un tablier à me prêter, songea-t-elle en se tournant devant le miroir afin de vérifier le tombé de sa jupe. L'idéal serait une jupe longue en cachemire noir, étroite. Avec un petit singe brodé à la taille, au niveau de la hanche gauche. Des chaussures en daim noir. Un sac de soirée en velours noir avec une chaîne dorée, et un fermoir en forme de singe.

Elle saisit son carnet et griffonna un croquis rapide. *Voilà ce que j'aimerais porter ce soir. Pour Li.*

Mais, si Li était sensible à l'élégance, il l'était par-dessus tout au charme de Miranda. Dès qu'elle apparut devant lui dans le hall de l'hôtel, il lui prit les mains en disant :

— Magnifique, tu es magnifique. Resplendissante. Laisse-moi te débarrasser, ajouta-t-il en prenant sur son bras la veste noire de Meiyun.

Une fraction de seconde, Miranda se pressa contre lui. Un frisson la parcourut.

— Tu as froid ? lui demanda-t-il tandis qu'ils se dirigeaient vers la voiture garée devant l'hôtel. Pourtant, il fait doux ce soir.

— Non, je n'ai pas froid, répondit-elle simplement.

Il s'engagea dans Wangfujing. Au croisement, il se tourna vers Miranda et effleura sa joue, provoquant instantanément un concert d'avertisseurs.

— J'ai envie de te prendre dans mes bras, mais tout le monde n'est pas d'accord.

Elle éclata de rire avant de demander :

— Où sommes-nous ?

— Rue Beichizi.

— Et ce cours d'eau ?

— Les douves qui entourent la Cité interdite. Huit cents bâtiments, neuf mille pièces, des cours, des jardins, des terrasses... une ville dans la ville. On la visitera bientôt. Tu seras impressionnée.

— J'ai rencontré des gens dans la rue aujourd'hui. Ils m'ont justement demandé si Pékin m'impressionnait.

— Et que leur as-tu répondu ?

— Oui, bien sûr. C'est une ville merveilleuse. Mais je crois qu'elle me paraît d'autant plus merveilleuse que je m'y sens heureuse.

Li eut le souffle coupé.

— Tu m'étonnes toujours. Tu es si directe.

— Pas tant que tu le crois.

Il lui jeta un regard en coin.

— Tu veux dire que tu me caches quelque chose ? Je peux savoir ?

— Je ne suis pas sûre que ce soit une bonne idée. Tu risques d'être choqué, de ne pas me trouver assez... réservée.

— J'ai déjà remarqué que tu n'étais pas réservée. Du moins, pas ces derniers jours. Alors ce secret ?

— Eh bien... je ne pense qu'au moment où je vais ôter ce chemisier...

Troublé, Li prit trop rapidement un virage, projetant Miranda contre lui.

— Excuse-moi, dit-il, mais j'ai imaginé la scène et...

— Tu crois vraiment que nous allons faire la cuisine ce soir ? demanda-t-elle avec un sourire.

Il tendit la main pour caresser son cou.

— Oui, ma chérie, tôt ou tard, dans la longue nuit qui nous attend...

Elle serra ses mains entre ses genoux pour réprimer les vagues de désir qui déferlaient en elle. *Non, vraiment, je n'ai jamais connu ça avant.*

Elle se cala dans le fond de son siège alors qu'ils longeaient le parc de Beihai et son immense lac. La nuit était presque tombée à présent ; des passants, on ne distinguait plus que leurs silhouettes vagues sur les trottoirs. Miranda avait le sentiment de se trouver dans une capsule spatiale glissant le long des rues fantomatiques vers une destination inconnue.

— On est bientôt arrivés, fit Li. Voici mon quartier et... ma maison, ajouta-t-il après un tournant.

Elle lut le nom de la rue : Xisi Bei. *La maison de Li : une destination inconnue ? Oui, peut-être après tout... L'inconnu est partout ici. Je ne sais plus. Vraiment, je ne sais plus...*

Égarée, bouleversée soudain, elle se raidit contre le dossier du siège passager, tandis que Li garait sa voiture le long d'un mur.

Quand il vint lui ouvrir la portière, elle remarqua le bref regard qu'il posa sur son visage et se demanda ce que ses traits pouvaient bien exprimer : peur ? réticences ? réserve ? L'interprétation de Li fut différente.

— Si tu redoutes ceux qui nous surveillent, ils sont là-bas, au coin de la rue. Je peux te les montrer si tu veux. Ils vont passer la nuit ici, ils auront froid, seront déçus, et on ne pensera pas à eux.

Il lui tendit la main. L'instant d'après, elle était debout à ses côtés.

— Ce quartier est l'un de ceux que je préfère, dit-il en la guidant vers un portail encastré dans la haute muraille près de laquelle il avait rangé la voiture. C'est l'un des rares où l'on puisse encore trouver de vieilles maisons avec cour comme on en construisait avant. Pour moi, il est beaucoup plus chinois que les autres, qui sont un bâtard de moderne et...

– Pardon ? Miranda l'interrompit avec un éclat de rire. Tu veux dire une combinaison, un mélange, un méli-mélo...

– *Méli-mélo ?* répéta Li, intrigué.

– Oui, encore un synonyme : une autre façon d'exprimer la même chose.

– Ça me plaît bien : c'est beaucoup plus pittoresque que « combinaison » ou « mélange ». Alors qu'est-ce qu'un bâtard ?

– Un enfant naturel, ou un chien dont les parents sont de races différentes et, pour tout dire, incertaines.

– D'accord. C'est presque aussi sympa qu'un « méli-mélo » !

Ils étaient entrés dans une cour. Détendus, ils riaient, mais, au moment où Li referma le portail, le désir revint, plus fort que jamais : Miranda se retrouva dans ses bras presque malgré elle, mue par une force irrépressible. Leurs bouches s'unirent, la chaleur de leurs corps pressés l'un contre l'autre parut les fondre en un seul et même être. Puis, doucement, un bras passé autour de sa taille, Li guida Miranda vers la maison. Dans un léger vertige, elle aperçut une bâtisse de brique, une petite pièce plongée dans la pénombre, un divan de bambou couvert de magnifiques oreillers de soie ornés de pompons... et elle se retrouva étendue aux côtés de Li. Tous les désirs dont ils s'étaient sentis gonflés au long de cette interminable journée se réveillèrent alors pour les aspirer dans un monde de chaleur et de silence. Les coussins les soulevaient comme une houle langoureuse, glissaient sur leur peau luisante de sueur, effleurant de leur contact satiné les seins de Miranda, ses cuisses – écho soyeux à la ferme sensualité des caresses de Li.

Puis ils se retrouvèrent couchés l'un près de l'autre, immobiles, goûtant le plaisir de la peau qui fraîchit, du souffle qui s'apaise. Ils ouvrirent les yeux et, au même instant, échangèrent un sourire.

– Cette journée a été la plus longue de toute ma vie, murmura Li. J'ai cru qu'elle ne finirait jamais. Je te voyais, je t'entendais, je te sentais sous mes doigts, mais je ne pouvais pas te toucher.

– Je sais, répondit Miranda en caressant son visage, comme pour en imprimer le souvenir dans ses doigts. J'ai dû rester assise à parler tissu et contrats, alors que je ne pensais qu'à une chose, être à toi. Mais...

– Ah, l'interrompit Li avec un sourire, il y a un « mais ».

– Oui, je me suis rendu compte que j'avais changé. Qu'ils ne me faisaient plus peur.

– Tu es donc devenue forte et tu as obtenu ce que tu voulais.

– Oui. J'en étais encore plus étonnée qu'eux. Encore que je ne puisse rien dire : ils sont restés imperturbables, naturellement. Et toi, ajouta-t-elle après un silence, comment s'est passée ta conversation avec Sheng ?

– Je ne sais pas si les parents ont jamais de vraies conversations avec leurs enfants. En tout cas, nous avons essayé. J'ai compris qu'il n'était pas si impatient de me voir partir. En vérité, cette idée l'effraie : il a peur que je ne l'abandonne. Une peur étrange pour un homme de trente-cinq ans.

Li se tut, puis ajouta avec un sourire désabusé :

– Pourquoi parler de nos enfants alors que nous sommes ici tous les deux ? Je t'aime, poursuivit-il en attirant Miranda contre lui. Je ne peux même plus me rappeler l'époque où je ne t'aimais pas, où je ne te connaissais pas. J'aime ton visage, ta voix, ton merveilleux sourire, toute la joie que j'y lis, ton froncement de sourcils si sérieux, tes mains quand elles me caressent. J'ai l'impression de les avoir toujours senties sur moi, et que je les sentirai toujours...

Miranda posa ses lèvres sur celles de Li, les mains en coupe sur son visage : le sang palpitait dans le bout de ses doigts, battait dans ses tempes. Elle avait cru leur fièvre apaisée, mais ils s'unirent à nouveau, avec le même insatiable appétit, la même explosion de désir.

La nuit était déjà avancée lorsqu'ils se réveillèrent. Li alluma une lampe près du divan. Ce fut dans cette lueur ambrée que Miranda découvrit pour la première fois la pièce : des murs clairs et, pour seuls meubles, le divan couvert de coussins, la petite table sur laquelle était posée la lampe, et un coffre noir comportant des dizaines de tiroirs rehaussés de caractères chinois gravés à l'or fin.

– Il est magnifique ! s'exclama-t-elle.

– C'est un coffre d'apothicaire. Chaque tiroir contient une herbe différente.

– C'est là que tu gardes tes herbes, au cas où tu tomberais malade ?

– Oh non, je suis moderne, moi. Je garde mes herbes au frigo.

– Des herbes médicinales ?

– Oui, tu veux que je te montre ?

– Oui. Je veux que tu me montres tout, toute ta maison.

Elle s'étira, levant les bras au-dessus de la tête, arquant le dos.

Ils avaient la nuit devant eux, le temps de tout voir, de tout apprendre. Elle se sentait jeune, forte, invincible.

– Dans quelle pièce sommes-nous ? demanda-t-elle.

– La salle de cérémonie. Tu appellerais sans doute ça un hall d'entrée, mais ici il occupe toute la première maison.

– La première maison ? Mais combien y en a-t-il donc ?

– Sept, répondit Li en se rhabillant.

Miranda en fit autant et ils quittèrent la première maison. La cour était plongée dans l'obscurité : seul s'y découpait le rectangle lumineux que projetait l'entrebâillement de la porte qu'ils venaient de pousser.

– Autrefois, elle était éclairée par des lampes à pétrole, dit Li. Mais je suis trop moderne pour ça aussi.

Il appuya sur un interrupteur et des appliques murales dispensèrent une clarté jaune pâle dans la petite cour de brique, révélant les longues ombres sinueuses d'un tilleul.

– Voici la cuisine, annonça Li. On y reviendra après la visite.

Miranda distingua rapidement des plans de travail en bois, des woks suspendus au-dessus d'une cuisinière à gaz, une rangée de hachoirs, et des étagères sur lesquelles s'empilaient des assiettes d'un blanc immaculé. Puis elle se retrouva devant une nouvelle porte : celle-ci, sculptée, ouvrait sur une cour minuscule qu'encadraient les « appartements des domestiques ». Vint encore une autre porte, à double battant, placée de biais.

– En Chine, nous n'avons pas de portes en enfilade, expliqua-t-il. Pour éviter que les esprits malins ne pénètrent droit au cœur de la maison. Les mauvais esprits ne peuvent qu'aller droit, ils ne savent pas tourner. C'est pour ça qu'il y a un écran, le « mur des génies », dans la première cour : pour les tenir à distance quand le portail est ouvert.

Miranda le dévisagea en souriant, persuadée qu'il plaisantait. Mais Li était sérieux. Il lui prit la main et l'aida à franchir le haut seuil de bois pour pénétrer dans la troisième cour, la plus vaste, elle aussi éclairée par des appliques murales. Miranda retint son souffle.

– C'est ravissant.

Trois maisons encadraient la cour : une grande, face à la porte, et deux plus petites sur les côtés. Le long de la façade principale s'alignaient des lauriers-roses et des grenadiers dans des pots de terre, devant un bassin de faïence au centre duquel flottait un lotus rose. Des figuiers encadraient l'ensemble.

– Ils donnent des figues très parfumées et sucrées, dit Li. Dommage que la saison soit passée, tu aurais pu les goûter. Maintenant, nous avons les chrysanthèmes.

En effet, ils étaient partout, dans de grandes jarres ciselées, avec leurs énormes fleurs brun-roux, dorées ou jaune parchemin, masquant presque les deux socles de pierre qui flanquaient la porte : l'un supportait un dragon, et l'autre une tortue de bronze, dressant fièrement la tête au-dessus de sa carapace.

– La tortue de la longévité, murmura Li. Quant au chrysanthème, c'est la fleur de l'immortalité. Comme tu vois, nous mettons toutes les chances de notre côté. Maintenant, visite de la maison.

C'était un bâtiment de brique, rectangulaire, avec un toit en pagode. On pénétrait directement dans la pièce principale, ouvrant sur un bureau et une chambre. Divisée en salon et salle à manger, elle était garnie de tapis aux couleurs passées, de meubles brillants de cire, et de coussins couverts de brocart ancien et de soie brodée. Mais ce qui attira tout de suite le regard de Miranda, ce fut la sculpture qui se dressait seule contre un mur sous un faisceau lumineux. Haute d'un mètre, elle ressemblait à un tronc d'arbre noueux, semé de trous où passait la lumière.

– Un rêve, chuchota Miranda. Oui, on dirait un arbre dans un rêve.

Li suivit son regard.

– Le rocher du sage..., dit-il.

Elle observait les torsades et volutes de la sculpture ; peu à peu, elle ne lui paraissait plus torturée mais empreinte d'une grâce particulière. Ses courbes évoquaient un couple de danseurs enlacés, sa surface brillante semblait presque vivante. La magie des heures passées avec Li prenait une forme visible.

– Le rocher du sage, répéta-t-elle. Quel nom étrange... Cette sculpture n'a pourtant rien d'un rocher : elle est trop vivante, trop fluide. On dirait qu'elle vient de sortir de terre, comme si elle avait été réveillée par le soleil.

– C'est presque vrai, répondit Li. Elle vient bien de la terre, plus exactement des boues du lac Tai, le troisième plus grand lac de Chine. Elle représente les tours et détours de notre pensée. Les sages utilisent ces sculptures comme supports à leurs méditations.

Elles les aident à comprendre l'univers, ajouta-t-il avec un sourire. Celle-ci date de la dynastie des Ming.

— C'est-à-dire ?

— Des années 1300 jusque vers le milieu des années 1600. Une période sombre, pleine de guerres et de corruption, d'intrigues et de complots, mais aussi une époque créatrice.

— Toi aussi, tu contemples ton rocher du sage pour comprendre l'univers ?

— Non, pour me comprendre moi-même. Et pour retrouver la sérénité quand je me sens triste, répondit-il en déposant un léger baiser au coin de la bouche de Miranda. Maintenant, que dirais-tu d'un bon dîner ?

Ils se mirent au travail côte à côte, devant le long plan de travail en bois, taillardé par les milliers d'éraflures qu'y avait laissées le hachoir. Li donna les instructions : ils coupèrent, tranchèrent, émincèrent porc et poulet, versèrent l'alcool de riz, le sucre, la sauce de soja et l'huile de sésame dans de petites coupes, remuèrent avec des baguettes. Ils pilèrent les épices dans un mortier, firent cuire les nouilles, puis versèrent le tout dans deux woks. Et enfin ils s'assirent à une petite table ronde à l'autre bout de la cuisine.

— Si ma gouvernante était là, elle nous servirait dans la grande maison..., commença Li.

— Nous sommes très bien ici, l'interrompit Miranda. J'adore cette cuisine.

C'était la vérité : cette pièce chaude, embuée de vapeur, avec ses boiseries sombres, son carrelage bleu et blanc, ses woks patinés suspendus à de gros crochets et toute cette nourriture multicolore en train de cuire, ravivait le sentiment qu'elle avait eu une heure auparavant, sur le divan de bambou où ils avaient fait l'amour : elle se sentait jeune, forte, intacte, protégée, invincible.

Porc à la sauce aigre-douce, canard *chiang-bo*, poulet au piment, champignons cuits à l'étouffée, épinards sautés, radis mijotés, nouilles au bœuf sauté, soupe, et bière Tsing-tao : ils dînèrent lentement, en prenant leur temps. Ils avaient toute la nuit devant eux, elle leur appartenait ; ils pouvaient l'étirer à l'infini et en savourer chaque instant.

— Qui t'a appris à cuisiner ? demanda Miranda.

— Ma mère et ma grand-mère. Elles pensaient qu'un homme doit être capable de se suffire à lui-même. Elles avaient vécu le conflit sino-japonais, la guerre civile, et étaient convaincues qu'il fallait me préparer au bouleversement et au chaos. J'ai trouvé parmi les livres de mon père un recueil de Yeats, le poète irlandais. Il y a un poème que j'aime beaucoup, « La seconde venue » : « Tout se disloque. Le centre ne peut tenir. L'anarchie est lâchée sur le monde... » La première fois que je l'ai lu, j'ai cru qu'il parlait de la Chine. C'est un poème terrifiant. Faire la cuisine est une excellente thérapie contre la terreur. Ça fait penser à la vie plutôt qu'à la mort.

Miranda ne répondit rien. Seul le tic-tac de l'horloge murale troublait le silence. *Jeune, forte, invincible.* Jamais encore elle n'avait éprouvé ce sentiment, jamais elle n'avait connu pareil bonheur. Chez moi, c'est ici, songea-t-elle.

— Tu es chez toi ici, dit Li d'une voix si étouffée qu'on aurait pu croire qu'il se parlait à lui-même. Tu vas si bien dans ma maison. J'aime entendre ton pas dans les pièces. Et nous cuisinons bien ensemble, conclut-il avec un sourire. C'est un très bon test.

Miranda le dévisagea, éberluée. Comment fait-il ça ? Il exprimait ses pensées, comme si, bien qu'ayant mené des vies différentes dans des mondes différents, ils marchaient du même pas. Comme s'il était *en elle*, comme s'il voyait par ses yeux.

Il tendit la main vers elle.

— J'aimerais qu'on sorte de la cuisine et qu'on aille dans la grande maison, dans mon lit. J'aimerais qu'on fasse comme si on vivait ici tous les deux, comme si cette soirée était une soirée ordinaire.

— Je ne crois pas qu'une soirée avec toi puisse jamais être une soirée ordinaire, répondit Miranda avec un sourire.

Main dans la main, ils traversèrent la pénombre de la cour où embaumaient les effluves épicés des chrysanthèmes, jusqu'à la grande maison. Le rocher du sage brillait dans sa noblesse solitaire contre le mur tendu de soie pâle. Le reste de la pièce était plongé dans une quasi-obscurité, à peine teintée d'une lueur dorée. Li pénétra dans la chambre, qu'éclairait une lampe unique posée près de l'entrée. Face à la porte, une alcôve encadrée de draperies bleu sombre et, au-dessus du lit, un lustre de verre couleur améthyste, qui projetait des reflets mauves sur le mur.

Dans un même mouvement, ils se tournèrent l'un vers l'autre et le désir les emporta à nouveau avec une force que, pour rien au monde, ils n'auraient voulu contenir.

— Une soirée ordinaire, répéta Li dans un murmure.

10.

Li fit pivoter son fauteuil pour observer le gratte-ciel en construction de l'autre côté de la rue. C'était le chantier d'une autre compagnie : il pouvait donc étudier l'avancée des travaux d'un œil indifférent. Tiens, ils ont posé une grille de ventilation à l'envers, pensa-t-il machinalement. Il tenta de se concentrer sur cette grille, sur le va-et-vient des ouvriers, sur les échafaudages, mais en vain. Même les yeux grands ouverts et assis bien droit à son bureau, il sentait le corps de Miranda sous ses doigts, ses cheveux soyeux, sa bouche effleurant sa peau...

Il l'appela à son hôtel, où il venait de la déposer.

— Tu me manques déjà, lui dit-il.

— J'allais partir chez Xiujiang.

— Tu vas bientôt devenir une experte. C'est ta troisième société.

— L'avant-dernière aussi.

Il perçut la tension dans sa voix lorsqu'elle prononça le mot *dernière*.

— J'ai envie de te voir. Il y a trop d'heures sans toi d'ici à ce soir.

— C'est vrai. Si seulement je n'étais pas obligée de... Mais si je n'avais pas ce travail, je ne serais pas là, se reprit Miranda. Li, il faut que j'y aille. Je vais être en retard.

— Six heures, ce soir. Ça te va ?

Il hésita un instant, puis lui fit une proposition dont, jusqu'à cette minute, il ignorait encore s'il oserait la formuler :

— J'aimerais t'emmener dîner chez ma fille.

Il y eut un silence au bout du fil.

— Tu lui as parlé de moi ?

– Je lui ai dit que j'aimerais lui présenter une amie. Ça t'ennuie ?

– Je ne sais pas. Je suppose que non. Mais ça me fait tout de même un drôle d'effet.

– Pas à moi. Pour moi, c'est naturel. Et important aussi. Je pense que tu ne seras pas mal à l'aise. Acceptes-tu ?

– Oui, répondit-elle, surmontant ses réticences. On se voit ce soir. Je t'aime.

Encore une profonde différence entre les Américains et les Chinois, songea Li. Elle est capable de dire ce genre de choses au téléphone, dans un bureau. Pas moi.

– Papa, fit Sheng depuis l'embrasure de la porte.

Li se ressaisit.

– Entre, assieds-toi.

Le jeune homme s'installa dans un fauteuil, face à son père, et lui tendit un dossier.

– Mon rapport sur la réunion d'hier, avec les ouvriers.

– Bien. Tu as fait vite. As-tu appelé les autres compagnies ?

– Oui, j'en ai dressé la liste, avec les noms des directeurs et ce qu'ils ont répondu. Ils seront quatre à la réunion de cet après-midi.

– Bien, très bien, fit Li en parcourant le dossier. Tout ça m'a l'air excellent. C'est ce que j'appelle un rapport exhaustif. Merci, Sheng, ajouta-t-il en levant les yeux.

Il constata que son fils s'était redressé sur son siège, les épaules bien droites, la tête haute. Comme il a besoin de reconnaissance, se dit-il.

– Il y a quand même un problème, reprit Sheng. Ils ont tous eu vent de la réunion d'hier. Ils disent que tu as l'air de sympathiser avec les grévistes.

– C'est faux.

– C'est en tout cas ce que leur ont raconté leurs homologues présents hier. Ils n'acceptent de participer à la réunion de demain que si tu adoptes une ligne dure, si tu promets de ne rien lâcher aux ouvriers.

– Il est trop tard pour la ligne dure, répondit Li. On doit négocier. On ne peut rien faire sans les ouvriers. Et mieux ils vivront, mieux ils travailleront.

– Tu es le seul à le croire.

– Je ne suis pas le seul à comprendre que la société bouge, qu'on ne peut plus traiter les gens comme on le faisait autrefois. Si on refuse de l'admettre, on va au-devant d'une grève dure, d'une révolte, peut-être même d'une flambée de violence. Non ?

— Je ne sais pas.

— Si tu ne sais pas, fais-moi confiance et range-toi de mon côté. J'attends ton soutien.

— Ils te prennent pour un subversif ! explosa soudain Sheng.

— Ils comprendront vite qu'ils se trompent : il ne s'agit pas de subversion, mais de justice. Tu souhaitais me parler d'autre chose ? ajouta son père avec impatience.

— Oui. Il faudra que je parte de bonne heure cet après-midi, tout de suite après la réunion.

Li dévisagea pensivement son fils.

— Combien de temps crois-tu encore pouvoir tenir dans cette double vie professionnelle ?

Sheng se renfrogna.

— Tu trouves peut-être que je néglige la compagnie ?

— Aujourd'hui, par exemple, il est clair que tu ne vas pas lui consacrer toute ta journée. Je m'inquiète pour l'avenir. La carrière de directeur de Chine Constructions a l'air de t'intéresser, mais je me demande comment tu vas concilier tes deux activités.

— S'il t'arrivait quelque chose, je pourrais reprendre le flambeau dès maintenant. J'en sais assez pour...

— Non, répondit doucement Li, tu n'en sais pas assez. Tu en sais beaucoup, mais pas assez. Tu peux superviser la construction d'un immeuble, et j'en suis ravi. Mais diriger une entreprise met en jeu bien d'autres compétences, notamment la connaissance des êtres, et dans ce domaine tu as encore beaucoup à apprendre. Dans celui de la patience aussi, ainsi que dans l'art de la négociation. Sans parler de celui qui consiste à savoir manœuvrer dans le labyrinthe bureaucratique sans perdre son indépendance, ni se faire d'ennemis...

— On dirait que tu n'y as pas si bien réussi puisque tu es sous surveillance.

— C'est autre chose. Je croyais que nous avions épuisé la question.

Sheng secoua négativement la tête, avec la mine butée d'un gamin obstiné.

— Tu nous mets en danger. Moi, la compagnie, toi... Tout le monde.

- Qui t'a dit ça ?

– Personne ! Pourquoi irais-je parler à quelqu'un d'une chose qui me fait honte et représente un danger pour moi ?

Comme il est prompt à mentir, se dit Li. Visage de marbre, belles paroles. D'habitude, les pères sont fiers des compétences de leurs fils. Le mien est un as du mensonge ; dois-je en tirer un quelconque orgueil ?

Un sentiment d'ennui profond l'envahit alors. Tout ce que je veux, c'est être seul pour préparer la réunion, et terminer mon travail pour passer avec Miranda une soirée tranquille.

Il se leva, mettant un terme à l'entretien.

– Je te verrai cet après-midi. S'il te plaît, appelle les quatre présidents des autres sociétés et rappelle-leur l'heure de la réunion. Voici une liste d'entrepreneurs à Shanghai et Canton. Tu vas les contacter et leur demander s'ils peuvent participer à une visioconférence demain matin à huit heures.

Sheng hésita. Son père lui donnait des ordres, le traitait comme un secrétaire. Il jeta un œil à la liste de noms. Oui, vraiment un boulot de secrétaire.

– Tu ne pourrais pas...

– Non, je ne pourrais pas confier ce travail à une secrétaire, l'interrompit Li avec un brin d'exaspération. On est en train d'essayer d'établir un front commun face à des exigences qui vont sans doute bouleverser l'industrie du bâtiment et augmenter nos coûts. Tu crois vraiment que les chefs de ces entreprises accepteraient d'aborder ces questions avec une secrétaire ? Si je te demande de les appeler, c'est bien parce que tu es un dirigeant, quelqu'un avec qui ils peuvent parler d'égal à égal.

Sous cet angle, l'idée se révélait beaucoup plus séduisante. Sheng regretta de n'y avoir pas songé seul.

– Je ferai de mon mieux, répondit-il.

Et il quitta le bureau de son père.

La connaissance des êtres, dans ce domaine tu as encore beaucoup à apprendre : les paroles de Li lui restaient sur le cœur.

En passant ces coups de fil aux entrepreneurs, il pesa ses mots, fit particulièrement attention au ton qu'il employait (cordial, et néanmoins professionnel), prit garde de ne formuler aucune promesse que son père ou lui ne pussent honorer. Tous les PDG avec lesquels il s'entretint acceptèrent de participer à la visioconférence du lendemain afin de résoudre le problème, maintenant national, des grévistes.

Lorsqu'il eut raccroché, Sheng éprouva un sentiment d'intense fierté : il avait fait du bon boulot. Son père allait être content. La sonnerie du téléphone retentit. Il reconnut immédiatement la voix de Pan Chao.

— Nos gars vont se mettre en grève. Pour l'instant ils ne sont que deux. Je les ai remplacés. Mais il me faut les noms des autres meneurs.

— Je t'ai déjà donné des noms après la réunion d'hier, répondit Sheng.

— Tu nous as donné trois noms. Il doit y en avoir davantage. Ça couve dans tout le pays. On parle de Shanghai, de Wu-han...

— De Canton aussi. On ne peut pas arrêter le mouvement comme ça. Il a pris trop d'ampleur.

— Bien sûr qu'on peut l'arrêter. Ce n'est pas la première fois que des ouvriers menacent de faire grève. Le gouvernement va s'en occuper. Le président américain arrive dans quinze jours. Ils ne laisseront passer aucune grève, aucun trouble. Le mouvement avortera, j'en suis sûr.

Je les comprends — ils habitent des taudis.

Sheng se souvint des paroles de son père : quel bord avait-il choisi ? Celui de ces minables ou celui des gagnants ?

— D'ici là, poursuivit Pan Chao, il va falloir remplacer tous les agitateurs. L'équipage est au complet pour le prochain arraisonnement mais, pour les autres, on doit savoir sur qui compter. Il y a ceux qui bosseront et les autres, qui brailleront des slogans subversifs dans les rues. Quand pourras-tu nous donner des noms ?

— Il y a encore une réunion cet après-midi. Je ferai mon possible pour en récolter.

— Apporte-les à notre rendez-vous. On compte sur toi, Sheng. Si on agit rapidement, le mouvement ne nous touchera pas : on trouvera toujours des gens qui voudront travailler pour nous. Le gouvernement se chargera des autres.

Je les comprends — ils habitent des taudis.

Sheng secoua la tête : non, son père ne pouvait pas être assez bête pour défendre ces abrutis. Ils étaient arrivés par villages entiers pour travailler dans le bâtiment. Ils dormaient dans des cartons ou des cabanes en bois, parce que, si peu que ce fût, ils gagnaient toujours plus à la ville que chez eux. Si Li se rangeait de leur côté, il ne devait plus compter sur le soutien de son fils. S'il était incapable de protéger ses intérêts, Sheng, lui, protégerait les siens.

– Encore une chose, dit Pan Chao. J'ai besoin de passer quelques coups de fil d'un endroit où on ne puisse pas remonter ma trace. J'aimerais le faire depuis ton bureau, ce soir, quand tout le monde sera parti. Tu as une clé de l'immeuble, naturellement ?

– Oui, bien sûr. Viens quand tu veux, répondit Sheng machinalement.

Après réflexion, il trouva la requête étrange. Les communications téléphoniques étaient écoutées, le courrier et les colis ouverts, les coursiers interceptés – tout le monde le savait. Or, dans des affaires aussi risquées que les leurs, la discrétion était de rigueur. Chao ne devait pas manquer d'endroits plus sûrs que Chine Constructions où téléphoner. Peut-être cherche-t-il à m'espionner, songea Sheng avant de se raviser : Non, c'est impossible. Il me demande ça comme à un ami.

– Bien, n'oublie pas la clé, continua son associé. Ou un double, si tu en as un. À quelle heure penses-tu pouvoir échapper à ton père ?

– Je pourrai m'échapper *du bureau* dès que la réunion sera terminée. Je devrais être chez Dung Chan vers quatre heures et demie.

Il raccrocha, ouvrit le tiroir de son bureau, y trouva un double des clés et le fourra dans sa poche. Tout de même, j'aimerais bien comprendre pourquoi il a besoin de venir téléphoner d'ici. Il faudra que j'y réfléchisse. Mais des sujets plus urgents requéraient son attention : la réunion de l'après-midi, les autres entrepreneurs, les représentants des mouvements ouvriers, ce rendez-vous chez Dung Chan, une société écran créée avec ses partenaires pour dissimuler leurs trafics, et puis Wu Yi, qui avait consenti à lui accorder une soirée.

Tu pourrais la laisser s'éteindre, tout simplement, comme un feu d'artifice.

Oui, se dit-il. Mais d'ici là...

– Tu es prêt ? Li se tenait dans l'encadrement de la porte. Je pense qu'il serait préférable de descendre ensemble à la salle de conférences.

– D'accord, répondit Sheng en rassemblant ses notes. Les cinq PDG sont d'accord pour la visioconférence de demain. J'ai dû la reporter à huit heures et demie pour les avoir tous.

– Parfait, dit son père en passant un bras sur ses épaules alors qu'ils s'engageaient dans le couloir. Tu seras des nôtres, naturellement.

Il se sentait vaguement coupable de l'ennui que lui avait inspiré Sheng. Avec nos enfants, nous sommes irrationnels, se dit-il. C'est peut-être la seule constante dans nos relations avec eux : l'irrationnel... et l'amour.

Li garda le silence pendant tout le temps que dura la réunion. Les partis en présence étaient là sur son invitation : il lui incombait donc de les laisser exprimer leurs points de vue sans les interrompre ni les contredire, quelle que fût son opinion. Les ouvriers se montrèrent inflexibles, les patrons des entreprises de bâtiment intransigeants : toute possibilité de compromis semblait écartée. Les uns et les autres feraient peut-être preuve de plus de souplesse dans des discussions par petits groupes, où ils redouteraient moins de perdre la face.

Li savait que le gouvernement n'interviendrait pas : il était trop tard, la Chine bougeait trop vite. Si on ne lui donnait pas le pouvoir, le peuple le prendrait par la force.

Le peuple ? Prendre le pouvoir ? D'aucuns l'auraient traité de fou s'ils l'avaient entendu raisonner ainsi. Pourtant, il était sûr que ça arriverait – tôt ou tard. Le pays tremblerait sur ses bases pour bâtir une prospérité nouvelle et faire des Chinois des gens heureux.

Toute la question était : quand ce changement se produirait-il ? L'entreprise de Li serait-elle l'un des fers de lance de la lutte, ou finirait-elle balayée par la révolution ?

J'espère arriver à faire de nous des partenaires du progrès, de la démocratie. Je le dois à tous ceux qui travaillent pour moi, qui dépendent de moi.

La réunion s'acheva sur un nouveau rendez-vous, fixé à la semaine suivante, avant laquelle aucun mot d'ordre de grève ne devait être lancé. Sheng prit congé et s'éclipsa.

En regagnant son bureau, Li se rendit compte que, pas un seul instant, il n'avait pensé à Miranda. Il en fut surpris, presque choqué. Et cette pensée dont l'absence l'effrayait l'absorba soudain. Il allait la retrouver à six heures dans le hall du *Palace Hotel*. Là, il pourrait lui dire les mots qu'il n'avait pas osé prononcer le matin même au téléphone.

– Je t'aime, souffla-t-il, à peine refermée la vitre de séparation de la voiture.

Mais Miranda avait surpris le rapide coup d'œil qu'il avait lancé dans le rétroviseur. Plaquée contre le dossier de la banquette arrière, elle se retourna pour voir s'ils étaient suivis.

– Je ne vois jamais personne derrière nous. Pourtant, je sens qu'il est là... ou qu'elle est là. Est-ce que ce pourrait être une femme ?

– Ça arrive.

– Un homme ? Une femme ? Plusieurs personnes ? reprit-elle. Ils ne renoncent donc jamais. Ils doivent avoir des soupçons très sérieux. Ils ont sûrement l'intention d'*agir*, d'une manière ou d'une autre, sinon ils ne continueraient pas à nous suivre.

Li lui prit la main.

– Écoute-moi. Les gens sont parfois suivis pendant des années sans qu'il se passe rien. C'est une des recettes préférées du régime pour garder le peuple sous contrôle.

– Par la peur.

– Oui, c'est la plus vieille méthode du monde. On s'y habitue, comme à tout...

– Tu plaisantes ! riposta vivement Miranda. Tu ne vas pas me faire croire qu'on s'habitue à voir son intimité violée *en permanence*. Et quand tu finis par t'habituer, comme tu dis, et que tu baisses la garde, on en profite pour *t'arrêter*, c'est ça ?

Li sourit.

– Non, pas toujours. En tout cas, ça ne nous arrivera pas, à nous. Je ne te demande pas d'oublier qu'il y a quelqu'un sur nos talons, juste de faire comme si ça n'existait pas. Nous n'aurons pas à en souffrir, je te le promets. C'est désagréable, mais pas aussi important que l'amour, dit Li en prenant dans la sienne la main de Miranda. Je te promets aussi que tu vas passer une excellente soirée. On va sûrement mettre un peu de temps avant d'arriver chez ma fille, ajouta-t-il en jetant un regard aux encombrements qui immobilisaient la voiture. J'ai donc tout le temps de te donner mon cadeau.

Il sortit de la poche de sa veste un petit paquet plat.

– Pour ton anniversaire.

– Mon anniversaire ? Mais c'est en février !

– Disons que je prends un peu d'avance sur le calendrier. Ou un peu de retard, c'est selon. Alors, tu ouvres ?

Miranda saisit le paquet, étonnée.

– Moi aussi, je t'ai acheté un cadeau, tu sais. C'est curieux, tu ne trouves pas ? Mais je préfère te le donner ce soir.

– Dans ce cas, je vais devoir patienter. Moi, je ne trouve pas ça si curieux : si on a tous les deux envie de donner, c'est parce qu'on éprouve de la gratitude.

– De la gratitude, répéta-t-elle dans un murmure. Oh ! oui... de la gratitude.

Elle dénoua délicatement le ruban doré qui fermait le paquet, ouvrit la boîte et découvrit, niché entre deux fines couches de coton, un bracelet de jade d'un vert très pâle, presque translucide, avec des reflets argent.

– Il est magnifique, dit-elle dans un souffle. Je n'en ai encore jamais vu d'aussi beau : il me fait penser à la lune. Merci, Li, fit-elle en glissant le bracelet à son poignet.

– Il est à ta mesure, à la mesure de la beauté que tu as fait entrer dans ma vie.

Ils échangèrent un bref sourire, craignant l'un et l'autre qu'un long regard ne révèle trop leur émotion et leur désir.

Après avoir progressé avec une infinie lenteur dans les embouteillages, la voiture arriva dans une partie moins encombrée de la ville, puis s'arrêta enfin devant un petit pavillon de brique, identique à tous ceux qui bordaient la rue.

Li sentit Miranda se raidir.

– Ne t'inquiète pas. Tout va bien se passer. Ma fille est quelqu'un de très civilisé.

– Oh ! je n'en doute pas, mais j'ai besoin d'un peu de...

– De chaleur, je le sais. Elle est capable d'en donner, mais il faut lui en laisser le temps.

– Tu m'as dit que tu n'aimais pas la façon de vivre de tes enfants.

– C'était un peu injuste en ce qui concerne Shuiying. Sheng dirait qu'elle et son mari sont des médiocres. Moi, je dis qu'ils sont seulement moins corrompus que Sheng. Juste ce qu'il faut pour survivre par les temps qui courent. Je crois que Shuiying te plaira. Quant à ma petite-fille, elle est parfaite.

– Parole de grand-père !

– Pas seulement, tu verras.

Miranda éclata de rire. La tension s'était envolée et elle contempla avec intérêt la maison qui se dressait devant eux. Haute, étroite, elle semblait avoir été dessinée par un enfant : deux étages, des fenêtres sagement alignées, une porte rouge vif, deux buissons flanquant symétriquement le perron, un toit pentu et une unique cheminée. Pourtant, cette maison avait quelque chose que les autres dans la rue n'avaient pas : le long de la porte, des idéogrammes tracés en lettres d'or.

– Qu'est-ce que ça veut dire ?

– « Le cœur ouvert comme une fleur. » C'est un vœu de bonheur. Ça veut dire que, quand notre cœur s'épanouira, comme une fleur s'ouvrant au soleil, la beauté et la joie inonderont le monde.

– C'est un vœu magnifique. Veux-tu me le lire en chinois ?

Li le déchiffra à voix haute et Miranda répéta, essayant d'imiter son accent.

– Je n'arrive pas à le prononcer aussi joliment que toi. Je manque encore d'entraînement. Mais c'est très joli, dans n'importe quelle langue.

– À ses heures, ma fille est poète, dit Li en soulevant le loquet de la porte. Le reste du temps, elle est programmeuse informatique. Ah, Shuiying ! s'exclama-t-il en embrassant la jeune femme qui apparut dans l'encadrement de la porte. Comme promis, je t'ai amené une amie. Miranda Graham, Yuan Shuiying.

Il les vit se jauger en une poignée de main et, lorsqu'elles prirent place dans les deux fauteuils de la salle de cérémonie, se demanda ce qu'elles pensaient l'une de l'autre : sa fille, petite, mince, très belle, et Miranda, même taille, même minceur, loin d'être aussi belle que Shuiying, et pourtant si chère à son cœur.

– Puis-je te proposer du thé, papa ? dit Shuiying dans un anglais cassant et très protocolaire.

Là, il comprit ce dont il aurait dû se douter dès le premier instant : sa fille était rigide, méfiante, aussi froide que le mobilier occidental de la maison, arrangé avec une précision quasi mathématique, sans un seul coussin froissé. Miranda était manifestement mal à l'aise : assise droite sur son siège, elle jetait dans la pièce des coups d'œil inquiets, tout en observant les gestes méticuleux de Shuiying, versant du *longjïng* – le thé vert du « puits du dragon » – dans trois petites tasses. Li s'assit face à elles, pour les avoir toutes deux dans son champ de vision.

— Miranda, fit Shuiying sur un ton indifférent, dites-moi comment vous trouvez Pékin.

— La ville me plaît beaucoup, de plus en plus même, à mesure que j'apprends à la connaître. J'ai l'impression qu'elle s'épanouit sous mes yeux, comme le poème sur votre porte.

Shuiying baissa la tête. Li se demanda si Miranda comprenait que c'était là un signe de satisfaction.

— Et que pensez-vous de la nourriture chinoise ?

— Je l'adore. Vous savez, elle est très nouvelle pour moi. Nos restaurants chinois n'offrent rien de comparable.

— C'est parce que les Chinois qui quittent le pays ne sont plus vraiment chinois. Quels restaurants avez-vous essayés à Pékin ?

Miranda les lui nomma, avant d'ajouter :

— Sans parler du petit déjeuner avec les amis de Li dans la rue, un matin...

— Dans la rue ? s'exclama Shuiying en décochant à son père un froncement de sourcils prononcé. Voyons, ça ne se fait pas, papa. Qu'est-ce que Miranda va penser de nous ? Alors que nous avons de si bons restaurants.

— Ce petit déjeuner était excellent, dit Miranda. C'est l'essentiel. Ça fait partie de mon apprentissage.

Un sourire tremblota, fugitif, sur les lèvres de Shuiying.

— Mon père dit que vous êtes ici pour affaires.

— Oui, c'est une autre partie de mon apprentissage. Au début, ç'a été difficile, mais à présent les gens me semblent plus chaleureux, voire désireux de travailler avec nous. Je trouve tout ça très... rafraîchissant.

Le regard de Shuiying rencontra celui de son père, et elle rit doucement.

— Rafraîchissant. Oui, j'imagine que ça l'a été. Avez-vous réussi à signer des contrats ?

— Oui, je crois que nous allons beaucoup travailler avec la Chine.

— Dans quel hôtel êtes-vous descendue ?

Miranda poussa un léger soupir, et Li se dit que l'interrogatoire l'ennuyait. Pourtant, elle parut répondre de bonne grâce.

— Au *Palace Hotel*. Un établissement magnifique, et très confortable. J'ai rencontré Yuan Li à l'aéroport – car je suppose que vous vous posez la question. Il m'a aidée à sortir de la foule pour attraper un taxi. Il s'est montré très gentil... et persuasif.

Shuiying resta quelques instants silencieuse, braquant son regard sur le bracelet de jade au poignet de son interlocutrice, puis demanda :

– Avez-vous visité d'autres villes en Chine ?

– Xi'an. C'était merveilleux.

– Et là, dans quel hôtel êtes-vous descendue ?

– Au *Xi'an Garden Hotel*.

– Un peu à l'écart de la ville, certainement. Comment l'avez-vous choisi ?

Li décida de répondre.

– Elle ne l'a pas choisi. C'est moi qui l'ai emmenée à Xi'an et qui ai choisi l'hôtel. Nous y étions ensemble.

– J'ai beaucoup admiré les guerriers de terre cuite, s'empressa d'ajouter Miranda. Ils ont l'air si solides qu'on dirait que le passé s'est matérialisé en eux pour arriver jusqu'au présent, au lieu de s'évanouir.

– L'idée est jolie, fit Shuiying.

Li perçut dans la voix de sa fille une note d'approbation sincère. À présent, Miranda s'était calée dans son fauteuil : elle buvait son thé, parlait avec plus d'aisance, même si le regard vigilant de la jeune femme continuait de l'épingler comme un papillon dans un album.

– Avez-vous vu des adeptes du tai-chi au petit matin ? Il y en a beaucoup à Xi'an.

– Non, mais j'aurais aimé. J'ai vu des photos, ainsi qu'un film, il y a longtemps. C'est tellement gracieux, j'aurais adoré apprendre. Un jour, peut-être, je me trouverai un professeur.

– Je peux vous montrer dès maintenant, si vous voulez, dit Shuiying.

Li leva un sourcil étonné. Autant de spontanéité ne ressemblait guère à sa fille. Avait-elle vraiment envie d'aider Miranda ou plutôt de l'humilier ? Il les regarda se lever toutes deux et se diriger vers le centre de la pièce.

– Les attitudes s'enchaînent l'une l'autre, expliqua la jeune femme. Très lentement.

Joignant le geste à la parole, elle plia une jambe, décomposant le mouvement, la décolla du sol et pivota sur un pied, avec une lenteur telle qu'elle semblait presque immobile. Puis elle leva une main, paume tournée vers l'extérieur, et, centimètre après centimètre, parut repousser quelque chose. Ensuite, lentement, très très lentement, elle tendit le bras, se retourna toujours sur un pied, abaissa le bras levé en formant un arc de cercle et reposa le pied sur le sol.

– À vous maintenant.

Elle répéta chaque geste, et Miranda l'imita, la fixant intensément, les sourcils froncés, concentrée sur tous les muscles qu'elle sentait frémir sous sa peau afin de leur imposer la discipline requise.

Li les observait, fasciné par la grâce irréelle qui semblait les habiter. Puis il sentit quelque chose se briser en lui, comme une digue cédant sous le poids des eaux : il les imagina amies, mêlant leurs deux univers si différents dans une indestructible amitié. Il les vit rire ensemble, partager leurs secrets. Cette image d'une famille, de leur famille, lui apparut comme un mirage miroitant dans le lointain, presque à portée de main – et pourtant inaccessible.

Je vous aime, dit-il silencieusement à l'une et à l'autre. Cependant, il savait qu'il ne serait jamais aussi proche de sa fille qu'il l'aurait souhaité ; quant à l'avenir avec Miranda, il n'était qu'ombres et incertitudes. En les regardant danser ainsi, il se sentait pourtant tout entier tendu vers elles, irrépressiblement attiré par le mirage de beauté radieuse qui passait devant ses yeux, dépassant tous ses rêves.

– Aimeriez-vous recommencer ? proposa Shuiying.

Il comprit alors qu'il s'agissait bien d'un test : rares étaient les gens capables de répéter les mouvements dès la première tentative.

– Oui, volontiers, répondit Miranda.

En observant sa nuque bien droite, son poing qui se fermait et s'ouvrait tour à tour, une bouffée d'amour l'envahit : elle va avoir des courbatures demain, se dit-il. Elle ne se rend pas compte du travail que ses muscles fournissent. À moins que... à moins qu'elle ne veuille prouver à Shuiying que... quoi ? Qu'elle est aussi bonne qu'elle ? Ou qu'elle est digne d'être la compagne de son père ?

Les deux femmes réitérèrent chaque mouvement. Lorsqu'elles eurent terminé, Miranda s'effondra dans un fauteuil.

– Je n'ai jamais rien fait de plus dur, dit-elle à Shuiying. Je vous admire : vous êtes magnifique. Vous donnez au tai-chi une dimension mystique.

La jeune femme sourit, plus chaleureusement qu'elle ne l'avait fait depuis que Miranda avait posé le pied dans sa maison.

214

– Il faut s'entraîner plusieurs années pour ça. Mais vous êtes excellente pour une débutante. Vous devriez continuer. Bien sûr, il existe des centaines de mouvements, je ne vous en ai montré que quelques-uns. Ils suivent une difficulté croissante. Le dîner sera bientôt prêt. Zemin ne sera pas là, papa : il est parti à Canton pour ses affaires. C'est mon mari, expliqua-t-elle à l'intention de Miranda. Il est voyagiste, il ne gagne pas beaucoup d'argent. Heureusement, il a d'autres activités très lucratives. Combien gagnez-vous comme styliste ?

Le visage de Miranda s'empourpra. Li vint à sa rescousse.

– Les Occidentaux ne parlent pas d'argent, Shuiying.

– Ah bon ? Pourquoi ça ? L'argent fait partie de la vie. Si je vous demandais votre taille, celle de votre maison, ou l'âge de vos enfants, vous me répondriez ?

– Ce n'est pas la même chose.

– Je ne vois pas la différence. Vous avez honte de l'argent que vous gagnez ?

Les traits de Miranda se durcirent.

– J'aimerais en gagner davantage, mais ça ne veut pas dire que j'ai honte de mon salaire. Il n'a tout simplement rien à voir avec ce que je suis en tant qu'être humain.

Elle paraissait blessée. Des propos surprenants pour une Américaine, se dit Li. Ses compatriotes ont toujours l'air d'évaluer les êtres à l'aune de leur salaire. Le riche ne divulgue pas le montant de ses revenus de crainte de se trouver devant plus riche que lui. Le très riche garde aussi le secret, pour ne pas paraître se vanter. Et le « pas riche » ne dit rien non plus, car il refuse de croire qu'il vaut moins que les autres, les riches, les plus riches et les très riches !

Soudain, Miranda éclata de rire.

– C'est absurde, dit-elle en posant d'un geste ferme sa tasse sur la table. Je gagne quarante mille dollars par an, un salaire suffisant pour moi et mes deux enfants.

– Quarante mille... Trois cent vingt mille yuans ! Vous êtes une femme très riche !

– C'est sans doute beaucoup d'argent en Chine, mais aux États-Unis, c'est un revenu...

– Modeste, compléta Li d'une voix calme.

– Et vous, combien gagnez-vous ? demanda alors Miranda avec une assurance qui l'étonna elle-même.

– Deux mille yuans par mois. Mais je gagnerai plus l'année prochaine, s'empressa d'ajouter Shuiying.

– Vous voulez dire deux cent cinquante dollars par mois ? Mais comment faites-vous pour vivre avec cette somme-là ?

– Mon mari en gagne trois fois autant. Mais, bien sûr, ce n'est pas suffisant : ce n'est jamais suffisant. Nous gagnerons beaucoup plus dans le futur. Avoir de l'argent, c'est bien. Faire de l'argent, c'est mieux. L'argent est essentiel.

– Il y a d'autres choses essentielles dans la vie : les amis, la famille, habiter à proximité de bonnes écoles, dans un endroit qu'on aime.

– Seul l'argent permet d'avoir tout cela.

– Comment faites-vous pour écrire des poèmes et accorder autant d'importance à l'argent ?

– Parce que vous croyez que les poètes sont indifférents à l'argent ? Les poètes doivent se nourrir, comme tout le monde, répliqua Shuiying. Vous avez dit que vous aviez des enfants : où est votre mari ?

– Il est mort il y a plusieurs années. Et le vôtre, que fait-il quand il n'organise pas des voyages ? demanda Miranda, manifestement soulagée de changer de sujet.

– Il travaille dans des organisations gouvernementales et dirige aussi deux entreprises privées.

– Quelles organisations ?

L'innocence de la question donna à Li l'envie de prendre Miranda dans ses bras, de partager, quelques instants, la même ingénuité, la même ignorance de la corruption.

– Des organisations de toutes sortes, répondit Shuiying. Zemin a de multiples compétences. Il est responsable d'une agence gouvernementale et...

Soudain la porte d'entrée s'ouvrit à la volée. Une petite fille entra en courant et... s'arrêta net en voyant Miranda. Puis elle aperçut Li et se précipita sur ses genoux.

– *Laoyeh* ! Où tu étais ? Il y a très très très longtemps que tu n'es pas venu me voir !

Li lui demanda d'essayer de répéter sa phrase en anglais.

– Miranda, je te présente ma petite-fille, Cheng Ming. Cette dame vient d'Amérique, lui expliqua-t-il. Elle s'appelle Miranda.

– *Ni hao*, dit celle-ci.

Ming se dépêcha d'enchaîner une cascade de phrases en chinois.

– Elle ne comprend pas pourquoi je lui demande de parler anglais, traduisit Li, puisque tu parles chinois.

Miranda éclata de rire.

– Mon vocabulaire se limite à trois mots : bonjour, au revoir, merci. Dis-moi, elle parle vraiment anglais ? À cinq ans ?

– Je t'avais dit que c'était une petite fille exceptionnelle, répondit Li avant de chuchoter quelques mots à l'oreille de l'enfant.

La petite fille se tourna alors vers Miranda.

– Comment allez-vous ? lui demanda-t-elle en anglais, articulant soigneusement chaque mot. J'espère que vous aimez la Chine. Elle est plus grande que l'Amérique, et plus riche, et plus belle.

– Pardonnez-lui, dit Shuiying. À son âge, on apprend des phrases simples, et on ne comprend pas vraiment ce qu'on raconte.

Miranda alla s'agenouiller devant Ming et passa derrière son oreille une longue mèche de cheveux noirs qui masquait ses yeux. Elles échangèrent un sourire.

– J'espère bien que, pour toi, ton pays est le plus beau du monde, dit-elle à la petite fille. Tu dois être fière de la Chine, parce que c'est ton pays et qu'il faut toujours être fier de son pays.

– Il est rare d'entendre les Américains parler ainsi, reprit Shuiying.

– J'espère juste qu'elle comprend que les Américains éprouvent pour leur pays les mêmes sentiments qu'elle... et que personne ne lui apprend à détester l'Amérique.

– Personne ne voudrait le lui apprendre...

Miranda haussa un sourcil étonné, mais préféra s'abstenir de tout commentaire. Elle embrassa la joue de Ming et retourna s'asseoir.

– Si vous le permettez, dit Li, je vais emmener ma petite-fille boire quelque chose.

Shuiying hocha la tête en signe d'approbation. Il prit la main de l'enfant et tous deux disparurent dans la cuisine. Là, il servit un jus de fruits à Ming et, pendant qu'elle babillait, lui racontant sa journée à l'école, il prêta l'oreille à la conversation des deux femmes...

– ... agence gouvernementale, disait Shuiying. Mais il arrêtera dès que ses autres sociétés commenceront à rapporter plus d'argent.

– Quel genre de sociétés ?

– Un laboratoire pharmaceutique...

Les pensées de Li s'envolèrent alors vers ces milliers de Chinois qui mouraient chaque année pour avoir consommé des médicaments frelatés ou factices. Il se demanda quel était le rôle de son gendre dans ces trafics et se rappela le proverbe chinois : « Le boucher place une tête de mouton dans sa vitrine, et vend de la viande de chien. » *Jusqu'où Zemin est-il impliqué dans tout ça ?*

— ... qui fabrique aussi du dentrifrice Crest, du 5 de Chanel et du shampooing Flex. Ces produits se vendent très bien en Chine.

— Vous voulez dire que votre mari dirige des sociétés américaines ?

— Non, chinoises. Les Américains n'ont rien à voir là-dedans.

— Mais ce sont bien des produits américains.

— En Chine, ce sont des produits chinois. Les Américains en tirent d'énormes bénéfices. Le fait que nous en fassions aussi ne leur ôte rien. Même si vos compatriotes s'en plaignent, ces sociétés sont sûres parce qu'elles appartiennent à des fils de hauts fonctionnaires et de gradés. En outre, ces produits sont très populaires ici. Donc, tout le monde est content.

Li s'imagina le visage de Miranda. Elle devait mal supporter de se taire.

— L'autre société de Zemin fabrique des paraboles, poursuivit Shuiying. L'usine appartient à des hommes qu'il connaissait quand il était militaire. Ils l'ont choisi comme directeur parce qu'il est habile en affaires. Il touche une commission sur chaque parabole vendue, et il s'en vend beaucoup.

— Vous avez des paraboles ? Vous pouvez donc capter toutes les chaînes que vous voulez ?

— Oui, pourquoi ? Ah, je vois : vous pensez que c'est illégal. Officiellement, ça l'est, c'est vrai. Mais depuis que l'armée possède les usines, tout le monde ferme les yeux.

— Curieux... Votre gouvernement viole ses propres règles...

— Pour l'argent, répondit la jeune femme sur le ton de l'évidence.

Li prit la main de Ming, jugeant qu'il était temps de la ramener dans la salle de cérémonie. Shuiying dit alors quelques mots en chinois, et la petite fille partit en courant.

— Je lui ai demandé d'aller se laver les mains avant de se mettre à table. Maintenant, pardonnez-moi, mais j'ai à faire à la cuisine. Je n'ai pas de domestique. J'en aurai quand Zemin prendra des parts dans l'usine.

– J'aimerais vous aider, proposa Miranda.

– Oh non ! ce n'est pas le rôle d'une invitée. Je vous appellerai quand j'aurai terminé.

– Je vous en prie. En Amérique, on s'aide quand on s'invite, vous savez. Et puis je voudrais vous regarder préparer le dîner. J'apprendrai sûrement beaucoup de choses.

– Ah ! fit simplement Shuiying, inclinant à nouveau la tête pour manifester sa satisfaction. Dans ce cas...

Li les suivit des yeux tandis qu'elles se rendaient dans la cuisine. Son regard s'attarda sur la chevelure de Miranda. Tout ce qui fait ma vie lui appartient, se dit-il. Elle s'y coule, s'y glisse, comme si son pays était ici. En fait, oui, son pays c'est n'importe où, mais avec moi.

Tu vas partir aux États-Unis ?

Il crut entendre la voix de Sheng quand la question lui avait échappé dans son bureau.

TU VAS PARTIR AUX ÉTATS-UNIS ?

Après tout, ce n'était pas impossible. Partout dans le monde, les gens changeaient de vie, de pays. L'amour était une raison aussi valable qu'une autre pour le faire.

– *Laoyeh !* fit Ming en passant la tête par l'entrebâillement d'une porte.

Li se leva et elle courut vers lui.

– Tu ne devrais pas être en train de te laver les mains ? lui demanda-t-il.

– Elles sont très propres. Elles ne peuvent pas l'être plus. Tu me liras un livre après le dîner ?

– D'accord.

– Et on jouera aussi ?

– S'il n'est pas trop tard.

– C'est quelle heure trop tard ?

Li éclata de rire et embrassa l'enfant.

– On verra à quelle heure se termine le dîner. Après, on aura une petite idée.

Ming hocha la tête.

– J'ai dit à maman que tu me lirais plein d'histoires et qu'on jouerait à plein de jeux. Elle m'a répondu que tu serais trop occupé avec ton amie Miranda. Elle est très jolie, non ? Elle a un très beau sourire. Maintenant je vais remonter : comme ça, quand je redescendrai, maman pensera que je suis venue la voir directement. Tu es un très bon *laoyeh*, conclut-elle en posant un baiser sur la joue de son grand-père.

Et elle se précipita en courant dans l'escalier.

D'où tient-elle cette sagesse ? se demanda Li. Comment peut-elle savoir, si jeune, que sa mère supporterait mal qu'elle fût venue trouver son grand-père avant elle ? Après tout, peut-être est-ce moins affaire de sagesse que d'instinct de conservation. Nous apprenons très tôt à nous protéger...

– Li, Shuiying voudrait savoir si...

Miranda se dirigeait vers lui. Il se porta à sa rencontre, la prit dans ses bras avec rudesse et l'embrassa.

– Je t'aime, lui dit-il lorsque, lentement, leurs lèvres se désunirent.

– Li, je t'en prie. Shuiying est dans la pièce à côté. Nous sommes chez elle ! Et si elle nous voyait ?

– Elle serait étonnée.

– Non. Moi, je crois qu'elle serait en colère. Elle ne me réinviterait plus jamais.

– Bien sûr que si. Tu lui plais. Elle t'a montré des mouvements de tai-chi, et je ne l'ai jamais vue faire ça avec personne. Elle te réinvitera souvent.

Leurs regards plongèrent l'un dans l'autre : ce ne serait vrai que si Miranda restait en Chine. Vivait en Chine. Avec lui.

Tu vas partir aux États-Unis ?

C'était possible. Tout comme il était possible que Miranda vive en Chine.

Reste avec moi. Vis avec moi. Sois ma...

– Non, Li, fit Miranda en reculant d'un pas. Elle avait lu la question dans ses yeux. Je ne veux pas parler de ça.

– Alors, plus tard, répondit-il d'une voix frémissante. Oui, plus tard, il faudra bien qu'on en parle. On le sait depuis le début, ajouta-t-il en attrapant une statuette d'ivoire sculpté qu'il tourna et retourna entre ses doigts afin d'apaiser son tremblement. Quelle était la question de Shuiying ?

Miranda passa nerveusement une main dans ses cheveux.

– Elle veut savoir si tu préfères des entrées chaudes ou froides. Elle dit que tu n'aimes pas les froides. Je l'ignorais. Je crois qu'elle essaie de me prouver que je ne te connais pas aussi bien qu'elle.

Ta place est avec moi. Même si elle ne veut pas l'admettre, elle le sait. Avant, je n'aimais pas les entrées froides. J'ai changé. Les filles n'aiment peut-être pas penser que leurs pères peuvent changer. Je voudrais donc des entrées chaudes et froides. Et c'est ce que je vais lui dire.

— Non, c'est moi qui y vais. Elle dit qu'elle a horreur de voir des hommes dans sa cuisine.

Li resta immobile, à caresser les contours de la figurine d'ivoire, le regard perdu vers la porte par laquelle Miranda venait de disparaître. *Ta place est avec moi, à mes côtés. Il faut qu'on en parle.*

Mais, même plus tard, après le dîner, lorsqu'ils eurent pris congé de Shuiying, il repoussa le moment d'aborder le sujet. Sa fille n'avait pas réinvité Miranda. Elle n'avait même pas dit qu'elle espérait la revoir.

— Je ne pensais pas vraiment qu'elle le ferait, lui dit Miranda dans la voiture. Mais je l'espérais un peu tout de même. Je croyais lui avoir plu.

— Tu lui as plu. Mais elle ne sait pas dans quel tiroir de sa vie te ranger. Ça viendra. Laisse-lui le temps.

Nous n'avons pas le temps, se dirent-ils l'un et l'autre. Mais ni l'un ni l'autre, ils n'osèrent prononcer ces mots...

Lorsqu'il eut invité Miranda à entrer, Li referma la porte à clé derrière eux.

— J'aime rentrer avec toi, dit-il. Tu rends ma maison chaude et vivante. Et puis j'ai une surprise pour toi, ajouta-t-il en lui prenant la main. J'espère qu'elle te plaira.

Miranda se figea sur le seuil de la chambre.

— Oh ! Li ! Bien sûr qu'elle me plaît !

Un couvre-lit de soie d'un bleu profond, brodé de dragons et d'oiseaux fantastiques qui semblaient battre des ailes sous la lueur tremblotante du lustre, était étalé sur le lit.

— Je l'ai acheté pour nous.

Leurs vêtements glissèrent sur le sol. Li embrassa la gorge palpitante de Miranda.

— Nous deux. Ensemble, reprit-il. Où que ce soit. Je veux pouvoir prononcer ton nom et savoir que tu vas me répondre. Je te veux pour toujours. Je veux ton corps, ton sourire, tes yeux...

Il l'étendit sur le lit, parmi les oiseaux et les dragons de soie. Sa bouche trouva lentement son chemin entre ses seins. Il sentit son souffle s'accélérer, entendit son prénom sur ses lèvres et s'unit à elle avec la confiance et la certitude de qui rentre à la maison.

– Tu m'as manqué toute la journée, dit Miranda lorsqu'ils furent à nouveau allongés côte à côte.

– À moi aussi. Tout ce qui venait me distraire, m'empêcher de penser à toi, me rendait furieux. Maintenant, j'ai une autre surprise pour nous, fit Li en se levant pour aller chercher une bouteille et deux flûtes dans un petit meuble. Nous n'avons encore jamais bu de champagne ensemble. J'ai pensé qu'il était temps.

Adossés au mur tendu de soie derrière le lit, ils trinquèrent en silence, dégustant des instants de bonheur parfait où les images et les rêves pouvaient défiler en toute liberté dans leurs têtes.

– On a oublié ton cadeau, dit soudain Miranda. Je l'ai laissé dans la voiture. Tu ne voudrais pas aller le chercher ? Il est sur le siège arrière.

– Je reviens tout de suite.

Li passa une robe de chambre et revint au bout de quelques instants, un sac à la main. Mais ces quelques secondes d'absence avaient ouvert une porte sur l'extérieur.

– Ils sont toujours là ? lui demanda-t-elle. Ils nous surveillent toujours.

Li hésita. Il était facile de lui mentir, elle le savait. Mais il ne lui mentirait pas – elle le savait aussi.

– Oui, ils sont toujours là. Ils doivent dormir dans leur voiture.

– Et c'est tout ce qu'ils font ? Attendre que quelqu'un entre ou sorte ?

Il hésita avant de répondre :

– Non, ce n'est pas tout ce qu'ils font : ils ouvrent mon courrier, écoutent mes communications...

– Tu veux dire que ton téléphone...

– Oui, bien sûr, il est sur écoutes, répliqua-t-il avec une évidence telle que Miranda en eut le souffle coupé. Ça arrive souvent. On n'y pense pas. On fait juste un peu plus attention à ce qu'on dit. Maintenant, j'aimerais ouvrir mon cadeau.

Elle le dévisagea : il paraissait à l'aise, parfaitement décontracté, serein. Comment était-ce possible ? Une immense compassion l'envahit, mêlée à un élan d'amour si fort qu'il balaya en elle tout ce qui n'était pas Li.

· Ouvre-le, dit-elle.

Il déposa un léger baiser sur son front, s'assit sur le lit, puis sortit du sac une grande boîte plate enveloppée de soie bleue. Il dénoua le ruban et découvrit un blazer en cachemire couleur tabac avec des boutons de cuir.

— C'est pour moi ? fit-il, presque étonné. Un si beau cachemire. Je n'ai jamais rien eu d'aussi magnifique.

— Alors il est à ta mesure, à la mesure de la beauté que tu as fait entrer dans ma vie, lui dit-elle, répétant malicieusement la phrase qu'il avait prononcée en lui offrant le bracelet de jade.

Il lui sourit.

— Je n'ai jamais vu un vêtement d'une telle qualité en Chine.

— Parce que les fabricants chinois les expédient à l'étranger. En Europe ou aux États-Unis, cette veste sera vendue sous la marque Armani. Je voulais t'offrir quelque chose que tu ne te serais pas acheté toi-même.

— C'est un cadeau somptueux, murmura-t-il tout contre ses lèvres. Maintenant, je vais me documenter sur ces fameuses chèvres du Cachemire. J'aimerais savoir laquelle de ces créatures a aimablement donné son poil pour qu'on fabrique cette merveille.

— Elle n'était pas seule, répondit Miranda en riant. Il a fallu tondre plus d'une centaine de chèvres pour confectionner cette veste. Tu l'essaies ?

— Bonne idée !

Il se leva et enfila la veste. Miranda s'esclaffa en le voyant prendre la pose devant le miroir, nu sous son blazer.

— Notez la coupe parfaite, commença-t-il, imitant la voix des journalistes de mode sur CNN. Remarquez le doux chatoiement de l'étoffe, le tombé irréprochable, que seules peuvent garantir des chèvres d'une qualité exceptionnelle. Regardez comme cela met en valeur la vigueur et la jeunesse de ce corps d'athlète, conclut-il dans un éclat de rire.

Miranda fut prise d'une crise de fou rire. Et il riait avec elle, étourdi par un sentiment de liberté qu'il n'avait jamais connu auparavant : celui de la frivolité, du plaisir de rire pour des riens.

— J'aime quand tu ris, dit-elle lorsqu'elle eut repris son souffle.

— C'est grâce à toi si je ris, tu le sais.

Ils échangèrent encore quelques mots à mi-voix, puis restèrent assis l'un près de l'autre en silence, laissant divaguer leurs pensées : ils étaient ensemble. *Oui, ensemble, tout simplement,* songea Li.

Il écarta la bouteille, les verres. Miranda s'étendit sur le lit. Sous son corps dévêtu volaient des dragons brodés d'or, têtes crachant le feu, ailes déployées, scintillant sous la faible lueur que dispensait le lustre au-dessus d'eux. Et, parmi les dragons, des oiseaux, une multitude d'oiseaux, larges becs, plumages frissonnants dans une brise imaginaire, yeux avides dévorant le ciel, serres prêtes à agripper une proie. Sur ce ciel de soie bleu sombre, Miranda semblait une longue flamme blanche et douce, surnaturelle.

— Tu es magnifique, lui dit Li, au milieu de tous ces dragons. On dirait que tu viens d'une légende, que tous les poèmes de Chine ont été écrits pour toi... et moi, je suis ivre d'amour.

— De champagne surtout, rétorqua Miranda avec un sourire.

— Oh, non ! Pas seulement ! Toute ma vie je t'ai attendue, et pendant tout le reste de ma vie je te...

Il sentit ses muscles se raidir sous ses doigts et comprit qu'elle n'était pas encore prête. Et lui, était-il prêt à parler d'avenir ? Qu'allait-il lui dire ? Qu'avait-il à lui proposer, ou à lui demander ?

— ... je te chérirai. Mais, pour l'instant, examinons le programme de demain : peux-tu te libérer de bonne heure ? poursuivit-il en essayant d'adopter un ton désinvolte. J'ai des projets : j'aimerais t'emmener visiter le palais d'Été. Ensuite on pourrait se promener rue Dazhalan : on y trouve les boutiques les plus anciennes et les plus réputées de Pékin. Après quoi nous fêterons ta première semaine en Chine au restaurant.

Ta première semaine en Chine. Miranda le regarda dans un demi-sommeil. *Une semaine. Comment a-t-il pu se passer tant de choses en une seule semaine ? Comment ai-je pu changer à ce point ?*

Et il ne reste plus que quatre jours.

— Et si tu peux finir assez tôt dans les jours à venir, jeudi je pourrais te montrer Liulichangjie, la rue des antiquaires ; vendredi, le marché aux soieries de Xiushui. Et samedi, visite de la Cité interdite.

Il remplit nos journées. Toutes nos journées. Et dimanche matin...

Miranda essayait de lutter contre le sommeil — *j'aurai tout le temps de dormir dans l'avion* — pour ne pas perdre un seul instant avec Li. Elle le vit s'assoupir, couché sur le dos, les mains croisées sur la poitrine. Elle finit par s'endormir à son tour, d'un sommeil agité ;

elle se voyait dans un avion, en train de survoler d'immenses océans indifférents.

Le lendemain, ils se levèrent si tard qu'ils eurent à peine le temps de se préparer pour courir à leurs rendez-vous respectifs. Miranda fut la première sous la douche. Li fixait la mince ligne blanche de son dos tandis qu'elle se brossait les cheveux.

— Quelle est la tenue conseillée pour le palais d'Été? lui demanda-t-elle pendant qu'ils s'habillaient.

— Décontractée. Un pantalon et la veste noire de Meiyun, peut-être.

— À propos, je lui ai proposé de dîner avec nous après-demain.

— Elle pourrait nous accompagner à Liulichangjie après le dîner.

- D'accord, je lui poserai la question quand je l'aurai au téléphone tout à l'heure.

Tout est si facile, si naturel, se dit Li en boutonnant sa chemise. On est aussi à l'aise et détendus que si on se connaissait depuis des années. Oui, c'est ça : un couple comme les autres à l'aube d'une nouvelle journée. *Facile. Naturel. À l'aise. Détendus. Couple.* Des mots qui lui nouaient la gorge.

Un coup violent frappé à la porte vint l'arracher à ses pensées.

— Papa ? – c'était la voix de Sheng. Il faut que je te parle ! Ouvre ! Ouvre tout de suite !

Li se figea. D'instinct, Miranda recula derrière lui.

— Qu'est-ce qu'on fait ? chuchota-t-elle.

— C'est la première fois qu'il fait ça. Il doit avoir un problème grave, commença-t-il, inquiet, avant de répondre à sa question : ce qu'on va faire ? L'inviter à prendre le petit déjeuner avec nous. Après tout, nous n'avons rien à cacher.

Il ouvrit la porte et Sheng s'engouffra littéralement dans la pièce, hirsute, la cravate en bataille, l'air hagard.

— Il faut que je te parle. Il s'est passé quelque chose...

Il s'arrêta net en apercevant Miranda.

— Vous vous connaissez, dit Li, sur un ton qu'il voulait dégagé, tentant de dissimuler la peur qui l'envahissait. Vous vous êtes déjà rencontrés. On allait prendre le petit déjeuner, Sheng. Tu veux te joindre à nous ?

— Non, papa. J'ai besoin de te parler ! Tout de suite !

— Je pars travailler, dit Miranda.

Li hésita un instant, puis acquiesça : c'était mieux ainsi. Sheng semblait avoir besoin de lui, et il ne dirait rien devant elle.

— D'accord, mon chauffeur va te conduire. Il reviendra me chercher plus tard. Je t'appelle dans la journée.

Miranda se tourna vers Sheng pour lui dire au revoir. Il ne lui accorda pas un regard.

Elle sortit, traversa presque à l'aveuglette la succession de petites cours qui la séparaient de la rue : elle était sous le choc, bouleversée.

Li la suivit des yeux, puis se tourna vers son fils.

— Alors ? dit-il.

— Qu'est-ce que c'est que ça ? cria Sheng, arrachant presque de la poche intérieure de sa veste une enveloppe pleine de papiers. Des lettres aux étudiants dissidents. Une liste de numéros de téléphone. Tes plans pour saboter la cérémonie de bienvenue au président américain sur Tian'anmen. Comment as-tu pu faire une chose pareille ? D'abord cette femme, et maintenant ça ! Tu nous trahis ! Tu veux notre perte ?

— Attends un instant, fit Li.

Il sentit son cœur s'emballer quand il prit la liasse de papiers des mains de son fils : chaque feuillet portait sa signature. Il les parcourut l'un après l'autre, ébahi.

— Je n'ai jamais vu ces documents, reprit-il. Ils ne sont pas à moi. Je ne sais pas d'où ils sortent.

— De ton bureau ! D'où veux-tu qu'ils sortent ?

— Avant d'atterrir dans mon bureau, ils étaient ailleurs, et c'est cet ailleurs qui m'intéresse, répondit Li sans se démonter, plongeant un regard inquisiteur dans les yeux de son fils.

Il s'absorba dans la lecture de chaque feuillet, le lut et le relut minutieusement. Le style n'était pas le sien, mais comme il n'avait jamais rédigé ni tracts ni textes séditieux, il n'y avait aucune comparaison possible : on pouvait parfaitement prétendre qu'ils étaient de sa main. Ce fut alors qu'il aperçut une anomalie dans la signature. Elle imitait la sienne, mais imparfaitement : les caractères étaient plus étroits, moins déliés que les siens.

Il leva les yeux vers Sheng.

— Comment les as-tu trouvés ?

— Je ne comprends pas.

— Tu es entré dans mon bureau, précisa Li, exaspéré. Quand ?

— Ce matin...

— Ça t'arrive souvent ?

– Bien sûr que non !

– Mais ce matin, oui.

– Je cherchais quelque chose.

– Manifestement. Et que cherchais-tu ?

Sans répondre, Sheng fixa les papiers dans la main de son père.

– Pourquoi devrais-je croire qu'ils ne sont pas à toi ? Ils étaient dans ton bureau, signés par toi, et j'ai tout de suite reconnu ton écriture.

– Une signature et une écriture, ça se falsifie, tu le sais. Que cherchais-tu dans mon bureau ?

Une fois encore, Sheng s'abstint de répondre.

– Tous ces noms d'étudiants, tous ces numéros de téléphone, ces plans de sabotage, ça ne te dit rien ?

– Rien du tout. Je viens de te dire que je n'avais rien à voir avec tout ça. Ça t'arrangerait peut-être de croire le contraire...

– Mais enfin, ces papiers étaient dans ton bureau ! Signés par toi ! Qu'est-ce que tu croirais, toi, à ma place ?

– Qu'il y a quelque chose là-dessous. Tu sais très bien que je n'ai aucun contact avec la dissidence.

– Toi, peut-être pas. Mais cette femme oui. Tu m'as avoué toi-même qu'on la suivait à cause de ses contacts. Et voilà qu'elle passe la nuit ici ! Tu as trempé dans un complot, et le gouvernement le sait, sinon il ne te ferait pas filer. Tu m'as dit qu'elle...

– Je sais ce que je t'ai dit. Et je te répète que Miranda n'a rien à voir avec tout ça. Maintenant, je te le demande une dernière fois : *que cherchais-tu dans mon bureau ?*

Sheng fronça les sourcils.

– Je ne sais pas, répondit-il enfin. Mais je pensais bien y trouver quelque chose. J'ai regardé dans le mien aussi.

– Dans le *tien* ? s'exclama Li, furieux. Tu soupçonnais quelque chose, c'est ça ? Quelqu'un de l'entreprise qui essaierait de nous nuire ? De *me* nuire ? C'est ça ? Sheng, réponds-moi !

Le jeune homme se laissa tomber sur une chaise.

– Ce n'est pas quelqu'un de la boîte, dit-il dans un souffle, avant de pousser un juron : *Biao zi yang de !* Quand il a demandé à utiliser mon téléphone et réclamé les clés du bureau, sur le coup je n'ai pas réagi. Il disait qu'il avait besoin d'un endroit où passer des coups de fil sans qu'on puisse remonter sa piste. Et puis j'ai réfléchi, et j'ai trouvé ça bizarre.

Tu as donné les clés du bureau à quelqu'un, reprit posément Li, contenant sa colère. À qui ?

— À Pan Chao. Il voulait téléphoner.

— Il y a des téléphones partout dans Pékin.

— Je sais. Et j'ai commencé à me poser des questions. Je me suis dit qu'il voulait peut-être me surveiller...

— Et introduire quelque chose dans mon bureau... ou dans le tien. Que se passait-il ensuite ? Il conseillait à la Sécurité de fouiller mon bureau ? Pourtant personne n'est venu. Quand lui as-tu donné les clés ?

— Hier après-midi. Je l'ai vu après notre réunion avec les entrepreneurs.

— Et quand te les a-t-il rendues ?

— Il ne me les a pas rendues. Je n'en avais pas besoin. Je lui ai donné un double.

— Le bureau ne va pas lui suffire, marmonna Li en jetant un coup d'œil circulaire dans la pièce.

— Tu crois qu'il est venu ici ? fit Sheng. Qu'il est entré par effraction dans ta maison ? Mais tu étais chez toi hier soir.

— Pas hier. J'ai dîné chez Shuiying.

Dans un même mouvement, ils sortirent du salon pour se précipiter dans le bureau de Li. Ils cherchèrent un quart d'heure, et trouvèrent l'enveloppe sous un dossier plein de brouillons et de notes.

— *Tsao !* s'exclama Sheng en s'effondrant sur la table de travail de son père.

Li demeura debout, figé par un frisson glacé qu'il connaissait bien et sentait avec terreur s'insinuer à nouveau en lui.

— Mais pourquoi Pan Chao m'en veut-il à ce point ? Si la Sécurité avait trouvé ces papiers, j'étais arrêté et condamné, ça ne faisait pas un pli.

Et tout le passé serait revenu : mon journal quand j'étais étudiant, mon amitié avec le professeur Ye, sans parler de ma relation avec Miranda, ni de la réunion avec les ouvriers que j'ai organisée dans mon bureau, avec des entrepreneurs qui trouvent mes idées subversives...

— Pourquoi ? répéta-t-il. Pourquoi Chao veut-il me faire arrêter ?

Sheng s'obligea à parler. Sa voix hoquetait, les mots avaient du mal à franchir la barrière de ses lèvres.

— Peut-être... qu'ils veulent... se débarrasser de... toi.

– Tu veux parler de tes deux associés ? Pourquoi voudraient-ils se débarrasser de moi ?

– Ils pensent que je devrais diriger la boîte. Ils n'arrêtent pas de me le dire. Ils trouvent que je le ferais mieux que toi.

– Vraiment ?

Sheng grimaça.

– Tu comprends, il faut des jeunes à la tête des entreprises chinoises, expliqua-t-il d'une voix hésitante. Qui puissent mieux comprendre la Chine d'aujourd'hui, qui soient plus souples, plus au fait du monde moderne.

– Et tu te trouves toutes ces qualités ?

– Non... pas vraiment. J'y ai beaucoup réfléchi hier soir. Je ne crois pas en être capable. Je veux dire... qu'il me reste encore beaucoup à apprendre.

– Oui, nous en avons déjà parlé, répondit Li, radouci, saisi de pitié pour son fils, qui s'humiliait face à un père qu'il avait toujours voulu surpasser. Que veulent-ils que tu fasses de Chine Constructions une fois que tu en seras le PDG ?

Sheng secoua négativement la tête.

– Je n'en sais rien.

– Si, tu le sais ! Et tu vas me le dire ! Tout de suite ! Regarde-moi quand je te parle ! Qui protèges-tu : eux ou moi ?

– Il faut que je réfléchisse ! répondit son fils dans un cri. Ce n'est pas si facile...

– Je me fous de savoir si c'est facile ou pas. Ton copain veut foutre ma vie en l'air ! Je risque de tout perdre...

– Ce n'est pas mon copain, l'interrompit Sheng d'une voix hachée. Je croyais qu'il l'était, mais...

– Alors pourquoi le protèges-tu ?

Toujours avachi sur le bureau, son fils se pliait en deux, les mains sur l'estomac.

– *Tsao*, dit-il enfin, vaincu. Que tu sois arrêté ou que tu partes en Amérique, ils n'en ont rien à faire : tout ce qu'ils veulent, c'est que tu disparaisses pour que je puisse reprendre la boîte.

– Pour quoi faire ? Une magouille que je ne permettrais pas ?

– Ils n'arrêtaient pas de me dire que je ferais un bon dirigeant. Maintenant je sais qu'ils cherchaient à se servir de moi. Hier soir, poursuivit Sheng en marmonnant, Wu Yi m'a posé beaucoup de questions sur Chao et Enli. Elle m'a demandé s'ils avaient vraiment de l'admiration pour moi, si je croyais qu'ils me disaient la vérité.

C'était bizarre : d'habitude, elle ne me pose jamais de questions sur mon travail. Je lui ai dit que j'avais l'impression de passer un examen, et elle a éclaté de rire. Puis elle a fini par me dire qu'ils avaient l'air de jouer un rôle, que leur discours sonnait faux. C'est une actrice, tu comprends, elle connaît bien ce genre de choses...

– Oui, confirma sobrement Li.

À nouveau, il était rempli de tristesse pour son fils : Wu Yi, obsédée par le pouvoir et par la réussite, le questionnait sur son avenir. Bien sûr que c'était un examen : elle ne voulait pas avoir à ses côtés un homme manipulé, un pantin.

– Et alors ? demanda Li.

Sheng baissa la tête.

– On était au lit, elle s'est endormie, et moi j'ai continué à réfléchir, et... je me suis mis à pleurer. C'était terrible, je n'arrivais plus à m'arrêter. Je ne pouvais pas m'empêcher de penser à toi. Je me disais que ça doit être dur d'avoir un fils incapable de travailler dans la légalité. Quoi qu'ils en disent... Tu as raison : je n'ai pas assez appris. J'étais trop occupé à monter des coups avec Chao et Enli, à faire semblant d'avoir du pouvoir. Alors je me suis rappelé que je ne les avais pas laissés utiliser les entrepôts de Chine Constructions...

– Pour y faire quoi ?

Suivit un interminable silence, pendant lequel Li vit presque se former sur le visage de son fils une décision grave.

– On a passé des contrats avec des usines, avoua Sheng. Elles fabriquent des matériaux de construction sous des labels étrangers : américains, européens, japonais, israéliens... Et certains entrepreneurs nous achètent ces matériaux-là plutôt que ceux spécifiés par leurs architectes.

– À un prix beaucoup plus bas, naturellement, repartit Li, comprenant immédiatement. Ce ne sont pas des matériaux qui touchent la structure du bâtiment...

Le jeune homme répondit non d'un mouvement de tête.

– Donc, l'immeuble ne risque pas de s'écrouler. En revanche, à l'intérieur, tout vieillira vite.

– Oui, c'est ça, confirma Sheng.

– Vous avez besoin d'entrepôts où stocker vos matériaux, et tes associés veulent se servir des nôtres.

– Et de nos camions aussi, pour les acheminer dans tout le pays. Personne ne se douterait de rien, Chine Constructions est une entreprise tellement respectable... C'est sans doute pour ça qu'ils voulaient me voir à la tête de la boîte. On dirait que j'ai tout perdu : mes associés, ta confiance, mon avenir... et Wu Yi. Elle n'a pas supporté de me voir pleurer : elle m'a fichu dehors en criant que je n'étais pas un homme...

Sheng se tut, incapable de poursuivre. Li s'approcha lentement de lui, le prit dans ses bras et le berça doucement, comme un enfant. Après tout, c'était bien ce qu'il avait dit à Miranda : *Sheng a encore pas mal de chemin à faire avant de devenir vraiment adulte.* Peut-être avait-il commencé.

Le jeune homme se dégagea, mais sans brusquerie, toujours plongé dans ses réflexions :

— Je crois que j'ai toujours su qu'ils se débarrasseraient de moi le jour où je ne leur serais plus utile. *Aujourd'hui, je ne peux pas les laisser te faire ça !* Mais si je les quitte, que vont-ils me faire à moi ?

Les mots semblaient se tordre dans sa bouche. Li mesura toute l'ampleur du dilemme auquel son fils avait été confronté : avouer sa faiblesse pour sauver son père, ou poursuivre son chemin auprès d'associés qui lui jouaient la comédie du pouvoir.

La sonnerie du téléphone retentit. Li décrocha d'un geste vif.

— Monsieur Yuan, lui dit sa secrétaire. Les agents de la Sécurité publique sortent à l'instant de votre bureau. Ils ont fouillé partout et m'ont interdit de vous appeler. Allez-vous passer aujourd'hui ?

— Oui, bien sûr. Ils ont emporté quelque chose ?

— Non, rien.

— Vous en êtes sûre ?

— Absolument certaine.

— Ils sont venus au bureau, c'est ça ? demanda Sheng lorsque son père eut raccroché.

— Oui. Ils ne vont pas tarder à débarquer ici. Il faut que tu files.

— On doit d'abord cacher ces papiers.

— Laisse-les en évidence sur la table, répondit Li avec un sourire ironique. Ce qui crève les yeux ne les intéresse pas !

— Comment peux-tu plaisanter ?

— C'est parfois le seul moyen de survivre.

Leurs regards se croisèrent : celui de Sheng était affolé.

— D'accord, dit son père. Je vais cacher ces papiers, mais dans un endroit connu de moi seul. Moins tu en sauras, plus tu seras protégé.

Sur ces mots, il laissa son fils seul dans le bureau et retourna dans le salon. Il roula le tapis qui se trouvait devant le rocher du sage, souleva une étroite lame de parquet et glissa dessous les deux enveloppes. Après avoir tout remis en place, il rejoignit Sheng.

– Maintenant, va-t'en. Il ne faut pas qu'on te trouve ici. Tu serais suspect. Trop proche de moi.

Le jeune homme acquiesça en silence et, tournant le dos à son père, se dirigea vers la porte. Li le vit ralentir peu à peu, puis s'immobiliser totalement. Il entendit alors la voix tremblante de son fils.

– Ils ne me pensent pas proche de toi. Qu'est-ce qui pourrait leur faire croire ça ? Qu'ai-je fait dans ma vie pour laisser penser à quiconque que nous étions proches l'un de l'autre ?

– Très peu de chose, en effet, répondit son père après un long silence. Jusqu'à aujourd'hui.

Sheng fit volte-face.

– Tout est ma faute. J'ai laissé Chao et Enli te tendre un piège, je leur ai fait croire que j'étais de leur côté. J'aurais dû deviner. Mais je n'ai rien compris. Tu avais raison : je ne suis pas mûr. En rien.

– Cesse de te faire des reproches, c'est inutile.

– Au contraire. J'ai pas mal de choses à rectifier dans ma tête. C'est peut-être le moyen de commencer.

Un instant, Li crut que Sheng allait venir l'embrasser : le jeune homme esquissa le geste, mais l'interrompit. Il est encore trop tôt, se dit-il. Je ne peux pas lui demander de tout apprendre en un jour, y compris la tendresse d'un père. Mais plus tard...

Sheng se tourna vers le miroir, remit de l'ordre dans ses cheveux, noua sa cravate, boutonna sa veste, puis déclara :

– On va les attendre ensemble.

Là, sans doute, pour la première fois de sa vie, Li admira son fils.

– Tu n'as toujours pas pris ton petit déjeuner, lui dit-il. Viens, on va les attendre dans la cuisine...

11.

Miranda arriva au *Palace Hotel* à temps pour se changer et réunir les croquis et les notes en vue de son rendez-vous avec Tang Po. Tandis qu'elle allait et venait dans sa chambre, son regard ne quittait pas le téléphone : elle brûlait d'envie d'appeler Li. Que s'était-il passé ? La brutale intrusion de Sheng dans la maison avait-elle un rapport avec la filature ? Venait-il annoncer à son père que l'Américaine lui faisait courir un grave danger ?

Pourtant, elle ne décrocha pas l'appareil. Li savait où la joindre.

Elle retrouva Tang Po à l'heure convenue, dans une salle de réunion de l'hôtel réservée pour leurs deux jours de rendez-vous. L'homme paraissait assez âgé, peau d'albâtre et bouche pincée. Son allure aristocratique frappa Miranda.

— Voyez-vous, mademoiselle, dit-il d'une voix flûtée, nous souhaitons élargir notre gamme afin de faire des Filatures de Nantong les meilleures de Chine. Mais nous aimerions aussi agir sans précipitation : choisir deux ou trois produits, puis décider en fonction des ventes.

Miranda sourit. M. Tang était un gestionnaire avisé qui ne laisserait rien au hasard.

Elle étala ses dessins sur la table.

— Je peux vous proposer des peignoirs en cachemire et des châles. Les peignoirs sont unisexes. Ils vous semblent sans doute différents des modèles que vous connaissez...

— Différents, en effet, commenta l'homme en examinant les croquis de si près que son nez effleurait presque le papier. Un style assez... spectaculaire, dirons-nous.

– Certains modèles le sont moins, répondit Miranda en désignant un peignoir à carreaux noirs et rouges. Celui-ci, par exemple, convient mieux à la campagne qu'à la ville.

M. Tang leva les yeux et eut un sourire narquois.

– Je suppose que vous ne pensez pas à la campagne chinoise, mais à la campagne... parisienne.

– Oui, pour l'instant.

– Je vois ce que vous voulez dire, mademoiselle : vous pensez que tous ces jeunes Chinois qui s'enrichissent viendront un jour ou l'autre à vos modèles. Pour un vieil homme comme moi, je dois avouer que cette jeunesse est un phénomène étrange. Mais excellent pour les affaires.

De jeunes Chinois comme Sheng, songea Miranda tandis que Tang Po continuait d'examiner ses dessins. Ils doivent être arrivés au bureau à l'heure qu'il est.

– Je vous prie de m'excuser, dit-elle. J'ai un coup de fil à donner.

– Faites, faites. Jc suis très agréablement occupé avec vos croquis. Ils sont magnifiques.

La secrétaire de Li répondit qu'il n'était pas encore arrivé.

– Voulez-vous laisser un message...

Miranda répondit que c'était inutile : elle rappellerait.

– Ce peignoir, celui avec les broderies, dit Tang Po lorsqu'elle revint à la table. Peut-être pourrait-on broder le nom de chaque fleur sous le dessin qui la représente ?

– Quelle bonne idée ! s'écria Miranda. On pourrait l'inscrire tantôt au-dessus, tantôt au-dessous pour rompre la symétrie.

– Très élégant, fit le vieil homme, manifestement enchanté.

– Mais ça va augmenter les coûts. Les noms de ces fleurs s'écrivent avec un ou plusieurs caractères ?

– Ça dépend. Mais ne vous inquiétez pas : ce sera notre peignoir haut de gamme. Il contrastera avec les autres, qui paraîtront sages à côté de celui-ci. Et puis il attirera ces clients qui n'aiment un vêtement que lorsqu'ils le paient une fortune. Il y en a beaucoup dans ce monde, vous ne trouvez pas ?

– Si. Monsieur Tang, vous êtes un sage.

– Et vous une remarquable styliste, doublée d'une femme charmante. Je suis vraiment ravi d'avoir fait ce voyage à Pékin pour vous rencontrer. Maintenant, voyons tout cela de plus près.

Ils se remirent au travail. Miranda s'efforçait de ne pas regarder le téléphone. Mais lorsque, une heure plus tard, Tang Po lui dit : « Peut-être devriez-vous renouveler votre appel », elle comprit qu'elle n'avait cessé de jeter des coups d'œil vers l'appareil.

– Merci, répondit-elle. J'en ai pour un instant.

Li n'était toujours pas là. Je vais l'appeler à la maison, se dit-elle, folle d'inquiétude. Juste pour voir si tout va bien.

Ils écoutent mes communications. Li avait formulé ce constat avec le même naturel que s'il avait commenté un bulletin météo.

– Ces peignoirs pour enfants, lui dit Tang Po quand elle revint s'asseoir près de lui. Ils sont superbes. On pourrait peut-être faire les mêmes pour les parents ?

– Oui, ce serait possible. J'y avais pensé, mais je n'ai pas eu le temps de faire des croquis distincts, répondit-elle en sortant ses notes. J'envisageais des applications représentant des animaux sur les poches, cols, revers et ceintures – pour les grands comme pour les enfants. Et aussi des personnages de dessins animés, sans doute juste pour les enfants. Des étoiles, des planètes, des voitures, des avions, des bateaux, des fleurs, pour les femmes et les jeunes filles. La liste est très ouverte, comme vous pouvez le constater. Je vous suggère de commencer avec trois ou quatre modèles et, s'ils se vendent bien, je travaillerai les autres. J'ai une autre idée qui pourrait vous intéresser.

Ils se penchèrent à nouveau sur les croquis étalés sur la table, et les deux heures qui suivirent s'écoulèrent rapidement. En vérité, n'était la peur qui nouait l'estomac de Miranda, les moments passés avec Tang Po eussent été très agréables. Elle aimait le vieil homme qui, pour sa part, appréciait manifestement ses modèles. Il n'en avait écarté aucun, et, après quelques suggestions, s'en était remis à son jugement. Le client idéal, se dit-elle.

À midi, il se leva et lui dit :

– Cette matinée fut très productive. Je vous remercie, mademoiselle Miranda. Cet après-midi, nous examinerons vos modèles de châles. Maintenant, puis-je vous inviter à déjeuner au restaurant de l'hôtel ?

Elle était si tendue qu'elle faillit éclater en sanglots.

– Non, merci beaucoup, monsieur Tang, j'ai un travail à finir.

Il baissa la tête.

– Dans ce cas, je vous retrouverai ici à treize heures.

Une fois remontée dans sa chambre, elle appela le bureau de Li.

– Il est passé, madame Graham, mais déjà reparti, lui annonça la secrétaire. Il m'a demandé de vous dire qu'il vous retrouverait à seize heures trente. Est-ce que ça vous convient ?

– Parfaitement, répondit-elle avant de raccrocher, le cœur battant.

Li va bien. Quoi qu'il se soit passé ce matin, nous pouvons toujours nous voir puisqu'il me propose ce rendez-vous. Encore quatre heures et demie à attendre...

La délicatesse de Tang Po lui rendit l'attente plus légère. Pendant deux heures, ils discutèrent franges, satin, broderies, applications... Miranda proposa un châle avec une poche où glisser un livre ou une paire de lunettes, ainsi qu'un modèle réversible : cachemire d'un côté, velours de l'autre.

– Vous faites des miracles, dit M. Tang. Par bonheur, il y a moins de choix que pour les peignoirs.

Miranda éclata de rire.

– Oui, heureusement ! Maintenant, je suis désolée mais il va falloir que je vous laisse. Nous pouvons nous revoir demain à l'heure qui vous convient.

– Mettons, neuf heures. Je vous souhaite une bonne soirée.

– Merci, monsieur Tang.

Li apparut dans le hall après quelques instants d'attente.

– Ma chérie, je suis tellement heureux de te retrouver, fit-il en avançant vers elle.

– Que s'est-il passé ? lui demanda-t-elle immédiatement.

– Viens, je vais te raconter. Mon chauffeur nous attend.

Ils se frayèrent un chemin à travers la cohue des touristes, qui se saluaient comme s'ils se connaissaient depuis toujours. Miranda le comprenait à présent : à l'étranger, de parfaits inconnus deviennent aussi proches que des amis du simple fait qu'ils parlent votre langue. Pourtant, elle se sentait plus proche de Li que des Américains croisés dans le hall. Pareils à deux randonneurs réfugiés dans une grotte pendant l'averse, ils créaient autour d'eux leur propre univers, une bulle qui les isolait de la foule.

Jusqu'ici, nous avons réussi à le faire. Mais pour combien de temps encore ?

À peine refermée la vitre qui les séparait du chauffeur, elle dit :

– Maintenant, raconte-moi. J'ai eu si peur.

Li lui fit en quelques mots le récit des événements de la matinée, tout en s'efforçant d'en minimiser les conséquences.

– Ils n'ont pas trouvé les documents. Quand Meiyun était en camp de rééducation, son mari, le professeur Ye, a passé un an chez moi. Il y a aménagé quelques cachettes pour ses livres et ses papiers les plus précieux.

– Donc tu as dissimulé les documents. Ils sont toujours dans leur cachette ?

– Oui, en attendant que nous décidions quoi en faire.

– Il y a quelque chose que je ne comprends pas : comment Sheng n'a-t-il pas su ce que ses associés manigançaient ?

– Apparemment, ils ne l'ont pas mis dans la confidence. En vérité, ils ne lui faisaient pas confiance – il vient de le découvrir. Quand ils ont appris que j'étais suivi, ils ont sauté sur l'occasion : j'étais déjà suspect – on pouvait plus facilement suggérer à la Sécurité de fouiller mon bureau et ma maison.

– Tout ça, c'est ma faute : si tu es suivi, c'est à cause de moi. Et si tu n'avais pas été suivi, la Sécurité n'aurait pas...

– Non, Miranda, tu n'as rien à te reprocher. Un coup de fil aurait suffi à motiver la perquisition : c'est comme ça qu'ils justifient leur existence. La Sécurité repose souvent sur la délation. Elle reçoit des tonnes de dénonciations, émanant le plus souvent d'employés licenciés. Mais beaucoup de ces messages sont exagérément ou complètement fabriqués.

– Tu veux dire que les employés licenciés dissimulent des documents compromettants dans le bureau de leur ancien patron, et qu'ensuite ils appellent la Sécurité ?

– Non, d'habitude une lettre ou un coup de fil suffit. Tu sais, après leur passage, tout est sens dessus dessous : les délateurs trouvent que c'est une vengeance suffisante.

– C'est tellement laid, murmura Miranda, consternée.

– Il y a de la laideur dans la vie, c'est pourquoi nous recherchons tant la beauté. Mais Sheng et moi connaissons la musique. Il en ressort une bonne chose : désormais, mon fils et moi sommes du même côté. Je crois que je le dois à la peur qu'il a eue.

– Pas seulement à la peur. Il tient à toi, il a voulu te protéger.

– Oui, c'est vrai. C'est ce qui m'étonne : son hostilité apparente masquait ce sentiment-là... Ni les communistes ni l'appât du gain n'ont réussi à l'effacer. Maintenant, nous sommes arrivés rue Dazhalan. Je vais ranger tout ça dans un tiroir et nous n'y penserons plus.

– Impossible.

– Peut-être, mais j'ai l'intention d'essayer. De toute façon, on ne peut rien faire ce soir. Je te l'ai déjà dit : ici, on apprend à se camoufler au gré des circonstances, comme un caméléon. Je changerai de peau demain, conclut-il d'un ton faussement léger.

Miranda examina ses traits : ils étaient plus durs qu'à l'ordinaire, la colère frémissait sous la peau, le regard était absent. Tout en lui respirait la détermination. Il avait décidé de ne pas se préoccuper de la question pour la soirée, et il n'allait pas la laisser lui rendre les choses plus difficiles qu'elles n'étaient. S'il avait envie de refermer ce tiroir, elle n'avait pas le droit de l'en empêcher.

Ils quittèrent le silence feutré de la voiture pour plonger dans le tourbillon furieux de la rue Dazhalan. Miranda avait imaginé un centre commercial. Il s'agissait, en fait, d'une ruelle encombrée d'une foule si dense qu'on voyait à peine les boutiques. Tout était en ruine, depuis la chaussée défoncée jusqu'aux constructions de brique aux toits affaissés. Il n'en régnait pas moins une atmosphère de fête. Une musique rock hurlait depuis d'invisibles haut-parleurs ; les gens entraient et sortaient des magasins dans un brouhaha incessant.

Bientôt, Miranda se surprit à jouer des coudes, taillant hardiment sa route vers ce qui l'attirait : rouleaux peints, chapeaux de fourrure, appareils photo. Elle remarqua une échoppe qui lui parut être une pharmacie. Elle la désigna du doigt, Li répondit oui d'un hochement de tête, ils plongèrent dans la rivière humaine que formait la venelle.

La boutique était encombrée de bocaux de verre, de boîtes, de pots, de sachets de plastique entassés sur les étagères. Tout au fond, dans une minuscule cabine, Miranda aperçut un petit homme vêtu de noir juché sur un tabouret. Ses longs cheveux gris étaient retenus par une ficelle ; des verres épais enserrés dans des montures en corne grossissaient ses yeux. Une longue file de personnes attendaient : des femmes avec leur bébé dans les bras, d'autres courbées sur des cannes, quelques hommes, plus rares, lisaient leur journal.

– C'est un médecin, dit Li. Sans doute à la retraite. Il tient la plus célèbre officine de médecine traditionnelle de Pékin. Il diagnostique les maladies, prescrit et vend les remèdes.

– Sans examiner les gens ?

– Il te dirait que, dans une vie passée à examiner des corps, il a tout vu et tout entendu et qu'avec la sagesse des années il n'a plus besoin d'examens pour poser des diagnostics.

– Tu viens le voir quand tu es malade ?

– Par bonheur, je ne suis pas malade. Mais si je l'étais, je viendrais certainement le consulter. Il a une excellente réputation et on attend moins chez lui qu'à l'hôpital. Tu as envie d'acheter quelque chose ? Racine de ginseng, os de tigre, andouiller de cerf, hippocampe séché, corne de rhinocéros, poudre de limace, décoction de serpent, crapaud, sauterelle... À moins que tu ne préfères une herbe ou une plante ? Jacinthe, angélique, pivoine blanche...

– Tu te moques de moi. Tu ne vas pas me faire croire que tu avalerais des choses pareilles ?

– Bien sûr que si, répondit doucement Li.

Miranda lut la réponse sur ses lèvres plus qu'elle ne l'entendit, tant le bruit était assourdissant. Mais son expression ne laissait aucun doute : il se moquait du mépris de l'Américaine pour la médecine traditionnelle chinoise. Elle se raidit, à la fois blessée et perplexe, car Li n'était ni un idiot ni un paysan crédule. C'était un citadin, un homme cultivé, ouvert sur l'Occident : comment pouvait-il croire à toutes ces sornettes ?

– Ça marche, tu sais, insista-t-il. C'est d'ailleurs ce que votre médecine à vous, les Occidentaux, est en train d'admettre. La pharmacopée chinoise a eu cinq mille ans pour apprendre à utiliser les animaux et les végétaux. Si vos médecins ne nous avaient pas traités comme des primitifs, vous en auriez bénéficié depuis longtemps.

– Je n'ai jamais pensé que vous étiez des primitifs.

– Bien sûr que non. Je ne te tiens pas pour responsable de l'arrogance de la médecine occidentale.

– L'arrogance ! Encore ce mot ! As-tu vraiment besoin de t'en prendre à ce qui fait ma culture ?

– Je ne savais pas que le sujet te tenait à cœur.

– L'Amérique me tient à cœur ! cria Miranda. Quand je suis en Chine, ce qui touche l'Amérique me touche, moi ! Elle s'interrompit soudain : Pourquoi nous disputons-nous ?

– Tu trouves qu'on se dispute ? On discute, tout simplement, répondit Li avant de se faire bousculer par un patient pressé de sortir. Exaspéré, il ajouta : Viens, on ne peut pas parler tranquillement ici. Alors tu ne veux décidément rien acheter ?

– D'accord, je vais acheter quelque chose, dit-elle, en pensant à Adam et Lisa. De l'os de tigre. Ça se présente sous quelle forme ?

– C'est une poudre, dans un petit sachet.

– Tu sais, je suis désolée. Je ne voulais pas être arrogante.

– Tu n'es pas arrogante. Tu es mon amour, lui souffla Li tandis qu'ils patientaient dans la file d'attente.

Miranda glissa dans son sac le petit sachet orné d'une belle étiquette brillante, couverte de caractères chinois, et ils poursuivirent leur promenade dans la rue Dazhalan. En passant devant un magasin de confection, elle remarqua que les mannequins sur lesquels étaient présentés les vêtements avaient tous le type occidental : des blondes aux yeux bleus, grandes et minces, très pâles, bouches pulpeuses.

– C'est un symptôme de notre sentiment d'infériorité, expliqua Li. Si les mannequins représentaient des Chinoises, les clientes s'imagineraient que les vêtements sont démodés. Ici, c'est l'Occident qui fait la mode. Ça aussi, ça changera un jour : quand la Chine arrivera à se persuader de son talent. Quand elle arrivera aussi à en persuader les autres...

Ils poursuivirent leur chemin jusqu'à une vitrine où s'entassait une invraisemblable collection d'objets de jade.

– Tu crois que j'ai le temps d'acheter quelque chose pour Lisa et pour ma mère ?

– Bien sûr.

Grande comme un placard, la boutique était encombrée d'une multitude de plateaux sur lesquels s'amoncelaient des centaines de colliers et de bracelets blancs, verts et bleu lavande. Miranda prit un bracelet et l'examina avec attention, en le tournant lentement entre ses doigts, sous l'œil malin d'un petit homme au visage parcheminé, assis sur un tabouret.

– Il ne ressemble pas du tout à celui que tu m'as offert. Il est vraiment en jade ?

– Il est moins beau que le tien, mais c'est tout de même du jade, répondit Li. Tout comme ce collier, ajouta-t-il en lui montrant un rang de petits cœurs vert foncé. Tu crois qu'il plairait à Lisa ?

– Oh oui ! Mais j'aimerais lui acheter un jade qui brille comme le mien, répondit Miranda en étudiant le bijou. Celui-ci est joli, mais un peu terne.

– À mon avis, il convient mieux à une jeune fille. Si on nous offre des trésors dans notre jeunesse, qu'avons-nous à attendre de la vie ?

Miranda lui lança un long regard.

– Combien coûte-t-il ?

– L'étiquette dit cinq cents yuans. C'est beaucoup trop cher. De toute façon, le prix n'est là que pour les touristes. Si tu veux, je vais t'aider à le marchander.

Sur ces mots, il se tourna vers le vendeur et entama la discussion : les voix des deux hommes se chevauchaient, adoptant tour à tour des intonations étonnées ou offensées, à mesure que se croisaient les offres. Pour finir, Li dit à Miranda :

– Cent soixante yuans. Ça fait à peu près vingt dollars.

– *Vingt dollars ?* s'exclama-t-elle. C'est impossible ! Il ne peut pas gagner sa vie avec ça.

– Ne t'inquiète pas. Il fait encore un bon bénéfice : ce n'est pas un jade de grande qualité et le travail ne coûte pas cher en Chine.

Miranda garda le silence dans la voiture qui les conduisait au palais d'Été. Des mannequins aux cheveux blonds, des guérisseurs primitifs, des jades d'un raffinement inouï... Comment ces gens pouvaient-ils vivre en balançant ainsi d'un extrême à l'autre ?

Le palais d'Été, résidence estivale des empereurs de Chine, était devenu un vaste parc d'agrément, semé de pavillons, de palais, de kiosques et de temples anciens. Miranda et Li évoquaient leur enfance en flânant au bord du lac Kunming.

– Quand j'étais petit, je rêvais d'être batteur de jazz. C'était ce que j'avais trouvé de plus américain. Mais en Chine, à l'époque, on ne connaissait pas le jazz. Alors j'ai décidé de devenir poète. J'aimais l'idée d'observer le monde, comme si j'étais caché dans un coin, et d'écrire sur ses beautés. Mais je n'étais pas doué pour la poésie. Alors, finalement, je me suis dit que je pourrais construire des immeubles imposants, qui fendraient le ciel et témoigneraient de mon pouvoir.

– Je croyais que tu te fichais du pouvoir.

– C'est vrai. Mais j'aime bien laisser penser le contraire, c'est une sorte de vanité enfantine chez moi. En vérité, je sais bien que je suis totalement impuissant.

D'instinct, Miranda jeta un œil derrière elle : quelques promeneurs, deux enfants courant après un ballon, un bébé dans les bras de sa mère. Comme d'habitude, la filature demeurait invisible.

– C'est un sentiment terrible de se sentir impuissant, reprit-elle.

– Terrible si on tient à la puissance. Mais ce que souhaitent la plupart des gens, c'est une existence paisible : de l'amour, des amis, du confort, et de petites victoires. Pour cette vie-là, on n'a besoin que d'une chose : la tranquillité.

– Pourtant, il y a quelques jours, en choisissant de me revoir, tu as renoncé à la tranquillité.

Li s'arrêta.

– Tu sais, commença-t-il, et son regard alla se perdre dans la contemplation d'un temple dont les contours harmonieux se dessinaient sur le flamboiement du couchant. Par fatigue, par prudence, il arrive qu'on oublie le courage. Or la paix peut être une petite mort. Quand je t'ai rencontrée, j'ai désiré revivre. C'est exaltant mais c'est dangereux.

Il se baissa pour ramasser un caillou sur le chemin, le fit rouler un instant dans sa main, puis le lança dans un bosquet avec un geste rageur.

– J'ai pourtant eu mon lot de chagrins et de drames.

– Je suis désolée, dit Miranda. J'aurais mieux fait de ne rien dire.

Ils reprirent silencieusement leur promenade.

– Dans le fond, tu as raison, reprit Li au bout de quelques minutes. Il est trop tard pour la tranquillité : dès l'instant où j'ai choisi de te revoir, j'ai choisi la vie. Reste à écarter la mort.

– Que veux-tu dire ?

Il garda le silence un long moment, puis dit enfin dans un souffle :

– Cette partie-là ne te concerne pas.

– Li, je t'en prie ! Tu n'as pas le droit de m'exclure ! Je veux partager cela aussi.

– Dans ce cas... Je pense aux moyens de neutraliser les associés de Sheng. Le problème, c'est qu'il va falloir jouer avec leurs armes, c'est-à-dire accepter de faire des choses que je réprouve, devenir pendant quelque temps un homme que je n'aimerais pas fréquenter.

– Mais...

– Mais c'est parfois nécessaire. C'est ça... ou la tranquillité...

242

– Et Sheng, es-tu sûr qu'il souhaite neutraliser ses associés ?

Li eut un petit rire amer.

– Tu comprends décidément beaucoup de choses. En effet, c'est bien là toute la question : le souhaite-t-il vraiment ? Il faut que je m'en assure avant de lui demander de l'aide. Bien sûr, je pourrais agir seul. Je le ferai, si j'y suis obligé, et... Il s'interrompit, puis ajouta avec un sourire : Je vais me battre, Miranda. Je ne me contente plus de la tranquillité. Grâce à toi...

Il se pencha vers elle pour l'embrasser, mais, soudain, un groupe de promeneurs surgit d'un bosquet. Ils s'écartèrent.

– Et toi, que voulais-tu faire quand tu étais petite ? demanda Li, s'efforçant d'adopter un ton désinvolte.

Déconcertée, Miranda ne sut quoi répondre, puis elle comprit : il avait refermé le tiroir.

– Vedette de cinéma, répondit-elle. Ma vocation a bien dû durer un mois. Je changeais tout le temps d'idée. J'ai voulu être écrivain, puis charpentier, ballerine, styliste... mais d'abord et avant tout, la femme de quelqu'un. Mes copines et moi, nous pensions toutes à nous marier, à avoir des enfants ; plus qu'un rêve, c'était un destin. Pour le reste, mon père disait que je n'étais pas assez belle pour le cinéma et que le métier d'écrivain était incertain. Je ne te parle pas de ma vocation de charpentier : il me voyait déjà blessée, amputée... Comme je n'étais douée d'aucune grâce particulière, ma carrière de danseuse semblait, elle aussi, compromise. Restait styliste : j'avais déjà dessiné des costumes et des décors pour les pièces de théâtre du lycée. Mais mon père persistait à penser que le meilleur des métiers, c'était tout de même le mariage. Il voulait être sûr qu'il y aurait toujours quelqu'un auprès de moi pour me protéger.

Li conduisit Miranda jusqu'à la rive du lac. Au bord de l'eau, se dressait un étrange bateau de pierre.

– Du marbre, commenta-t-il. L'impératrice Cixi l'avait fait restaurer, comme tout le palais d'Été, en détournant des fonds destinés à la marine impériale. Une des nombreuses folies qui font l'histoire de la Chine.

Miranda secoua la tête.

– Comment peux-tu être à la fois aussi fier et aussi sévère quand tu parles de ton pays ?

– Je connais ses forces, ses beautés, mais aussi ses faiblesses. Tout comme tu connais celles de l'Amérique.

— Les Américains ne sont pas sévères avec leur pays. Ils l'adorent.

— Ils ne cessent de critiquer les scandales sexuels et financiers, l'ambition et la cupidité des hommes politiques. Non, Miranda, les Américains n'aiment pas ceux qui les gouvernent.

— Tu ne comprends rien à la démocratie. Si les Américains critiquent leur gouvernement, c'est d'abord parce qu'ils ont le droit de le faire. Ils ne seront pas filés, ni emprisonnés pour délit d'opinion. Alors ils disent ce qu'ils ont envie de dire, et parfois ils exagèrent.

— À ton avis, ils ne pensent pas ce qu'ils disent ?

— Si, parfois. Mais ils savent qu'ils toucheront les aides de l'État après une inondation, une tornade, qu'ils peuvent obtenir un nouvel aéroport, une nouvelle autoroute, ou davantage de policiers. Quelles que soient leurs opinions, ils peuvent les exprimer. C'est là l'essentiel. Comment se fait-il que tu ne comprennes pas ça ? Si un Américain critique son pays, ça ne veut pas dire qu'il ne l'aime pas.

— Il en va de même pour les Chinois.

— À une différence près, insista Miranda. Si tu organisais un meeting pour le faire, tu te retrouverais vite en prison, n'est-ce pas ?

— Laisse-nous le temps, Miranda, répondit calmement Li. Laisse-nous le temps.

Elle s'en voulut : pourquoi s'obstinait-elle ? Il aimait la Chine, il espérait la voir changer — pourquoi l'agresser ?

Justement. À cause de ça : parce qu'il aime ce pays. Je voudrais l'entendre dire qu'il préférerait vivre en Amérique. Je voudrais qu'il ait envie de vivre en Amérique.

Et elle comprit que l'idée avait germé en elle depuis quelque temps déjà, doucement, insidieusement ; elle ne pouvait plus feindre de l'ignorer.

La lumière baissait, les touristes regagnaient leurs autocars. Miranda et Li restèrent près du lac, à regarder les eaux s'assombrir.

— Allons dîner, dit enfin Li en l'entraînant dans un sentier qui longeait la rive. J'ai réservé une table au restaurant *Tingliguan* : ça veut dire le « Pavillon où chantent les merles d'or ». Autrefois, les empereurs venaient y écouter chanter les loriots.

Ils s'assirent à une table au bord de l'eau après avoir choisi deux poissons dans un vivier.

-- L'impératrice Cixi exigeait cent plats différents par repas, dit Li. Nous serons plus modestes.

Miranda fit mine d'être désappointée.

— Vraiment ?

Il éclata de rire, puis entreprit de lui traduire les noms des plats sur la carte. À mesure qu'il les lui décrivait, elle s'attachait à identifier certains caractères. Ils continuèrent à évoquer leur enfance : l'école, les devoirs, leurs parents, les amis perdus...

Une fois le dîner terminé, ils regagnèrent la voiture de Li, main dans la main. Miranda constata avec un étonnement mêlé de bien-être qu'ils commençaient à avoir des habitudes : ils quittaient un restaurant avec les mêmes gestes familiers, roulaient vers la maison, se garaient près du portail, traversaient les petites cours qui menaient à la chambre, au lit, faisaient l'amour, s'endormaient. Et, le lendemain, ils se réveilleraient avec le soleil pour une journée qui n'appartiendrait qu'à eux puisqu'ils la commenceraient et la termineraient dans les bras l'un de l'autre.

— Mon amour, mon amour..., murmura Li dans un demi-sommeil au milieu de la nuit. Toujours, toujours...

Il l'enlaça, promena une main sur son corps et, lentement, l'amena au désir. Étendue sous lui, les bras rejetés au-dessus de sa tête, Miranda se cambra.

— Tu es à moi, fit-il, emprisonnant ses poignets en embrassant ses yeux, sa bouche, la courbe vulnérable de son cou. Rien ne nous retient que l'amour qui nous lie l'un à l'autre. Ce lien-là, personne ne peut le briser. Il est indestructible. Tu es à moi.

— Ne me laisse pas partir. Jamais.

Il l'embrassa passionnément, puis ils se rendormirent sans que leurs corps se fussent désunis sous le couvre-lit de soie, protégés par les dragons crachant le feu et les oiseaux fantastiques.

— Je t'ai parlé cette nuit ? lui demanda-t-il le lendemain matin alors qu'ils prenaient une tasse de thé dans l'une des courettes ensoleillées de la maison.

— Oui, répondit simplement Miranda.

— Je t'ai dit que tu étais à moi pour toujours, c'est ça ?

— Oui.

— J'avais l'impression d'avoir rêvé. Et toi, tu m'as parlé ?

Ne me laisse pas partir. Jamais.

Sa question resta un moment sans réponse.

— Je ne sais plus, répondit Miranda avant d'enchaîner immédiatement : tu te souviens qu'on dîne avec Meiyun, ce soir. Elle a laissé un message à l'hôtel hier pour dire qu'elle nous y attendrait à cinq heures.

— D'accord. Je vous retrouverai là-bas.

Ils s'embrassèrent, prirent leurs affaires, puis partirent travailler. Comme un couple.

— Vous avez l'air plus détendue aujourd'hui, dit M. Tang lorsque Miranda pénétra dans la salle de réunion du *Palace Hotel*.

Le vieil homme avait prononcé ces mots avec sollicitude.

— Oui. Je vous remercie de vous montrer aussi compréhensif.

— Nous avons tous nos ennuis, vous savez, nos désenchantements aussi, parfois. Il arrive qu'ils disparaissent... ou pas. On n'obtient pas toujours ce qu'on souhaite. Dans ce cas-là, on s'adapte et la vie continue. Autrement.

Miranda sentit les mots s'imprimer en elle avec une force inattendue. Elle se les répétait encore en prenant congé de Tang Po à la fin de la journée. Ils avaient signé un contrat qui dépassait toutes ses espérances. Et pourtant, seules les paroles du vieil homme occupaient son esprit : *On n'obtient pas toujours ce qu'on souhaite. Dans ce cas-là, on s'adapte et la vie continue. Autrement.*

Saurai-je m'adapter si je n'obtiens pas ce que je souhaite ? Ce que je souhaite..., se répéta-t-elle, hésitante.

Li.

Lui et moi. Ensemble.

12.

Li découvrit Meiyun dans un petit box au bar du *Palace Hotel*, en train de siroter une vodka glacée.

— Tu as l'air heureux, dit-elle sans préambule, d'un ton presque accusateur qui le fit éclater de rire.

— Je ne devrais pas ?

— Je pense que tu prends de gros risques. C'est ce que j'ai dit à Miranda, à Xi'an.

— Ah bon ? Elle ne me l'a pas raconté.

— Elle te raconte tout ?

— Je ne sais pas, répondit-il, surpris par la question. J'espère que non.

— Dans ce cas, pourquoi aurait-elle dû te raconter ça ?

— Parce que c'était un avertissement.

Meiyun le dévisagea longuement.

— N'avez-vous pas reçu assez d'avertissements dans les quelques jours que vous avez passés ensemble ?

— Ils n'ont pas pesé lourd.

— Tu sais, commença la vieille femme en attrapant la main de Li de l'autre côté de la table. La veille de son suicide, mon mari a écrit une lettre que j'ai trouvée quand on m'a enfin autorisée à rentrer chez nous. Il y citait un vers de notre poème préféré : « Le soleil chauffe les eaux dansantes du lac, mais le héron jette une ombre qui annonce le froid sous la surface de l'eau. » Mon cher Li, ignorer les avertissements, c'est risquer de se noyer dans l'eau froide.

– À moins qu'on ne s'envole avec le héron vers la chaleur du soleil...

Meiyun fronça les sourcils.

– Tu veux partir avec elle en Amérique ?

– Je n'ai pas dit ça.

– Suis-je une vieille femme qui entend mais ne comprend pas ce qu'on lui dit... ?

Li eut un pâle sourire.

– Tu es plus jeune que bien des jeunes femmes, et tu comprends tout, y compris entre les lignes, répondit-il avant d'ajouter, baissant les yeux : Tout va trop vite, je me sens emporté par les événements... Oui, je me dis que je pourrais partir aux États-Unis avec Miranda. Je me dis aussi que je pourrais lui demander de rester ici avec moi. Qu'en penses-tu ? demanda-t-il en levant à nouveau les yeux pour les plonger dans ceux de Meiyun.

– Il n'est pas de mon...

– Je te pose la question.

Elle poussa un soupir.

– Que dire ? Certains déracinés sont heureux ou, sinon heureux, du moins satisfaits de leur sort. D'autres passent leur vie à regretter leur pays. L'amour ne suffit pas.

Li eut une petite grimace.

– Un jour, elle m'a dit que l'amour devrait suffire. Et moi qui la taxais de romantisme, je...

– La voilà, l'interrompit Meiyun.

Il se retourna et vit Miranda approcher de leur table, les bras grands ouverts, avec une spontanéité et une simplicité toutes occidentales.

– Meiyun !

Et, à la grande surprise de Li, la vieille femme se leva et ouvrit elle aussi les bras. Elles s'abandonnèrent à une chaleureuse étreinte, comme deux vieilles amies. Les hommes ne feraient jamais ça, en tout cas pas lors d'une deuxième rencontre, songea-t-il. Et, surtout, il leur faudrait dépasser toutes les barrières culturelles qui les séparent...

– Superbe ! s'exclama Meiyun en reculant d'un pas pour admirer Miranda dans sa robe bleue. Elle est beaucoup plus belle depuis que tu la portes. Tu as changé aussi. Tu parais plus heureuse. Maintenant, viens t'asseoir près de moi et ouvre ça, fit-elle en attrapant une boîte posée à côté d'elle sur la banquette.

Ce que Miranda découvrit dans la boîte lui arracha un cri.

– La cape ! Elle est terminée ! s'écria-t-elle en dépliant le papier de soie jaune pâle. Elle est exactement comme je l'imaginais !

Li se pencha par-dessus la table et prit doucement le vêtement.

– Magnifique, dit-il.

Légère et douce comme de la soie, la cape en cachemire était doublée de satin doré et ajourée de telle sorte qu'elle semblait constellée de magnolias d'or. Une capuche retenue par un unique bouton de jais tombait doucement sur les épaules.

– Pureté et simplicité, dit Meiyun. Rien de superflu. Et ces fleurs qui bougent avec la cape, on les dirait vivantes.

Sur ces mots, elle prit la cape des mains de Li, demanda à Miranda de se lever et posa le vêtement sur ses épaules.

– Elle est ravissante sur toi. Je regrette qu'elle doive être portée par une autre. C'est toi qui la mérites.

Li restait sans voix, saisi par tant de beauté, tant de talent. Le regard qu'il posait sur Miranda la consumait.

Il savait que Meiyun remarquerait ce regard ; peu lui importait. Au bout d'un long moment, il demanda enfin :

– J'espère que cette cape est destinée à une femme admirable...

La vieille femme sourit.

– Je crains que non. C'est une actrice sans grand talent, mais très belle. Tu l'as peut-être déjà vue à la télévision : elle s'appelle Wu Yi.

Li resta un instant interloqué, puis marmonna :

– Décidément, le monde est petit. Je ne l'ai pas vue à la télévision, mais je sais qu'elle a une liaison avec mon fils.

– Sheng ? Avec Wu Yi ? s'exclama Meiyun. Bravo, ça veut dire que ses affaires marchent bien : à ce qu'on m'a dit, Wu Yi ne s'intéresse qu'aux hommes qui réussissent.

– Oui, Sheng le sait, répliqua Li avec un haussement d'épaules. Mais je ne peux rien faire pour lui : pourquoi écouterait-il son père ? Il fait ses choix.

– Manifestement, tes mises en garde n'ont pas eu plus de succès que les miennes...

Miranda les regardait sans comprendre, tout en repliant méticuleusement la cape dans sa boîte.

– J'ai dit à Li que vous étiez allés très loin, trop loin peut-être, expliqua la vieille femme d'une voix douce. Qu'allez-vous faire maintenant ?

– Nous sommes ensemble. Nous n'avons parlé de rien.

– Comme si tu devais rester en Chine indéfiniment ?

– Comme si... on avait le temps d'y réfléchir.

– Et à quoi allez-vous réfléchir ? insista Meiyun. Allons, il n'est plus temps de rêver. Est-ce à moi de formuler les questions que vous devriez vous poser ?

Miranda secoua négativement la tête.

– Non, nous les connaissons. Mais je préférerais parler d'abord de notre collaboration...

– Naturellement, comme ça tu auras tous les éléments pour réfléchir – ça me paraît raisonnable. Bien sûr que nous allons travailler ensemble, ma chérie. Tu es créative et il te faut un espace où exprimer ton talent. Ma boutique peut te l'offrir. Je ne suis pas aussi bonne styliste que toi, mais je crois que, à deux, nous pourrions réussir à diffuser notre marque en Amérique, en Europe et en Chine aussi, auprès de femmes riches, de femmes comme Wu Yi...

Les yeux de Miranda brillaient.

– Meiyun Miranda. C'est un nom qui sonne bien pour une marque.

– Je dirais plutôt Miranda Meiyun. Commencer par un nom occidental rendra la marque plus populaire non seulement en Chine, mais partout dans le monde. Maintenant, Miranda, tu as tous les éléments pour prendre ta décision.

– Oui, mais où allons-nous travailler ?

– Ça, ce n'est pas à moi de répondre. À l'heure du fax et des e-mails, je suppose que ça n'a pas vraiment d'importance. Où voudrais-tu travailler ?

Miranda demeura un long moment silencieuse, avant de murmurer :

– Là où est ma place. Là où sont ma famille, mes enfants, mon travail... À Boulder.

Son regard rencontra celui de Li. Jusqu'alors, leur box avait formé un îlot de quiétude dans l'agitation et le vacarme croissants du bar qui ne cessait de se remplir. Penchés l'un vers l'autre de chaque côté de la table, ils essayaient de s'entendre sans élever la voix, et cette proximité complice évoquait pour Li l'idée d'une famille complotant pour réunir deux de ses membres.

Pourtant, ces mots – *À Boulder* – les figèrent tous les trois dans le silence.

Dans ses yeux, Li lut les pensées de Miranda : *Tu pourrais venir vivre avec moi là-bas.*

– Oui, répondit-il dans un murmure, comme si elle avait vraiment prononcé ces paroles. Oui, je pourrais...

Meiyun avait provoqué la discussion. Sans elle, ils l'auraient sans doute différée jusqu'à l'extrême, tant ils la redoutaient. Le regard insistant de la vieille femme, son inébranlable ténacité faisaient pénétrer la réalité dans l'univers de rêve qu'ils s'étaient créé au cours des derniers jours.

– Oui, je pourrais, répéta Li sans quitter Miranda des yeux. Il faudrait que je m'organise, ça prendrait un peu de temps, mais je pourrais vivre à Boulder, avec toi.

– À moins que vous n'envisagiez une autre possibilité, suggéra Meiyun.

Le regard de Miranda s'assombrit. Li se tourna vers sa vieille amie.

– Je pourrais vivre aux États-Unis, tu sais. Après tout, plus rien ne me retient ici...

Et il lui raconta l'interrogatoire, la filature, les documents dissimulés dans son bureau et chez lui.

– Je comprends, fit Meiyun lorsqu'il eut terminé. Je comprends que tu aies envie de te débarrasser de tout ça.

– Oui. Et de tout recommencer. Ailleurs.

– Tu t'en sens capable ?

Il hocha la tête en regardant longuement Miranda. Celle-ci poussa un soupir de soulagement et dit :

– Oh Li, merci, merci, mon amour. Tu aimeras notre vie. On vivra dans ma maison. Ce sera notre maison. La tienne, et...

Elle parlait de plus en plus vite, les mots s'emballaient, les idées se bousculaient dans sa tête, dans son cœur. Il comprit que ces paroles, elle se les était répétées mille fois à elle-même avant d'oser les prononcer.

– Tu auras du travail, poursuivit-elle. Oui, beaucoup de travail. Je connais des gens qui pourront t'aider à obtenir ton permis de travail et si on est... si on est...

– Mariés, compléta doucement Li.

Le visage de Miranda s'empourpra, le regard de Meiyun se fit plus aigu. Li se rendit compte que, dans toutes leurs conversations, jamais ils n'avaient parlé mariage. Un instant, il se demanda si la perspective effrayait Miranda. Peut-être allait-elle changer d'avis... Mais non, elle souriait.

– Si on est mariés, il te sera plus facile d'obtenir des papiers. Et tu trouveras du travail, tu pourras monter une nouvelle société, travailler avec de nouveaux architectes... Elle s'interrompit soudain. Pardonne-moi. J'ai l'air de décider de ta vie.

Li lui caressa doucement la joue, sans plus penser à tous ses principes sur ce qu'il convenait de faire ou pas, en public – comme s'ils étaient seuls.

– L'organisation risque d'être un peu longue, reprit Meiyun. Mon estomac n'y résistera pas, j'ai une faim de loup. Je croyais que vous m'aviez invitée à dîner, conclut-elle avec un sourire malicieux.

Il eut envie de la contredire – *nous abordons enfin le sujet, je t'en prie, laisse-nous en parler* –, mais il se ravisa. Sans doute avait-elle raison après tout : une pause dans une discussion qui engageait à ce point leur avenir ne pourrait qu'être bénéfique.

Ils sortirent. Li marchait sur Wangfujing, souriant de l'image qu'il offrait à ses espions, encadré par deux femmes suspectes : Ye Meiyun, veuve d'un professeur que ses écrits sur la démocratie avaient rendu subversif, et Miranda Graham, porteuse du message d'une dissidente exilée. L'homme qui les suivait ce soir-là devait s'imaginer avoir touché au but. Et pourtant, rien ne se produirait, Li le savait. Peut-être était-ce justement là la véritable horreur du système : la menace planait mais n'était que rarement suivie d'effet, tel un orage qui gronde sans jamais éclater. La méthode était d'une efficacité presque parfaite. La résurgence de la dissidence attestait l'incroyable opiniâtreté de l'esprit humain. Même en Chine. Peut-être surtout en Chine.

– Que vas-tu faire pour les associés de Sheng ? demanda Meiyun pendant le dîner. Ils vont recommencer, tu sais. Les gens de leur espèce ne renoncent jamais.

– Pourrais-tu leur tendre un piège ? fit Miranda.

Li la dévisagea avec une feinte consternation.

– Incroyable comme la Chine dévoie l'esprit de ses visiteurs.

C'est toi qui devrais rester ici avec moi, ma chérie. Tu es déjà bien plus chinoise que je ne suis américain.

Les baguettes de Miranda se posèrent sur son assiette avec un claquement sec.

– Tu ne parles pas sérieusement.

– Allons, avoue que tu y as pensé. Tu t'es vue rester ici avec moi, travailler avec Meiyun..., insista Li.

– Pendant que je dessinais la cape, confia Miranda tout en jouant nerveusement avec ses baguettes, c'est vrai, j'y ai pensé. Et aussi le jour où je suis rentrée à l'hôtel à pied. Et puis quand je travaillais sur les croquis avec Meiyun, et avec Tang Po... L'idée me paraissait réalisable. J'ai même écrit à Adam et à Lisa que nous pourrions vivre en Chine...

– Tu leur as écrit ça ? s'écria Li, enchanté. Alors ils vont vouloir le faire ! Les gosses ont toujours la bougeotte : ils vont être enthousiastes...

– Je n'ai pas posté la carte.

Il y eut un silence.

– Tu n'as pas posté la carte ?

– Non, je l'ai timbrée. Je pensais la poster plus tard, et je ne l'ai pas fait : je crois qu'au fond de moi je savais que je ne la posterais jamais. Li, *je ne me sens pas à ma place dans ce pays*, même si j'y vis à tes côtés, même si j'ai la possibilité d'y travailler. Et mes enfants ? Quelles seraient leurs motivations ?

– Le goût de l'aventure, de la découverte. Ils se feraient des amis...

– Ils ne parlent pas le chinois.

– La plupart des écoliers parlent anglais, du moins dans les villes. Et puis Adam et Lisa apprendraient vite le chinois. Plus on est jeune, plus il est facile d'apprendre une langue étrangère. Ils découvriraient la Chine et feraient découvrir l'Amérique à leurs camarades chinois. Ils grandiraient avec une ouverture d'esprit que peu d'enfants ont la chance d'avoir. Ils s'amuseraient comme des fous.

– Tu préférerais qu'on vive ici, dit Miranda au terme d'un long silence, plutôt que de venir habiter en Amérique ?

– Oui.

– Mais tu disais que...

– La question..., interrompit Meiyun.

Miranda et Li se tournèrent vers elle dans un même mouvement de stupeur : ils avaient presque oublié sa présence.

— La question, répéta-t-elle, portait sur les associés de Sheng. Je dois décidément avoir des problèmes d'audition, car je n'ai pas entendu la réponse...

— Miranda te l'a donnée, fit Li. Elle suggère de leur tendre un piège.

— J'aimerais t'y aider, en tout cas.

— Et moi aussi, renchérit Meiyun avec un sourire. Une petite conspiration pour anéantir un gros complot. Tu as des idées ?

Je vais devoir me transformer, songea Li, *devenir quelqu'un que je ne voudrais pas être.*

— Des idées ? répéta-t-il. Bien sûr. J'ai tant d'exemples sous les yeux... Le problème, c'est comment abattre Chao et Enli sans faire tomber Sheng avec eux.

— Tu es sûr d'avoir son appui ? lui demanda Miranda.

— Excellente question, repartit Meiyun. Que se passera-t-il s'il fait machine arrière au milieu de notre petite conspiration ? Toi, tu te feras prendre pour manœuvre illégale — car je suppose qu'il faudra en passer par là —, mais Sheng et ses associés s'en sortiront blancs comme neige. Et si tu te fais arrêter, Chao et Enli obtiennent ce qu'ils veulent : se débarrasser de toi.

— Sheng acceptera au moins de ne pas s'en mêler, répondit Li. Il ne me trahira pas.

Son regard se posa sur le fin poignet de Miranda, toujours orné du bracelet de jade, puis sur la petite main ridée de Meiyun, et une profonde sensation de bien-être l'envahit soudain. Quelle que fût la tourmente qui les attendait dehors, il avait devant lui deux femmes qu'il admirait et qu'il aimait ; il était heureux.

— Comment agir ? demanda Miranda, l'arrachant à ses pensées.

— Je ne peux pas te le dire. Tu en sais déjà trop. Nous n'impliquerons personne dans cette affaire.

— Je ne veux pas en être exclue.

— Ce n'est pas une exclusion. C'est une protection.

— Mais je refuse d'être protégée ! Toute ma vie j'ai été protégée et je n'y ai gagné qu'un horrible sentiment d'impuissance. Je t'en prie, Li, ne me fais pas ça. Laisse-moi t'aider.

Il lui prit la main.

-- Je te demande pardon. Mais ce qui se passe ici n'a rien à voir avec ce que tu as connu. De plus, que pourrais-tu faire ?

– Comment veux-tu que je le sache, si tu refuses de me raconter ton plan ?

– Miranda a raison, renchérit Meiyun.

– Je ne veux pas vous impliquer dans cette histoire.

-- Que tu le veuilles ou non, nous le sommes déjà. Miranda est sous surveillance. Quant à moi, ils me connaissent bien, tu le sais. Tu devrais nous dire ce que tu projettes, insista la vieille femme. Tu comprends, être à moitié impliquée, c'est comme être à moitié vierge : impossible et... insatisfaisant.

Li pouffa de rire. Miranda confirma d'un hochement de tête.

– Bien, dès que j'aurai un plan je vous en ferai part. Mais vous n'aurez sans doute aucun rôle à y jouer.

– Ça, nous en déciderons ensemble, rétorqua Meiyun.

Il la fixa un long moment.

– Toujours aussi têtue, dit-il simplement.

– Question de caractère... et de survie. Maintenant, si je me souviens bien, on m'avait aussi promis une balade dans Liulichangjie...

Elle continuait d'orienter leur soirée avec subtilité et délicatesse. C'est sans doute ce dont nous avions besoin, se dit Li, de quelqu'un qui nous pousse... mais pour aller où ?

Miranda s'était levée de table.

– Allons-y. Il paraît que c'est un endroit génial. J'ai encore tellement de cadeaux à acheter !

Ils déambulèrent dans Liulichangjie, parmi la foule des promeneurs du soir venus admirer les devantures des magasins d'antiquités : porcelaines, linges, meubles, ivoires, figurines de jade, jeux d'échecs, bijoux, éventails peints... Les objets s'entassaient sur les présentoirs, s'accrochaient aux murs, pendaient des plafonds, s'empilaient sur le sol, sur les étagères...

– J'ai envie de tout, dit Miranda. En tout cas, de plus de choses que je ne peux m'en offrir.

– Voilà une bonne occasion de négocier, lui répondit Li.

– Je ne saurai pas. Je ne l'ai jamais fait.

– Tu devrais apprendre : ça te sera toujours utile.

– Pas dans le Colorado.

– Sans doute, mais ici, en Chine, c'est indispensable, répliqua-t-il tout en l'attirant vers une vitrine dans laquelle semblaient se bousculer vases et sculptures. Lequel veux-tu ?

Elle réfléchit un instant avant de désigner une statuette de jade d'un blanc translucide représentant une femme debout près d'un saule.

— Lance-toi, dit Li.

Un peu plus tard, elle ressortait de la boutique avec sa prise.

— Je l'ai eue pour quatre cent cinquante yuans, dit-elle.

— Tu aurais pu l'avoir pour deux cents yuans, répondit Li. Tu as cru l'histoire qu'elle t'a racontée sur sa petite-fille à l'article de la mort... Et tu as cessé de marchander.

Elle le dévisagea avec stupeur.

— Il n'y a pas de petite-fille ?

— Oh si ! Il y en a plein ! Je connais cette femme. C'est une mine d'histoires toutes plus misérabilistes les unes que les autres ; elle les taille à la mesure de ses clients. Ce ne sont jamais les mêmes.

— Dieu merci.

— Ça te fait plaisir de t'être fait rouler ?

— Bien sûr que ça me fait plaisir : je ne vais tout de même pas pleurer parce que j'apprends que sa petite-fille n'est pas malade.

— Même si ça signifie qu'elle t'a roulée ?

— De quelques dollars ? Et alors ? Je n'arrive pas à croire que tu prennes plaisir à profiter de ces malheureux dans leurs échoppes pathétiques.

— Personne ne profite d'eux. C'est un jeu. Le marchandage est universel, il se pratique dans le monde entier. C'est juste une façon de faire du commerce : les vendeurs gonflent leurs prix plusieurs centaines de fois. Et s'ils sont pauvres, ce n'est pas à cause du marchandage. Le plus souvent, ce sont eux qui remportent la partie, surtout avec les touristes. Et c'est ce qu'elle vient de faire.

— Eh bien, je préfère payer trop cher plutôt que de me montrer aussi cynique que toi !

Meiyun posa une main sur le bras de Miranda.

— Chez Li, ce n'est pas du cynisme, lui dit-elle, pas plus que ce n'est de la crédulité chez toi. Vos deux cultures font que vous avez des manières différentes de faire vos achats. Il y a pas de quoi se disputer.

— On se disputait ? fit Li, feignant l'étonnement. Je croyais qu'il s'agissait d'un simple échange culturel.

Ils partirent tous trois du même éclat de rire. Mais Miranda ajouta :

— Si tu vivais aux États-Unis, tu ne ferais pas tes courses comme ça.

À quoi il rétorqua :

— Mais toi, si tu vivais en Chine, tu ferais tes courses comme ça. Et puis tu t'en es bien tirée au fond. Tu t'adaptes vite.

— Que fait-on pour les autres cadeaux, Miranda ? demanda Meiyun, s'empressant de reprendre le contrôle de la conversation. Qu'est-ce qui t'intéresse ?

— Tout.

— Gardes-en pour demain, lui conseilla Li. Le marché aux soieries de Xiushui est une mine.

— Avant, nous avons rendez-vous avec Wu Yi, dit la vieille femme. À neuf heures. Tu seras libre, Miranda ?

— Oui, pendant une heure. J'ai un rendez-vous à dix heures et demie.

— Bien. Je passerai te prendre à ton hôtel à huit heures et demie, conclut Meiyun.

Baissant les yeux sur ses mains, Miranda ne répondit rien ; quant à Li, il fixait sans mot dire ses chaussures. Meiyun comprit.

— Tu ne dors pas à ton hôtel, c'est ça ?

Miranda confirma d'un hochement de tête gêné.

— Dans ce cas, je passerai te prendre chez Li. Tu seras prête ?

— Oui. Merci.

Et ce « merci » signifiait merci de comprendre, merci de ne pas rire, merci de ton amitié...

Tard ce soir-là, alors qu'ils sombraient, enlacés, dans ces minutes qui précèdent le sommeil — *comme tous les autres couples de par le monde, comme tous ceux qui savent de quoi demain sera fait* —, elle dit :

— Crois-tu qu'elle ait compris de quoi je la remerciais ?

— Oh oui, elle a compris, répondit Li. Elle comprend tout. Elle ne veut que notre bonheur.

— En Chine ou en Amérique ?

Il se redressa sur un coude.

— Tu veux qu'on en parle maintenant ?

— Non, pardonne-moi. Cette discussion me fait peur. Demain...

— Demain nous en parlerons, et sans crainte. Nous aurons encore samedi pour prendre une décision, le jour de la Cité interdite.

Samedi, ton dernier jour en Chine...
Elle dormait déjà.
Il embrassa son front, ses tempes.
— Je t'aime, dit-il. Dors bien, mon amour.

Mais le lendemain, ils eurent à peine le temps de prendre une tasse de thé avant l'arrivée de Meiyun.

— Wu Yi est une personnalité un peu hystérique, dit la vieille femme dans la voiture qui les conduisait chez l'actrice. Si tu veux m'en croire, ne tiens que des propos anodins.

— Je m'en tiendrai au silence, répondit Miranda. Je suis fatiguée, je ne me sens pas très bien. La pollution sans doute...

— Non, ce n'est pas la pollution, ma chérie. Tu es tendue parce qu'il ne te reste plus que deux jours pour prendre une décision. Et tu préférerais ne rien avoir à décider.

— Ne rien avoir à décider ?

— Oui, à mon avis, tu préférerais que les jours continuent de s'écouler comme ça, sans questions, et vivre avec Li comme des enfants qui jouent dans un parc en imaginant que, par un miracle, il ne fermera pas au coucher du soleil.

— Tu es décidément très sage, Meiyun.

Une soubrette les conduisit jusqu'au salon où les attendait Wu Yi. Sans même prendre la peine de les saluer, l'actrice s'adressa en chinois à la vieille femme :

— Vous les avez apportées ?

Meiyun ne répondit pas tout de suite et présenta Miranda en anglais avant d'ajouter :

— Si vous n'y voyez pas d'inconvénient, j'aimerais que nous parlions anglais aujourd'hui. Oui, je vous ai apporté les robes et la cape.

Wu Yi lui arracha presque les deux sacs de vêtements des mains et disparut dans sa chambre. Quelques minutes plus tard, un long « Oui, oui » s'échappait par la porte entrouverte. L'actrice reparut, triomphale.

Elle était d'une beauté éblouissante : maquillage somptueux, teint pâle, chevelure noire brillante. Elle avait laissé la cape ouverte et sa silhouette parfaite, soulignée par la robe dorée, apparaissait comme dans une parenthèse entre les pans noirs du vêtement. Les magnolias dansaient au rythme de ses pas.

— Superbe, dit Meiyun.

Tout en se contemplant dans un miroir, Wu Yi se mit à parler en chinois — elle surprit dans la glace le regard de la vieille femme et poursuivit en anglais.

— Je suis magnifique. La robe et la cape me vont bien. Très bien même. Mais elles sont trop chères. Je ne suis qu'une comédienne. Je ne peux pas me permettre des dépenses pareilles. Si vous baissez vos prix, je vous rendrai célèbre, riche. Je resterai cliente... Cette personne, ajouta-t-elle en désignant du menton le reflet de Miranda dans le miroir, qui m'avez-vous dit qu'elle était ?

— Miranda Graham, répondit Meiyun.

— Graham. Et ce corsage avec les petits singes dorés... où l'a-t-elle trouvé ?

— Dans ma boutique.

— Vous laissez votre assistante porter vos modèles ?

— Nous sommes associées, répondit immédiatement Miranda, sous la marque Miranda Meiyun que vous pouvez voir sur la robe et la cape. Nous avons des clients en Chine, en Europe, en Amérique... Nos prix reflètent la qualité de notre travail, celle de nos fabricants et notre succès. Ils sont les mêmes partout dans le monde, et nous n'accordons aucun rabais.

La vieille femme la considéra, ahurie, haussant les sourcils si haut qu'ils parurent disparaître sous ses cheveux. Puis un radieux sourire illumina son visage ridé.

— Si elles sont trop chères pour vous, dit-elle à Wu Yi, nous les remporterons. J'en serais navrée — elles vous vont à ravir, mais...

— Vous ne les remporterez pas, l'interrompit l'actrice sans quitter le miroir des yeux. Je paierai le prix, pour cette fois.

Meiyun hocha gravement la tête.

— La robe nécessite une petite retouche. Je ferai faire l'ourlet ce soir et je vous la retournerai demain.

La sonnerie du téléphone retentit. La femme de chambre apparut.

— Mademoiselle, Pan Chao vous demande au téléphone. Souhaitez-vous lui parler ?

— Non ! Je suis très occupée. Dites-lui que je le rappellerai.

— Pan Chao, fit Meiyun, l'air songeur, tournant le dos à Miranda afin de ne pas croiser son regard. J'ai déjà entendu parler de lui. C'est un homme d'affaires connu, je crois.

– Il est le président de sa société, répondit Wu Yi.

– Un homme intéressant ?

– Pourquoi cette question ?

– Simple curiosité. Il y a si peu d'hommes intéressants de nos jours. La plupart sont assommants, faibles... ou déjà pris.

Les lèvres de l'actrice esquissèrent un sourire.

– Il est incroyablement ennuyeux. Mais je ne peux pas encore vraiment juger : je suis sortie avec lui pour la première fois hier soir. C'est un homme qui réussit. Vous avez une longue vie derrière vous, ajouta-t-elle. Vous devez savoir ce qui est important, pas nécessairement la douceur et la gentillesse, mais toujours l'argent. Il fait tourner le monde.

La vieille femme hocha la tête.

– Vous avez beaucoup de volonté. Il en faut pour prendre l'homme qui vous apporte l'argent, sans regarder ceux qui n'apportent que la douceur...

Un instant, le ravissant visage de Wu Yi trahit une indécision.

– Ce n'est pas toujours facile, mais c'est comme ça, dit-elle avec un nouveau haussement d'épaules. Je vous prends la robe et la cape. Je voudrais voir aussi votre collection d'hiver. Apportez-la la semaine prochaine.

– La semaine prochaine, je ne serai plus à Pékin. Je peux vous envoyer des photos ou vous faxer des croquis, mais le mieux serait encore que vous fassiez le voyage jusqu'à Xi'an.

– Xi'an !

– Je vous réserverai ma journée. Vous pourrez essayer tout ce que vous voudrez, et nous pourrons faire sur place toutes les retouches nécessaires. Je fournis aussi le repas. À la fin de l'après-midi, vous aurez une garde-robe d'hiver sur mesure.

– Mais... à Xi'an !

– C'est là que j'habite. Là aussi que l'on trouve les modèles de la marque Miranda Meiyun.

Wu Yi jeta un œil au reflet de Miranda, tranquillement assise sur un pouf.

– Je vous tiendrai au courant. Vous me consacreriez toute une journée ? À moi seule ?

– À vous seule.

– Bien. Laissez votre carte à ma femme de chambre.

Sur ces mots, elle gratifia Miranda d'un signe de tête, Meiyun d'une poignée de main, et disparut. La soubrette revint pour les raccompagner.

– Veuillez dire à Mlle Wu que nous n'avons pas été payées, fit Meiyun.

L'actrice réapparut, manifestement mécontente.

– Vous n'aurez qu'à m'envoyer une facture.

La vieille femme secoua doucement la tête.

– Miranda Graham et moi-même vous avons livré une robe, ainsi qu'une cape spécialement conçue pour vous. Le paiement s'effectue à la livraison.

Elles se mesurèrent du regard un long moment. Puis Wu Yi se dirigea à grands pas vers un petit secrétaire, et rédigea furieusement son chèque.

– Drôles d'habitudes, dit-elle en le lui tendant.

– Ce sont les miennes.

Une fois dehors, Miranda demanda :

– Tu crois que Sheng a pu lui dire quelque chose qu'elle aura rapporté à Pan Chao ?

– Aucune idée. Il faudrait lui poser la question.

– Je ne m'y risquerai pas. Il ne m'aime pas.

– Qu'en sais-tu ?

– Il s'est montré très froid. Presque grossier. Il désapprouve mon histoire avec son père.

– Ça peut se comprendre... et s'arranger aussi, j'en suis sûre.

Lorsqu'elles furent remontées dans la voiture, que Meiyun avait louée pour la journée, celle-ci sortit son téléphone portable et appela Li.

– Wu Yi semble s'être acoquinée avec Pan Chao, lui dit-elle sans préambule.

– Comment ça ?

– Elle recherche les hommes qui lui sont utiles ; je suppose qu'elle en change comme elle change de robe. Tu crois que Sheng a pu lui raconter quelque chose...

– Je vais lui poser la question. Mais il n'est pas au bureau ce matin. Il faut que je le retrouve. Je te revois ce soir ?

– Non, je reprends l'avion dans deux heures. À moins que tu n'aies besoin de moi.

– Je ne pense pas. Miranda est avec toi ?

– Oui, je te la passe.

Elle lui tendit le téléphone.

— Il faut que je retrouve Sheng, dit Li. Et si je ne le retrouve pas rapidement, il faudra peut-être annuler le marché aux soieries.

Miranda se répéta les paroles de Meiyun — *ça peut se comprendre... et s'arranger aussi —*, puis elle ferma les yeux et lança, comme si elle plongeait dans une eau glacée :

— Pourquoi ne lui demandes-tu pas de venir dîner à la maison ce soir ? Vous seriez plus tranquilles pour parler.

À la maison, songea Li. Elle a dit « à la maison »...

— Tu veux vraiment que je l'invite à dîner ?

— Vous avez besoin de vous retrouver au calme tous les deux. Et puis... peut-être que Sheng me détestera moins quand nous aurons passé une soirée ensemble ?

— Merci, ma chérie. Je vais le lui proposer. Mais il ne te déteste pas, tu sais : il ne te connaît pas, c'est tout. Et j'aimerais qu'il te connaisse.

Parce que si tu restes, si tu m'épouses, si tes enfants viennent vivre avec nous, nous formerons une seule et même famille...

Lorsqu'il eut raccroché, il relut la liste qu'il venait de dresser. Une liste d'infractions, de délits en tous genres, se dit-il. Une liste que je ne devrais pas être capable d'établir. Elle dit trop à quel point j'appartiens à ce système, même si je m'y sens souvent étranger.

Il appela tous les chantiers de Chine Constructions, mais Sheng n'était sur aucun d'eux. Un instant, il songea à lui téléphoner à son autre bureau, mais y renonça très vite, craignant d'avoir Chao ou Enli au bout du fil. Il n'avait rien à leur dire et, s'il raccrochait sans un mot, ils se douteraient de quelque chose.

De toute façon, si Sheng avait confié à Wu Yi qu'il se rangeait aux côtés de son père, la jeune actrice ne s'était pas privée d'en faire part à son nouveau protecteur...

Ils devaient donc agir aujourd'hui, avant que Chao et Enli n'imaginent un moyen plus efficace de les compromettre, Sheng et lui.

Trop agité pour pouvoir rester au bureau, Li sortit ; il visita ses chantiers, jeta un œil à ceux des concurrents, acheta une patate douce grillée qu'il mangea tout en continuant de marcher — *Miranda les aime. Je suis sûr qu'Adam et Lisa les aimeront aussi.* Puis il s'arrêta devant une vitrine de foulards — *je crois qu'il va falloir abandonner le marché aux soieries —*, entra dans la boutique, en choisit un pour

Miranda : un très grand carré, taillé dans une soie lourde, sensuelle, dont les motifs représentaient des oiseaux et des fleurs aux tons roses et bruns. *Un foulard pour l'hiver, les hivers sont si froids à Pékin...*

De retour au bureau, il trouva Sheng dans la salle de conférences, penché sur des plans étalés sur une longue table.

– Où étais-tu passé ? lui demanda-t-il. Je t'ai cherché partout.

– Je suis allé sur la Grande Muraille, lui répondit son fils, manifestement confus.

– La Muraille ! Avec tous ces touristes ?

– Il suffit de marcher un quart d'heure pour les distancer. J'avais besoin de réfléchir. Elle reflète si bien notre orgueil, cette muraille qui serpente à travers les montagnes ; on se demande comment des hommes ont pu être assez stupides et vaniteux pour croire qu'elle empêcherait les invasions. Et moi aussi je me demande comment j'ai pu être assez stupide et vaniteux..., ajouta-t-il en se levant. Je suis passé au bureau de mes associés hier soir, et j'ai pris quelques dossiers. Les plus importants.

– Ils vont s'en apercevoir.

– Pas tout de suite.

– Tu sais que Wu Yi sort avec Pan Chao ?

Le jeune homme se tourna violemment vers son père.

– C'est impossible !

– C'est pourtant ce qu'elle a dit à quelqu'un que je connais. Que sait-elle de tes relations avec Chao et Enli ? demanda Li.

Son fils le regardait fixement, les yeux bouffis.

– Je l'ai appelée hier soir. Je me disais qu'elle avait peut-être réfléchi et... changé d'avis pour nous.

Li eut un mouvement de tête négatif.

– N'importe qui aurait pu changer d'avis, insista Sheng, mais pas elle...

– Que lui as-tu raconté ?

– Au début, elle a refusé de me prendre au téléphone. Alors j'ai dû dire à sa femme de chambre que je voulais lui faire part de certains projets. Elle a accepté de me parler. Or le seul projet que j'avais, c'était de me retirer de Dung Chan pour me consacrer exclusivement à notre société. Je le lui ai dit. Elle n'a pas eu l'air impressionnée, conclut le jeune homme en haussant les épaules.

– Alors comme ça, tu lui as dit que tu te retirais de Dung Chan ? gronda Li.

– Je ne pouvais pas me douter qu'elle risquait d'en parler à Pan Chao.

– À Pan Chao, ou à n'importe qui, oui, tu aurais dû t'en douter ! Les gens bavardent, tout le monde finit toujours par tout savoir. Que lui as-tu dit d'autre ?

– Rien. Juste que je me retirais de la boîte.

– C'est suffisant. Bien, il nous reste très peu de temps. Ils vont vider ton bureau dès que Wu Yi aura parlé à Chao. Il nous faut un plan. Viens, dépêche-toi.

– Où allons-nous ?

– Chez moi. On va discuter de tout ça. Miranda et moi t'invitons à dîner.

Sheng s'effondra dans un fauteuil.

– *Miranda et moi...* Comme si on n'avait pas déjà assez de problèmes. Que comptes-tu faire ?

– Ma vie. Maintenant, dépêche-toi : il n'y a pas un instant à perdre.

Li l'entraîna hors de la salle de conférences jusqu'à son bureau, où il fourra à la hâte quelques papiers dans sa mallette. Puis ils quittèrent précipitamment le bâtiment et gagnèrent sa voiture.

– Vous pouvez rentrer. Je vais prendre le volant, dit-il à son chauffeur.

Il s'engagea dans la direction du *Palace Hotel.*

– On passe chercher Miranda. Essaie de te montrer courtois. Je ne te demande pas de l'aimer, pas tout de suite en tout cas. Mais elle mérite au moins la politesse.

– Tu pars en Amérique avec elle ?

– Je n'en sais encore rien. J'y réfléchirai après, quand j'aurai fini de m'occuper de tes associés.

– Tu y as déjà réfléchi.

– Je refuse d'en parler ce soir.

– Je te demande juste si...

– Je viens de te dire que je refusais d'en parler. Est-ce clair ?

– J'ai besoin de toi, bredouilla Sheng.

Les mots s'étaient étranglés dans sa gorge, mais Li était certain d'avoir bien entendu.

– Ne t'inquiète pas, répondit-il simplement.

Après quoi, ils roulèrent en silence jusqu'à Wangfujing.

– Encore une chose, ajouta Li en arrêtant la voiture devant

l'entrée du *Palace Hotel* où les attendait Miranda. Ce soir, on parle anglais.

Sheng acquiesça, descendit de voiture, serra la main de Miranda et dit « bonsoir » en anglais. Puis il s'assit ostensiblement à l'arrière de la voiture.

– Je suis heureux de te voir, dit Li à Miranda quand la voiture eut démarré, sans quitter la circulation des yeux. Tu as bien travaillé aujourd'hui ?

– Oui, tout est fini, sauf les contrats qu'il faudra signer demain matin. J'ai même eu le temps d'aller me promener sur le marché aux soieries. C'est un endroit magnifique. J'ai trouvé des cadeaux pour tout le monde. Tu aurais été fier de moi : j'ai marchandé !

– Je suis toujours fier de toi. T'es-tu acheté un cadeau à toi aussi ?

– Non, mais je me suis beaucoup amusée à chercher ceux des autres.

– Dans ce cas, ouvre ma mallette et sors-en la boîte noire.

Miranda le dévisagea avec stupeur : comment osait-il lui faire un cadeau en présence de Sheng ? Li sentit son regard, se tourna vers elle et lui sourit, un sourire silencieux et rassurant.

Lorsqu'elle ouvrit la boîte, Sheng se pencha entre les deux sièges avant, renonçant à feindre de ne rien voir. Il laissa échapper un petit grognement admiratif quand Miranda déplia le lourd carré de soie.

– Il est splendide. J'en ai vu au marché ce matin, mais ils étaient tellement plus...

Elle se mordit la lèvre.

– Tellement plus chers que les autres, compléta Li en riant.

Rougissant, Miranda plia le foulard en un triangle qu'elle posa sur ses épaules. Ses teintes automnales s'harmonisaient à merveille avec la couleur de son corsage.

– On dirait un tableau, souffla-t-elle. Merci, mon amour.

Les mains de Li se crispèrent sur le volant, comme pour maîtriser l'exultation qu'il sentait monter en lui ; ils étaient tous les trois dans la voiture ; une image de famille, une image qu'il voulait voir devenir une réalité.

Lorsqu'ils furent arrivés chez lui, il remarqua le regard aigu que Sheng portait sur Miranda en la voyant aller et venir avec familiarité dans la maison, comme si elle y avait toujours vécu, accrochant sa veste à une patère, retapant un coussin d'un revers de main, avant de se diriger avec naturel vers la cuisine. Li était tendu, prêt à riposter à tout commentaire de son fils. Mais Sheng ne dit rien. *Il ne fera rien contre nous. Il est contrarié, mais il a besoin de moi.*

– Parlez-moi de Rongji, demanda Miranda alors que, les manches retroussées au-dessus du coude, debout devant le plan de travail, ils préparaient ensemble le repas.

Tout en coupant maladroitement des cubes de céleri – la cuisine était pour lui un territoire inconnu –, Sheng lui lança un regard étonné : elle connaissait le prénom de son fils.

– Il est très intelligent, oui extraordinairement intelligent pour son âge, commença le jeune homme avant d'enchaîner, porté par sa fierté de père, sur un récit détaillé des innombrables facéties de Rongji. Et il adore s'asseoir sur mes genoux pour que je lui lise des histoires, conclut-il. Mais on m'a dit que je devrais l'encourager à les lire tout seul et...

– Mais non, il aura bien le temps de lire seul, l'interrompit Miranda. Vous avez raison de lui faire la lecture. C'est une manière de partager quelque chose avec lui.

Pour la première fois, Sheng parut la voir vraiment. Ses yeux se posèrent longuement sur elle.

– Vous pensez vraiment ce que vous dites ? demanda-t-il.

– Bien sûr. Lire avec lui, c'est partager avec lui votre force d'adulte, lui donner confiance en lui et en vous.

Le visage du jeune homme se ferma.

– Où est le père de vos enfants ?

– Il est mort il y a longtemps.

– Ils ont donc grandi sans leur père. Est-ce qu'ils sont révoltés ?

– Révoltés ? Pourquoi ? Contre qui ?

– Contre lui. Pour les avoir laissés.

– Au début, oui. Mais ils étaient encore très jeunes. En grandissant ils ont compris qu'il n'avait pas eu le choix : ils étaient tristes, mais pas révoltés.

Sheng fit glisser dans une assiette des morceaux de céleri aux formes insolites. Li échangea un regard amusé avec Miranda.

– Comment est votre maison ? lui demanda encore Sheng.

Elle répondit de bonne grâce à toutes ses questions. Li écoutait, en surveillant la cuisson du porc. Puis ils passèrent à table.

- Vous savez, dit Sheng en s'asseyant, je n'avais encore jamais fait la cuisine. J'ai trouvé ça agréable.

- Miranda et moi, nous aimons cuisiner ensemble, répliqua son père tout en faisant le service, conscient de la portée de cette phrase aux oreilles du jeune homme. Maintenant, poursuivit-il, il faut qu'on parle de Chao et Enli.

- Voulez-vous que je sorte ? demanda Miranda.

- Non, pourquoi devriez-vous sortir ? fit immédiatement Sheng. Li était agréablement surpris.

- J'ai promis à Miranda de ne pas la tenir à l'écart de nos projets. Mais on ne peut rien faire tant que tu n'as pas décidé de rompre définitivement avec tes associés. Tu as peut-être résolu de rester avec eux ?

- Rester... ? Tu n'y penses pas ! Comment pourrais-je rester avec eux ? Je serais obligé de te trahir. De toute façon, ils n'ont plus confiance en moi. Je ne leur suis plus d'aucune utilité.

- Bien, reprit son père. J'ai quelques idées pour piéger Chao et Enli mais avant tout j'ai besoin de...

- Est-ce qu'il y a des micros dans cette pièce ? demanda brusquement Sheng.

Miranda blêmit et regarda la cuisine comme si elle la voyait pour la première fois.

- Non, répondit Li. J'ai vérifié il y a deux jours.

- *Vérifié ?* répéta-t-elle.

- Oui, ce sont des choses qui se font en Chine. Bien sûr, le téléphone est sur écoutes, ajouta-t-il à l'intention de Sheng.

- Et le courrier ?

- Ouvert aussi, naturellement, répondit Li sur le ton de l'évidence. Ils doivent trouver ma correspondance très ennuyeuse. Maintenant, j'ai besoin de renseignements. À quel nom est le bail des bureaux de... comment s'appelle votre société déjà ?

- Dung Chan. Les bureaux sont loués au nom de Pan Chao.

- Bien. Quelle banque gère le compte ?

- La Banque de Chine. Le compte est au nom de la société.

- Et Meng Enli ?

- Je ne connais pas sa banque. Mais il n'est pas mentionné sur le bail. C'est Chao qui s'occupe de tout.

- Dans ce cas, si le filet est assez large pour l'attraper, il capturera aussi Enli... As-tu une clé des bureaux ?

– Oui, à moins qu'ils n'aient changé les serrures.

– C'est pour ça qu'il faut faire vite. Cette nuit, tu vas laisser dans le bureau de Chao les documents qu'il a cachés chez moi.

– Mais ces papiers portent ton nom.

– J'en ai fait des copies et j'ai remplacé mon nom par le sien. Tu vas les fourrer dans un tiroir de son bureau, en prenant soin de placer sur le dessus de la liasse la lettre qui appelle à manifester de jour de l'arrivée du président américain. Fais en sorte qu'on trouve aussi les bordereaux de dépôt à la Banque de Chine. C'est possible ?

Ahuri, Sheng dévisageait son père.

– Ça ne te ressemble pas d'imaginer ce genre de manœuvres.

– C'est le seul langage que comprennent les gens de ta génération, semble-t-il. Je n'en suis pas fier. Alors, c'est possible ?

– Oui, je vais passer chez Dung Chan vers deux heures. Il n'y aura personne.

– Bien. Il nous faut des complices. Miranda, tu veux bien nous aider ?

Elle avait le regard sombre. Il eut envie de tendre la main vers elle, de lui dire qu'il n'était pas cet homme-là, qu'il n'avait encore jamais fait de faux, ni quoi que ce fût de répréhensible, qu'il regrettait d'y être contraint.

– Comment ? demanda-t-elle.

Non, je ne peux pas, songea soudain Li. Je ne peux pas te mêler à ça.

– Je me suis trompé, dit-il alors. Tu ne peux rien faire : tu ne parles pas chinois. Il nous faut des gens pour laisser des messages sur le répondeur de Dung Chan. Je vais demander à Meiyun de le faire, ainsi qu'à trois autres personnes qui n'habitent pas Pékin.

– Quels messages ? demanda Sheng.

– Des messages faisant allusion à la manifestation, aux tracts, à la visite du président américain, à la place Tian'anmen où se tiendra la cérémonie de bienvenue, à la Grande Muraille ou à la Cité interdite, passages obligés des visites officielles... Il faudra qu'ils aient tous l'air d'émaner de conspirateurs prenant contact avec la tête de leur organisation. C'est moi qui les rédigerai.

Son fils le fixait avec admiration.

– Décidément, tu es très fort. Et moi, demain matin à la première heure, j'appelle la Sécurité en leur suggérant d'aller faire un tour dans les bureaux de Dung Chan et d'écouter le répondeur...

– Ils vont enregistrer ta voix. Tu sauras la déguiser ?

– Sans problèmes. Je leur parle de la Banque de Chine ?

– Non, il suffira qu'ils trouvent les bordereaux dans le tiroir de Chao.

– Vous croyez qu'on a pu fouiller ma chambre d'hôtel ? demanda tout à coup Miranda.

– Pourquoi cette question ? fit Li en fronçant les sourcils.

– Eh bien, à force d'entendre parler de micros, de courrier ouvert, de...

– Bien sûr qu'ils ont fouillé votre chambre, l'interrompit Sheng, puisque vous avez porté cette... Il surprit le regard courroucé de son père. Non, non, je ne crois pas finalement, s'empressa-t-il d'ajouter. Ils ne voudraient pas risquer un incident diplomatique à quelques jours de la visite de votre président.

Li tendit la main de l'autre côté de la table et saisit le poignet de Miranda.

– Dis-moi ce qui t'inquiète.

– Si je ne peux rien faire puisque je ne parle pas le chinois, je me demande juste si cette barrière pourrait, en d'autres circonstances...

– Ce n'est pas la question, riposta-t-il, furieux. Tu ne peux pas te servir de ça pour... pour décider quoi que ce soit.

Elle posa la main sur sa joue. Peu importait que Sheng fût témoin de sa tendresse : dans quelques heures, le soleil se lèverait sur son dernier jour en Chine. Li embrassa ses doigts avec la même pensée. Il se voyait se promener avec elle dans la Cité interdite. Un couple comme les autres... Mais ils n'étaient pas un couple comme les autres.

Il n'y a jamais de dernier jour pour les couples comme les autres...

13.

Sheng gara sa voiture à deux rues du bâtiment qui abritait les locaux de Dung Chan et parcourut à pied les quelques centaines de mètres qui le séparaient de l'entrée. Une fois à l'intérieur, il choisit de ne pas allumer les lampes et trouva à tâtons son chemin jusqu'au bureau de Pan Chao : deux placards, une table de travail, un fauteuil. Une horloge dont le tic-tac résonnait dans le silence.

Toujours à l'aveuglette, il posa la main sur la poignée métallique du deuxième tiroir, qui s'ouvrit avec un grincement. Un carnet, quelques stylos, une boîte de trombones, un paquet de cigarettes, un briquet... Il fit un peu de place, glissa sous les fournitures les documents revêtus de la signature de Chao, y ajouta quelques bordereaux de dépôt de la Banque de Chine, et referma lentement le tiroir.

Il lui avait fallu moins de deux minutes. Bien, songea-t-il, soulagé. Ce n'était pas si compliqué. Ce fut alors que la sonnerie du téléphone retentit.

Il se figea sur place. Personne ne pouvait appeler à deux heures du matin. Il entendit le répondeur s'enclencher et la voix de Pan Chao demander à son correspondant de bien vouloir laisser un message.

– Pan Chao, on en a trente-six pour Tian'anmen. C'était une voix de femme que Sheng ne connaissait pas. Ils apparaîtront dès que le président arrivera. On va essayer d'atteindre les cinquante, comme tu l'as demandé, mais ça va être dur...

La femme raccrocha.

Le jeune homme sentit un frisson d'excitation lui parcourir la nuque. Ça y est, ils ont commencé, se dit-il.

Et il rebroussa chemin dans le couloir, repartant à tâtons vers la sortie. Il arrivait à peine au niveau de son propre bureau quand, brusquement, la lumière se fit dans le couloir.

Aveuglé, il leva vivement un bras devant ses yeux.

— Bon sang, mais qu'est-ce que...

Il sentit son cœur s'emballer, baissa le bras et, les yeux mi-clos, distingua la silhouette d'un inconnu dans l'encadrement de la porte d'entrée.

— Qui êtes-vous ? cria-t-il.

L'homme avançait vers lui à grands pas.

— Le gardien. Et vous feriez mieux de me dire qui vous êtes, *vous*.

— Nous n'avons pas de gardien !

— Qu'est-ce que vous en savez ? Pan Chao m'a engagé pour...

— Quand ? Quand vous a-t-il engagé ?

— Cet après-midi, répondit l'inconnu en lui agrippant le bras. Maintenant, suivez-moi.

— Pas question. C'est mon bureau ici.

L'homme plissa les yeux pour le dévisager attentivement.

— Vous mentez, dit-il. Pan Chao m'a affirmé qu'il y avait seulement deux personnes dans ces bureaux, Meng Enli et lui.

Sheng déglutit difficilement : ses associés n'avaient pas mis longtemps à l'éliminer.

— Il voulait dire deux personnes à plein temps, répondit-il avec l'aplomb du désespoir avant de dégager violemment son bras. J'ai un autre bureau en ville. Maintenant, sortez ou j'appelle la police.

— La police, siffla le gardien avec mépris. Qu'est-ce que j'en ai à faire de la police ? Je travaille ici et je resterai tant que je voudrai.

Son regard plongea dans le bureau, par-dessus l'épaule de Sheng.

— Comment vous appelez-vous ? demanda-t-il, manifestement saisi d'un doute.

— Yuan Sheng, répondit le jeune homme, un peu rassuré par le cillement hésitant qu'il venait de surprendre sur le visage de l'homme. Je suis l'associé de Chao et Enli et je vous ordonne de sortir ! Sur-le-champ !

— J'ai entendu le téléphone. Je suis payé pour surveiller, moi.

— Vous voyez que tout va bien.

-- Je devrais quand même appeler Chao.

-- Allez-y. Il sera ravi d'être réveillé pour apprendre que son associé fait des heures supplémentaires au bureau. Vous allez vous faire virer. Ne vous gênez pas. Prenez mon téléphone. Allez, appelez-le !

Le gardien jeta à nouveau un œil dans le bureau. Un carton portant une étiquette adressée à Yuan Sheng traînait par terre.

-- Je crois que ce ne sera pas nécessaire, dit-il en reculant vers la porte. Vous allez rester jusqu'à ce qu'il revienne ?

-- Je n'en sais rien encore. J'ai oublié à quelle heure il arrivait demain.

-- Six heures. Ils viennent tous les deux, Enli et lui. Ils ont dit qu'ils avaient beaucoup à faire.

Sheng frémit intérieurement : il avait prévu d'appeler la Sécurité à sept heures.

-- Dans ce cas, je ne vais pas rester, mais je serai de retour pour six heures, dit-il, heureux d'avoir autant d'aisance et de naturel dans le mensonge.

Il fit volte-face, pénétra dans son bureau et ajouta :

-- Fermez bien la porte derrière vous.

Il resta ainsi immobile, sans se retourner, jusqu'à ce qu'il entende le claquement sec de la serrure, puis alla jeter un coup d'œil dans le couloir afin de s'assurer que l'homme était bien sorti. Alors il se dirigea vers le téléphone posé sur son bureau. *Impossible d'attendre sept heures. Il faut que je le fasse maintenant.* Il commença à composer le numéro, mais s'interrompit deux chiffres avant la fin. *Quelle bêtise ! Ils vont savoir que l'appel venait d'ici. Il faut que je trouve un autre endroit.*

Il ramassa à la hâte quelques papiers, ses disques, son stylo plume préféré et les fourra tant bien que mal dans ses poches. La photo de Wu Yi tomba sous ses yeux : elle lui souriait dans son cadre argenté. Il la contempla un instant et s'apprêtait à la jeter dans la corbeille quand il se ravisa : non, il ne voulait laisser aucune trace personnelle dans ce bureau. Il jetterait cette photo ailleurs. Puis il éteignit les lumières, ferma la porte et quitta le bâtiment.

Le veilleur de nuit semblait avoir disparu. Sheng s'efforça d'adopter une allure décontractée et de s'éloigner sans avoir l'air de regarder autour de lui. Il regagna sa voiture, roula un kilomètre ou deux, et s'arrêta à une cabine téléphonique. Le cœur battant, il composa le numéro du standard de la Sécurité publique. Un timbre lointain retentit dans le combiné. *Il y a forcément quelqu'un. Ces gens-là ne ferment jamais...*

Au bout d'une vingtaine de sonneries, un homme décrocha. Sheng prit une ample respiration et commença à parler d'une voix aiguë, avec un fort accent de Chongqing, débitant à toute vitesse l'adresse de Dung Chan. Il la répéta plus distinctement, afin de donner à son correspondant le temps de la noter, et évoqua les activités subversives, la dissidence, une manifestation organisée le jour de l'arrivée du président américain...

— Votre nom ? demanda l'employé.

Mais le jeune homme avait déjà raccroché. Il ressortit de la cabine tête haute, s'efforçant de ne regarder ni à droite ni à gauche, monta dans sa voiture, et mit le moteur en marche. Non, il faut que j'appelle papa, se dit-il. Il veut sûrement savoir...

Alors il imagina son père couché auprès de Miranda, vit leurs corps lovés l'un contre l'autre, et la jalousie l'emporta : il ne téléphonerait pas. L'idée d'entendre la voix ensommeillée de Li lui répondre depuis le lit où il faisait l'amour avec cette femme lui était intolérable. De toute façon, se dit-il, son téléphone est sur écoutes. Je passerai le voir demain, *les* voir demain. *Que va-t-il faire avec elle ? Il la regarde comme si rien d'autre n'existait plus pour lui désormais.*

Et il roula en direction de la ville. Une dizaine de minutes plus tard, il fut ébloui par les phares d'une voiture arrivant en sens inverse. C'étaient eux. À cette heure de la nuit, qui d'autre pouvait emprunter cette route ? C'était un véhicule banalisé, comme tous ceux qu'employait la Sécurité publique. Ils avaient fait vite. Sheng avait prononcé les mots magiques : activités subversives, dissidence, manifestation, président américain...

Il se demanda où il allait passer les quelques heures qui le séparaient du lever du jour ; il ne pouvait pas retourner chez son père ; l'appartement de Wu Yi lui était définitivement interdit, ses deux clubs aussi. Il ne restait plus que la maison. Oui, rentrer à la maison, retrouver sa femme et son fils. Ils dormiraient sûrement — il rentrait toujours si tard. Mais ils seraient heureux de le voir à la table du petit déjeuner le lendemain matin — ils l'étaient toujours. L'idée lui fut un réconfort inattendu...

Li conduisit très tôt Miranda au *Palace Hotel* : elle devait préparer ses bagages avant la réunion. Elle débarrassa méthodiquement la

273

penderie, les bureaux, les tiroirs, la tablette de la salle de bains, les étagères, rendant chaque élément du mobilier à son anonymat. Elle allait régler l'hôtel, signer ses derniers contrats, emballer les cadeaux – la femme de jade et son saule pleureur, une paire de baguettes en bois sculpté qu'elle s'était offerte sur Liulichangjie. Elle attrapa successivement le corsage, la robe, la veste de Meiyun ; chaque geste était un déchirement.

Non, tout ira bien. Li va venir aux États-Unis. Pas demain, naturellement. Mais vite, très vite. Je le sais.

Elle empaqueta ses livres, y ajoutant celui qu'il lui avait offert la première nuit où elle avait dormi chez lui : c'était un recueil de poésies du XIIIe siècle traduites en anglais. Elle n'avait pas encore eu le temps de le lire. Alors qu'elle s'apprêtait à le ranger, elle sentit sous ses doigts un marque-page, ouvrit le volume et lut « Pour Miranda » – c'était l'écriture de Li.

> *Ne vois-tu pas*
> *Que toi et moi*
> *Sommes les branches d'un même arbre ?*
> *Tu es heureuse*
> *Je ris ;*
> *Tu es triste,*
> *Je pleure.*
> *Amour,*
> *La vie pourrait-elle être autrement*
> *Entre toi et moi ?*

Les yeux de Miranda se brouillèrent. Non, mon amour, la vie ne pourrait être autrement entre nous... les branches d'un même arbre. Elle plaça le livre dans sa mallette.

Viens, vis avec moi et sois mon amour/Et tous les plaisirs... C'était le début d'un autre poème, anglais celui-là, qu'elle avait appris au lycée : « The passionate shepherd to his love », de Christopher Marlowe ; « Poème du berger à sa bien-aimée ». Dès que je serai à Boulder, je l'enverrai à Li, avant... avant qu'il ne vienne me rejoindre...

Elle glissa les chaussures dans leurs sacs, accrocha les tailleurs dans la housse de voyage, plia la robe bleue dans du papier de soie et s'apprêtait à faire de même avec le corsage, mais se ravisa ; elle

274

le porterait pour son dernier jour à Pékin. Et demain aussi, dans...
À la seule pensée de l'avion, les mots vacillèrent dans son esprit.

Elle fourra à la hâte quelques affaires pour la nuit – la dernière nuit avec Li – dans un petit sac, boucla la valise, tira la fermeture Éclair de la housse et porta les bagages dans l'entrée. Le garçon d'étage viendrait les chercher pour les descendre jusqu'à la voiture de Li.

La chambre était désormais impersonnelle, prête à accueillir un nouveau voyageur. Même si je n'y ai pas passé beaucoup de temps, elle va me manquer, se dit Miranda tout en vérifiant machinalement dans chaque tiroir qu'elle n'avait rien oublié. Puis elle se dirigea vers le bureau, sur lequel n'étaient plus posés que le téléphone, le bloc de papier à lettres et le stylo de l'hôtel.

Vous croyez qu'on a pu fouiller ma chambre ?

Bien sûr qu'ils ont fouillé votre chambre, puisque vous avez porté cette...

... lettre, compléta-t-elle. Sheng pense qu'on a fouillé ma suite. Li le croit sans doute aussi, même s'il ne le dit pas pour ne pas m'effrayer.

Je ne suis pas effrayée. Je pars demain : ils ne peuvent plus rien me faire.

Tout comme je ne peux rien faire pour Li, pour l'aider à lutter contre Chao et Enli. Rien. *Sinon l'aimer, être là pour lui.*

Mais comment aimer sans être là ? Demain, je ne serai plus là. Sauf... sauf si je reste en Chine.

Cette seule idée lui donna le vertige. Elle jeta un œil à sa montre et constata avec soulagement qu'il était bientôt l'heure de son rendez-vous.

Autour de l'immense table de conférence, les visages lui parurent amicaux, souriants, les hochements de tête approbateurs. Elle retrouva le même sentiment doux-amer qui accompagnait chaque fin d'année au lycée, chaque examen à la fac : elle avait brillamment passé les épreuves et, pour cette raison même, elle devait partir, alors qu'elle aurait aimé rester. Elle n'avait pas le choix.

Elle serra des mains, salua ; des visages souriants lui souhaitèrent un agréable voyage, manifestèrent le désir de la revoir bientôt à Pékin.

La gentillesse était si vraie qu'elle avait peine à se remémorer la déception éprouvée après la première réunion, moins de deux semaines auparavant.

– Ils se sont montrés chaleureux, dit-elle à Li lorsqu'ils se retrouvèrent pour déjeuner. Je n'ai pas pu changer à ce point-là. C'est donc qu'ils ont changé, eux...

Il éclata de rire.

– Tous les fabricants de vêtements dans Pékin se seraient métamorphosés en dix jours. C'est de la magie, ma chérie !

– Exactement, répondit-elle avec un sourire, avant de répéter plus doucement : Oui, c'est magique. Tout a été magique ici.

– Et tout le sera toujours entre nous, fit-il en lui caressant la joue. Magique et mystérieux, comme l'amour... Comment il commence, comment il grandit, comment il dure, tout est magique. Il lui prit la main. Miranda, ajouta-t-il après un silence, ne pars pas, reste ici avec moi. Ne nous enlève pas cette magie. Reste. Adam et Lisa seront heureux, je te le promets...

– Li, je ne veux pas parler de ça ici, dans ce restaurant.

– Aucun endroit ne te conviendra jamais pour en parler. Avons-nous vraiment besoin de Meiyun pour aborder le sujet ? Nous l'écartons parce qu'il nous effraie, c'est vrai. Mais qu'allons-nous nous dire demain, quand je t'accompagnerai à l'aéroport ? Peut-être est-ce justement ce que tu souhaites ? Que nous ne disions rien. Ainsi, tu n'auras aucune décision à prendre ; les événements auront décidé à ta place. Et tu rentreras en Amérique, même si tu n'en as pas envie...

– J'en ai envie..., l'interrompit Miranda dans un murmure, tout en jetant autour d'elle des regards affolés, comme si elle cherchait une issue physique à son malaise. Crois-moi, je veux rentrer à la maison. Tu ne peux pas me demander d'abandonner ma vie...

– C'est pourtant bien ce que tu me demandes de faire, non ?

– Oui, parce qu'on vit mieux en Amérique qu'en Chine. Tout le monde le sait.

Li ne répondit rien et, pendant un long moment, ils parurent se concentrer sur leur assiette.

– Veux-tu toujours visiter la Cité interdite ? demanda-t-il enfin.

Tendue, maussade, elle répondit oui d'un hochement de tête. Pourquoi pas ? songea-t-elle. Après tout, je suis une touriste à Pékin.

– La Cité interdite a servi de résidence à vingt-quatre empereurs, et environ dix mille intendants, eunuques, concubines, poursuivit Li, tentant de détendre l'atmosphère. C'était un endroit irréel, qu'ils imaginaient inviolable. Ils feignaient de s'y croire à l'abri du monde extérieur. Ils faisaient semblant. Comme nous..., ne put-il s'empêcher d'ajouter.

Miranda acquiesça. Il avait raison : tout était merveilleusement simple lorsqu'ils vivaient dans leur bulle d'amour coupée du monde, des gouvernements, des systèmes politiques, bref de la réalité. Mais la réalité existait, une réalité cruelle comme celle dont tentaient de se protéger les habitants de la Cité interdite, interminable succession de couloirs, de pavillons, de cours et de jardins tapis derrière de hautes murailles, à l'abri du reste du monde.

— Dans toute l'histoire de l'Amérique, dit-elle, jamais les gouvernants ne se sont coupés du peuple.

Li marchait derrière elle. Il posa les deux mains sur ses épaules et l'obligea à se tourner vers lui. Ils étaient seuls dans le coin d'une cour où des bourrasques de vent balayaient sur de larges pavés les feuilles tombées des pruniers. La plupart des touristes avaient renoncé à la visite : de lourds nuages noirs s'amoncelaient dans un ciel bas ; l'orage menaçait.

— On se fiche de l'histoire, des gouvernements, des systèmes politiques. Seul compte ce que nous pouvons construire ensemble.

— Non, Li, l'histoire, les gouvernements, les systèmes politiques font partie de notre vie, lui répondit Miranda avec, dans les yeux, l'expression d'une tristesse si profonde qu'elle lui fut insupportable. Nous n'y pouvons rien.

Elle frissonna, un tourbillon glacé venait de s'engouffrer dans la cour. Il passa un bras sur ses épaules.

— Viens, rentrons, dit-il. Je crois que tu en as assez vu.

Ils n'échangèrent pas une parole sur le trajet. Li conduisait, dents serrées. Les nuages étaient plus lourds à chaque seconde, tout était gris, blafard : les passants dans leurs habits sombres, tête baissée, luttant contre le vent, les rues sales, les façades blêmes des immeubles qu'aucun rayon de soleil ne venait réchauffer. Oui, pourquoi voudrait-elle vivre ici, se dit-il, alors qu'en Amérique elle a les montagnes à sa porte ?

Il fut heureux de retrouver sa maison, la lumière dorée des lampes, le rocher du sage, symbole de sagesse et de sérénité. Jamais il n'en avait eu autant besoin...

Il prit Miranda dans ses bras, ses lèvres effleuraient les siennes lorsqu'on frappa à la porte.

— C'est sûrement Sheng, murmura-t-il en allant ouvrir.

– Je n'ai pas voulu t'appeler à cause des écoutes, lui dit son fils.

– Tu as bien fait. Entre.

Le jeune homme pénétra dans la pièce et salua Miranda d'une rapide courbette.

– Ravi de vous revoir, dit-il.

– Moi aussi, répondit-elle, souriant à ce salut protocolaire.

– Alors, que s'est-il passé ? demanda Li.

– Chao a été arrêté.

– Ils n'ont pas traîné. Où ça ?

– À la banque. Ils ont commencé par faire le ménage dans les bureaux, y compris dans le mien, mais je n'y avais rien laissé d'intéressant. Et puis ils sont allés l'attendre à la banque. Il est venu faire un retrait et là ils l'ont coincé.

– Comment le sais-tu ?

– Les rumeurs vont vite dans notre milieu, tu sais. Il paraît qu'il a tout nié en bloc lors de l'interrogatoire. Mais il ne pouvait expliquer ni les messages laissés sur le répondeur, ni les documents trouvés dans son tiroir. S'il n'y avait pas eu le gardien..., commença Sheng en se laissant tomber sur une chaise.

– Le gardien ? Quel gardien ?

– Celui qu'il a engagé pour surveiller les bureaux. Je l'ignorais et il m'est tombé dessus hier soir. Il a dû l'appeler pour lui faire son rapport, et Chao m'a accusé d'avoir mis les documents dans son tiroir. Pour l'instant, la Sécurité ne le croit pas. Sa seule preuve serait de démontrer qu'il les a lui-même fabriqués pour les planquer chez toi, mais ça, il ne risque pas de l'avouer. Seulement, je le connais. Je suis sûr qu'il va trouver un moyen de me faire accuser. J'ai été leur associé, impliqué dans tous leurs trafics, la piraterie...

Il surprit le regard que son père lançait à Miranda.

– C'était si facile, reprit-il, comme s'il les suppliait de le comprendre. Ça rapportait gros. Si Chao leur dit d'aller vérifier à Beihai, je suis foutu.

– Pourquoi leur dirait-il ? rétorqua Li. Ce serait se jeter dans la gueule du loup. Si votre société servait de couverture à ce genre de trafics, Chao est compromis autant que toi. Quant à vos complices de Beihai – je suppose qu'il s'agit du maire ou du chef de la police, peut-être les deux –, ils n'ont aucun intérêt à passer aux aveux.

Sheng poussa un grognement dubitatif.

– Ta seule association avec eux concernait les boîtes de nuit.

Une activité légale, et même fortement encouragée. Pour le reste, tu n'étais qu'un larbin, un garçon de courses chez Dung Chan...

— Comment peux-tu dire une chose pareille ? cria le jeune homme. J'étais leur associé à part entière.

— Sheng, l'interrompit doucement Miranda. Votre père essaie de sauver votre tête.

Il s'apprêtait à riposter : comment osait-elle se mêler de leurs affaires, elle, une Américaine ? Puis il comprit : elle avait raison. Il enfouit sa tête dans ses mains.

— Chao n'est qu'un bandit aux petits pieds, poursuivit Li. Il va passer quelques années sous les verrous, Enli aussi sans doute, puis ils ressortiront et recommenceront, parce qu'ils ne savent rien faire d'autre. D'ici là, tu seras bien trop occupé chez Chine Constructions pour te préoccuper de leur sort...

— Mais on va me convoquer, m'interroger. Je n'ai jamais subi aucun interrogatoire. Qu'est-ce que je vais leur dire ?

— La même chose, des centaines de fois. Tu vas inventer une bonne raison d'avoir été au bureau la nuit dernière, et ne pas en démordre, quoi qu'il arrive. Ils vont te demander de toutes les manières possibles ce que tu y faisais, et tu répondras la même chose, imperturbablement. C'est désagréable, mais pas mortel.

— Ils vont me faire suivre.

— Crois-moi, on s'en remet.

— J'ai toujours pensé que les gens à qui ça arrivait devaient forcément être coupables de quelque chose, sinon d'un crime, du moins de bêtise.

— Comme ceux que l'on déportait pendant la Révolution culturelle, n'est-ce pas ? répliqua Li d'un ton amer.

Le visage de Sheng s'empourpra.

— Sheng n'était qu'un enfant à l'époque, intervint Miranda. Et pour les enfants, les adultes sont tout-puissants : comment comprendraient-ils qu'ils ne sont pas forcément responsables de ce qui leur arrive ? Ce n'était ni votre faute, ni celle de votre père, continua-t-elle à l'intention de Sheng. Vous viviez une époque où seule régnait l'injustice. Comment auriez-vous pu y voir clair ?

Le jeune homme la dévisagea longuement.

— Que savez-vous de tout ça ?

— Li m'a raconté. Je sais que ce n'est pas la même chose que de *vivre* ces choses-là, mais ça ne m'empêche pas d'essayer de comprendre.

Sheng hocha la tête et, après quelques instants, lui tendit la main.

– Merci, dit-il. Merci de vouloir m'aider.

Miranda prit sa main et la garda plusieurs minutes dans la sienne.

– Vous savez, j'aime tellement votre père que je ne peux que vous aimer aussi.

Elle vit les yeux du jeune homme s'embuer de larmes. Il se leva de sa chaise et dit en dégageant doucement sa main :

– Maintenant, il faut que je vous quitte. Je dois prévenir ma femme et mon fils que la Sécurité va venir me chercher. Je rentre à la maison.

La maison, sa famille, enfin il a compris, songea Li.

– Tu sais, Sheng, je suis fier de toi, dit-il.

– C'est moi qui suis fier de toi, papa. Je ne t'aurais jamais cru capable de te tirer d'une histoire pareille.

– J'espère ne plus jamais avoir à recommencer. On se voit demain au bureau. J'y serai vers midi.

– À bientôt, dit Sheng à Miranda.

– Non, pas « à bientôt » : je pars demain, répondit-elle.

Il examina le visage de son père, sans parvenir à y lire une réponse à la question qu'il n'osait poser, puis il tourna les talons et sortit.

– Je crois qu'à partir de maintenant, ton fils et toi serez des amis, dit Miranda lorsqu'il eut disparu.

Li la prit dans ses bras et l'embrassa passionnément, tout en écoutant les mots qui hurlaient dans sa tête : Dis que tu ne veux pas me quitter ! Que tu ne peux pas vivre sans moi ! Que tu réussiras ici mieux que tu n'as jamais réussi en Amérique ! Qu'en Chine tu deviendras la femme que tu as toujours rêvé d'être, dis-le !

Non, elle n'avait formulé qu'un vœu : rentrer en Amérique.

Il desserra son étreinte, pivota lentement sur lui-même et se dirigea vers la cuisine. Il en revint avec une théière et deux tasses posées sur un plateau. Sans un mot, ils prirent place chacun à une extrémité du divan, n'osant se regarder.

– Reste ici, je t'en prie, dit enfin Li dans un souffle. Ce sera ta maison, et celle de tes enfants. Réfléchis. Tu travailleras avec Meiyun, et sans doute aussi avec d'autres créateurs. On trouvera des professeurs pour Adam et Lisa jusqu'à ce qu'ils puissent... suivre une scolarité en chinois...

Sa voix faiblit jusqu'à devenir à peine audible, à mesure qu'il prenait conscience de l'extravagance de la chose pour une Américaine : une scolarité en chinois...

— Tu vois bien, dit Miranda. C'est impossible.

— Non, mon amour, reprit-il, tentant de se ressaisir. Ce n'est pas impossible. Bien sûr, ce sera difficile. Nous devrons faire des efforts, des sacrifices. Mais que pèsent ces sacrifices à côté de notre amour ? Nous serons ensemble. Nous réaliserons nos rêves, nous nous donnerons le meilleur de nous-mêmes. Comment peux-tu envisager d'y renoncer comme si jamais ils n'avaient existé, comme si tu n'en voulais pas ?

— Ne sois pas injuste. Tu sais que je les ai, ces rêves. Ce sont les mêmes que les tiens.

— Alors réalise-les. Il y a plein de place ici, dans cette maison : de quoi te faire un bureau, un atelier, des chambres pour Adam et Lisa. Ils auront tout ce qu'ils voudront ; ils ne manqueront de rien, je te le promets. Nous formerons une famille magnifique. Mon fils a appris à t'aimer, ma fille aussi. Nous nous retrouverons chaque soir, toi et moi, pour discuter, cuisiner, rire ensemble, faire l'amour. Nous avons à peine goûté à tout ça, et tu voudrais déjà nous l'arracher. Je t'aime, ma chérie, poursuivit-il en se glissant près d'elle sur le canapé. Je veux te donner tout ce que j'ai. Je veux que tu te sentes aimée, protégée, que tu vives ce flot d'amour dont tu m'as parlé : *donner, recevoir, comprendre, partager tout comme un flot qui coule, sans cloisonnement, sans compartiments, une communion sans faille, qui saurait accueillir les miracles de l'existence et affronter ses dangers.* Tout cela, nous l'avons découvert ensemble. Je veux que plus jamais tu ne te sentes seule. Je veux te rendre heureuse.

À la lueur dorée de la lampe, il vit briller deux larmes sur les joues de Miranda.

— Si tu veux me rendre heureuse, dit-elle, viens avec moi en Amérique. Tu découvriras la liberté. Si tu viens vivre avec moi, tu seras libre, définitivement libre. C'est ce que tu as toujours souhaité, non ?

— Tout le monde le souhaite, répondit-il en lui prenant la main.

Le chant des sirènes, songea-t-il. Bien sûr que je veux cette femme et la liberté qu'elle m'offre. Je ne peux m'imaginer lui dire adieu, vivre sans elle. Je ne peux m'imaginer me réveiller le matin dans un lit où elle ne serait pas, manger à une table où elle ne serait pas, marcher dans la rue sans pouvoir me tourner vers elle pour un mot ou un regard complice. Le vide, il n'y aurait que le vide à côté de moi, plus vide encore désormais. Cet amour m'est arrivé si tard, alors que je n'y croyais plus. Je ne supporterais pas de signer sa fin.

— Tu sais, Li, souffla Miranda. Avant de te rencontrer, j'étais sûre que je ne trouverais jamais quelqu'un avec qui j'aurais envie de vivre. Je ne veux pas te perdre. Je ne me vois pas renoncer à nos rires, à nos repas, à nos discussions, à nos nuits. Il nous reste encore tant de choses à nous dire, tant de choses à apprendre l'un de l'autre...

Il l'interrompit par un long et profond baiser qui éveilla leurs sens endormis par les doutes et les indécisions. À tâtons, lentement au début, leurs mains ôtèrent des boutons, des agrafes, puis se firent plus rapides, dans l'urgence du désir : de lui seul ils étaient sûrs, absolument sûrs, de ce désir qui, de caresse en caresse, les poussait à explorer chaque parcelle de peau sous leurs doigts, sous leurs lèvres, avant de se fondre l'un dans l'autre. *Un seul être. Les branches d'un même arbre.*

Lorsque l'amour les laissa à bout de souffle, étendus côte à côte sur le divan, ils entendirent la pluie qui commençait de marteler le toit, puis le grondement sourd du tonnerre : l'orage éclatait enfin.

On se fabrique des souvenirs, se dit Li, les souvenirs de la dernière nuit, celle à laquelle nous rêverons quand nous serons séparés, chacun dans un lit vide...

— Non, dit-il tout haut. Je ne veux pas te perdre. Je ne veux pas me réveiller dans un lit vide, affronter des journées vides, des semaines vides, une existence vide puisque tu n'y seras pas. J'irai en Amérique. Je ferai tout ce que tu voudras pourvu qu'on reste ensemble.

Miranda se redressa sur un coude, les yeux écarquillés.

— Tu parles sérieusement ? Tu... tu ferais ça ?

— Oui, répondit-il d'une voix ferme.

— Oh ! mon amour ! s'exclama-t-elle en le couvrant de baisers. Tu verras, ce sera merveilleux. Quand viendras-tu ? Dis ! Quand ? Tu crois que tu peux prendre l'avion avec moi demain ? Tu as un passeport, n'est-ce pas ?

– Oui, mais le passeport ne suffit pas. Il faut un visa. Et il n'est pas si facile à obtenir. Ton gouvernement les distribue au compte-gouttes, comme s'il craignait de voir débarquer du jour au lendemain des millions de Chinois – le fameux péril jaune...

– Il craint seulement de devoir assister des gens sans emploi, qui viendraient grossir les rangs des malheureux. Mais toi, tu as un travail, tu peux subvenir à tes besoins et, en plus... tu seras mon mari.

– Les démarches vont être longues. Le plus simple serait d'obtenir un visa provisoire : je pourrais dire que je vais étudier les chantiers américains, ou demander un visa touristique, mais...

– Mais quoi ?

– C'est un mauvais calcul : le visa provisoire est généralement délivré pour quatre ou cinq semaines. Il en faudrait beaucoup plus pour avoir le temps d'obtenir le visa définitif.

– Oh ! Li, comment allons-nous faire ? Il y a sûrement une autre solution.

– Il y en a une, mais elle est un peu brusque : il faudrait qu'on se marie ici, en Chine.

– De toute façon, je préfère me marier en Chine.

– Pour mettre ta famille devant le fait accompli ?

Miranda resta sans voix, rougissant. Puis, sans répondre à la question, elle dit :

– Je pourrais rester encore quelques jours. Combien de temps faut-il pour organiser ce mariage ?

– Trois ou quatre jours, je pense. Il faut que je me renseigne. Mais pour le visa il faudra encore compter deux semaines. Rien de ce qui touche à la paperasse ne se fait rapidement dans ce pays.

– Je ne peux pas rester aussi longtemps.

– Dans ce cas, tu partiras la première et je te rejoindrai avant la fin du mois.

– Li, c'est merveilleux. Nous aurons à peine besoin de nous dire au revoir, je préparerai tout pour ton arrivée...

– Prépare surtout tes enfants, ils risquent d'être surpris !

– Sûrement, mais ils vont t'adorer. Ils t'apprendront l'argot américain, et toi tu leur apprendras des expressions chinoises avec lesquelles ils pourront épater leurs copains. Oh, Li, tu vas les aimer : ils sont intelligents, tu sais, et tellement gentils.

– Je les aimerais même s'ils ne l'étaient pas puisque ce sont les tiens. Et tes parents, que vont-ils penser ?

– Ils vont être étonnés.

– Bel euphémisme...

– D'accord, répondit Miranda avec un large sourire. Ils vont être ahuris...

– Et furieux, compléta Li. Tu fais entrer l'ennemi héréditaire dans leur vie. Ils croiront que je t'ai épousée pour pouvoir venir vivre en Amérique. Ils ne m'adresseront pas la parole et te déshériteront.

Elle s'esclaffa.

– N'exagérons rien ! D'accord, ils ne vont pas comprendre, mais ils m'aiment, et ils ne veulent pas nous perdre, ni moi ni les enfants. Ils passeront du temps avec nous, s'habitueront, apprendront à te connaître, à t'aimer.

– Ils ne m'aimeront jamais.

– Peut-être, mais ils te respecteront parce que tu fais mon bonheur.

– Et ils changeront d'avis sur le grand Satan communiste ?

– Il ne faut pas trop leur en demander. Et puis, de toute façon, tu n'es pas communiste.

– Je l'ai été.

– Ils mettront ça sur le compte d'une erreur de jeunesse. Oh, Li ! Je me sens excitée comme une petite fille qui compte les jours avant son anniversaire !

Ils partirent du même éclat de rire. Comme il se sentait proche d'elle, complice, plus complice qu'avec beaucoup de ses amis chinois.

– Chaque jour sera un anniversaire, ma chérie, pourvu qu'on soit ensemble, répondit-il d'une voix enjouée, tentant de dissimuler les doutes qui l'assaillaient peu à peu. Il est une heure du matin, ajouta-t-il en regardant sa montre. Veux-tu manger quelque chose ?

– Oh oui ! J'ai une faim de loup ! répondit-elle en bondissant du canapé.

– Ça tombe bien. Comme ça, je vais pouvoir commencer à vider mes placards.

Vider mes placards, se répéta-t-il. *Vider mes placards et quitter ma maison pour toujours.*

284

- Que vas-tu faire de la maison ? demanda Miranda, lisant dans ses pensées.

– La louer, ou la vendre, peut-être. J'ai un ami qui pourra s'en charger. Ce style de maisons est très recherché dans Pékin. Il n'aura pas de mal à trouver un acquéreur.

Sur ces mots, un étrange silence tomba entre eux. Ils passèrent une robe de chambre et se rendirent dans la cuisine pour préparer un repas qu'ils partagèrent en échangeant à peine quelques mots. Tout était dit : Li allait la rejoindre aux États-Unis, les détails pratiques se régleraient d'eux-mêmes... Ils allèrent se coucher, épuisés.

Sur le coup de quatre heures du matin, Li se réveilla en sursaut. La pluie tombait toujours, giflant le toit à coups sourds. Il posa la main sur le ventre de Miranda, sentit son souffle paisible. Je t'aime, ma chérie. *Je me sens excitée comme une petite fille qui compte les jours avant son anniversaire.* Il s'étonna de ne pas partager cette excitation. Pourtant, tout ce dont il avait toujours rêvé allait enfin se concrétiser : il allait habiter dans le pays de son père, avoir un foyer, entamer une nouvelle vie. Que pouvait-il demander de plus ? Miranda la magicienne faisait apparaître sous ses yeux ce qui lui avait toujours paru un mirage. Alors, de quoi doutait-il ?

Il essaya de s'imaginer le petit pont de bois du jardin, la grande rue bordée d'arbres descendant vers le centre-ville, la maison, la cuisine, la chambre, le jour se levant sur les montagnes toutes proches, et là, il ressentit enfin l'exaltation attendue. *Oui, être chez elle, vivre avec elle. De ce côté-là, tout ira bien.*

Puis il s'imagina sur les chantiers, des chantiers américains, avec des contremaîtres américains, des syndicats américains, des techniques américaines, des normes américaines. Et il se vit lui, Yuan Li, « le Chinois », en train de construire des immeubles dans le Colorado, et non plus à Pékin ou à Shanghai. Ici, il connaissait les règles, il savait à qui se fier et de qui se défier, tout lui était familier, il était son propre patron. Mais là-bas ?

Il devrait sans doute travailler pour le compte de quelqu'un d'autre, avec des fournisseurs et des entrepreneurs qui lui seraient étrangers. Autres mentalités, autres réactions, autres exigences. Ici, il connaissait tout le monde ; il aimait unir ses forces à celles des autres bâtisseurs ; il rêvait de changer le sort des ouvriers, de changer Pékin, de lui donner le visage de la modernité.

Et puis, comment pouvait-il imaginer quitter ses enfants à présent qu'ils s'étaient rapprochés de lui ? Il ne verrait plus Ming, cette petite-fille qu'il adorait, ni Rongji.

Il vit des journaux en anglais, des noms de rue en anglais, entendit des émissions de télévision, des films en anglais, des conversations en anglais dans la rue, le bus, le train, des dîners en anglais — un anglais plat, monocorde, sans saveur.

Il s'efforça de raviver ses rêves, mais il était trop tard : il pourrait être heureux chez Miranda, mais pas aux États-Unis.

Et il comprit que c'était impossible.

Mon amour, mon amour, gémit-il, enfouissant son visage dans le cou de Miranda. Elle se réveilla.

— Quelle heure est-il ?

— Cinq heures du matin.

— Il faut que j'appelle mes parents pour leur dire que je reste, dit-elle d'une voix ensommeillée. Ils doivent être en train de déjeuner.

— Non, attends.

— Pourquoi ? Je suis sûre de les trouver à cette heure-ci, répondit-elle, tout à fait réveillée.

Elle se leva.

— Attends...

Il chercha les mots. En vain. Ils se dérobaient à son esprit. Incapable de prononcer une parole, il avait la tête vide. Miranda le dévisagea ; ses yeux cherchaient les siens.

— Mon amour, je ne peux pas...

— Je refuse d'entendre ça ! cria-t-elle en reculant d'un pas, les yeux brillants de larmes.

Elle attrapa sa robe de chambre, batailla avec les manches, la ceinture — prise de panique. Tout lui résistait, tout lui échappait. Puis elle renonça et s'effondra sur le lit en sanglotant.

Li referma doucement les pans du vêtement sur sa poitrine et la prit dans ses bras. Elle leva les yeux vers lui. Des mèches humides s'étaient collées à ses joues mouillées de larmes.

— Pourquoi ?

— Parce que je ne peux pas tourner le dos à tout ce qui fait ma vie. Viens. Assieds-toi. Je vais t'expliquer.

Elle obéit, s'assit près de lui, la tête sur son épaule. Elle tremblait.

— Tu as froid ?

— Non, j'ai peur.

Il la serra contre lui et elle lui parut soudain aussi vulnérable que le jour où il l'avait aperçue dans la foule de l'aéroport. Il allait la rendre à sa faiblesse, après lui avoir fait découvrir la force qu'elle cachait en elle. Il ne serait plus là pour la protéger, ses deux bras en rempart, prêts à la défendre contre le monde entier. Non, aujourd'hui, c'était précisément contre lui, contre le mal qu'il allait lui faire qu'elle devait se défendre.

— C'est impossible, marmonna-t-il. Tout ce qui a fait de moi l'homme que je suis ici : ma famille, mon travail, mon pays. Sans eux, je ne serais plus le même, je serais un amputé. Je ne savais pas que c'était aussi important... Mais ça l'est. Surtout à présent que je découvre ma famille, et... une Chine nouvelle aussi. Il se passe tant de choses, l'économie change, le gouvernement...

— Ton gouvernement ! s'écria Miranda en s'arrachant à son étreinte. Je me fiche de ton gouvernement ! Mérite-t-il que tu lui sacrifies ton bonheur, ce gouvernement qui te contraint à des actes criminels pour sauver ta tête et celle de ton fils ?

— Ce n'est pas le gouvernement qui mérite des sacrifices, mais mon pays. Tout est en train de changer ici, tu le sais. On appelle ça l'Automne de Pékin parce que nos vieux dirigeants ne vont pas tarder à mourir. Ils vont tomber, exactement comme les feuilles des arbres à l'automne.

— Je sais. Sima Ting m'a expliqué. Elle m'a dit aussi que...

Elle s'interrompit.

— Oui ? fit Li, l'incitant à poursuivre.

Miranda hésita, puis reprit à regret :

— Elle... elle m'a dit aussi que je ne pouvais pas comprendre sa nostalgie de son pays parce que j'étais chez moi en Amérique. Qu'elle a la Chine dans la peau. Qu'elle souffre quand ses pieds ne portent pas sur la terre de Chine. Et qu'elle ne pourrait pas plus devenir américaine que je ne pourrais devenir chinoise. Mais Li ! ajouta-t-elle immédiatement. Il y a des millions de gens qui réussissent, qui quittent leur pays et s'en portent bien.

— Certains en sont capables, d'autres non. Et puis... comment pourrais-je quitter Sheng, lui faire ce que m'a fait mon père ?

— Tu étais un enfant. Sheng est un homme !

— Peu importe son âge, il a besoin de moi. Shuiying aussi va avoir besoin de moi. Un jour ou l'autre, son mari aura des problèmes à cause de ses trafics. Vers qui se tournera-t-elle alors ? Et puis il y a Chine Constructions, tous ces gens qui travaillent pour moi, me font confiance, ces ouvriers que j'ai commencé à soutenir dans leurs revendications. Il y a tant de choses à faire en Chine...

– Quelles choses ? Manifester sur Tian'anmen ? riposta Miranda, serrant les mains entre ses genoux, des larmes dans la voix. Ça ne vous a guère réussi. Tu seras arrêté, tu passeras des années en prison. Qui aidera ta famille, tes employés ? Pars avec moi.

– Je serais vide en Amérique.

– Même avec moi ?

– Même avec toi. Parce que je me serais arraché à ce qui fait ma vie. Tu sais, il n'y a pas que Sheng et Shuiying, ajouta-t-il en lui caressant la joue. Il y a aussi Ming et Rongji : j'aimerais les voir grandir. Les années à venir seront difficiles, je voudrais être là pour les protéger, les aider. N'est-ce pas ce que feraient tous les grands-parents ?

Miranda resta silencieuse. Évidemment, songea Li avec tristesse, elle n'a rien à répondre : elle est honnête, elle ne peut pas me reprocher de vouloir rester auprès de ma famille.

Elle ne le regardait pas, elle semblait ailleurs. La pluie s'était transformée en un déluge, dont le fracas couvrit presque les quelques mots qu'elle murmura enfin :

– Tous nos rêves... Aucun d'eux n'a été assez fort.

– Si, ils le sont, mon amour, si tu consens à envisager une autre manière de les réaliser : rester ici avec moi. Tout ce que nous pouvions construire en Amérique, nous le bâtirons en Chine.

– Non, Li, c'est impossible. Je ne pourrai jamais demander à mes enfants de vivre dans un pays où les téléphones sont écoutés, le courrier ouvert, où les gens trouvent naturel d'être suivis, où *ils l'acceptent.* Un pays où le système t'oblige à faire des choses que tu réprouves. Ce n'est pas comme ça que je veux élever mes enfants. J'ai cru un moment que l'endroit importait peu tant que nous étions ensemble. Mais je ne peux pas m'imaginer ailleurs que dans un pays libre, où les gens ont la liberté de critiquer leurs dirigeants, haut et fort, sans redouter les représailles. Et puis j'ai une maison, des amis, des parents, des habitudes, une langue, et cette langue n'est pas le chinois. L'Amérique n'est pas parfaite, mais c'est mon pays : j'y ai ma place, une place que je n'aurai jamais ici. Il te serait plus facile de t'adapter à la vie aux États-Unis que moi à la vie en Chine.

– C'est sans doute vrai.

– Mais ça ne suffit pas, n'est-ce pas ?

– Non.

Il se leva pour chercher du thé dans la cuisine. Lorsqu'il revint dans la chambre avec le plateau, il trouva Miranda dans la position où il l'avait laissée, recroquevillée en haut du lit, contre les oreillers, le regard perdu dans le vague. Il lui tendit une tasse.

– Merci, ça fait du bien, dit-elle après une gorgée. Je me demande si je trouverai du *longjing* à Boulder.

– Je t'en enverrai des tonnes.

– Non, Li, il vaut mieux qu'il n'y ait ni lettres, ni appels, ni colis.

Elle fixait le vide devant elle, des larmes roulaient sur ses joues. C'est impossible, se dit-il. Je ne peux pas laisser faire ça. Je n'ai qu'un mot à dire. Elle a raison : tout serait plus facile en Amérique.

Il ouvrit la bouche – mais les mots ne vinrent pas, et il comprit qu'ils ne viendraient jamais. La veille encore leurs deux corps paraissaient unis, indéfectiblement. À présent, il y avait entre eux un océan, une éternité.

Miranda regarda sa montre.

– À quelle heure devons-nous partir pour l'aéroport ?

Sa voix était monocorde, absente.

– Sept heures et demie, répondit-il, les yeux brûlants.

– Bien, je vais me préparer.

C'est trop tôt, pensa-t-il. Nous avons encore un peu de temps devant nous, pour rester dans les bras l'un de l'autre, faire l'amour, nous fabriquer encore quelques souvenirs à chérir pour les mois et les années à venir... Mais il ne dit rien. Ce temps, ils allaient le consacrer à s'habituer à cette séparation définitive, irrévocable, impensable.

En passant près de lui, elle posa la main sur sa tête et resta quelques instants ainsi, debout, à sentir battre l'amour sous ses doigts. Puis elle se dirigea vers la salle de bains, laissa la robe de chambre glisser sur le sol et entra sous la douche. Une cataracte d'eau chaude ruissela sur son corps, se mêla à ses sanglots, emportant avec elle et la Chine et ses rêves.

Elle mit la veste de Meiyun et songea à ce que la vieille femme lui avait dit, à Xi'an : *Ni tout à fait orientale, ni vraiment occidentale.* Elle revit son sourire. Elle savait, elle savait tout déjà, se dit Miranda. Elle m'avait prévenue. Mais je ne regrette rien, surtout pas ces dix jours.

Li l'attendait dans le salon, le dos tourné, face au rocher du sage. Il s'était préparé et portait le blazer en cachemire qu'elle lui avait offert. Elle s'approcha de lui. Il pleurait.

— Oh, mon amour, je ne supporte pas de te voir malheureux, murmura-t-elle en se lovant dans ses bras.

Il la guida jusqu'au divan et se mit à parler, pour contenir ses larmes, retenir le temps, habituer le silence menaçant qui seul l'attendrait, ce soir, quand il rentrerait dans sa maison vide.

— Laisse-moi te raconter une légende chinoise qui parle de nous. On l'appelle « La légende du bouvier et de la tisserande ». Chaque mois de juillet, on fête les amoureux en leur honneur. L'empereur du ciel avait une fille, une très belle jeune fille qui tissait à merveille. Un jour, elle descend sur terre, s'éprend d'un bouvier et l'épouse. Alors la reine, sa mère, lui ordonne de rentrer. La fille obéit et s'envole vers le ciel. Le bouvier tente de la suivre, mais avant qu'il puisse la rejoindre, la reine prend une épingle d'or dans son chignon et s'en sert pour tracer un large fleuve entre les deux amoureux : la Voie lactée. La tisserande et le bouvier restent chacun sur une rive du fleuve et ne sont autorisés à se retrouver qu'une fois par an, la septième nuit de la septième lune. Cette nuit-là, les pies volent en rangs serrés pour former un pont au-dessus de la Voie lactée et permettre à la tisserande de rejoindre son bouvier. Tu vois, ma chérie, poursuivit Li, l'amour sera toujours un pont entre nous, où que nous soyons. Chaque jour, nous le traverserons, nous nous retrouverons sur le pont d'amour.

— Je préférerais te retrouver d'une manière moins abstraite, rétorqua Miranda, en marchant nerveusement.

Elle s'arrêta devant une vitrine ; il s'y trouvait un minuscule papillon de jade bleu voletant sur un bouquet de chrysanthèmes blancs.

— Papillons et chrysanthèmes : longévité et amour éternel, reprit-elle, songeuse. Tu remplis ta maison de symboles d'éternité, et tu ne nous donnes pas plus de dix petites journées.

— Toi non plus, répliqua Li.

Elle en convint d'un hochement de tête.

– Tu vas revenir ? demanda-t-il alors. Au moins pour travailler avec Meiyun.

– Non, Li, je ne reviendrai jamais en Chine.

Elle avait prononcé ces paroles d'une voix calme, posée, sans appel.

– Comment ferez-vous ?

– Meiyun vient de temps en temps à New York ou à Chicago. Je la retrouverai là-bas.

À chaque instant la séparation prenait une réalité plus âpre, plus définitive. Il ne la reverrait jamais. Il respira profondément, comme pour fondre la boule de larmes qui lui nouait la gorge, et demanda d'une voix étranglée :

– Que vas-tu faire en rentrant à Boulder ?

– Oh ! je ne manque pas de projets. On m'a proposé de donner des cours de stylisme à l'université. Jusqu'alors j'avais refusé ; je pensais en être incapable. Maintenant je sais que je peux le faire. Et puis je vais dire à Talia que je veux lancer une nouvelle collection. J'ai aussi une foule d'idées pour notre nouvelle marque, Miranda Meiyun.

Sur son visage, le désarroi avait cédé la place à l'impatience, à la soif de réaliser toutes ces ambitions qu'elle s'était toujours interdites.

– Tu te souviens des oiseaux dans leurs cages ? lui demanda Li. Tu disais qu'on a tous plusieurs cages l'une sur l'autre. Je crois que tu as réussi à en ouvrir quelques-unes.

– Merci, souffla Miranda. Cette assurance nouvelle, je te la dois.

– Non, c'est à toi que tu la dois. Tu es devenue plus forte. Maintenant, tu peux tout faire.

– Sauf être avec toi...

Il serra le poing, attendant que la douleur passe, s'évanouisse.

– Tu vas vivre une nouvelle vie, ma chérie, plus riche qu'avant.

Chaque mot qu'il prononçait le projetait dans un futur où il n'aurait aucune part. Il tressaillit – la souffrance toujours, elle était physique.

Miranda posa la main sur sa joue.

– J'espère que Tang Po avait raison. Il m'a dit l'autre jour : « On n'obtient pas toujours ce qu'on souhaite. Dans ce cas-là, on s'adapte et la vie continue. Autrement. » Comment vas-tu continuer ta vie ?

··· Je vais essayer de participer aux changements qui se préparent en Chine.

— Et à ceux qui se feront jour en toi aussi... quand tu trouveras un autre amour.

— Non.

— Tu ne devrais pas vivre seul. Tu as tant à donner.

— Je ne veux donner qu'à toi. Combien de fois crois-tu qu'on rencontre l'amour dans une vie ?

Elle ne répondit rien. Se dirigea vers la fenêtre. La pluie avait enfin cessé. Le ciel s'était éclairci.

— Il faut partir, n'est-ce pas ? demanda-t-elle, le dos tourné.

— Oui.

Il prit son sac et le porta à la voiture. Puis il revint la chercher. Il la trouva debout, immobile au milieu du salon, s'imprégnant une dernière fois du parfum de santal, du silence de la pièce. L'espace d'un instant, il vit les meubles, les tapis, le rocher du sage avec ses yeux à elle. Plus jamais il ne les reverrait ainsi...

En pénétrant dans l'aérogare, ils furent pris dans un essaim de touristes chinois qui les pressa, les poussa, les bouscula d'un côté et de l'autre. Miranda fendait la foule avec aisance, l'air absent. Soudain elle s'arrêta, se tourna vers Li, et ils partirent du même éclat de rire, avant de prendre place dans la file d'attente pour enregistrer les bagages.

Li serrait les poings dans ses poches, la tête lui tournait un peu, ses oreilles bourdonnaient ; il dut faire sur lui-même un effort pour ne pas la prendre par le bras, et l'entraîner loin, très loin, hors du temps, qui les séparerait plus sûrement que tous les gouvernements, toutes les cultures, tous les systèmes.

Elle tendit son billet à l'employé au guichet : il était l'heure d'embarquer. Ils se retrouvèrent face à face au milieu de la foule : Li la prit dans ses bras et lui donna un long baiser, sans se soucier des convenances chinoises. Ils avaient créé un pays qui n'appartenait qu'à eux, qui les isolait de la cohue, les en protégeait. Un pays qui n'était ni la Chine ni l'Amérique, un ailleurs de l'amour.

— Je t'aime, Li, murmura Miranda contre ses lèvres. Et je viendrai te rejoindre sur le pont d'amour, je te le promets.

— Moi aussi, je te le promets. Sois heureuse, sois heureuse dans ton pays. Je t'aime.

Leurs mains se nouèrent. Puis se détachèrent, avec une infinie lenteur.

– Votre billet, madame, réclama une voix anonyme à l'entrée de la salle d'embarquement.

Miranda pivota pour tendre son ticket au jeune homme, puis se retourna. Li avait disparu, avalé par la foule. Invisible. Elle le chercha des yeux, désespérément.

– Madame, il faut embarquer maintenant.

Elle se retourna, traversa la salle à pas lents, puis emprunta le long couloir de la passerelle qui conduisait à l'avion.

Lorsqu'il décolla, elle ne jeta pas un regard à la ville qui diminuait peu à peu sous elle. Elle ferma les yeux et, sous ses paupières closes, le visage de Li apparut : son regard, son sourire... déjà ils se retrouvaient sur le pont d'amour.

Composition réalisée par PCA
44400 Rezé